中國道教文化研究

初 編

第 **19** 冊

明代之前小說中儒道佛海洋觀研究（上）

林 慶 揚 著

花木蘭文化事業有限公司

國家圖書館出版品預行編目資料

明代之前小說中儒道佛海洋觀研究（上）／林慶揚 著 — 初版
— 新北市：花木蘭文化事業有限公司，2020〔民 109〕
目 2+256 面；19×26 公分
（中國道教文化研究 初編：第 19 冊）
ISBN 978-986-404-406-1（精裝）
1. 中國小說 2. 文學評論
820.8   104014982

ISBN-978-986-404-406-1

中國道教文化研究
初　編　第十九冊   ISBN：978-986-404-406-1

明代之前小說中儒道佛海洋觀研究（上）

作　　者　林慶揚
總 編 輯　杜潔祥
副總編輯　楊嘉樂
編　　輯　許郁翎、張雅淋　美術編輯　陳逸婷
出　　版　花木蘭文化事業有限公司
發 行 人　高小娟
聯絡地址　235 新北市中和區中安街七二號十三樓
　　　　　電話：02-2923-1455 ／傳真：02-2923-1452
網　　址　http://www.huamulan.tw 信箱 hml810518@gmail.com
印　　刷　普羅文化出版廣告事業
初　　版　2020 年 3 月
全書字數　491310 字
定　　價　初編 20 冊（精裝）台幣 40,000 元

明代之前小說中儒道佛海洋觀研究（上）

林慶揚 著

作者簡介

林慶揚，男，高雄市人。1988 年畢業於高雄師範大學國文學系。1996 年 1 月獲中正大學中國文學研究所碩士學位。2014 年 1 月於高雄中山大學中國文學系取得中國文學博士學位。曾經任教過正修科技大學、高雄應用科技大學、輔英科技大學、高雄餐旅大學等校之通識國文與應用文課程。現志趣於文學與宗教學之研究。

提　　要

　　本書基於對中國古代小說在海洋觀書寫的考索興趣，嘗試運用儒道佛典籍資料彼此相互參證，進行分析、批判、歸納，以建構儒道佛海洋觀的演變軌跡。

　　書稿主體由六部分組成。第一，略論中國海洋文化與海洋文學在古代各時期海洋觀點的發展演變。第二，關於先秦漢魏六朝小說中的儒家海洋觀，本書由儒家經史文集中的涉海書寫與小說文本，企圖建構儒家海洋觀是一個充分展現「四夷來貢，綏靖遠服」的經世外王視野，與對於海外異族的中原王權意識。第三，對於先秦漢魏六朝小說中的道家與道教海洋觀，書中藉由經典、史籍、諸子雜說、小說等面向，勾勒道教蓬萊仙系傳說中有關海上三神山、陸上方壺勝境、仙館神鄉、帝王園林囿苑、方士傳說等演變，進而展現道家與道教仙話系統的海洋觀。第四，漢魏六朝小說中佛教海洋觀，從官書中的海路交流傳播，佛典、僧傳故事與小說等面向，建構佛法海上的現奇表極，與旂威顯瑞的神靈傳播觀。第五，隋唐五代小說中的儒道佛海洋觀書寫，儒家則是以海外貿易與國家經濟利益結合，並彰顯中國王朝「九州殷富，海夷自服」的王權意識。道教更以張皇仙道佛界因果報應，輪迴之說，和海洋志怪，靈山洞府、神仙洞窟理想世界等蓬萊海洋仙境的殊寫演化。而佛教海洋觀在演變中，海洋已為中外高僧仰蒙三寶、遠被西天，與求法東歸，載譽中土，了悟生死的宗教道場。第六，宋元小說中的儒家海洋觀載述「朝貢貿易」及「市舶貿易」的濃厚政治色彩，並以修職貢，奉正朔，以典型的華夏中心主義的史觀呈現。道教海洋觀則結合儒道佛三家的文學神話色彩，使海上的蓬萊仙話成為儒道佛合一的思想載域。佛教高僧更是在變化莫測的狂風巨濤，與泛海陵波的嶮惡海天裡，順利的從事佛法的播傳與緊密的政經文化流通。

致 謝 文

　　本書是在我博士論文的基礎上撰修完稿而成。回顧七年的博士學術研究生涯，我的指導教授龔師顯宗，始終不遺餘力地鞭策我論文上的撰寫，提供我論文思路的活水源頭。更感謝的是龔師的大力推薦，與花木蘭出版社高社長的過蒙垂青，使得我的博士論文得以出版成書。

　　回想博士論文與書稿的撰修歷程，確實是我學術生命規格上的極大操練。而博士論文的撰寫，更是動心忍性，苦楚煎熬。然而在遇到寫作上的困境與瓶頸時，我有基督信仰的持守，有主耶穌愛的看顧，得以讓我得力與得勝的完成論文。更感謝在我信仰上一路與我相伴的愛妻，不時地以信仰的話語激勵我乾渴的心靈，在得時與不得時裡，同享十字架上的愛。

　　本書稿若有點滴可觀的話，顯然是學術生命與宗教信仰生命的鍛鍊與建造。而書稿的完成與出版，對我來說正是學術生命的起頭，與宗教生命的持續裝備。我以此警醒，亦以此戒勉。

目
次

緒　論

　　當代海峽兩岸學者著眼於海洋文學的研究，在伴隨著海洋文化研究的日趨升溫下，古典海洋文學的考察也日益引起學術界的關注。環顧這數十年間，中國古典海洋文學的探察風潮，兩岸學者各有千秋，研究重點亦有不同。臺灣學者研究領域較爲偏重明清時期；而大陸學者對於先秦以迄明清範圍的投入，在研究成績上則是斐然可觀。我們可以說古典海洋文學的研究競賽，正方興未艾的在海峽兩岸學術界裡進行。尤其在歷代文人用彩筆描繪出海洋的雄壯瑰奇，想像揣測海洋的奧秘，崇拜海中的神靈，編織建構美麗的海洋神話，入海獲取的海洋珍寶，利用濱海的資源等等的書寫，大量地展現於神話、傳說、寓言、詩詞賦、戲曲、散文、小說、行紀、傳記之中，從而成爲中國先民與海洋連結的文學載體。然而在詩詞賦及散文裡的海洋書寫，已然成爲研究者在考察上的熱門寵兒，陸續地開出豐碩的成果。反觀是作爲古典海洋文學文類中一環的古代小說，在研究範圍上卻是集中在明清兩代的作品，對於先秦以至宋元時期裡有關書寫海洋的雜俎、傳奇、野史瑣聞、戲劇、僧傳等關涉於小說之作品，在研究風氣上顯然尚未振興。雖有零星的探討著作，然卻缺乏系統性的考察及論述。基於對古代小說在海洋觀書寫上的考索興趣，以及當代學者研究成績上的不足，筆者嘗試從先秦以迄宋元期間爲範疇，來考察該流期小說文本中有關儒道佛海洋觀的演變遞嬗，與前後時期的消長變化，以開出中國古代小說儒道佛海洋觀之內涵流變。

一、論題的緣起
　　中國古代小說中的海洋書寫既爲海洋文學最爲生動演示的一環，而欲探究中國古代小說中海洋觀點的書寫內涵，則必溯往先民對海洋的認知概念。

　　中國古代文人對於海洋的認知，雖不如現今學人的嚴謹化與科學化，然卻充滿著政治性、神秘性、神話性與宗教意趣的詮釋範疇。若從先秦儒家視角來看，《詩經・商頌》中「邦畿千里，維民所止，肇域彼四海」〔註1〕、《尚書・大禹謨》裡「文命敷于四海，祗承于帝」及「四海困窮，天祿永終」〔註2〕的四海觀點，皆是聖德教化、德澤廣被的四方遠地。《尚書・禹貢》云：「東漸于海，西被于流沙，朔南暨聲教，訖于四海」〔註3〕，海洋遂爲王者聲教極盡之海疆，是世界的邊緣盡頭。換言之，海洋爲涵括著王化天下的荒遠之地，而顯爲政治性的修辭。《周禮・職方氏》云：「職方是以掌天下之地，辨其邦國都鄙，四夷，八蠻，七閩，九貉，五戎，六狄」，《爾雅》則說「九夷、八蠻、六戎、五狄謂之四海」〔註4〕，顯然四海即是天下之意，正是王權所及教化的荒遠之地，而海洋在此成爲政治地理的指稱意義。而《越絕書卷三・吳內傳第四》也說：「夷，海也」〔註5〕，正是中原王權所及四夷的天下觀，把海洋視爲世界邊緣的盡頭。另外，《左傳・僖公四年》楚子所言：「君處北海，寡人處南海」〔註6〕，此中的南海、北海也是政治性上的方域、方向的指稱。而孔子所言：「道不行，乘桴浮于海」的海洋思維，邢昺《疏》的解讀是「仲尼患中國不能行己之道……即欲乘其桴栰，浮渡于海，而居九夷。」〔註7〕何晏的《論語集解》也說：「馬融曰：『九夷，東方之夷有九種，君子所居則化。」邢昺《疏》的解讀是：「孔子以時無明君，故欲居東夷，君子所居則化，使有禮義。」〔註8〕何、邢二氏以「東夷」等九夷之邦，爲孔子桴海的理想國度，其地雖僻陋無禮，孔子仍然樂觀的認爲可行禮義以化民。顯然孔

〔註1〕　《十三經注疏・毛詩正義》（台北：藝文印書館，1989年1月11版景印清嘉慶二十年《重刊宋本毛詩注疏附校勘記》），頁794。

〔註2〕　《十三經注疏・尚書正義》（台北：藝文印書館，1989年1月11版景印清嘉慶二十年《重刊宋本尚書注疏附校勘記》），頁52～56。

〔註3〕　《十三經注疏・尚書正義》，頁93。

〔註4〕　《十三經注疏・周禮注疏》（台北：藝文印書館，1989年1月11版景印清嘉慶二十年《重刊宋本周禮注疏附校勘記》），頁498。

〔註5〕　〔漢〕袁康、吳平撰，鐵如意館主校注：《景越絕書校注稿本》（台北：世界書局，1981三版），頁62。

〔註6〕　《十三經注疏・春秋左傳正義》（台北：藝文印書館，1989年1月11版景印清嘉慶二十年《重刊宋本左傳注疏附校勘記》），頁201。

〔註7〕　《十三經注疏・論語注疏》（台北：藝文印書館，1989年1月11版景印清嘉慶二十年《重刊宋本論語注疏附校勘記》），頁42。

〔註8〕　《十三經注疏・論語注疏》，頁79。

子心中意許著一個海上能桴海而到的理想邦國，是一個以禮義化民的世外桃源。當然，這也是以政治視野期望海上荒遠化外的理想聖地。而最能彰顯《孟子》海洋觀點的是「登東山而小魯，登太山而小天下，故觀於海者難爲水。」據趙岐《注》的說法：「所覽者大，意大；觀小者，志小也。」再看孫奭《疏》的理解：「以其水同歸於海者也，是以海爲百谷王……視日月而知眾星之蔑如，仰天庭而知天下之居卑。」〔註9〕海洋在孟子的觀覽認知上，如同百川匯聚的容納場域，浩瀚無邊的百谷王。孟子以登東山而小魯，登太山而小天下做爲前言，最主要的在指點爲政者當能見識廣博、眼界開拓，逐步地昇華自己的胸襟與境界。而見識了海洋的波瀾壯闊與深不可測，就很難再把自己拘限在潺潺細流、渺不足爲奇的川水之上了。那海洋廣納百川的氣度，不就是王政普大，四夷舉首引領慕義來歸，而王化天下，廣被遠服於荒鄙之地。先秦儒家經典中的海洋概念，無非是普天之下，莫非王土的政教指稱，它是一個難以鬆動的典範觀點。換言之，海洋在先秦儒家典籍裡的主要認知，就是統御王疆所及極處的代稱，海洋正是王化天下的盡頭，是中原聲教所及的遠疆；是政治體制發聲的渠道與通口，也是王化天下秩序不可須臾離之的網絡媒介，它充分反映了儒家對於海洋在社會政治功能性的認同，並成爲後期儒家海洋觀的傳承典範。

　　再就先秦道家對於海洋的概念思維來看，海洋這個由原水包圍的無限空間，可以看成是宇宙萬物的生命起源，更是人類精神文明與神話想像的創生家園。《老子》的「江海所以能爲百谷王，以其善下之」，〔註10〕展現了海洋吸納江河百川，成爲萬川東流入注而匯聚的空間所在。《莊子》循此《老子》的海洋慧思，以「大壑之爲物也，注而不滿，酌焉而不竭」、「天下之水，莫大於海，萬川歸之，不知何時止，而不盈。尾閭泄之，不知何時已，而不虛」〔註11〕、「海不辭東流，大之至也」〔註12〕的大壑、尾閭，爲「萬川歸之，百川競注，東流不息」的「不知何時止而不虛不盈」的納水與泄水空間，與宇宙創生萬物的起源之處。同是道家譜系的《列子》說：「渤海之東，不知幾億

〔註9〕　《十三經注疏‧孟子注疏》（台北：藝文印書館，1989 年 1 月 11 版景印清嘉慶二十年《重刊宋本孟子注疏附校勘記》），頁 238。

〔註10〕　〔三國〕王弼注，劉思禾校點：《老子》（上海：上海古籍出版社，2013.12 初版），頁 177～178。

〔註11〕　〔清〕郭慶藩輯：《莊子集釋》（台北：華正書局，1991.8 初版），頁 563。

〔註12〕　《莊子集釋》，頁 852。

萬里，有大壑焉，實惟無底之谷，其下無底，名曰歸墟。八紘九野之水，天漢之流，莫不注之，而無增無減焉。」〔註13〕此中的「大壑」和「歸墟」為海洋底的秘口，位於極遠的東海之外，是一個遠隔的洩水空間，是萬水所歸的無底之谷，注而不滿的深廣空間，也是《山海經・大荒東經》「東海之外大壑」〔註14〕、《楚辭・天問》「九州安錯？川谷何洿？東流不溢，孰知其故」〔註15〕、《淮南子》「日出湯谷，浴乎咸池」〔註16〕與「共工與顓頊爭為帝，怒而觸不周山。天柱折，地維絕，天傾西北，日月星辰移焉；地不滿東南，顧水潦塵埃歸焉」〔註17〕神話傳說裡「日浴乎咸池」、「水潦塵埃，東流不溢」止而不虛的納水空間、無底巨壑。而咸池、尾閭、大壑此一納水空間，發展到魏晉時期，則是道教思想家郭璞《玄中記》裡「天下之強者，東海之落焦焉，水灌之而不已」〔註18〕的「落焦」；《神異經》「東海之外荒海中，有臂沃椒山，高深莫測，升載海日」〔註19〕的「沃椒」，是道家、道教矗立於蒼茫大海上的空間容器，是八紘九野之水，天漢之流，莫不注之的歸處。道家的「大壑」、「尾閭」、「歸墟」、「落焦」不只是成為先秦海洋神話的載體與搖籃，也是其「容納善下」的海洋創世思維，是一個「其深無極」、「歷詳眾水」、「天漢流駛」及「四瀆與九河同至」的納水空間。〔註20〕海洋不僅成為先秦道家道境玄通的神祕聖域，也是海上方士神話志怪詭異演述的大壑場域，與後來道教宗教蓬萊仙話的沃壤。

　　兩漢文人的海洋概念認知又是如何呢？許慎《說文解字》云：「海，天池也，以納百川者。」〔註21〕劉熙《釋名》云：「海，晦也。主承穢濁，其色

〔註13〕景中注：《列子》（北京：中華書局，2008.5 二刷），頁 136。
〔註14〕袁珂校注：《山海經校注》（台北：里仁書局，2005.2 二刷），頁 338。
〔註15〕楊家駱主編：《楚辭注八種》（台北：世界書局，1989.11 五版），頁 53。
〔註16〕〔漢〕高誘注：《淮南子》（台北：藝文印書館，1974.4 三版），頁 83。
〔註17〕《淮南子》，頁 68。
〔註18〕〔晉〕郭璞注，李肖點注：《玄中記》（北京：北京出版社，2000 年），頁 388。
〔註19〕王根林等校點：《漢魏六朝筆記小說大觀》（上海：上海古籍出版社，1999.12 一版），頁 50。
〔註20〕台灣學者吳志雄將此大壑之巨谷空間的特性，依先秦作品內涵而歸納為：一為水之大者、二為無底之谷、三為萬川歸趨之所、四為海水不盈不竭、五為超越時空的限制、六為日月出入之地、七為無法超越的空間等思惟。參見吳志雄著：〈論先秦文學中的海洋書寫〉，《海洋文化學刊》，第 6 期，2009 年 6 月，頁 49。
〔註21〕〔東漢〕許慎著，〔清〕段玉裁注：《說文解字》（台北：黎明文化事業，1993

黑而晦也。」〔註22〕在漢人的解讀中，「海」爲一眾水所歸，黑暗混沌不明的空間型態。許慎的「天池」概念，與《莊子‧逍遙遊》的「窮髮之北有冥海者，天池也」〔註23〕及王逸《楚辭章句》的「咸池，日浴處也，蓋天池也」〔註24〕在思路上皆極爲相似，都是指稱海位於荒遠極地外，是一個萬川歸聚流動、晦冥無涯的空間型態；海也被視爲容納百川的天池，是太陽的洗浴之地；它爲一盛大的水域，在天下大地的盡頭。而從戰國陰陽家的大九州地理觀的啓蒙，〔註25〕至秦漢一直延燒的帝王尋仙熱潮，〔註26〕造就海上方士虛構的蓬萊三神山，〔註27〕與那巨鼇負山、龍伯釣鼇，〔註28〕吸風飲露，不食五穀、乘雲氣，御飛龍的食棗仙人〔註29〕及海外神人。〔註30〕東漢班彪《覽海賦》所云：「覽滄海之茫茫……渺浩浩以湯湯，索方瀛與壺梁，曜金璆以爲闕……松喬坐於東序，王母處于西箱。命韓眾與岐伯，講神篇而校靈章……通王謁於紫宮，拜太一而受符」，〔註31〕雖是觀覽大海茫茫而不可窮極，實是情感波動的海上遊仙。於是，大海成爲兩漢文人游仙馳想的渠道，與出世登仙的通口。而此等神話傳說所凝結的方士海上尋仙思潮，更在《史記》、〔註32〕《漢書》、〔註33〕《後漢書》、〔註34〕《三國志》〔註35〕等漢魏史籍中

年），頁550。

〔註22〕〔漢〕劉熙撰，〔清〕畢沅疏證：《釋名疏證》（台北：廣文書局，1971年），頁8。
〔註23〕《莊子集釋》，頁14。
〔註24〕《楚辭注八種》，頁16。
〔註25〕〔日〕瀧川龜太郎著：《史記會注考證‧孟子荀卿列傳》（台北：洪氏出版社，1982再版），頁944。
〔註26〕《史記會注考證‧封禪書》，頁501。
〔註27〕《史記會注考證‧始皇本紀》，頁122。
〔註28〕景中注：《列子‧湯問篇》（北京：中華書局，2008.5重印），頁136。
〔註29〕《史記會注考證‧孝武本紀》，頁212。
〔註30〕《莊子集釋》，頁14。
〔註31〕〔清〕嚴可均輯：《全後漢文》（北京：商務印書館，2006.2二刷），頁227～228。
〔註32〕《史記會注考證‧淮南衡山列傳》，頁1270。
〔註33〕〔漢〕班固撰，〔唐〕顏師古注：《漢書‧蒯伍江息夫傳》（北京：中華書局，1960.7初版），頁2171。
〔註34〕〔宋〕范曄撰，〔唐〕李賢等注：《後漢書‧東夷傳》（北京：中華書局，1960.7初版），頁2822。
〔註35〕〔晉〕陳壽撰，〔宋〕裴松之注：《三國志‧吳書》（北京：中華書局，1960.7初版），頁1136。

複製傳述。

　　漢末佛教傳入，釋門對於海洋的思維，又是呈現何種理解的風貌呢？《起世經》對於生成大海的因緣陳述，展現出一則創世的神話思維：「爾時無量久遠不可計日月時，起大重雲，遍覆梵天世界。注大洪水，經歷百千萬年，彼雨水聚漸漸增長……四方一時有大風起，如是吹掘，漸漸深入，乃於其中置大水聚，湛然停積，以此因緣便有大海。」〔註36〕佛經裡不僅把大洪雨水視爲創世的元素，而大風吹沫更是造作了天、地、山、陸與大海。在《大般涅槃經》云：「大海有八不可思議：一者漸漸轉深，二者深難得底，三者同一鹹味，四者潮不過限……八者一切萬流大雨投之，不增不減」，〔註37〕指出了海洋是調控與主宰大自然水量平衡的生態中心。這與《金剛三昧不壞不滅經》所云：「眾流皆歸大海，以沃燋山，大海不增；以金剛輪故，大海不減。此金剛輪隨時轉故，令大海同一鹹味」，〔註38〕都指出了海洋是眾川匯聚之所，它是主宰與調控大自然界裡水量平衡的所在。當然，佛門以海洋爲其宗教省思、論經說法的道場，也見《雜寶藏經》所說：「以一掬水施於佛僧及以父母困厄病人，以此功德，數千萬劫受福無窮。推此言之，一掬之水百千萬倍多於大海。」〔註39〕以一掬水使數千萬劫受福無窮、而百千萬倍多於大海的宗教哲思，反映出佛門以娑婆海洋爲其說法布道的方便法門，更以佛陀宣講經論妙喻，來渡脫生命的煩惱苦海，以追求彼岸的淨土佛國。從以上佛門的觀點來看，海洋不僅是眾川匯聚之所，爲其說法布道的方便法門，更是扮演著調控與主宰大自然水量平衡的生態中心與最關鍵力量。而魏晉六朝而至隋唐宋元，海洋也成爲佛典經義的傳播渠道與媒介，以及中外高僧渡重溟，歷風濤，海上弘法顯威渡厄而在險克濟，充滿神奇靈妙、宗教意趣與教化人心的最精妙海上法界。

　　魏晉六朝文人所寫《海賦》洋洋灑灑，瑰麗雄奇，最能代表對於海洋的歌詠與認知。他們的海洋視野，身受玄學清談與游仙思潮的牽引，而顯爲精幻靈怪的文采。木玄虛《海賦》所云：「百川潛渫，浹潒澹汀，江河既導，萬穴俱流。於廓靈海，長爲委輸，其爲怪也，宜其爲大也……含龍魚，隱鯤

〔註36〕〔唐〕釋道世撰，周叔迦校注：《法苑珠林》（北京：中華書局，2006重印），頁24～25。
〔註37〕《法苑珠林》，頁1875～1876。
〔註38〕《法苑珠林》，頁1876。
〔註39〕《法苑珠林》，頁1501。

鱗，潛靈居……有崇島巨鰲、百靈天琛水怪，鮫人之室，鱗甲異質，橫海之鯨……覯安期於蓬萊。群仙縹緲，餐玉清涯」〔註40〕，書寫出大海的靈異宏偉，廣奇深怪，有百靈天琛水怪，有群仙縹緲，是眾水輸送積聚，萬穴俱流之處。王粲《遊海賦》云：「覽滄海之體勢，吐星出日，天與水際，其深不測，其廣無葦。尋之冥地，不見涯洩，爲百谷之君王……懷珍藏寶，神隱怪匿」〔註41〕，陳述海洋的無涯與深廣，爲一百谷眾流的歸所，珍寶隱匿，水靈百怪的海藏之處。左思《吳都賦》所記：「百川派別，歸海而會……莫測其深，莫究其廣。澶湉漠而無涯。瑰異之所叢育，鱗甲之所集往」〔註42〕，陳敘百川入海的壯闊無邊，也是珍異靈怪叢育集所的天極之處。曹丕《滄海賦》云：「美百川之獨宗，狀滄海之威神，經扶桑而遐逝，跨天涯而托身」〔註43〕，鋪陳了萬川朝宗大海，無盡無涯的奔騰而來。孫綽《望海賦》所歌：「考萬川以周覽，亮天池之綜緯，彌綸八荒，亘帶九地。昏明注之而不溢，尾閭泄之而不匱……長鯨岳利以截浪，虯鱷揚鬐以排流，巨鰲彙屓以冠山，烏鸌呼翕以吞舟，鵬鯤介豪，翼遮半天，抗鱗而四瀆起濤」，〔註44〕陳述了大海乃在八荒九地外，萬川流聚的天池之處，它也是眾水所歸，注而不竭，泄而不虛的空間所在。在這個一望無際的天池世界裡，孕育有「長鯨截浪，虯鱷排流，巨鰲冠山，烏鸌吞舟，鵬鯤翼半天、負重霄、宇宙生風而四瀆起濤」等等的海洋神話仙說。潘岳《滄海賦》所詠：「瀾漫形沉，流沫千里，懸水萬丈。測之莫量其深，望之不見其廣……其中有蓬萊名岳，清丘奇山，阜陵別島，峬環其間……有吞舟鯨鯢、素蛟丹虬、元龜靈黿、紫貝玄螭、赤龍焚蘊」〔註45〕，構述出萬川湯湯蕩蕩，流沫千里；測之莫量其深，望之不見其廣，有蓬萊仙岳、十洲三島、吞舟鯨鯢、元龜靈黿、素蛟玄螭、赤龍焚蘊的歸墟世界。簡文帝《海賦》及《大壑賦》所書：「始乎濫觴，委輸大壑。測之渺而無際，望之杳而綿漠。郁沸冥茫，往來日月」、「大壑在焉，其深無極……歷詳眾水，導異殊名，懷山之水積，天漢之流駛，乃知大壑之

〔註40〕〔梁〕昭明太子撰，〔唐〕李善注：《文選》（台北：藝文印書館，1983.6 十版），頁 184～187。

〔註41〕《全後漢文》，頁 907～908。

〔註42〕《文選》，頁 85。

〔註43〕〔清〕嚴可均輯：《全三國文》（北京：商務印書館，2006.2 二刷），頁 36。

〔註44〕〔清〕嚴可均輯：《全晉文》（北京：商務印書館，2006.2 二刷），頁 635。

〔註45〕《全晉文》，頁 964～965。

難滿，尾閭之爲異。」〔註46〕他描寫的「大壑」是矗立於蒼茫大海上的空間容器，是一個「其深無極」、「歷詳眾水」、「天漢流駛」及「四瀆與九河同至」的納水空間。南朝齊張融的《海賦》描述：「海之狀，窮區沒渚，萬里藏岸。回混浩潰，巓倒發濤，浮天振遠，灌日飛高。摠撞則八紘摧隤，鼓怒則九紐折裂……淄轉則日月似驚，浪動而星河如覆……晒蓬萊之靈岫，望方壺之妙闕。」〔註47〕賦中的大海湯湯蕩蕩，澎湃萬頃，是八紘九野之水，天漢之流注之的歸處。這個尾閭的世界，不僅孕育著虞淵、湯谷的傳說，更流傳蓬萊海上仙境、方壺瀛洲的宮闕美景，形塑出《海內十洲記》、《博物志》、《三齊略記》、《拾遺記》等小説文本「十洲三島」的仙境。前秦苻朗篇名而闕的海洋賦文：「東海有鼇焉，冠蓬萊而浮游于滄海。騰躍而上，則干雲之峰邁類于群岳；沉沒而下，則引天之丘潛嶠于重泉」〔註48〕，説的也是海上蓬萊仙境與巨鼇負仙山、鯤鵬絶雲氣而負青天的東海神話。魏晉六朝文人建構的海洋世界，不僅承遞先秦兩漢海上仙境的虛幻譎奇，更大肆張揚演繹道家及道教的「巨壑」、「尾閭」、「歸墟」、「落焦」、「蜃樓」、「鮫室」、「天吳」、「海童」、「禺彊」、「藐姑射」、「巨鼇崇島負山」、「鯤鵬絶雲氣負青天」、「餐玉食棗之安期生」、「龍伯大人釣鼇灼骨」等海洋仙話傳説的寫景，營造一個傾瀉百川、迴泬萬里的納水空間，與晦澀難明、天琛水怪、海靈麟甲的神祕地景，並成爲隋唐宋元道教徒在仙話書寫上的典範場域。海洋是超世長生的遊仙聖域，是水族海靈藏栖的瀯涓府庭，與能手織綃、眼泣珠、笑落玉的海底鮫人世界，更是神話志怪演述的宗教巨壑。而以文學性的視角來看待海洋是遊仙的聖域，是宗教齊諧志怪的神話傳説沃壤，是各種精幻靈怪、瑰奇怪麗存在的納水空間與創寫場景，都如實的綿延於唐朝李白、白居易、宋朝蘇軾等文豪的詩賦詞文之中，並成爲歷代文人墨客、方士神仙家、傳奇小説家、道教與佛教宗教宣傳著述者的書寫資材。

而從秦漢時期興起而迄隋唐宋元繁榮發展的海上絲路，在經濟貿易與政治朝貢，甚至是宗教文化交流移植的海洋活動中，更打開了後代文人的海洋書寫視野。換言之，海洋不僅是一個旃威顯瑞、現奇表極的佛門海洋，是中、西群僧在縣邈的山海帆影遠涉、冒險洪波中，忘形徇道，委命弘法的苦海普

〔註46〕〔清〕嚴可均輯：《全梁文》（北京：商務印書館，2006.2 二刷），頁84。
〔註47〕〔清〕嚴可均輯：《全齊文》（北京：商務印書館，2006.2 二刷），頁146～147。
〔註48〕《全晉文》，頁1656～1657。

渡；也是中外高僧南涉洪溟、鼓舶鯨波、東渡滄濤，莫不咸思聖跡，罄五體而歸禮；俱懷旋踵，報四恩以流望〔註 49〕的聖壑，更是佛門義諦的無量寶藏之地。而這條海上絲路更是海島嶼邦使臣的往來朝貢獻見、國際間商舶遠屆委輸、犀翠羽珍、蛇珠火布等四方珍怪山琛水寶的貿易渠道。海洋更是輸送海外諸蕃君長，遠慕望風，寶舶薦臻，慕王化、修職貢、互通市、殊庭異域相繼入華，以及梯航畢達，外國之貨日至，珠、香、象、犀、玳瑁，稀世之珍，溢於中國而不可勝至，〔註 50〕海宇會同，〔註 51〕九州殷富，鐻耳貫胸、殊琛絕贐〔註 52〕之四夷自服來朝的通口。

　　中國文人所書寫的海洋觀點，既是以海洋為審美主體的文學，自然成為歷代文人墨客、小說家、道教與佛教宗教宣傳著述者等涉海熱情與靈感激發的發聲渠道與出口。而從中國古代小說與海洋文化及海洋文學發生某種人文聯繫的互動歷史中，那寄託幻想譎奇的十洲三島，那綏靖遠服而罔不率俾的萬國貢珍，或是島夷風情喧囂的港埠市集、雜錯擁擠的帆槎渡影，與繽紛奇炫的琉璃珠貝，或是越紫塞而孤征、南渡滄溟以單逝的求法高僧，或是爛漫旖旎的鮫室蜃樓與咸池扶桑的神話，〔註 53〕無一不是體現了中國古代小說在海洋書寫上涉及了文學藝術，民俗宗教、社會經濟與政治文化的發展動態，進而提供了先秦迄元有關儒道佛海洋觀的研究視野。

二、研究的論題

　　首先，本書第一章論述中國古代海洋文化與海洋文學的概念表述，進而略論中國海洋文化與海洋文學在古代各時期海洋觀點歷程中的發展演變關係，並以歸結儒道佛海洋觀的四大論述面向。而從先秦以迄宋元時期在古典

〔註 49〕　參見〔唐〕義淨撰，王邦雄校注：《大唐西域求法高僧傳校注》（北京：中華書局，1998 一刷），頁 1。

〔註 50〕　轉引陳高華等著：《中國海外交通史》（台北：文津出版社，1997 一刷），頁 44。原文出於韓愈：《昌黎先生集・卷二一・送鄭尚書序》。

〔註 51〕　〔明〕宋濂等撰：《元史・志第四十七》（北京：中華書局，1960 版），頁 2538。

〔註 52〕　轉引《中國海外交通史》，頁 43。鐻耳貫胸、殊琛絕贐二句，出於唐張九齡：《曲江張先生文集・卷十七・開鑿大禹嶺路序》一文。

〔註 53〕　參見廖肇亨：〈長島怪沫、忠義淵藪、碧水長流──明清海洋詩學中的世界秩序〉，《中國文哲研究集刊》，第 32 期，2008 年 3 月，頁 42 述：「寄託幻想的十洲三島，熱情喧囂的港口市場、錯身擠塞的帆槎星影、血腥暴烈的海上戰役、繽紛炫奇的琉璃珠貝、千里孤身的弘法高僧，爛漫旖旎的異國戀情……時間與空間成為破碎的海岸線。」

海洋文化與海洋文學相互融攝，以及文人墨客、小説家、道教與佛教宗教宣傳著述者等所書寫的海洋視野與發展走向裡，約可歸結出三大海洋觀面向：第一，以政經商貿朝貢，而顯中原王朝之宗主地位和政治威信，懷柔遠人為思維的儒家海洋觀；第二，以神話、仙話為玄思而逐漸匯聚成流的蓬萊仙系的道家、道教海洋觀；第三，以海洋為傳法布教、顯奇斂威之道場的佛教海洋觀。而作為海洋文學一環的涉海小説，其在漫長的海洋文化與海洋文學歷程發展中，自然是深受這三大面向的浸潤、濡沫、薰陶與洗禮而有所遞變與承新。所以，循此思路以呈現書中第二章節到第六章節的研究論題。

就第二章節有關先秦漢魏六朝小説中儒家海洋觀論題的展現上，筆者嘗試從儒家經史、文集等二個考察面向，企圖建構此時期小説中有關儒家對透過海洋實踐活動所獲得對海洋本質屬性認知的觀點。並進以探求儒家整體海洋觀點的演變原由，從而由漢魏六朝的小説文本中，以汲取出儒家關於政治與經濟民生觀點下的海洋思維。第一，就儒家經書典籍的探述，在儒家經典中對於「四海」、「海隅」、「海外」、「東海」及「南海」的指述與對海洋的認知，其主要觀點不外乎是王道所及極處的代稱，象徵了王道普大，海外四夷聞德來歸的王天下思想。在這種聲教德化遠被的王疆統御，以及四夷來貢的政經論述思維下，不僅體現政治上王道教化的主張，更展現先民逐珠璣商賈之利而取富，九夷島國嶼邦以四海賓服，歲時來貢的經濟榮景。第二，就兩漢魏晉六朝儒家史書、海外行紀及風物記載探析等涉海人事的傳記式書寫，或對三皇五帝世系世裔的海洋神話和傳説的追尋；或對夷越齊吳濱海民族航海活動與海洋資源管理的描寫；；或寫沿海民族區域及其海外諸國人民特性與生活風俗習性的見聞、海島嶼邦使臣的往來朝貢獻見；或寫國際間商舶遠屆委輸，和犀翠羽之珍、蛇珠火布之異等四方珍怪、山琛水寶的海洋資源貿易，反映了當時史臣遊士的海洋觀點。當時期儒家史臣展示的寫景論題，我們約可充分地展現出「天子受四海之圖籍，膺萬國之貢珍，內撫諸夏，外綏百蠻」〔註 54〕、「海南諸國地窮邊裔，各有疆域。若山奇海異，怪類殊種，前古未聞。故知九洲之外，八荒之表，辯方物土，莫究其極，而朝貢歲至，美矣」〔註 55〕之「四夷來貢，綏靖遠服」的政經視野。第三，就兩漢文集著作中，對於儒家海洋觀的書寫論述，也大致聚焦在一個政治與經濟效應的問題

〔註 54〕〔梁〕昭明太子撰：《文選》（台北：藝文印書館，1983.6 十版），頁 33。
〔註 55〕《梁書・卷五十四》，頁 818。

上。政治上的視角又以海外邦國慕化來朝，典型的「河海夷晏，風雲律呂」，是儒家政平而王，四海不揚波的政治思維。而在經濟上的視野則以海上貿易、海洋資源及海邦貢品等海洋的「經濟地理」角度，展示儒家「經世致用」的海政觀點。

從以上的經史文集中汲取有關儒家的海洋觀是一個以聚焦於政經觀點的思維下，是以漢魏六朝小說中關涉於儒家海洋觀的書寫課題，大致也承繼這樣的發展格局。《神異經》裡記述海外瀛國怪聞，不免受到史籍「山奇海異，怪類殊種；九州之外、八荒之表，辯方物土，莫究其極」的流風影響，張揚與誇誕奇山異海中之殊方尤物。《海內十洲記》載神遊十洲仙島絕俗虛詭之跡，進而彰顯遠國山琛水寶之獻物朝貢，並頌讚武帝海外威德與穩健剛強的帝國秩序。《西京雜記》揭示儒家王化澤被的海國朝貢，並廣泛地摹寫這些南海異域的珍貴方物委輸南州，而成為帝王雅士與政商名流賞飾與誇示收藏的珍玩。《漢武帝別國洞冥記》載述海外殊國、絕域遐方之奇珍異寶，融攝了浪漫的海洋奇聞，編織更多山奇海異的怪國殊寶、藏山隱海的未名之珍。《漢武故事》多為漢武長生不老的求仙問道，然殊方異物的海國珍寶，象徵武帝興盛的海外邦誼與獻見朝貢的體制形塑。《玄中記》大壑及沃焦的海洋奇談；張華《博物志》多記地窮邊裔、怪類殊種的海國嶼島，意想更多藏山隱海的方物殊方，及其海洋作為天河星漢連通渠道的詼諧詭譎之想像，譜寫海外奇國神話傳說的浪漫海洋。劉敬叔《異苑》述海奴方物，與南海珠璣象牙琉璃海寶的幽秘，瀛國殊海的奇談。王子年《拾遺記》記山川地理之志怪，博采遠國殊方瑰美與幽秘，彰顯經史海夷嶼國衒惑幻化之術的靡麗迂闊之想像，與對泛海陵坡之千名萬品、山琛水寶之爰廣尚奇、搜撰殊怪的寫作圖像。而種種遠國史實和異聞遊記，也都先後地成為街談巷語、裨官野史的小說題材中。

在第三章節有關先秦漢魏六朝時期小說中之道家海洋觀論題的展現上，筆者嘗試由道家經典、史籍、諸子百家雜說等面向，企圖釐清與建構此時期小說中有關道家對透過海洋傳說神話事蹟中所獲得對海洋本質屬性的認知。並進以探求道家整體海洋觀點的演變脈絡，從而由漢魏六朝的小說文本中，以汲取出道家及道教關於海洋神話、海上方士文化與蓬萊仙系演化下的海洋觀點。首先，有關先秦道家與漢魏六朝道教經典的海洋書寫觀，它們展現出幾個面向：其一、建構了一連串「歸墟」、「尾閭」、「大壑」、「沃焦」等東方

海域的納水空間之神話解釋體系；演述了「鼇負五山」、「龍伯大人」等海洋神話，與東方海域上的「蓬萊仙島」、「理想樂園」。其二、建構了一個「不知其大」的鯤鵬神話與獨與不食五穀而吸風飲露，乘雲氣，御飛龍；大澤焚而不能熱，河漢冱而不能寒，疾雷破山風振海而不能驚，以遊乎四海之外的神人樂園；與寰海之外，無異山林，和光同塵，在染不染的海外神境。其三、海洋成為道家筆下深弘溟渺、蒼莽窈冥、大而無邊的自然「道場」，是萬物皆往資焉而不匱的「道境」。其四、蓬萊五島的奇幻海上仙境，成為後世仙系海洋小說的濫觴，充分展現道教的詭譎、齊諧與志怪的神話化。其五、想像以北海帝與南海帝的儵、忽、北海神若與河伯等海洋神靈的人格化演變動態。其六：開鑿了以埳井之鼃與東海之鼈為題的「東海大樂」人生哲理世界。同時，先秦初民對海洋地理的時空觀，也反映了對人生世變的哲思與抒懷，彰顯道家、道教以海洋為玄思道境的觀點。

　　其次，就先秦諸子百家典籍載述海洋崇拜、海神信仰之神話傳說而所衍生濫觴的仙境系統來看：那以沿海民族的原始自然海洋崇拜，與鳥類圖騰海神信仰而濫觴，再加上海上神山仙人傳播為主體，而成為先秦道家海洋仙話的沃壤。在濱海的特殊地理生態景觀下，更助長仙人與長生思想的催生。這種濱海神仙文化的發展，在齊威王、齊宣王之際的稷下學宮諸子引領下，致使陰陽五行思想、黃老學說在齊地的迅速發展，並北傳到燕地，加上齊魯地區固有的儒家思想，進而構成了極為豐沛的燕齊濱海方士文化。可以說濱海方士文化大抵是以沿海民族的海洋崇拜、海神信仰為濫觴，再加上海上神山仙人傳播為主體，又飾以鄒衍陰陽五行之學與大九州海洋地理觀，並吸取黃老學與儒學的養分，遂漫延為泛海蓬萊求仙，尋找不死之藥的方士海上神境仙話。

　　而此蓬萊仙話系統的演變進入魏晉六朝時期，由於神仙方術家推崇老莊之學，加上道教產生並發展傳播迅速，〔註56〕神仙、長生之說伴隨遊仙思想氛圍浸潤時人，方士海洋神蹟仙事之說瀰漫而大盛。致使漢魏六朝神仙家、博物家、小說家、道教徒更為大張旗鼓，為仙境系統注入更多志怪的養料和

〔註56〕齊地濱海民間圖騰信仰之巫教文化，因神仙術士的宣揚鼓吹而被光大為廣為流行的神仙道教，為東漢末的道教確立奠定的基礎。而導致東漢覆滅的太平道運動的中心也是在齊地，太平道的經典《太平經》也出自齊人之手，而太平道與神仙道教本是同根所生，共同源於齊燕吳越等東方民間巫教，兩者的區別在於，後者是民間巫教的方術化，而前者則從民間巫教發展成為民眾運動。

動能。《太公金匱》、《龍魚河圖》等四海神的陰陽五行讖緯思想，與道教宗教、詭異荒誕色彩的演化；《列仙傳》、《神仙傳》、《續齊諧記》等方士仙人海洋神蹟的展現，與方壺海中聖島仙境由遙遠的海外轉入「樓觀五色、重門閣道」的壺中世界，並進而幻化「開明朗然、不異人間，丹樓瓊宇、神仙洞窟」的理想世界。《海內十洲記》載神遊十洲仙島絕俗虛詭之跡，以奇幻的十洲五島地景來擴大敷揚蓬萊仙境的造象版圖和不死仙境；《漢武故事》多為長生不老的求仙問道；《拾遺記》寫山川地理之志怪，博采遠國殊方瑰美與幽秘，彰顯經史裡海夷嶼國衒惑幻化之術的靡麗迂闊與想像，並將十洲五島置以瑰麗譎幻的七山仙境，投射出魏晉六朝道教徒遊仙的集體圖像。

　　換言之，從先秦漢初濫觴發端的「蓬萊仙境」，在魏晉六朝孕育出中國小說文本上的海上仙島模本。這個蓬萊仙島的工程造境，則有三層的論述向度。其一，海上神仙與方士的群像營造故事的傳播演化。其二，齊、燕特殊的濱海地貌，而引發海市蜃樓的幻影，進而為方士道徒所構築海上蓬萊仙島的聖域地景。其三，海上仙境樂園型態性質的深化與神化，進而成為現實地理空間的尋求還原與聖域轉變，以及幻滅心靈的棲所重塑與複現。在此蓬萊仙系傳說演化歷程中，本書呈現三方面的問題探討：海上三神山仙境的演變、方壺勝境與仙館神鄉的演化書寫、以及蓬萊仙境於帝王皇家園林築山建島、疊山理水，以企慕構建俗世人間的海上瓊閣之還原。另外，本書還就蓬萊仙系中的方士傳說演變，作一簡單的考述。最後，歸結說明先秦漢魏六朝小說典籍呈現道家及道教以海洋人物事蹟，神話傳說，宗教玄思道境信仰的蓬萊仙話系統海洋觀。

　　秦漢魏晉六朝海上絲路的開闢，不僅帶來中國與海外國家的經貿交流外，更輸送了佛教舶來文化的東傳。史書所載：「天竺由此道遣使奉獻……行海往往至矣……佛道自後漢明帝法始東流」〔註57〕、「師子國、天竺迦毗黎國，元嘉五年遣信奉表，欲與天子共弘正法，以度難化」〔註58〕、「沙門法顯，自長安遊天竺……於南海師子國，隨商人汎舶東回」〔註59〕，正是在這條海上絲綢之路，中西佛教僧徒循海東漸或西行求法，或布道傳佛，展開了中土的求法因緣。換言之，佛教從南海海路傳入，不少佛教經典經義多涉海

〔註57〕　《南史‧卷七十八》，頁1947、1962。
〔註58〕　《宋書‧卷九十七》，頁2384～2386。
〔註59〕　《魏書‧卷一百一十四》，頁3031。

洋，而且佛教在海路入華的過程中又使許多佛經佛義及僧伽形象的海洋化，和許多佛教海路僧伽與海商過海的傳奇化，或海洋神蹟的顯化旂威等等透過海洋宗教實踐的活動所形塑出一種佛法神蹟傳播的海洋觀。因此，就第四章節有關漢魏六朝小說中佛家海洋觀的論題展現，筆者嘗試由漢魏六朝官書典籍中有關佛教海路的交流與傳播、僧傳史書中的佛徒海洋傳奇等二個面向，企圖釐清與建構此時期小說及佛典中有關佛家對透過海洋宗教實踐活動所形塑一種佛法神祇傳播的海洋觀。首先，就漢魏六朝官書典籍中有關佛教海路的交流與傳播史裡，筆者提出了幾個問題：其一，經由海上輸入佛教的推手是否與海洋國家的胡商有關？其二，佛教的廣泛信仰與當時的海上貿易有關聯性嗎？其三，往返於南海地區的海舶商人中，是否也具有佛教徒的身分，並透過貿易的管道以傳播佛法？在這樣的海路佛教傳播路徑中，史籍所開顯出的佛教海洋思維，又著重於哪些事蹟的書寫？而在這條浩淼煙波的南海航路，海路上的佛教傳播究竟是起於何時？官書又是如何記載海上的佛國商人與僧人，如何在詭譎多變的海天重溟中，將佛教傳入中國？而海路僧人的活動路線又是否是南海商貿的航線？從事海貿商人是否也同時從事佛教的傳播活動呢？相對於陸路的佛教入華，經由航海路線的東傳，兩漢魏晉時期活動於南海道的中外佛僧，在飄洋過海的歷程，進而興起的文化交流、佛典譯著與布教行蹟中，又傳遞出何種樣態的海洋觀點？

其次，從僧傳及史書中的佛徒海洋傳奇記載中，這些沙門佛僧東傳弘法，一路遠渡重溟、拼搏濤浪、歷經海洋的嚴峻深嶮，莫不倚靠堅強的信仰與海上神祇的顯佑護庇。海洋不僅成為佛教僧尼苦厄難關的試煉所，同時也是佛門神祇顯瑞旂威的宗教道場，並聯通了佛法與中土信眾的傳法取經之路。海洋不僅是海路佛僧傳教的活動舞臺，更孕育出很多佛門的海上傳奇。而從官書、史籍有關佛教海路的交流與傳播，與僧傳佛徒海洋傳奇中汲取有關佛教的海洋觀是一個以聚焦於透過海洋宗教實踐的活動所形塑出一種佛法神祇傳播的海洋觀點下，漢魏六朝小說與佛典中關於佛家海洋觀的書寫課題，基本上即循著這樣的發展路向。由漢魏六朝海路佛僧的傳法活動，在往來於波詭雲譎的海天之間，許多狂風巨濤、泛海陵波的海上神談靈說事蹟，彰顯出佛教徒的海洋思維。而佛典中談述佛門在海上道場的說法與現奇表極、顯瑞旂威的靈蹟，可以在兩個面向上來論述：一是佛門經典裡的說法布道，不僅構述娑婆海洋的宗教面貌，更以佛陀宣講經論妙喻，如何渡脫生命的苦海、煩

惱海，以尋求彼岸的淨土佛國。二是在小說裡的敘述情節中，經常以一心求念觀世音、稱誦觀世音，而蒙威神佑，得以解除海上、水上的磨難與苦厄，進而觀音成為佛門神祇裡的海洋救世主。

在透過先秦以迄漢魏六朝有關儒道佛等基礎性的海洋觀建構後，筆者嘗試以此為基點，分別論述隋唐五代與宋元小說中有關儒道佛海洋觀的書寫演變，釐清各時期小說中儒道佛海洋觀的遞嬗關係。

在隋唐五代有關小說中海洋觀的書寫，隨著政治經濟利益的驅動，以及統治帝王的鼓勵與提倡下，由海上絲綢之路引生的海上貿易動能，逐漸形成一個「天下諸津，舟行所聚，旁通巴漢，前指閩越……弘舸巨艦，千舳萬艘，交貿往還，昧旦永日」〔註60〕、「南海番舶，本以慕化而來，固在接以恩仁，使其感悅，思有矜恤，以示綏懷」〔註61〕的諸蕃君長，遠慕望風，寶舶薦臻，倍於恆數的經貿繁榮景象。以及梯航畢達，外國珠、香、象、犀、玳瑁之貨日至；海宇會同，九州殷富，四夷自服的海國盛世。〔註62〕在面對如此興盛的海洋時代，隋唐五代小說中的「傳奇」體式，雖不離搜奇志逸、變異詭談的風格，然以作意好奇，假小說以寄筆端，施之藻繪，而擴其志怪文采與意想之波瀾，〔註63〕與承襲漢魏六朝小說志怪風格而又專記殊風絕域、遠方珍異與神仙靈異的「雜俎」文體，〔註64〕同為唐代小說的主流。而就傳奇與雜俎小說中有關儒道佛海洋觀及海神演變的書寫視景中，在隋唐五代文人筆下又有哪些遞承與演變呢？對於儒家王化四夷、萬國來朝獻貢的海洋思維，士人的觀察視角又如何在面對海外交通興盛的歷史浪潮中，來敘寫這段時期的儒家海洋觀？同樣的，面對大海的縹緲難涉，海外島國怪誕譎奇的幻像意設，當時期小說家的筆下又如何對這些海洋奇幻的漂流行旅，對那蓬萊三神山、蛟人之室、海客淵館、山市湖市等之掩映成輝，浩渺譎詭之神物幻化，煙雨冥靄中之飛樓城堞，滄海外之仙影宮闕、海上五仙島、十洲五島及七山蜃景麗境，構寫成何種差異的演變樣貌？對於那於皇家宮苑築山建島、

〔註60〕 《舊唐書·卷九十四》，頁2998。

〔註61〕 轉引黃順力著：《海洋迷思——中國海洋觀的傳統與變遷》（南昌：江西高校出版社，2007.4重印），頁53。原文出自王欽若：《冊府元龜·卷一七〇》。

〔註62〕 駢宇騫等譯註：《貞觀政要》（北京：中華書局，2009.3初版），頁298。

〔註63〕 魯迅著，周錫山評註：《中國小說史略》（台北：五南圖書出版公司，2009.3初版一刷），頁120。

〔註64〕 孟瑤著：《中國小說史》（台北：傳記文學出版社，1980.10再版），頁109。

疊山理水，以企慕構建俗世人間的仙山瓊閣；或於方丈之室與一壺天地的小園谷林，轉思不死仙境之「方壺勝境」、「世外桃源」、「仙館洞穴」的理想天地，又是呈現何種歷時性的變動述景？而在義淨與鑑真等高僧的渡海求法，鼓帆瀛海以含弘佛法的海僧航渡歷程中，小說、僧傳行紀中所述說的世界又是呈現何種樣貌的佛教海洋觀？循著上述的問題，在本書第五章節將予以呈現隋唐五代小說中儒道佛海洋觀的論題。

　　至於宋元兩朝傳奇、雜俎、話本、行紀、僧傳故事等小說形式的書寫開展，在隨著社會經濟繁榮，堅持海上開放政策，市舶司制度的強化，加上當時期航海技術的提高，與海圖、指南針的使用，促使海上絲綢之路貿易文化的空前繁盛。當時期的海洋盛世榮景是「國朝列聖相傳，聲教所暨，累譯奉琛，於是置官於泉廣，以司互市……海外環水而國者以萬數」〔註65〕、「中國之外，四海爲之。海外夷國以萬計，皆得梯航以達其道路，象胥以譯其語言，相率而效朝貢互市」〔註66〕、「海外島夷無慮數千國，莫不執玉貢琛，以修民職；梯山航海以通互市。中國之往復商販于殊庭異域之中者，如東西洲焉。」〔註67〕進而開創出「千帆競發，百舸爭流」、「八荒爭湊，萬國咸通」，以高於隋唐五代的全盛航海事業。在面對如此巔峰發展的海洋時代，宋元傳奇志怪小說在崇儒，兼容釋道的學術氛圍中，雖遠遜前代而有「平實簡華，乏文采，失六朝志怪之古質，復無唐人傳奇之纏綿，多託往事而避近聞，擬古且遠不逮，無獨創之可言，又欲以可信見長，遂至此道不復振」〔註68〕的批評。然在承襲魏晉隋唐搜奇志怪之傳統的傳奇與雜俎小說中，仍多變怪讖應之談、神仙幻誕之說、海夷遠國洽聞廣見之靈怪，與山琛水寶未名方珍之異談。而新興「話本」體式的開拓，各種具有小說性質而隨筆紀錄的雜識、札記、筆談承前啓後的蓬勃書寫。在就這些小說文本中有關儒道佛海洋觀的書寫視景中，宋元小說家又如何從承繼隋唐五代「慕王化、修職貢，聲教所暨，累譯奉琛，梯山航海以通互市」的儒家視角，來作此時期海洋觀書寫的差異比較？而隨著海商遠涉異邦殊國，對當地民情風土的傳述，到底又以什麼樣的不同面貌進入作家的筆下？是否還是承繼漢魏六朝志怪小說裡的「似人似獸」、「海外異邦島國之獸化非人境」、「鬼靈崇拜」，與漢譯佛經中常談的

〔註65〕《諸蕃志校釋》，頁1。
〔註66〕《島夷誌略校釋》，頁5。
〔註67〕《島夷誌略校釋》，頁385。
〔註68〕魯迅：《中國小說史略》，頁165、180。

「賈客飄入鬼國」的偏見，而以很典型的華夏中心主義的書寫史觀來看待外夷，甚至以自我封閉性之文化模式來強調慕王道、被聲教，化育遠邇荒域的「華夷之辨」的海洋觀點嗎？再則，從宋人信仰本根於夗鬼，加上帝王自身的崇尚仙道，則宋代傳奇及雜俎小說與話本又多神仙幻誕之談。而元代又暢談三教，與宋同以重視仙道釋門，專論不死求僊與世道無常及仙境神殿的幻設意想，則那方士與神仙傳說所構築了中國海上蓬萊仙島的美麗傳奇：蓬萊三神山、海上五仙島、十洲五島，所造就了小說家對於「神山仙島」的極致渴慕與心靈上的造圖，是否又有了新的演變樣貌？而魏晉六朝及隋唐五代帝王與文人對於蓬萊仙島的體現，或於皇家宮苑築山建島、疊山理水，以企慕仙山瓊閣；或於方丈之室與一壺天地的小園谷林，轉思不死仙境，或於心靈神遊，以追慕仙蹤聖域，於人境不必外求於海上神山仙島，而衍繹爲「方壺勝境」、「仙館洞天」的理想仙境，是否依然爲宋元小說家所遞承，並賦予新的演變風貌？面對隋唐五代高僧渡海求法，鼓帆瀛海以含弘佛法的行紀時代，宋元小說世界裡又呈現何種承遞與改變的佛僧海洋觀？在變化莫測的狂風巨濤、泛海陵波中，又如何孕育了佛門高僧在海上的靈異傳說神蹟，彰顯此時期佛教徒的海洋思維？就上述的問題，在本書第六章節裡予以呈現宋元小說中儒道佛海洋觀的論題。

最後爲結論部分。闡發本書通過前述各章的探討所引發的有關論題的思考，並歸結回顧各研究問題的要旨，試圖系統化、統整化的解讀論述明代之前中國小說中有關儒道佛海洋觀的繼承及演變上的差異性發展脈絡。

三、相關研究文獻的檢討

現今學者對於中國古代小說中有關海洋書寫觀點的研究，因剛在起步的階段，成果上的展現顯然不足而尚待開發鑽研。迄今爲止，海峽兩岸三地學術界對於中國明清之前的古代小說中有關儒道佛海洋觀點，並從各朝代分期的歷程中而作有系統性的建構和演變發展之研究專著，則是仍未見及。相關的論文雖對中國古代小說中的海洋書寫風貌有所涉及，但在學術目標的視野不盡相同下，以中國小說中的海洋觀爲研究重點的文章並不多見。雖然如此，眾多的時賢學者在探討「萬邦遠服，四海來歸；咸歸風化，梯山貢職」之海外政治交誼與經濟發展的儒家海洋觀、「蓬萊仙系神話」之流變考述的道家及道教海洋觀、「晉唐南海高僧」之海上庶奇靈蹟與傳法布教的佛教海洋觀等領域時，其研究視角已都不同程度地觸及古代小說中儒道佛海洋觀核心概念之

演變發展課題，而所提出的諸多精闢見解，也為本文的研究奠定基礎，並指引出一條論述的路徑。當然，任何學術研究的深入，都是在前人努力成果的基礎下，才能有所創新與突破。以下即就上述相關文獻資料，作一番粗淺的檢視與探究。

首先，關於儒家在政經視野下的海洋觀點研究，黃順力《海洋迷思——中國海洋觀的傳統與變遷》專著，雖是主論明清兩朝的海洋觀發展變化系統研究，然在第一章的「初識海洋」專題中，〔註 69〕分別從三個環節為論述主軸，對明清之前中國古代海洋觀的產生、形成及其主要特點作一概要性的歷史進程之追溯。透過「初識海洋」的專題論述，黃順力先生建構了明清之前中國統治者的海洋觀點，其以政經為觀察的視野，基本上已勾勒出部分的儒家海洋思維，對本文的研究頗具啟示。

王立〈中國古代海外傳說誤讀的文化成因〉一文，〔註 70〕以華夏中心主義的論述史觀，基本上與儒家之慕王道、覆聲教，化育遠邇荒域的封建中原王權意識的海洋觀點類似，為本文在探討明清之前小說中的儒家海洋觀建構了一條論述的成規。

關於中國先民於海上絲綢之路的開闢及其海外地理的探險見聞與遷徙的研究著作，鞠德源的《中國先民海外大探險之謎》專著，〔註 71〕論述燕、齊、秦、漢方士群體在戰國秦漢時期的航海探險與海外地理的探勘，及其有關山川地理之紀錄和海洋地理之紀錄，獨闢蹊徑而別開生面。該著作所引述《山海經》、《神異經》、《海內十洲記》、《拾遺記》等志怪搜奇的海外異人遠國的比對剖析，基本上已是對儒家「中原王權意識」、「華夏中心主義」海洋觀的反動。

劉宗迪《失落的天書：《山海經》與古代華夏世界觀》一書，〔註 72〕根據《史記》騶衍大九洲說的海洋地理圖式，主張「大九州說」並非騶衍陰陽家者流的憑空捏造，而是基於其對天下的想像，從《山海經‧海經》中提鍊出

〔註 69〕《海洋迷思——中國海洋觀的傳統與變遷》，頁 1～84。

〔註 70〕王立：〈中國古代海外傳說誤讀的文化成因〉，《大連海事大學學報‧社科版》，第 2 卷第 3 期，2003 年 09 月，頁 68～72。

〔註 71〕鞠德源著：《中國先民海外大探險之謎》（北京：北京圖書出版社，2003.8 初版），頁 1～164。

〔註 72〕劉宗迪著：《失落的天書：《山海經》與古代華夏世界觀》（北京：商務印書館，2010.5 二刷），頁 595～596。

來的。從該書的論述主軸來看,《山海經》所描繪那些荒徼海外、殊國異類而光怪陸離的海隅嶼國,卻成為儒家文士華夏中心主義非我族類的蠻夷戎狄所環繞的場域,並成為《禹貢》、《楚辭》、《呂氏春秋》、《爾雅・釋地》等先秦文獻中的地理觀和民族誌志所體現。

關於道家在蓬萊仙話體系視野下的海洋觀點研究,台灣學者高莉芬的《蓬萊神話——神山、海洋與洲島的神聖敘事》專著,〔註73〕為蓬萊神話的發展輪廓,建構了一個極清晰的論述面向。是書採取比較神話學的方法論述,運用母題分析的方法,結合語源學之考察,以重新檢驗蓬萊神話所具有的深層象徵思維,進而探究壺形勝山與樂園神話間的關係,將蓬萊仙境由樂園的境界提升至宇宙創生的高度。由探討封禪儀式與蓬萊神話的關係,再進一步由海洋、神山、洲島與「壺」的神聖敘事中,以探究其所潛藏的神話思維及其宇宙觀。作者指出:蓬萊神山不僅是做為帝王慾望投射的不死聖域,以及巡遊探訪的海上樂園,而蓬萊神話所建構的神山聖水,更成為文人越界旅行的神聖空間,訴說人類集體潛意識中永恆的鄉愁,承載著千年以來人類對原初宇宙秩序的永恆回歸。透過「蓬萊神話」的專書論述,高莉芬從比較神話學理建構了「蓬萊仙境」、「方壺勝境」與「壺中天地」的演變視野,基本上已勾勒出道家的海洋思維,其論述的真知灼見,亦對筆者的研究產生莫大的啟發。

陳剛《唐前蓬萊神話流變考》博士論文,〔註74〕以蓬萊神話的產生背景、蓬萊神話在先秦的演變、蓬萊神話在秦朝的演變、漢朝時期蓬萊神話的流變、蓬萊神話在魏晉南北朝時期的演變等五個章節為鋪述,簡論蓬萊神話如何演變為蓬萊仙話,以及論究探析蓬萊神話在中國各個歷史時期的演變風貌。該文對於古代各時期蓬萊仙話演變風貌的論證雖是不夠深闊細膩,然在邏輯建構上卻是簡明清楚,考察出蓬萊神話至蓬萊仙話的流變路徑,不啻為研究者提供一條清晰的論述視野。

張文安的《周秦兩漢神仙信仰研究》博士論文,〔註75〕企圖對周秦二漢

〔註73〕高莉芬著:《蓬萊神話——神山、海洋與洲島的神聖敘事》(台北:里仁書局,2007初版),頁1～186。

〔註74〕陳剛撰:《唐前蓬萊神話流變考》,華中師範大學中文系博士論文,2011年5月。

〔註75〕張文安撰:《周秦兩漢神仙信仰研究》,鄭州大學歷史系博士論文,2005年5月。

神仙信仰進行系統性、綜合性研究。以探究神仙信仰的源流，考察神仙信仰在周秦兩漢的發展實況；探討其對中國傳統文化和文化心理的積極與消極影響，從而掌握神仙信仰的本質。作者全文章節的論述採用歷史文獻與考古材料相互契證的方法，結合文化人類學、宗教學、民俗學、文藝學等學科內容，先對神仙信仰的孕育與形成，進行深入的分析。張文論述的前後邏輯清楚得當，而值得本文重視的論點是：仙話（蓬萊、崑崙、帝王）從最初配合神仙思想的傳播，到形成以描寫游仙為主要內容的文學載體，再到有意識地對仙話傳說進行搜尋、整理與創作，正好經過了戰國、秦、二漢四個不同的歷史時期，至此仙話作品的創作模式基本定型，以後歷代仙話作品都是在這樣的模式上豐富和發展。

薛瑩《魏晉南北朝蓬萊仙話研究》碩士論文，〔註76〕試圖將蓬萊仙話視作一個相對獨立完整的仙話體系，考察其自身的發展過程，並進而分析在魏晉南北朝諸多文學家的文學作品，尤其是盛極一時的仙話小說和遊仙詩中蓬萊審美意象的體現，從而發掘當時人們對蓬萊仙話內涵的理解、接受與運用。值得本文借鏡的則在該文的第二章，著重從《拾遺記》、《海內十洲記》、《列仙傳》、《神仙傳》、《高僧傳》、《博物志》等大量小說傳記作品入手，分析帝王求仙仙話、安期生仙話系統和地理博物志怪中的蓬萊仙話及蓬萊意象。對筆者有關道家在魏晉六朝海洋觀演變歷程中的研究，提供了一個參考的基點。

傅仕欣的《先秦兩漢東海神話研究》碩士論文，〔註77〕最主要的論述主軸在於討論東海神話如何從最初原始的故事內容，演變為後來以長生思想為主的仙鄉樂園。傅文所建構的東海神話之系統化，把與東海神話相關的神話、傳說、仙話納入系統性的論述成規中，對本書有關先秦兩漢時期道家海洋觀的建構與流變，提供了相當程度的助益。

李春輝的《試論唐代仙道小說中的道教文化色彩》碩士論文，〔註78〕從道教文化的角度，探討唐代仙道小說中蘊含深刻的道教文化色彩。而該文有

〔註76〕薛瑩撰：《魏晉南北朝蓬萊仙話研究》，山東大學中文系碩士論文，2007 年 5 月。

〔註77〕傅仕欣撰：《先秦兩漢東海神話研究》，中央大學中文系碩士論文，2010 年 6 月。

〔註78〕李春輝撰：《試論唐代仙道小說中的道教文化色彩》，內蒙古師範大學中文系碩士論文，2005 年 6 月。

關探析道教壺天觀念的仙境闡述意象，提供了筆者對於蓬萊仙境之轉變爲壺中天地的重要論證基礎。王青《徐福文化傳承的歷史脈絡和空間分布研究》碩士論文，〔註79〕提出「徐福文化圈」的概念，標示出徐福東渡的文化史意義。該文著重於徐福在中國、日本、及韓國的民間文化遺存與遺跡的考索，偏離徐福與蓬萊神話關係的發展，而以大範圍的東亞文化圈進行論述，對本書有關燕齊海上方士的群體研究助益不大。

　　關於燕、齊方士的神仙幻想與帝王不死之冀的企求結合下，架設出了蓬萊三島的仙境雛型之課題。據聞一多《神仙考》的論證，六國、秦時傳播神仙說，及主持海上求仙運動的方士：韓爲侯生，趙有安期生，魏是石生，燕含宋毋忌、正伯僑、羨門高、元谷、聚穀、盧生六人，而齊有徐市、韓終二人。〔註80〕聞一多認爲海上三神山的蓬萊仙境的產生，並非燕齊濱海之海市蜃景引起，也非方士思想的主導。中國不死的神仙思想產生於西方昆侖山，東方海上蓬萊仙境的誕生，只是與燕齊海國的偶然結合。

　　余英時《東漢生死觀》則說：「先秦時期各國諸侯尋求不死之藥以延年益壽蔚爲風氣⋯⋯我們顯然必須從渴望傳統的世間長壽或不死的角度去理解秦始皇的求仙⋯⋯皇帝求仙熱情得升溫促進了仙作爲一種信仰與一種觀念的普及與轉化，到了漢武帝⋯⋯燕、齊方士爭先恐後的放言自己擁有不死秘方，能與仙交通。」〔註81〕則聞一多與余英時的看法，基本上都肯定不死之道（藥）的求尋，是爲「海上三神山」誕生的起源，而燕、齊方士扮演的蠱惑與催化角色也不無影響。

　　而海中蓬萊仙境與地中崑崙相對的神山仙島的考述，在學者顧頡剛的〈《莊子》和《楚辭》中崑崙和蓬萊兩個神話系統的融合〉〔註82〕、王孝廉的《中國神話世界》〔註83〕以及日本學者小川環樹的〈中國魏晉以後（三世紀以降）的仙鄉故事〉〔註84〕、小南一郎的《中國的神話傳說與古小說》〔註85〕

〔註79〕王青撰：《徐福文化傳承的歷史脈絡和空間分布研究》，中國海洋大學歷史系碩士論文，2008 年 6 月。
〔註80〕聞一多：《神話與詩》（武漢：武漢大學出版社，2009 年），頁 149～152。
〔註81〕余英時著，侯旭東等譯：《東漢生死觀》（台北：聯經出版公司，2008 年），頁 30～36。
〔註82〕上海古籍出版社編：《中華文史論叢第二輯》（上海：上海古籍出版社，1979 年），頁 31～57。
〔註83〕王孝廉著：《中國神話世界下編》（台北：洪葉文化，2005 年），頁 81～112。
〔註84〕林以亮等編：《中國古典小說論集第一輯》（台北：幼獅文化公司，1977 年），

等人的論究中,將此二大仙鄉作爲古代神話圖譜上的神聖空間,並在《山海經》的記載中,歷經秦漢海上方士的傳揚渲染以及漢魏六朝道教信仰的發展,逐漸成爲志怪小說競述的理想勝境。學者李豐楙的《十洲記研究》,即著重聚焦在志怪小說中蓬萊仙境的樂園神話象徵分析,〔註86〕並具體分析與梳理六朝仙境傳說與道教之關係。以上學者不論就道家及道教蓬萊仙境在漢魏六朝志怪小說中的神山仙島並列敘述模式的考論,或是在蓬萊仙境的象徵分析與具體梳理發展演變上,都給予筆者極大的論述啓示。

　　另外有關蓬萊仙人與海洋的討論,尤其是宋金元時期開始演變發展的「八仙過海故事」系譜。吳光正的《八仙故事系統考論——內丹道宗教神話的建構及其流變》專著,從道教與神話傳說互動的角度分析八仙的源流、演變,認爲八仙起源於宋金時期,八仙傳說是道教內丹道理念,是宗教法術和宗教儀式神話的演繹。該書提及宋元明時期有關八仙過海故事,都爲本書有關蓬萊仙人與海洋關係的考論提供了論述的參考價值。〔註87〕

　　至於單篇論文中有關蓬萊仙話系統的演變研究,李炳海的〈以蓬萊之境化崑崙之鄉——中國古代兩大神話系統的早期融合〉一文,〔註88〕旨在探討蓬萊仙話與崑崙神話兩者相互融合的密切關係。孟天運的〈蓬萊仙話傳統與歷代帝王尋仙活動〉一文,〔註89〕分析歷代帝王求仙的活動過程。史炳軍的〈秦始皇與神仙思想〉一文,〔註90〕透過對秦代神仙思想的探究,論述其對秦始皇思想的影響。王慶雲〈長生之夢:古人筆下與傳說中的蓬萊母題〉一文,〔註91〕旨在論述「蓬萊」這一長生信仰的母題,如何影響與瀰漫在中國

頁85～95。

〔註85〕〔日〕小南一郎著,孫昌武譯:《中國的神話傳說與古小說》(北京:中華書局,2006二版),頁78～79。

〔註86〕李豐楙著:《六朝隋唐仙道類小說研究》(台北:台灣學生書局,1997.2初版二刷),頁123～178。

〔註87〕吳光正著:《八仙故事系統考論——內丹道宗教神話的建構及其流變》(北京:中華書局,2006初版),頁67～68。

〔註88〕李炳海撰:〈以蓬萊之仙境化崑崙之神鄉〉,《東岳論壇》,第25卷第4期,2004年7月,頁139～143。

〔註89〕孟天運撰:〈蓬萊仙話傳統與歷代帝王尋仙活動〉,《東方論壇》,第2期,2000年,頁19～22。

〔註90〕史炳軍撰:〈秦始皇與神仙思想〉,《咸陽師範學院學報》,第16卷第5期,2001年10月,頁27～29。

〔註91〕王慶雲撰:〈長生之夢:古人筆下與傳說中的蓬萊母題〉,《民俗研究》,2001

的歷代文壇。

曹林娣〈蓬萊神話與中日園林仙境布局〉一文，〔註92〕旨在論述蓬萊仙話所構想的海中仙島神山，強烈地反映出中華先民對生命的眷戀和對生命永生的渴望。該文的皇苑圍林以抒發慕僊隱逸的神遊情懷，還原於帝王皇家園林的人間構築，體現了對蓬萊仙境的永恆追求，因而建構了蓬萊仙境於人間駐足之別開生面的思考模式，為本文提供了論述上的依據。苟華、李明賢的〈關於仙境的神話與中國古代的訪仙浪潮〉，〔註93〕主要是分析中國古代仙境神話的體系、起源和基本特徵，以及它們對古代帝王訪仙浪潮和長生觀念的巨大影響。李晟的〈論仙境信仰產生的思想根源〉，〔註94〕亦是論述秦皇漢武二帝透過仙境信仰的熱潮以渴望長生不死，而在尋找活動以告終失敗後，轉而在自己的陵寢、宮殿、苑圍中模仿仙境的工程造景，以期通過這種作法實現帝王長生不死的夢想。而有關徐福東渡與三神山神話傳說，李岩〈三神山及徐福東渡傳說新探〉一文，〔註95〕主在書寫三神山傳說的歷史、徐福東渡日本傳說的形成過程，追索徐福東渡傳說的地點與意義。

周永河的〈徐福：事實與傳說的歷史〉〔註96〕，指出徐福文化在東亞文化發展中的作用與意義；康群的〈仙・方士・三神山〉〔註97〕，論述上古的三神山——蓬萊、方丈、瀛洲，就是現在日本的本州、九州、四國三個大島，在論述成規上與本文對於蓬萊仙系海上方士考論的參考助益不大。王曉輝的〈中國烏托邦神話的地理特徵〉〔註98〕，在於論證中國烏托邦神話是人類對極端理想化生存狀態的一種幻想，是原始樂園神話概念的延伸。王文引述了

年 04 月，頁 102～109。

〔註92〕 曹林娣撰：〈蓬萊神話與中日園林仙境布局〉，《煙台大學學報・哲社版》，第15 卷第 2 期，2002 年 04 月，頁 214～218。

〔註93〕 苟華，李明賢：〈關於仙境的神話與中國古代的訪仙浪潮〉，《康定民族師範高等專科學校學報》，第 14 卷第 6 期，2005 年 12 月，頁 84～89。

〔註94〕 李晟撰：〈論仙境信仰產生的思想根源〉，《四川大學學報・哲社版》，第 4 期，2007 年，頁 84～87。

〔註95〕 李岩撰：〈三神山及徐福東渡傳說新探〉，《中央民族大學學報・哲社版》，第27 卷第 3 期，2000 年，頁 77～84。

〔註96〕 周永河撰：〈徐福：事實與傳說的歷史〉，《青島海洋大學學報・社科版》，2002年第 4 期，頁 85～86。

〔註97〕 康群撰：〈仙・方士・三神山〉，《河北社會科學論壇》，第 1 期，1995 年，頁36～37。

〔註98〕 王曉輝撰：〈中國烏托邦神話的地理特徵〉，《西南交通大學學報・社科版》，第 6 卷第 6 期，2005 年 11 月，頁 47～51。

西方的崑崙神山與東海的蓬萊仙境二處神山聖域,並從《山海經》、《海內十洲記》、《搜神記》、《列子・湯問》、《史記・封禪》、《拾遺記》、《淮南子》、《莊子》等先秦兩漢六朝之志怪小說、典籍爲論述藍本,掘發其烏托邦神話的底蘊,對於本書有關道家及道教海外蓬萊三山仙島之仙闕奇獸的地景,或是陸上玉堂樓觀的方壺勝境,甚至是皇家樓苑、士人園林之窮妙極妍的仙苑複建的蓬萊仙話系統建構,提供了很大的參考價值。

　　至於蓬萊仙人之八仙與海洋關係的考論,王永寬的〈八仙傳說故事的文化底蘊探析〉〔註99〕,以探討八仙傳說與流變的文化內涵,卻清楚論證八仙故事屬於道教文化,八仙的形成與元代全真教的興盛及明代嘉靖時期崇信道教的文化背景有密切關係。尤其是描述八仙來歷與全真教的關係,以及雜劇中八仙與滄海蓬萊仙境闐苑的動態,值得筆者撰述上的參酌。

　　第三,關於佛教對透過海洋宗教實踐活動所形塑一種佛法神祇傳播的海洋觀研究,目前學術界對此論題的探討著墨不多,然而與此論題的相關研究,何方耀的《晉唐時期南海求法高僧群體研究》一書,〔註100〕則有許多論述上的參考價值。作者全書的論證,不僅引導本文嘗試由漢魏六朝隋唐官書典籍中有關佛教海路的交流與傳播、僧傳史書中的佛徒海洋傳奇等二個面向,企圖釐清與探討建構魏晉隋唐時期小說及佛典中有關佛門對透過海洋宗教實踐活動所形塑一種佛法神靈傳播的海洋觀點。在何書的整體論述基本上也指引出:透過佛教經典與僧傳、史傳、文集、小說、叢書與行紀等資料的考索,我們幾乎可以掌握住這些從海道入華傳法弘法活動的海外佛國高僧,在透過海洋宗教實踐活動中,如何傳揚彰顯佛門在海上現奇表極的靈蹟。

　　馮承鈞的《中國南洋交通史》一書,〔註101〕對於中國歷朝在南海交通史上有關史籍、僧傳及行紀資料的梳理,對於筆者在探究經由南海東渡入華弘法傳經或西行赴印求法取經的中外高僧與海洋的交緣,提供了清楚的海洋地理脈絡,及其僧人與南海島嶼邦國的交通動態。周佛洲的《長安與南海諸國》

〔註99〕王永寬撰:〈八仙傳說故事的文化底蘊探析〉,《中州學刊》,第5期,2007年9月,頁186～191。

〔註100〕何方耀著:《晉唐時期南海求法高僧群體研究》(北京:宗教文化出版社,2008.3初版一刷),頁2～214。

〔註101〕馮承鈞著:《中國南洋交通史》(台北:台灣商務印書館,1993.1初版七刷),頁1～90。

一書，〔註102〕羅列唐時來往於南海的中外名僧，於僧傳、史傳及行紀文籍中，詳細考述這些佛門僧伽經歷海洋布教傳經的艱辛過程，對本文探討有關隋唐五代的佛僧海洋觀，有一定程度的啓示。

　　方豪《中西交通史》一書，〔註103〕據《高僧傳》記載考見並詳細羅列唐代時期遠航南海的中國僧人，以及隋唐宋時期與中亞之佛教及中外僧伽關係，對筆者探討漢末至六朝唐宋渡海弘法求法的僧伽動態，助益不少。

　　在探討佛教僧人的海外宗教遊記並進行全方位校注、整理而彌足珍貴者，當屬王邦雄的《大唐西域求法高僧傳校注》〔註104〕與《南海寄歸內法傳校注》〔註105〕二著。其校注本全面吸收了國內外的研究成果，對兩書進行全面的校、注、釋，於《內法傳》中附有長篇的〈前言〉，對義淨之生平、著作、譯作，進行了專門的研究考證，把義淨的研究學推向了另一高峰。

　　另外，受到學術界所認同的宗教域外遊記，又以章巽《法顯傳校注》最為矚目，〔註106〕呈現出考釋的獨到精細，與搜羅的全面化。而專述觀音旄威顯瑞的《觀世音應驗記三種》佛門輔教小說，在董志翹所著的《觀世音應驗記三種譯註》，〔註107〕詳細考述論證與比對傅亮《光世音應驗記》、張演《續光世音應驗記》、陸杲《繫觀世音應驗記》等三書外，更肯定《觀世音應驗記》在中國小說史上的地位，提供給筆者論述六朝時期有關觀世音應驗小說版本上的正確性。

　　關於兩晉六朝觀音應驗故事的研究，徐哲超《六朝觀音應驗故事的研究》碩士論文，〔註108〕闡述觀音信仰在中國的形成，介紹及記載觀音的有關佛經，並詳細論述六朝時期觀音信仰形成後，觀音應驗故事的創作和流傳。

〔註102〕周佛洲著：《長安與南海諸國》（西安：西安出版社，2003.11 初版），頁 193～212。

〔註103〕方豪著：《中西交通史》（上海：上海人民出版社，2008 初版），頁 143～228。

〔註104〕〔唐〕義淨撰，王邦雄校注：《大唐西域求法高僧傳校注》（北京：中華書局，1988 初版）。

〔註105〕〔唐〕義淨撰，王邦雄校注：《南海寄歸內法傳校注》（北京：中華書局，1995 初版）。

〔註106〕〔東晉〕釋法顯撰，章巽校注：《法顯傳校注》（北京：中華書局，2008.11 初版）。

〔註107〕董志翹著：《觀世音應驗記三種譯註》（南京：江蘇古籍出版社，2002.1 初版），頁 1～22。

〔註108〕徐哲超撰：《六朝觀音應驗故事研究》，四川大學中文系碩士論文，2007 年 4 月。

　　王建《兩晉南北朝時期觀世音靈驗故事探析》碩士論文，〔註109〕嘗試在釋氏輔教之書《宣驗記》、《冥祥記》等志怪小說；《晉書》、《宋書》、《梁書》等史傳；《高僧傳》、《比丘尼傳》、《續高僧傳》以及《觀世音應驗記三種》等各種文獻廣泛搜求，勾稽爬梳，在盡可能掌握靈驗故事材料的同時，對其含義、分布、傳播與興盛作一番探析。該文的論述脈絡清晰，對於魏晉南北朝觀音靈驗故事各種文獻廣泛搜求與考證，足可提供筆者在論見上的參酌。

　　杜瑜《海上絲路史話》〔註110〕；王莉等著的《航海史話》〔註111〕；陳高華及陳尚勝合著《中國海外交通史》〔註112〕；陳佳容等合編的《歷代中外行紀》〔註113〕；江靜《赴日宋僧無學祖元研究》〔註114〕等著書，或論法顯、鑒真之渡海傳法布教的海上艱辛，或論隋唐五代迄宋元之僧伽在中外佛教史上的交流意義，或論日僧西渡求法巡禮的經過，或論華僧、梵僧東渡傳教的海上靈蹟與傳燈使命，或論宋僧泛海赴日促使佛教禪宗在日本的發展興起，或論佛教法脈事業的傳習流通，以及國家政治經濟的交往影響等等論說，為本書鋪設與提供了有關古代小說中佛教海洋觀的闡述，以及中外高僧所成就的求法夙願與歷史光環的觀照。

　　此外，鑽研中國古代海洋小說，並就其發展軌跡及其審美特徵的論述學者，以倪濃水的研究最受矚目。倪先生以中國古代海洋小說為背景的論述文章有〈中國古代海洋小說的發展軌跡及其審美特徵〉〔註115〕、〈中國古代海洋小說的邏輯起點和原型意義——對《山海經》海洋敘事的綜合考察〉〔註116〕、

〔註109〕王建撰：《兩晉南北朝時期觀世音靈驗故事探析》，華東師範大學歷史系碩士論文，2009 年 4 月。

〔註110〕杜瑜撰：《海上絲路史話》（台北：國家出版社，2004 初版），頁 32～35。

〔註111〕王莉等撰：《航海史話》（台北：國家出版社，2005 初版），頁 39～52。

〔註112〕陳高華、陳尚勝合著：《中國海外交通史》（台北：文津出版社，1997 初版），頁 74～75、161～162。

〔註113〕陳佳榮、錢江合編：《歷代中外行紀》（上海：上海辭書出版社，2008.12 初版），頁 31～415。

〔註114〕江靜撰：《赴日宋僧無學祖元研究》（北京：商務印書館，2010.12 初版），頁 105～117。

〔註115〕倪濃水撰：〈中國古代海洋小說的發展軌跡及其審美特徵〉，《廣東海洋大學學報》，第 28 卷第 5 期，2008 年 10 月，頁 21～25。

〔註116〕倪濃水撰：〈中國古代海洋小說的邏輯起點和原型意義——對《山海經》海洋敘事的綜合考察〉，《中國海洋大學學報‧社科版》，第 1 期，2009 年，頁

〈中國古代海洋小說中人魚敘事的歷史變遷與文化蘊涵〉〔註 117〕、〈《聊齋誌異》涉海小說對中國古代海洋敘事傳統的繼承與超越〉〔註 118〕等撰文。不管是就中國古代海洋小說的海上遇難漂流至海島模式、海上探險模式、海洋政治諷喻模式、神話敘事模式等四種敘事模式的歸類；或是探討「人魚形象」在中國古代海洋小說中的歷時性演化過程所包含的海洋文化意蘊；或是指出《山海經》爲中國海洋小說敘事志怪之祖及其邏輯起點和母題原型；或是考察中國海洋小說具有的遙望性、寓言性、筆記性、程式性四種審美特徵的表述，爲後學者提供一條堅穩的研究路徑。

史玉鳳及趙新生合撰的〈《山海經》的海洋小說之母題原型及其海洋文化特質〉〔註 119〕，亦以《山海經》爲中國古代海洋小說敘事之祖的研究視野，指述《山海經》的海洋母題原型爲神仙島嶼型、人魚型、大人國或君子國之三種母題原型；並論證《山海經》有流變性的恢弘氣度、原創性與創新性、包容性與前瞻性等海洋文化特質，同樣爲《山海經》開啓了新海洋觀的研究視角。另外，柳和勇主編的《中國古代海洋小說選》一書，〔註 120〕蒐羅了從先秦以迄明清有關故事奇趣，藝術手段多樣，以及關於涉海商貿活動的歷代小說，並以美學思想價值的重點爲選材標準。是書在爬梳與蒐羅過程中的用心，許多古典小說的涉海描寫躍然紙上，爲後學者剔除了資料搜尋與判讀上的困擾。

以上學者的論述，可以說大體上反映了學術界關於中國古代海洋小說中儒道佛海洋觀的研究概況。雖然在論述的成規，或是研究的內容，不能有系統性的專門論著產生，但或多或少地均能明確指點出中國古代海洋小說中有關儒道佛海洋觀的論述路徑與研究法門，爲本書的建構提供了堅實和充沛的材料基礎。

10～15。

〔註 117〕倪濃水撰：〈中國古代海洋小說中人魚敘事的歷史變遷與文化蘊涵〉，《中國海洋大學學報・社科版》，第 2 期，2008 年，頁 65～68。

〔註 118〕倪濃水撰：〈《聊齋誌異》涉海小說對中國古代海洋敘事傳統的繼承與超越〉，《聊齋誌異研究》，2008 年 02 月，頁 5～12。

〔註 119〕史玉鳳、趙新生合撰：〈《山海經》的海洋小說之母題原型及其海洋文化特質〉，《淮海工學院學報・社科版》，第 8 卷第 1 期，2010 年 01 月，頁 59～62。

〔註 120〕柳和勇主編，倪濃水選編：《中國古代海洋小說選》（北京：海洋出版社，2006 初版），頁 1～323。

四、研究的方法與基本材料

　　對於明清以前中國小說中有關儒道佛海洋觀的書寫研究，其從先秦而至宋元時期如此漫長而複雜的演變過程，要獲得比較系統性、綜合性的豐碩研究成果，在採取的研究方法上，顯然需要檢視較大幅度且是跨學術領域的文獻媒介，進而以歸納的方法來做為研究的統合。本書的論述章節皆以中國古代小說中有關儒釋道海洋觀點的各歷史分期為觀察探析的基本層面開始，然後再深入探討其各期的歷史淵源和發展演變的關係脈絡，以系統性、全面性的來解讀、詮釋與建構明清前小說中有關儒道佛海洋觀點的演變樣貌。「海洋觀」作為人類對海洋這一客觀世界的認識，其本身思想觀念也是一個不斷豐富、發展和深化的動態過程，尤其是儒道佛海洋觀的闡發與構建，其變化亦是一個既繼承又有創新的發展歷程。而且筆者的基本思路更試圖將儒道佛海洋觀的演變歷程，放入整個中國先秦迄至宋元時期小說譜系中加以考察和研究。也因此，在研究問題的探述中，顯然涉及了歷史、宗教、文學、民俗學等多重領域學科，所以本書運用了各種不同的文獻資料以做比對，並採用文史互證法，及跨領域的歸納法，以期能妥善處理如此複雜的研究主題。

　　至於本書所論小說載體的定義範疇，小說在先秦兩漢文人的釋名界義，或以《莊子‧外物》所述：「飾小說以干縣令，其於大達亦遠矣」〔註121〕，則謂小說乃是修飾小行，瑣屑之語，不能大通於至道者。或以桓譚《新論‧本造篇》所說：「莊周《寓言》，乃云堯問孔子。《淮南子》云：『共工爭帝，地維絕。』亦皆為妄作。故世人多云：『短書不可用。』然論天間莫明於聖人，莊周等雖虛誕，故當採其善，何云盡棄耶？」又說：「若其小說家，合叢殘小語，近取譬喻，以作短書。治身治家，有可觀之辭」〔註122〕，則謂小說乃是撮合殘叢小語之寓言異記，近取譬喻，不本經傳，而背於儒術者。或以班固《漢書‧藝文志》所言：「小說家者流，蓋出於稗官，街談巷語，道聽塗說者之所造也。孔子曰：『雖小道，必有可觀者焉，致遠恐泥，是以君子弗為也。』然亦弗滅也。閭里小智者之所及，亦使綴而不忘，如或一言可采，此亦芻蕘狂夫之議也」〔註123〕，則表述小說源起於稗官野史，街談巷語，道聽塗說之

〔註121〕《莊子集釋》，頁925。
〔註122〕〔漢〕桓譚撰，朱謙之校輯：《新輯本桓譚新論》，《新編諸子集成續編》（北京：中華書局，2009.9），頁1。
〔註123〕《漢書‧卷三十》，頁1745。

所造；閭里小智者之所及；芻蕘狂夫所議之小道者也。顯然，上述所說這些小道可觀的稗官野史、街談巷語、修飾小行、綴輯瑣言、殘叢小語、迂誕依託、不經之說、妄作短書、海客瀛談、齊諧志怪、謬悠之說、蕘夫之議等等搜奇志怪、荒誕夷堅之麗語殊辭，都突顯出時賢對小說的詮釋範疇與論見成規。然而值得注意的是，史家文士在小說觀的成見中，也為小說的源頭活水找到「可觀之辭」。桓譚所說的《莊子》書中〈堯問孔子〉之寓言，或《淮南子》書中的〈共工爭帝而地維絕〉神話；或班固《藝文志》所列小說十五家之「迂誕依託，其言淺薄」〔註124〕；或《文選·西京賦》：「有祕書小說九百本自《虞初》《注》引薛綜所言「小說醫巫厭祝之術」〔註125〕，雖都為虛誕妄作、不經依託之辭，然而卻都是這些「小道」、「短書」的可觀之辭，可以「採善」而不能「盡棄」。換言之，先秦兩漢時期的神話、傳說、寓言、稗官野史、諸子百家學說、醫巫厭祝之術中的「謬悠之說」、「荒唐之言」、「無端涯淺薄之辭」都可成為小說採善取材的可觀之辭。而近人魯迅的《中國小說史略》亦推斷班固所列十五家小說內容為「諸書大抵或託古人，或記古事，託人者似子而淺薄，記事者近史而悠謬者也。」〔註126〕魯迅又進而總結：「志怪之作，莊子謂有齊諧，列子則稱夷堅，然皆寓言……然稗官者『街談巷語』，探其本根，在於神話與傳說。」〔註127〕因此，先秦時代之神話、傳說、寓言、古史及諸子文集中之虛誕不經之說、謬悠淺薄之言、神秘巫覡之論、短書小道之辭，皆可視為小說形式的濫觴。〔註128〕

以神話、傳說等先民口耳相傳之材料為小說的源頭活水，則先秦兩漢之儒典、逸史、雜傳、諸子文集中，或多或少都隱伏有小說家書寫材料的故事成色，涵攝了志怪齊諧、夷堅巫祝、怪誕不經、殘叢小語之古史逸聞；與搜奇志怪、遠國靈境、遐方海夷絕域的雜聞異說。在接續先秦神話源流的漢魏

〔註124〕《漢書·卷三十》，頁1744。
〔註125〕《文選·卷第二》，頁45。
〔註126〕魯迅著，周錫山評註：《中國小說史略》（台北：五南圖書出版公司，2009.3初版一刷），頁24。
〔註127〕《中國小說史略》，頁40。
〔註128〕近人研究文學史或小說史學者，有一定的共識認為小說源起於神話及傳說。請參看孟瑤著：《中國小說史》（台北：傳記文學出版社，1980.10再版），頁12；郭箴一著：《中國小說史》（台北：台灣商務印書館，1999.4一版九刷），頁9；劉勇強著：《中國古代小說史敍論》（北京：北京大學出版社，2007.10初版），頁42。

六朝小說，上承先秦神話傳說和逸史雜傳，又博采民間遺聞軼事，初步奠定
了志怪與志人二種傳統。尤其是志怪小說中不僅充滿道教思想的靈異之說，
而且也充滿佛教思想的善惡果報之事。綜合先秦到漢魏六朝小說的發展路
向，主要是不脫離「搜奇志怪」的發展傳統。而就本文有關先秦漢魏六朝小
說中的儒道佛海洋觀研究課題，基本上即從上古神話、傳說、寓言、古史雜
傳、諸子文集開始追溯，旁及儒家經書、道家、道教典籍、佛經故事、僧傳
行紀等有關遐方海夷、殊地異域、四方珍怪、譎誇事典等之海洋異聞雜說的
羅列論起。這些神話、傳說、寓言、逸史雜傳、經書典籍、佛典僧傳故事，
以迄漢魏六朝、隋唐五代、宋元時期的傳奇、雜俎、海外行紀、話本等小說
形式題材中有關儒道佛海洋觀之書寫發展，呈現出人對海洋的意識表徵、人
與海洋的命運動態、海外仙境遠國的述異，以及對於海洋的虛幻冥想，在在
呈現了海洋載體在先民典籍中的思想層面上的變動與影響。尤其是秦、漢、
魏晉六朝以後，帝王海外求仙浪潮的興盛，方士文人對海上神山、仙鄉、黃
白方術的積極追慕與游羨，以及各朝在海上絲路經貿的開拓遠航，海外蠻國
嶼邦遣使的來貢與通商，佛教海上流播的東傳與佛經佛義佛僧在泛海陵波中
的靈異神蹟的傳揚，都促使了海洋與先民在生活上形成了重要的聯結，並且
形塑了儒、釋、道在小說載體上，對於八荒海垓、殊方異物、搜奇志怪、譎
幻溟渺、現奇表極、感應顯瑞之海洋觀的書寫樣態。是以筆者將儒道佛的典
籍文集、官史逸聞、神話傳說、歷代筆記小說、僧傳故事、中外行紀、遊記
等漢文資料彼此相互參證對照，詳細檢視，盡可能力求羅列更多的史料資材
以進行交叉比對和分析、批判，進而歸納、整理，以追溯建構儒道佛海洋觀
在漢魏六朝小說中所形塑的基調雛型，進而逐期梳理隋唐五代及宋元小說中
有關儒道佛海洋觀的演變脈絡。

　　有關筆者各章節所運用的基本材料之探討，可依序分為儒家海洋觀、道
家與道教海洋觀、佛教海洋觀等基調雛型的建構，與衍變風貌樣態的梳理之
論題面向。首先，就第二章儒家海洋觀的建構材料，依類別而分：一為儒家
經典，如《尚書》、《詩經》、《禮記》、《左傳》、《國語》、《楚辭》、《論語》、
《孝經》、《爾雅》、《孟子》、《荀子》、《說苑》等典籍的涉海事物探究。第二
類為史籍地志，如官史或海外行紀風物記載探析中的《史記》、《漢書》、《後
漢書》、《吳越春秋》、《越絕書》、《宋書》、《齊書》《梁書》《三國志》、《晉
書》、《南史》、《北史》、《南齊書》、《魏書》、《南州異物志》、《臨海風土志》

等涉海人事的傳記故事。第三類為先秦兩漢雜說文集有：《新書》、《新序》、《潛夫論》、《鹽鐵論》。第四類為漢魏六朝小說中關於儒家海洋觀的書寫課題，如《神異經》裡記述海外瀛國怪聞；《海內十洲記》載神遊十洲仙島絕俗虛詭之跡，遠國山琛水寶之獻物朝貢；《西京雜記》揭示儒家王化澤被的海國朝貢，摹寫南海異域的珍貴方物；《漢武帝別國洞冥記》載述海外殊國、絕域遐方的奇珍異寶；《漢武故事》之殊方異物的海國朝貢，象徵武帝興盛的海外邦誼；《博物志》地窮邊裔、怪類殊種的海國嶼島；《異苑》之述海奴方物，與南海珠璣象牙琉璃的海寶幽秘，瀛國殊海奇談；《拾遺記》記山川地理之志怪，博采遠國殊方瑰美與幽秘，以及其他街談巷語、裨官野史之小說文本。第五類為類書、叢書，如宋李昉等所編《太平廣記》、《太平御覽》、唐徐堅等著《初學記》。

　　第三章所勾勒的道家、道教海洋觀的建構材料，依類別而分：一為有關先秦漢魏六朝道家、道教經典，如《老子》、《莊子》、《列子》與《太平經》、《神仙傳》、《列仙傳》、《抱朴子》等。第二類為先秦兩漢諸子雜說文集有關道家、道教海洋傳說及神話的陳述，如《楚辭》的〈咸池暘谷〉、〈扶桑神話〉、〈河伯龍堂朱宮〉、〈鯀禹河海應龍〉、〈鼇戴山抃〉、〈赤松王喬韓眾仙人〉、〈羽人丹丘仙鄉〉、〈海神若水神馮夷〉、〈海神伯強〉、〈東海螭龍〉、〈東方長人千仞唯魂是索〉；《山海經》的〈人面鳥身四海神〉、〈羿射九日落為沃焦〉、〈鯀竊息壤以堙洪水〉、〈精衛填海〉、〈大人之市〉、〈海外遠國異民傳說〉、〈大海日出日沒之山〉、〈海中陵魚人魚傳說〉、〈東海夔獸〉、〈黃帝部族海洋神話〉；《呂氏春秋》的〈禹行不死之鄉裸民之處〉、〈湯谷扶桑十日所浴〉、〈吸露飲氣沃民之野〉、〈禺彊居夏海之窮〉；《淮南子》的〈海外三十六國〉、〈北海幽冥夸父逐日〉；《史記》變幻無窮海市蜃樓奇象的〈蓬萊三山仙境〉、〈海上方士奇人〉等材料。第三類為漢魏六朝志怪小說與陰陽五行讖緯雜說，如《太公金匱》、《龍魚河圖》、《枕中書》、《三齊略記》、《述異記》、《幽冥錄》、《博物志》、《搜神記》、《續齊諧記》、《靈鬼志》、《搜神後記》、《異苑》、《黃庭遁甲緣心經》、《海內十洲記》、《漢武故事》、《拾遺記》、《中華古今注》、《列異傳》等記山川地理之志怪，博采十洲五島置以瑰麗譎幻的七山仙境，投射出先秦漢魏六朝道家的大壑神話與道教遊仙仙話的集體圖像。第四類為類書、叢書，如宋李昉等所編《太平廣記》、《太平御覽》等。

　　第四章漢魏六朝佛教海洋觀的建構資材，因佛教海路傳播史的研究，目

前只能仰賴出土的漢文資料爲主。據此，其研究材料的類別可分：一爲僧傳、史傳，如梁慧皎《高僧傳》、王巾《僧史》、郄景興《東山僧傳》、張孝秀《盧山僧傳》、陸明霞《沙門傳》、宋志磐《佛祖統紀》，元念常《佛祖歷代通載》等。第二類是求法僧人所撰寫的遊記、傳記，如法顯《佛國記》、玄奘《大唐西域記》等。第三類爲佛教經典，如法顯譯《大般泥洹經》與《摩訶僧祇律》、鳩摩羅什譯《妙法蓮華經》與《十誦律》、曇無讖譯《大般涅槃經》等。第四爲類書，如《太平廣記》、《太平御覽》、釋道世的《法苑珠林》等。第五類爲正史中的佛教涉海故事，如《史記》、《漢書》、《後漢書》、《宋書》、《齊書》《梁書》《三國志》、《晉書》、《南史》、《北史》、《南齊書》、《魏書》等。第六類爲筆記小說，如劉義慶《宣驗記》及《幽明錄》、王琰《冥祥記》、劉悛《益部寺記》、沙門曇宗《京師寺記》、王延秀《感應傳》、朱君台《徵應傳》、陶淵明《搜神錄》、《觀世音靈驗記》、《旌異記》、《洛陽伽藍記》、《搜神記》、《世說新語》等。在運用上述材料時，尤須注意的是：僧人的著述傳記常常充滿誇飾之詞與神異故事的成分，而與先秦神話傳說及漢魏六朝小說成色中的虛誕不經、志怪齊諧、謬悠塗說之言互相呼應。

　　第五章、第六章隋唐五代及宋元小說中關於儒道佛三家海洋觀的演變論述材料，特別著重在史籍文集裡的涉海描寫，與傳奇、雜俎、海外遊記、僧傳故事、等文獻媒介爲研究對象。在正史與行紀遊記類：如《隋書》、《新唐書》、《舊唐書》、《新五代史》、《舊五代史》、《宋史》、《元史》、徐兢《宣和奉使高麗圖經》、周去非《嶺外代答》、趙汝适《諸蕃志》、周達觀《眞臘風土記》、汪大淵《島夷誌略》、馬可波羅《馬可波羅行紀》等。而有關文集類，在隋唐五代有盧肇《海潮賦》、竇叔蒙《海濤志》、劉恂《嶺表錄異》、李珣《海藥本草》；宋元時期有《海潮圖論》、《夢梁錄》、《夢溪筆談》、《萍洲可談》、《桂海虞衡志》、《老學庵筆記》、《異域志》等。有關小說題材，在隋唐五代有《酉陽雜俎》、《杜陽雜編》、《宣室志》、《三水小牘》、《神異錄》、《窮神秘苑》、《梁四公》、《錄異記》、《北夢瑣言》、《茅亭客話》、《朝野僉載》、《隋唐嘉話》、《唐國史補》、《中朝政事》、《開天傳信記》、《紀聞》、《玉堂閒話》、《雲溪友議》、《劇談錄》、《開元天寶遺事》、《傳奇》、《甘澤謠》、《原化記》；宋元時期的《夷堅志》、《續夷堅志》、《括異志》、《睽車志》、《南村輟耕錄》、《塵史》、《青箱雜記》、《鶴林玉露》、《春渚紀聞》、《中吳紀聞》、《桯史》、《樂郊私語》、《至正直記》等，既顯現文人對於遠邀瀛海、怪類殊種；

珠翠奇寶、香料藥材、遠方異珍的集體意想與幻設，或說鏤耳貫胸、殊琛絕贐的海外諸國風情民俗，或譜寫海外奇國傳說，以揭示儒家王化澤被的海洋觀演變樣貌。

　　就隋唐五代及宋元時期小說中有關丹霞樓宇，宮觀異常真仙墺墟，神官所治，仙闕奇獸的海上蓬島景象；或是陸上桃源玄地、玉堂樓觀的方壺勝境；甚至是皇家樓苑、士人園林，游觀侈靡、窮妙極妍的仙苑複建的道教蓬萊仙話體系演變的論述材料，隋唐五代時期有：《玄怪錄》、《續玄怪錄》、《博異志》、《纂異記》、《獨異志》、《劇談錄》、《錄異記》、《傳奇》、《北夢瑣言》等海洋志怪傳說，靈山洞府、神仙洞窟的理想世界的殊寫外，《傳奇》、《杜陽雜編》、《錄異記》、《廣異記》、《宣室志》、《博異志》、《柳毅傳》、《靈異傳》等書所陳述的海島仙境，與洲島地景又為靈怪炫惑。而方壺勝地及仙館神鄉之蓬萊仙境演變的書寫材料裡，《玄怪錄》裡所載笈內幻境、橘中仙境、兜玄國、和神國；《纂異記》的門中世界；《博異志》的梯仙國；《原化記》的採藥民仙境；《河東記》的瓶中世界；《酉陽雜俎》的蓬壺勝景；《傳奇》的神仙窟館與龍穴帝洞；《宣室志》的稚川仙境；《杜陽雜編》中的蛤中世界；杜光庭《神仙感遇傳》的名川幽谷、紫府仙境；《枕中記》的枕坼天地以及《南柯太守傳》的蟻穴槐國。而就帝王園林的蓬萊仙境之載寫材料：《海山記》裡隋煬帝窮奢極侈的西苑、《隋唐嘉話》裡唐高宗增建的蓬萊宮、《開元升平源》唐明皇建造的金仙玉真觀，唐武宗望仙台與降真台。在宋元時期，《稽神錄》、《江淮異人錄》、《茅亭客話》、《括異志》、《青瑣高議》、《候鯖錄》、《泊宅編》、《獨醒雜志》、《揮麈錄》、《投轄錄》、《雞肋篇》、《睽車志》、《賓退錄》、《墨莊漫錄》、《齊東野語》、《癸辛雜識》、《南村輟耕錄》等對海洋志怪傳說，靈山洞府、神仙洞窟、「艮嶽」瑰奇美幻的宮苑仙境之理想世界的書寫衍變。

　　隋唐五代及宋元佛教海洋觀的論述材料有：費長房《歷代三寶記》、玄奘《大唐西域記》、杜佑《經行記》、贊寧《高僧傳》、道宣《高僧傳》、釋志磐《佛祖統紀》、義淨《大唐西域求法高僧傳》與《南海寄歸內法傳》、彥悰及慧立的《大慈恩寺三藏法師傳》、圓照的《悟空入竺記》、道宣《釋迦方志》、念常《佛祖歷代通載》、《元史‧釋老傳》、《宋史‧天竺傳》、《宋史‧外夷傳》、《諸蕃志》、《嶺外代答》、《萍州可談》與小說、僧傳、僧伽行紀中留下不少的感瑞與顯證，佛法神力及咒海之術的傳奇故事，如《法苑珠林》、《宣室

志》、《王氏見聞錄》、《朝野僉載》、《太平廣記》、《太平御覽》、《酉陽雜俎》、《集異記》、《獨異志》、《大唐新語》、《吳船錄》、《雞肋篇》、《夷堅志》、《楊文公談苑》、《春渚紀聞》、《鶴林玉露》、《老學庵筆記》、《茅亭客話》、《至正直記》、《癸辛雜識》、《南村輟耕錄》。

第一章　中國古代海洋文化與海洋文學的發展演變

　　海洋文學研究的啓動，肇始於海洋文化研究的開展。換言之，海洋文化孕育出海洋文學，而海洋文學又爲海洋文化最直接之體現。中國古代小說中的海洋書寫既爲海洋文學最生動演示之一環，自然更應詳究中國古代海洋文化與海洋文學的發展演變，進而探述與勾勒出中國古代小說中儒道佛海洋觀的發展面向。

第一節　中國古代海洋文化與海洋文學的概念表述

　　中國存在著海洋文化，而傳統文化中的海洋元素並不匱乏。孔子乘桴浮海的喟嘆、八荒海國遠邈重洋而梯航來王、方士徐福渡海蓬萊求取仙藥的迷蹤、菩提達摩渡海東來的弘法，都顯示出儒道佛思想在傳統海洋文化的原型樣貌。而中國海洋文學又爲中國海洋文化的一環，爲海洋文化所制約孕育。傳統中國文人於歷史文化進程發展中有關「海洋視野」與「海洋理念」的闡述，對於中國「海洋文化」的發展意涵，和其所涉及的文學藝術、民俗宗教、社會經濟與政治文化的動態，應可提供一個觀察的視野，進而開拓出中國古代海洋文化與海洋文學的研究新貌。

一、中國古代海洋文化的概念表述

　　現今兩岸學者對於海洋文化的釋義研究，面臨的卻是百家爭鳴，而又莫衷一是的局面。其立說，或從廣義的文化指謂：「人類對海洋本身的認識，利

用和因有海洋而創造出的精神的、行為的、社會的和物質的文明生活內涵」
〔註1〕;「海洋文化的本質,就是人類與海洋互動的關係及其產物。」〔註2〕
或是說「海洋文化是人類涉及海洋活動的社會歷史實踐過程中所創造的物質
財富和精神財富的總和。」〔註3〕或者認為「海洋文化不是泛指的海洋性的文
化概念,而是指和海洋有關的文化,其本質是人類與海洋互動關係及其產
物。」〔註4〕或者指述海洋文化就是和海洋有關的文化,即是緣於海洋而生成
的精神的、行為的、社會的、物質的文明化生活義涵;或認為海洋文化是人
類征服、依賴海洋生活的一種文化形式,它囊括一切人類涉及海洋活動的文
化,涵蓋了海洋經濟、海洋社會、狹義的海洋文化三個層次。另外,從狹義
文化立論,則是認為海洋文化是海洋實踐活動中精神生產的創造,包括思想
道德、民族精神、教育科技和文化藝術。更有學者從文化類型分析,認為海
洋文化是相對於大陸文化而言的一種文化形態,大陸文化是農業文化,海洋
文化是商業文化:或認為大陸文化是山的文化,海洋文化是水的文化。而從
地域文化概念出發的,則以為「大陸文化是內陸地區的文化,海洋文化是沿
海和海島地區的文化。」〔註5〕或言海洋文化主要指中國東南沿海一帶的別具
特色的文化。同時也包括台、港、澳地區以及海外眾多華人區的文化。〔註6〕
或說海洋文化是與內陸文化相對而言的,凡是「人們緣於海洋而生成的認
識、思想、觀念、心態,以及在開發利用海洋的社會實踐中形成的精神成果
和物質成果的總和均可視為海洋文化。」〔註7〕甚至是指出「一個國家、地區
或民族在開發、利用和管理海洋過程中所體現的精神、價值、理念的總和,

〔註1〕 曲金良著:《海洋文化概論》(青島:青島海洋大學出版社,1999年),頁7～
8。

〔註2〕 吳建華:〈談中外海洋文化的共性、個性與局限性〉,《浙江海洋學院學報・人
科版》,第20卷第1期,2003年3月,頁14。

〔註3〕 趙君堯著:《天問・驚世——中國古代海洋文學》(北京:海洋出版社,2009.
11),頁2。

〔註4〕 朱建君:〈東夷海洋文化及其走向〉,《中國海洋大學學報・社科版》,第2期,
2004年,頁21。

〔註5〕 李明春,徐志良著:《海洋龍脈——中國海洋文化縱覽》(北京:海洋出版社,
2007.7),頁2。

〔註6〕 葉瀾濤:〈再論中國古代南部海洋文化的農業性特徵〉,《廣東海洋大學學報・
社科版》,第27卷第2期,2007年4月,頁1。

〔註7〕 陳智勇:〈試論夏商時期的海洋文化〉,《殷都學刊》,第4期,2002年,頁
20。

並具體表現爲人類對海洋的觀念、思想、意識、心態等而產生的生活方式。」
〔註8〕更有學者主張海洋文化爲在某一區域人類的生活與生產中，海洋已是不
可缺少的因素，並在開發、征服海洋方面形成系統的文化方式，以及特定文
化消費方式，換言之，海洋文化是一種在與海洋發生互動並加以利用的過程
中的人文現象。〔註9〕

　　亦有學者指述海洋文化爲人類征服或依賴海洋生活的一種文化方式，而
依此區分爲廣狹二義。狹義的海洋文化，涵括涉及海洋神話、海神信仰、宗
教、藝術、文學、戲劇等等精神層面。而廣義的海洋文化，除上述的活動外，
尚包括海洋經濟，海洋社會等兩大層面。〔註10〕以上學術社群所下的概念定
義不同，而研究範疇和學科屬性又有分別下，可歸納爲：大者以爲海洋文化
是一門跨越哲學、社會、自然、科技的綜合性科學；中者則把海洋文化歸屬
於人文社會科學的基礎理論學科；而小者則意識爲應是文化學的一個分支學
科。〔註11〕從海洋文化作爲一種文化現象來看，有的研究者以爲：海洋文化
是人類文明的源頭之一，是人類擁有和創造的物質文明和精神文明的重要組
成部分；也有學者以爲海洋文化是一種泛文化意義和文化現象，是海洋生態
環境所提供的對人們生活、生產、價值觀念、性格、習俗的物質的精神的總
體文化現象與表現。總括來說，中國海洋文化是在海洋發展歷史過程中所體
現的人類群體和個體的海洋性實踐活動的方式，它是在傳統海洋文化歷史中
逐漸形塑而成。

　　海洋文化的界義，兩岸學者均把它視爲一個語義分歧的概念。其內涵一
般指人類對海洋的精神文化追求，廣義則是延伸到人類開發利用海洋所創造
的物質文化與制度文化。是人類與海洋互動所產生的生活內容；亦可涵括心
靈中對海洋的想望、記憶與描述。〔註12〕很多學者從廣義的角度來詮釋，把
海洋文化界定爲人類利用海洋創造的物質財富與精神財富的總和。這樣的

〔註8〕馬志榮，薛三讓：〈試論夏商時期的海洋文化〉，《西北師大學報社科版》，第
　　　44卷第5期，2007年9月，頁23。
〔註9〕徐曉望：〈關於人類海洋文化理論的重構〉，《福建論壇》，第四期，1990年，
　　　頁44。
〔註10〕張高評：〈海洋詩賦與海洋性格──明末清初之台灣文學〉，《台灣學研究》，
　　　第5期，2008年6月，頁2。
〔註11〕《瀛海方程──中國海洋發展理論和歷史文化》，頁58。
〔註12〕陳國棟：〈海洋文化研究的多元特色〉，《海洋文化學刊》，第3期，2007年12
　　　月，頁17。

解讀，是把廣義文化的定義從陸地延伸到海洋，強調文化的共性，不是從海洋文化自身演變規律中抽象出來的，以致無法看出海洋文化的特殊性。顯然中國學者對於海洋文化的定義繩約與揭示，有其多元性與多元化的特徵。至於中國海洋文化的表現特徵或文化個性，有學者說是具開放性、拓展性、兼容性；有說是開放、進取、豁達、勇敢；或說是外向性、開放性、冒險性、崇商性、多元性。〔註13〕而從海洋文化的共性視角論述，則涵括開放性、外向性、冒險性和崇商性。〔註14〕另有學者歸納為：內質結構的涉海性、異域異質文化之間的聯動性和互助性、價值取向的崇商性與慕利性、歷史型態而言的開放性與拓展性、社會組織行為和政治形態方面的民主性與法制性，以及哲學與審美角度的本然性與壯美性。〔註15〕而從中國海洋文化本質特徵來做歸納系統表現的學者則認為：一是就海洋文化的內質結構有涉海性；二是就海洋文化的運作機制有對外的輻射性與交流性；三是就海洋文化的價值取向有商業性及慕利性；四是就海洋文化的歷史型態而具有開放性和拓展性；五是就海洋文化的社會機制而言，具有社會組織行業性和政治型態的民主性、法制性；六是就海洋文化的哲學與審美意蘊來說，具有生命的本然性和壯美性。〔註16〕以上學者的主張，均指出中國海洋文化來自遠古先民的海上神話傳說，與海上哲學思維與美麗的想像，以及秦漢以來透過海上絲路航線的海外拓展貿易，宗教文化的交流及傳法布教，和帝王的海外求仙冒險之旅，而逐漸積澱出的涉海外向、開放拓展、交流兼容、崇商慕利、行業法制與冒險壯美等等海洋文化特質與個性，它充滿一個人文與海洋互動的文化生態。

在針對上述中國古代海洋文化提出精闢見解的學者意見，我們約可統合概括為以下三家說法。以否定黑格爾（Hegel，1770～1831）《歷史哲學》所主張「中國並沒有分享海洋所賦予的文明」、「海洋沒有影響中國的文化」而開第一槍的中國學者宋正海，在其《東方藍色文化》指述：「世界海洋文化並非只西方一個模式，中國古代還有另外一種重要模式。可以這樣說，如果把西方的海洋文化稱做海洋商業文化，那麼中國古代海洋文化應為海洋農業

〔註13〕楊國楨著：《瀛海方程——中國海洋發展理論和歷史文化》（北京：海洋出版社，2008年），頁58～59。
〔註14〕〈談中外海洋文化的共性、個性與局限性〉，頁15。
〔註15〕《海洋龍脈——中國海洋文化縱覽》，頁4。
〔註16〕《海洋龍脈——中國海洋文化縱覽》，頁13。

文化，兩者均是世界海洋文化的模式。」〔註17〕對於宋正海的中國古代海洋
農業文化的立說，雖然遭到部分學者的質疑，〔註18〕確已是對中國古代海洋
文化存在性的最鮮明定義。另外，廈門大學教授楊國楨是繼宋正海後，對
海洋文化研究投入大量心血的學者。他主張：「中華民族的形成，經歷過農
業部族和海洋部族爭相融合的過程，中華古文明中包含了向海洋發展的傳
統。在以傳統農業文明為基礎的王朝體系形成之後，沿海地區仍然繼承了
海洋發展地方特色。在漢族中原移民開發南方的過程中，強盛的農業文明，
吸收融化了當地海洋發展傳統，創造了與北方傳統社會有所差異的文化形
式。」〔註19〕

　　換言之，中國古代海洋文化是在海洋發展歷史過程中，所體現的人類群
體和個體的海洋性實踐活動的方式。在這種思路下，更是強調了中國古代海
洋文化史裡的海洋社會人文發展研究的重要性。與楊國楨同樣否定黑格爾主
張「中國沒有海洋文化」的論調，並強調中國海洋文化研究方法上的跨學科
整合的曲金良教授，也認為海洋文化做為人類文化的一個重要組成部分和體
系，就是人類認識、把握、開發、利用海洋，調整人和海洋的關係，在開發
利用海洋的社會實踐中形成的精神成果和物質成果的總和。具體表現為人類
對海洋的認識、觀念、思想、意識、心態，以及由此產生的生活方式。其主
張海洋文化史體現了海洋文化的歷史視角，或是歷史研究的海洋史觀，更是
從海洋文化的人文研究路向出發，肯定中國海洋文化歷史悠久與蘊涵的豐厚
性。〔註20〕三位學者的論證思維與思辯方法雖然不同，但都認為中國古代是
有海洋文化的豐厚性存在。他們不僅間接地反駁黑格爾理論的錯誤判讀，同
時，也主張從海洋文化的人文精神層面深入研究，以架構起中國古代文化與
海洋有著千絲萬縷的歷史關係。

　　在中國海洋文化研究上，更是觸及了海洋歷史上的一些重要問題。尤其
是中國海洋文化的起源和發展的看法分歧：或以為中國海洋文化是由山東半
島東夷族先民和東海沿海百越族先民共同創造與發展起來；或以浙江河姆渡
文化、渤海廟島群島文化、環膠州灣青島地區乃至山東半島東夷族群航海文

〔註17〕　《海洋龍脈──中國海洋文化縱覽》，頁3。
〔註18〕　《瀛海方程──中國海洋發展理論和歷史文化》，頁59。
〔註19〕　《海洋龍脈──中國海洋文化縱覽》，頁3。
〔註20〕　曲金良主編：《中國海洋文化史長編──先秦秦漢卷》（青島：中國海洋大學
　　　　　出版社，2008.1），頁1。

化，都爲中國海洋文明起源及形成的上源；或以爲嶺南、福建、浙江、環黃海地區皆爲中國海洋文化發源地之說法。甚至認爲漢民族的形成，經歷了東系海洋民族與西系夷夏農業民族和南北向海洋民族與農業民族由抗爭到融合的過程；或以爲東夷百越的海洋文化被農業文化所同化。沿海地區的海洋發展是農業文化的延伸，本質上是海洋農業文化；或以爲漢族的海洋文化是西亞阿拉伯、波斯海洋文化東傳後刺激催生的，而以海洋貿易爲發展的特徵。

還有一種意見認爲東夷百越的海洋文化被吸納爲沿海地區的社會文化、民間文化繼續存在，造船航海貿易和夷民活動持續不斷，在環中國海周邊形成一個新經濟文化圈，並在與外來的海洋文化接觸中形成一個小傳統。不管上述看法主張是否周延而合理，然皆以海洋文化是海洋成爲人類活動的舞台文化，是人類從陸地走向海洋時對海洋環境的文化適應。若是從人文海洋的精神文化層面來看，則海洋文化主要指謂著海洋觀念、海洋意識、海洋思維、海洋心態、海洋文學藝術、海洋信仰、海洋民俗等等人文的向度。而這種海洋觀念、思維或意識的表現，也正是人類通過各種海洋實踐活動，包括經濟、政治、軍事、文化、交通等在內的實踐活動所獲得的對海洋本質屬性的認識。雖然對於中國海洋文化的內涵與本質的理解眾聲喧嘩，但都認爲中國確實存在著豐富性的海洋文化，而成爲學者們的共識。尤其從海洋人文精神的樣態來詮釋中國海洋文化的內涵，進而分析中國的海洋文學，也應是一條周延合理的研究路向。

二、中國古代海洋文學的概念表述

學者對於中國海洋文學的界義，亦有多元看法。或以海洋文學爲傳統中國與海洋發生某種人文聯繫的歷史與文學。〔註 21〕或以海洋文學觀爲人類通過海洋文學實踐的活動所獲得的對海洋本質屬性的認識。〔註 22〕或從海洋文化的狹義面向論述中國海洋文學，則說「海洋文學，指以海洋爲題材，或書寫海上體驗，從而表達作者意識之文學作品。易言之，海洋文學之主題，與海洋密切相關，深受海洋特性制約。」〔註 23〕或直指「海洋不僅是中國古典

〔註 21〕陳支平：〈從世界文化史的視野思考海洋文學的歷史意義〉，《海洋文化學刊》，第 11 期，2011 年 12 月，頁 1。
〔註 22〕黃順力著：《海洋迷思——中國海洋觀的傳統與變遷》（南昌：江西高校出版社，2007.4 重印），頁 75。
〔註 23〕〈海洋詩賦與海洋性格——明末清初之台灣文學〉，頁 2。

文學傳統中，一個具有多層次意涵與書寫方式的主題，也是一個具有高度形塑動能與統括視野的美感意境。」〔註 24〕而從海洋文學作爲海洋文化的一個重要組成部分，其內涵外延應該有一個科學的界定來論，「海洋文學的體裁應包括神話、傳說、寓言、詩詞、歌賦、戲曲、散文、小說、筆記、碑文等；而海洋文學的體材應以海洋或海洋精神、海洋物質及與海洋有關的人類活動爲描寫或歌詠對象。所以海洋文學的定義應是以語言文字和不同的文學體裁描述海洋及其相關的自然現象，反映人類從事海洋及其相關的活動，塑造形象，抒發感情，闡發哲理，表達思想。海洋文學是海洋文化的重要表現形式，是再現人類內心情感和一定時期人類海洋活動的一種文化現象。」〔註 25〕若從中國海洋文學的歷史發展軌跡來看，海洋文學是「人類海洋文化創造的心靈審美化型態，是人類海洋文明發展史上的重要精神財富。中國的海洋文學是中華民族創造的豐富燦爛的海洋文化之精采篇章，是中華民族對海洋的理解、對海洋的感情，與海洋的生活對話的審美把握與語言藝術的體現，而作爲中華民族的海洋生活史、情感史和審美史的形象展示和藝術紀錄。」〔註 26〕或「指述古代以海洋爲審美主體的文學，是中國古代以海洋爲母題的一切文學作品的總和。它無非是通過海洋以及與海洋範圍（海洋島嶼、沿海地區以及與海相接的水域）相關的一切活動，來表達作者蘊藏其中的複雜情感、人生理想以及海洋意識。」〔註 27〕更有學者從海洋文學作品的歸入範疇，而以較嚴謹的意義來衡量判斷一部（篇）作品是否屬於海洋文學，最主要的是看它是否將海洋作爲審美的主體。從這樣的角度出發，海洋文學既是描繪海洋以及海上的一切活動來表達作者意志的文學，則海洋理應是敘述的主體，而非僅是敘述的背景，因此雖帶有濃厚的海洋色彩，卻未以海洋爲主體敘述，而僅是作爲背景的襯托，就不能歸入海洋文學的範疇。〔註 28〕另有學者以嚴謹角度論述中國古典海洋文學的內涵義蘊，並探討其認定標準。〔註 29〕而有

〔註 24〕〈長島怪沫、忠義淵藪、碧水長流——明清海洋詩學中的世界秩序〉，頁 66。
〔註 25〕《天問・驚世——中國古代海洋文學》，頁 6～7。
〔註 26〕王慶雲：〈中國古代海洋文學歷史發展的軌跡〉，《青島海洋大學學報社科版》，第 4 期，1999 年，頁 70。
〔註 27〕張如安，錢張帆：〈中國古代海洋文學導論〉，《寧波服裝職業技術學院學報》，第 2 期，2000 年 12 月，頁 47～48。
〔註 28〕〈中國古代海洋文學導論〉，頁 48。
〔註 29〕陳清茂：《宋元海洋文學研究》，國立中山大學中文系博士論文，2010 年，頁 93～104。

學者以海洋文學所帶來定義上的諸多歧異，爲免於學理及論述上的爭議困擾，〔註30〕而將海洋文學簡稱爲「文學作品的海洋書寫」，以概括該類文學作品的內容適用性。〔註31〕綜合兩岸學者的研究觀點，從廣義來說海洋文學即是人類一切具有審美價值的涉海創造之文學。而從狹義來看，那些主題在於通過審美形象塑造來表現海洋，表現人類涉海生活的文學作品〔註32〕，並深受海洋性制約的都可劃歸於海洋文學。換言之，中國海洋文學乃是中國文人對海洋認識、感知的精神創造，是在對海洋的理解，對海洋的感情，與海洋的生活對話的審美把握和體現，是整個海洋生活史，情感史和審美史的形象展示紀錄。〔註33〕

其次，對於中國古典海洋文學的書寫全景，我們又如何能窺其堂奧？學界在探討有關中國古典海洋文學的題材分類、表現樣態及藝術特點，以其既有的論述成規或聚焦於海洋風景類（波瀾起伏的水面、林立綺麗的島嶼、航行與偶然可見的海市蜃樓、海上的明月、變幻莫測的雲彩，或以立足於陸地而用居高臨下的姿態俯瞰大海，或以海洋爲立足點而用航海者的身分來觀察海洋）、海洋生物類（奇異的海錯水族）、海洋神話傳說類（靈異的海神、遠不可及的海中仙島和遠國島民、民間八仙過海、哪吒鬧海、龍女龍王龍族等傳說）、海洋生活類（沿海地區人民具有海洋特色的生活勞動、沿海漁港及海濱市場的繁景、海商航海遠行）以及海洋戰爭類（倭寇、海盜、官軍）等五大寫景的解析。〔註34〕有的學者認爲中國古典海洋文學作品的描述類別應包含：大自然的海洋風貌及邊海和島嶼的自然風貌、邊海民和海島民賴於生存的海洋環境、海洋的神話傳說和海洋的民間信仰、海上勞作與海上商品交易及對外貿易活動、域內的海上交通和海路的移民活動、航海至域外的外交與

〔註30〕在現代作品中有關於「海洋文學」定義的討論，參見葉連鵬著：《台灣當代海洋文學之研究》，國立中央大學中國文學所博士論文，2006 年，頁 6～9；或是楊政源：〈尋找「海洋文學」——淺析「海洋文學」的內涵〉，《台灣文學評論》，第 5 卷第 2 期，2005 年 04 月，頁 147～159。上述具有現代文類意涵與論述主張作品的「海洋文學」定義，皆是針對現代作品所做的歸納。對於中國古典文學中的海洋書寫而言，雖然不至於產生扞格牴觸的弊病，但卻有方枘圓鑿、互不相容的感觸。

〔註31〕吳智雄：〈試論先秦文學中的海洋書寫〉，《海洋文化學刊》，第 6 期，2009 年 6 月，頁 32。

〔註32〕《海洋龍脈——中國海洋文化縱覽》，頁 81。

〔註33〕《中國海洋文化史長編——先秦秦漢卷》，頁 372。

〔註34〕《中國古代海洋文學導論》，頁 49～51。

宗教以外的文化交流及向海外移民活動、海上的各種宗教活動（東晉法顯的海外求法、唐代日僧來華求學在邊海的活動、明清兩代經由海路來華的傳教士的邊海活動）、海上的戰爭（外來勢力的海上入侵與反侵略的戰爭之域內海戰、西晉末年孫恩、盧循的農民戰爭及隋開皇間楊素平泉州王國慶與施琅功克台灣之域內海上戰爭）、發生在海上及邊海的各種故事、作爲情感抒發的海洋等類型。〔註35〕

　　關於中國海洋古典文學在各時期的全景觀照而所做的類型論述，有的學者從明清海洋詩學的探討範疇，認爲古典海洋文學蘊涵了寫景、詠物、紀遊、詠懷、敘事等各種不同層次的書寫寶藏。〔註36〕另有研究者指出唐代以前之海洋文學多置身海畔，作海洋想像之敘寫；涉身海中，遊海、渡海之時臨感受，並不普遍。到了宋元時期，海洋貿易興盛，造船工業、海洋漁業、航海技術、海洋戰爭、海神崇拜之雲興霞蔚，於是海洋文學勃興，如實反應海洋文化。海洋文學主題：諸如歎大海之浩瀚，哀民生之多艱；頌海商之精神，贊貿易之盛況；敘水戰之恢弘，述人物之壯烈，舉船業之盛況，祈海神之福佑等。而明末清初海洋文學，騷人墨客見之於詩歌辭賦中，從明鄭之海上政權，到渡海征戰之海洋冒險與海洋征戰兩大主題類型，擴大到刻畫海洋風景，表現海洋詩情，描述海洋生活，勾勒海洋生物，穿插海洋傳說，多具體細微的表現。〔註37〕

　　有學者以先秦文獻表現的海洋書寫而分神話寓言的想像（蓬萊仙山與崑崙神山神話並加入天帝、海神、巨鼇負山、大人釣鼇、仙山沉海、藐姑射神人等神話素材）、寄託抒懷的詠嘆（孔子乘桴浮海的喟嘆、屈原世事外變以對浩瀚無際海洋的悲悒激忿不平之嘆）、哲學義理的闡發（道家以海洋爲廣大、包容、孕育萬物、柔能勝剛強的主張；孟子以海喻聖人之道的高深廣大）、與地理景物的描述（海洋是日月的出入之地）等四類型；並由此四類型呈現推導出海洋的書寫義蘊：奇特的異質世界（姑射山、安期生、禹彊、禺京、不廷胡余、龍與神龜等仙神；大人之國等海外奇人；夔、虎蛟、應龍、巨鼇、鯪魚、鯤鵬等異物）、巨大的谷型空間（大壑、歸墟）和超越的重生場域（精衛填海、鯤魚變爲大鵬、四海之濱的超越場域）等。〔註38〕

〔註35〕《天問・驚世——中國古代海洋文學》，頁2～3。
〔註36〕〈長島怪沫、忠義淵藪、碧水長流——明清海洋詩學中的世界秩序〉，頁46。
〔註37〕〈海洋詩賦與海洋性格——明末清初之台灣文學〉，頁4～5。
〔註38〕〈試論先秦文學中的海洋書寫〉，頁33～52。

　　有學者認為魏晉南北朝文學呈現的海洋寫景除承繼先秦兩漢對海洋、海景的實際摹寫描繪外，更可看到以海上仙山、鯤鵬神話、巨鼇負山、海神信仰、海外仙鄉世界、神人奇人等的描述與追慕，而加以區分為：以情為抒發的寄寓嚮慕（多使用隱喻象徵手法，以寄託個人情志之所趨），和以景為頌詠描摹（多使用直觀摹寫手法，以描繪海景之壯闊和海洋生命水族之豐富）的觀海、望海、想海等海潮浪濤的審美視角，與虛寫的題材手法等主題類型。而魏晉六朝形塑的潮濤文學〔註39〕潮流，在以虛體、遙望、陪襯、遠觀的書寫姿態出現，以觀海、望海、想海等主題所進行的主體或旁襯的書寫，更成為中國古典海洋文學書寫中的相當重要特徵。〔註40〕

　　有的學者亦從不同的審美角度，將漢魏六朝海洋文學所折射出的那種充滿新的眼光、蓬勃的生命力，斑斕的色彩，海一樣的磅薄氣勢而具體表現為：經略海洋的心理模式（表現漢家王朝君臨海內外的恢弘氣勢；人對海洋的自然經略與對疆土征服的嚮往）、寄情海洋的情感世界（漢魏六朝文人有意識地把現實中竭力追求的個體價值、人生自由、獨立精神融入到海洋世界）、崇尚海洋的英雄氣勢（表現與盛世王朝相輝映的海洋一樣的英雄氣勢）、讚美海洋的瑰奇壯闊（木華《海賦》中大海千變萬化的情態與對大海的瑰奇壯闊的暢述；枚乘《七發》窮盡瞬息萬變的波濤及其具有的千姿百態；曹植《遠遊》中遊臨四海俯仰洪波、靈鼇萬丈神沉浮神山；張融《海賦》海上見聞與細緻壯闊的想像大海；郭璞《江賦》介鯨乘風破浪出入海濤之中；北齊祖珽《望海》中的大海壯闊、海洋浩漢之氣象；有頌揚大海自然景色、有描繪海洋生物及飛禽、讚嘆海洋瑰麗壯闊，由索物寄意而致觸景生情）與跨越海洋的文化交流（使節、貿易、文學、佛教的海上對外交流，展現天子受四海之圖籍，膺萬國之貢珍，內撫諸夏，外綏百蠻的樣態）等類別面向。〔註41〕也有學者從魏晉六朝之前的海洋文學書寫為觀察視野，以班彪《海賦》正式出現海的意象，而提出中國海洋文學寫景可分：游仙馳想式與即實寫景式兩大書寫類型。前者多廣泛擷取前代有關海的神話、仙話原型以進行超俗性暢神；後者則感物興情，借大海而陳身世之慨，訴別離之情。遊仙暢想也常有實感觸發，

〔註39〕李新安、金毅編著：《桅影風騷——海洋文學與海洋藝術》（北京：海潮出版社，2012.9），頁46。

〔註40〕吳智雄：〈論魏晉南北朝文學中的海洋書寫〉，頁20～28。

〔註41〕趙君堯：〈漢魏六朝海洋文學芻議〉，《職大學報》，第3期，2006年，頁43～48。

而實景描摹終難掩遊仙暢懸。尤其佛經中魔羯魚意象的影響，中國敘事文學寫海洋多神怪描述。與此有近緣的元曲《張生煮海》直到《西遊記》等小說的海怪龍宮，亦見海洋文學與仙話系統這一母題、主題常常互融。《鏡花緣》、《三寶太監西洋記通俗演義》、《聊齋誌異‧羅刹海市》等，說明仙怪原型的生命魔力，反映中國文人以海洋的相關題材領域，成爲超現實想像的一個滋生化外之處。同時，海洋也成爲文人優美譎奇而神祕的神往之域，以及宣洩內心鬱悶的一個窗口。〔註42〕

　　而就隋唐五代的海洋文學書寫全景，研究者以該時期爲海上絲路的全方位開放，伴隨海洋交通、海洋貿易與文化交流，而表現出下列寫景：對外開放與友好外交（朝貢貿易的興盛發展；海上使節的艱辛情愁）、海洋貿易與海商市舶（私人貿易的海商賈客；海洋事務管理的市舶制度）、中外交流與吸納文明（唐文化的向外輸出；印度、波斯、阿拉伯、東南亞諸國、新羅、日本、高麗文化元素的吸收、佛教文化的傳法布教）、造船行海技術與海洋交通發展（天文航海定向技術文明的使用；海上絲路貿易的高漲帶動南海群島與西太平洋地區貿易網與文化圈的產生）、銀本位制與奴隸貿易（白銀銅錢的流通與交易貨幣的兌換；海上交易制度下的奴隸買賣）、海洋人物景象與物象的豐富（海上島民夷人的生活描述；海洋景色和海洋生物的神話想像與現實描摹）以及海洋情感的抒發（海洋傳說的頌揚和遠航送別離情的抒詠）等類別。〔註43〕

　　有的學者認爲宋元海洋文學題材涵括的寫景爲嘆大海之浩瀚，哀民生之多艱（感嘆海洋的博大、神奇與浩瀚；以形象語言描繪海洋的萬千氣候變化、以白描手法直敘海洋景色風光；以現實主義手法描寫鹽民、漁民艱辛生活及在大海捕撈的艱險）、頌海商之精神，贊貿易之盛況（歌頌東南沿海海商與人民的商品意識，與追求商業利潤從事海洋貿易與海上航行的冒險精神）、敘水戰之恢弘，頌民族之氣節（宋元、宋金大規模宏大的海洋戰爭描述，強烈愛國情操的展現）、造船業之盛然，祈海神之福佑（宋元造船業、海漕運興盛通異域；媽祖爲海上活動事業的最高保護神）等描寫類型。〔註44〕亦有研究者對於宋元海洋文學作家的活動地域，或濱海地域對作家創作作品的影響

〔註42〕　王立：〈海意象與中西民族文化精神略論〉，《大連理工大學學報‧社科版》，
　　　　　第21卷第4期，2000年12月，頁60～63。
〔註43〕　《天問‧驚世——中國古代海洋文學》，頁60～77。
〔註44〕　趙君堯：〈論宋元海洋文學〉，《職大學報》，第3期，2001年，頁18～22。

加以深入論述，並兼及文學作品所展現的自然海洋（潮汐起信；錢塘怒潮；神秘的海市蜃樓、幻變的海上雲霧及神秘的海鳴等海洋異象；複雜多變的海風、颶風、信風；樣態奇特的海洋生物鸚鵡螺、鯨、海蜊、珊瑚、玳瑁、烏賊與海扇）與人文海洋（神秘的海洋神靈、海神信仰；海洋神話傳說、歷史涉海事蹟；熱絡的海洋經濟活動、海洋資源開發與海洋貿易、運輸活動；航海工具與航海體驗；珍鮮海錯及烹調製作方式的描寫）等兩大範疇廣泛探索〔註 45〕。或暢談明清時期海洋文學乃鄭和下西洋壯舉所掀起海洋文學的新潮，豐富了鄭和下西洋相關的航海故事、傳說而成為小說、戲劇、歌賦、碑文、遊記等創作體裁的創新。就該時期海洋寫景涵括為：航海技術（遠洋航行的科學技與量天尺及萬斗杓測星儀器的先進）、海洋貿易（南洋貿易與港口繁榮的寫景）、海外關係（明朝與琉球國、暹羅國、安南及占城等番屬國的宗主關係；海外番國的測風和柔遠外交）、文化交往（海外番國不遠萬里航海來朝的讚揚）、海洋神靈（海神的崇拜和信仰）、海外風物（海上景物的意境）、海防意識（海防建設與巡海御寇）、海外移民（海洋貿易之商賈僑居海外）等題材。〔註 46〕

　　統攝以上學者的研究視野，對於中國古典海洋文學的書寫全景所建構的類型樣態，雖非一嚴謹邏輯學上的窮盡性分析，諸類型彼此之間也並非截然判分，但其嘗試將中國海洋文學內涵做進一步的發掘與提煉，都有其慧眼獨到的論述潛能。而歸結學者的論述型態，或以人文海洋為成規，展現出：一為海洋神靈信仰，二為海洋神話傳說及涉海史實，三為海洋資源利用及海上貿易運輸活動開發與海洋政策的實行，四為海商航海冒險及海上利益與航海造船技術、五為海外番屬國的貢珍及宗主關係、海外島國風情，六為中日韓印及南海諸國之佛教及其他宗教文化交流、七為倭寇海盜與官軍之海洋征戰等書寫場景，八為海洋風情之詠嘆和遣懷，九為海防意識與海外移民。或以自然（非人文）海洋為視角，呈現出一為海洋風景奇象及讚嘆海洋瑰麗壯闊：諸如潮汐起信、錢塘怒潮、海市蜃樓、海上雲霧及神秘海鳴以及複雜多變的海風、颶風、信風，二為海洋生活類：漁民、鹽民、蜑民、採珠民及邊海民的生活實況，三為海洋生物及海上飛禽、海底水族的描寫，四為邊海民和海

〔註 45〕《宋元海洋文學研究》，頁 139～402。

〔註 46〕趙君堯：〈鄭和下西洋與明代海洋文學芻議〉，《職大學報》，第 3 期，2008 年，頁 55～60。

島民賴於生存的海洋環境書寫。

　　以人文及自然海洋所表述的中國古代海洋文學的書寫型態，在其以海洋為審美本體時，更共同架構出中國古代海洋文學的藝術性特色。而此觀點特色的展現，又有如下幾種主張。首先：以海中有仙、有神、有怪、有靈異所產生的海洋神話、仙話及傳說文本表現出海洋的神祕性、變幻性；以對海中景物的靈異而產生奇異的幻想性；以海洋浩瀚而誘發文人的玄思哲理性；以對海洋的敬畏可怖而顯現抒情性；以對海的寬廣博大而使文人用來歌頌太平盛世統一，天下清平的祥瑞象徵性〔註 47〕。有學者以為中國魏晉六朝海洋文學在以漢文化為核心的環太平洋中古海洋文化圈具有寓文明多樣性與統一性的特徵，體現中國海洋文化的開放性、包容性與多元性〔註 48〕。有學者指出宋元海洋文學的主要特徵是體裁的多樣性、題材的豐富性、作家的地域性、思想的深刻性與藝術的多元性；〔註 49〕或以豐富多彩的海洋題材漢文學體裁，突出自先秦以來海洋文學的創新和發展、以時代獨特的對外開放的社會背景，突出海洋文學所具有的超邁開放的海洋意識、以寬廣視野多角度的審美追求，突出了海洋經略的價值取向，表現當時期的社會特質和文化模式。〔註 50〕有學者歸納中國古代各時期海洋文學的表現特色為：涉海性、冒險性、幻想性、神祕性、哲理性、寫實性、海商性與壯闊性。〔註 51〕

　　以上有關中國古代各時期海洋文學表述的藝術特色，約可統合為神祕性、幻想性、哲理性、抒情性、開放性、多元性、包容性、寫實性、海商性、優美性、冒險性等。而將學者們闡述的海洋文學特色與中國海洋文化本質特徵來做對比，幾乎可以確定它們之間互有交涉重疊關係：一是就內質結構來看有其涉海性；二是就運作機制有對外的多元性、包容性與交流性；三是就價值取向有海洋商業性、冒險性；四是就歷史型態而具有開放性、寫實性和拓展性；五是就海洋文化的社會機制而言，具有社會組織行業性和經濟型態的慕利性；六是就海洋文化的哲學與審美意蘊來說，具有生命的哲理性和優美、壯闊性、幻想性、神祕性等。簡言之，學者們的觀察視野都指出了中國海洋文化與中國海洋文學的本質特色以來自遠古先民的海上神話傳說，與海

〔註 47〕　〈中國古代海洋文學導論〉，頁 51～52。
〔註 48〕　〈漢魏六朝海洋文學芻議〉，頁 48。
〔註 49〕　〈論宋元海洋文學〉，頁 18。
〔註 50〕　《天問‧驚世——中國古代海洋文學》，頁 12。
〔註 51〕　《宋元海洋文學研究》，頁 104～137。

上生活景象、海洋生物的神秘性、寫實性、幻想性，以及展現的優美性和登臨海洋的壯闊性、抒情性的摹寫。並透過秦漢以來帝王們的海外求仙之旅，與南海與東海的海上絲路社會經濟貿易航線，所展開與海外國家貿易的拓展性、冒險性、海商性、慕利性。甚至是對海外諸島國島民的宗主關係所形成的包容性與開放性；在佛教與其他宗教文化展示的傳法布教上的交流性和開放性格，而逐漸積淀孕育出一個美麗而豐富的海洋人文生態。

中國海洋文學的意涵，既以海洋為審美主體的文學，自然成為歷代文人墨客的涉海熱情與靈感激發的發聲渠道與出口。而從傳統中國與海洋發生某種人文聯繫的歷史與文學中，那幻想譎奇的蓬瀛三島、綏靖遠服的萬國貢珍、島夷喧囂的港埠市集、雜錯擁擠的帆檣渡影、繽紛奇炫的琉璃珠貝、越紫塞而孤征、南渡滄溟以單逝的求法高僧、爛漫旖旎的鮫宮蜃樓與咸池扶桑、航渡萬里九死一生的海商，無一不是體現中國古代海洋文化的人文活動觀點與樣態。然歷代先民在各時期所展現的海洋人文活動文化，以及它所提供中國古代海洋文學的土壤養分與孕育背景的發展又是如何？以下，我們即循此思路概述中國海洋文化與海洋文學在古代各時期海洋觀點的發展與演變。

第二節　先秦至漢魏六朝海洋文化與海洋文學的發展演變

現今學者對先秦海洋文化的論述視野，大多聚焦於物質層面與精神層面兩個向度上。就物質層面來看，不外乎是海洋自然資源為主的海洋經濟、海洋交通及海洋生物水文、海洋疆域的征戰及海外遷移、海島為政治流放及避難者的場域；在精神層面來說，不外乎是海洋人文為主的海洋信仰海神崇拜、方士求仙、大九州地理海洋觀、與中原王朝海洋地理的政治文化意識。而海洋文化孕育出海洋文學，先秦海洋文學的走向與脈動自然為先秦海洋文化所澆灌和孕養。同樣的，秦漢魏晉六朝的海洋文化走向，表現於海上絲路在政治、經濟與佛教宗教交流，以及海上方士文化等三大層面上。而漢魏六朝海洋文學的全景，也正是在此兩層面海洋文化的餵養中得到充足的養分和滋長。

一、先秦海洋文化與海洋文學的發展

先秦之前的海洋文化發展軌跡，或可遠溯新石器時代的河姆渡（公元前

5000～3000 年）、殼丘頭懸石山（公元前 5000～3000 年）、大灣（公元前 4000
～3000 年）、大汶口龍山（公元前 4500～2000 年）、良渚（公元前 3300～2250
年）等以東海、南海、渤海、黃海之沿海地區遠古先民的造船、航海、捕魚
等活動而形成的海洋文化圈。〔註 52〕其中以山東泰安大汶口遺址爲代表的龍
山文化，和以浙江寧波河姆渡遺址爲代表的百越文化，更有大量的貝丘文化
遺存，海洋文化的特徵則是相當的典型。而南方濱海地區百越文化形態中體
現海洋文化特色典型的浙江河姆渡遺址，更出土了許多魚類及軟骨動物的骨
骼和大量的骨鏃、木矛、石刃、陶球等漁獵工具，更說明已有初步的海洋漁
獵經濟。而在百越文化挖掘出土的鯊魚、鯨魚遺骸以及柄葉連體的木漿和陶
舟與有段石錛，不僅印證新石器時代「刳木爲舟」的生活方式，同時也說明
遠在六七千年前，沿海的越人先民已有乘舟航海的經歷，而從事原始的航海
活動。至於在渤海、黃海的沿岸和島嶼上陸續發現的龍山大汶口遺址，從其
文化遺物證實，當時山東半島先民已向遼東半島跨海傳播，而有渡海漂航的
足跡。不管是河姆渡百越人或是大汶口先民，行「舟楫之便」的海洋經濟實
踐活動，體現海洋文化的特徵已隱然形成。〔註53〕

　　先民行舟楫之便，與興漁鹽之利的海洋經濟實踐活動，都是隨著生產工
具的進步與航海技術的提升而逐漸的深化，並且與中國古代海洋文化有著緊
密的互動關係。海洋經濟是海洋文化的出發點，而海洋文化是海洋經濟發展
的內生因素。那原始捕撈和漂航更是人類海洋活動的起點，推動人類對神祕
海洋的好奇和探索，各種的海洋神話、海神信仰也由此產生。東南地區瀕海
而居的百越先民和山東黃海渤海的東夷大汶口先民，先後透過對於海洋所特
有的物理、化學及其變幻莫測、難以駕馭，和所蘊藏極爲豐富的海洋資源、
生物資源、礦物資源與海上交通、海洋水域、海洋空間等等自然屬性的了解，
並利用石斧和有段石錛等工具，製造獨木舟、竹筏、木筏等行舟楫之便的跨
海漂洋，發展海洋漁鹽之利等原始海洋活動文化，而逐漸地積累沉澱。在隨
著夏商周三代先民駕馭大海能力的提高，與航海技術的進步，日益拓展、演
進出近岸水產養殖、製鹽、海洋捕撈、航運貿易等海洋經濟與海洋文化的交
涉及互動。《周易‧繫辭下》記載黃帝：「刳木爲舟，剡木爲楫。舟楫之利，

〔註52〕趙君堯：〈石器時代中國海洋文化及其對大陸中原文化的影響〉，《職大學
　　　　報》，第 3 期，2002 年，頁 101～103。
〔註53〕《海洋迷思──中國海洋觀的傳統與變遷》，頁 9～13。

以濟不通，致遠以利天下」〔註54〕，《世本》記載膠東地區：「宿沙作煮海爲鹽」〔註55〕、《尚書‧禹貢》載述沿海地區的海洋資源（漁業、鹽業、珠貝採集）已成爲朝貢中原王朝的來源：「海岱惟青州，厥貢鹽、絺，海物惟錯……淮海惟揚州，島夷卉服，厥篚織貝。厥包橘柚，錫貢，沿于江海，達于淮泗」〔註56〕、《竹書紀年》載書：「夏帝后芒元年，東狩于海，獲大魚」〔註57〕、《史記‧齊太公世家》記述姜太公封齊，致力開發濱海齊地的經濟潛能：「通商工之業，便漁鹽之利」〔註58〕、《國語‧齊語》所說商貿與漁鹽之利聯繫的海洋經濟：「通齊國之魚鹽于東萊，使關市幾而不征，以爲諸侯利」〔註59〕、《管子‧禁藏》所講興漁鹽之利而利在水的海王之國：「漁人之入海，海深萬仞，就彼逆流，乘危百里，宿夜不出者，利在水也」〔註60〕，都足以說明上古先民到春秋戰國對行舟楫之便、興漁鹽之利帶來的海洋經濟與社會生活的密切認知，進而形成原始海洋文化傳統的重要時期。

現今學者對先秦海洋文化的論述視野，大多聚焦於物質層面與精神層面兩個向度上。就物質層面來看，不外乎是海洋自然資源爲主的海洋經濟、海洋交通及海洋生物水文、海洋疆域的征戰及海外遷移、海島爲政治流放及避難者的場域；在精神層面來說，不外乎是海洋人文爲主的海洋信仰海神崇拜、方士求仙、大九州地理海洋觀、與中原王朝海洋地理的政治文化意識。〔註61〕首先，就物質層面表現出的海洋文化在於沿海海洋資源的開發與利用。從遠古先民對海洋的原始採集和捕撈，而後隨著海洋交通工具與捕撈器

〔註54〕《周易正義》，《十三經注疏》（台北：藝文印書館，1989 年 1 月 11 版景印清嘉慶二十年《重刊宋本尚書注疏附校勘記》），頁 167。

〔註55〕〔漢〕宋衷注，孫馮翼集錄：《世本》（北京：中華書局，2010.6 二刷），頁 6。

〔註56〕《尚書正義》，頁 81～83。

〔註57〕張潔點校：《古本竹書紀年》（濟南：齊魯書社，2010.1 初版一刷），頁 4。

〔註58〕《史記會注考證》，頁 551。

〔註59〕〔吳〕韋昭注，明潔輯評：《國語》（上海：上海古籍出版社，2008.12 初版），頁 114。

〔註60〕姚曉娟、汪銀峰注譯：《管子》（鄭州：中州古籍出版社，2010.5 初版），頁 275～276。

〔註61〕參見陳智勇：〈試論夏商時期的海洋文化〉，《殷都學刊》，第 4 期，2002 年；陳智勇：〈淺析春秋戰國時期的海洋文化〉，《鄭州大學學報‧哲社科版》，第 36 卷第 5 期，2003 年 9 月；朱建君：〈東夷海洋文化極其走向〉，《中國海洋大學學報‧社科版》，第 2 期，2004 年 2 月；曲金良主編：《中國海洋文化史長編──先秦秦漢卷》等論文、書籍。

具的不斷進步下，海洋漁業與近海航業、交通運輸都得到初步的發展。在《尙書・禹貢》所載兗、青、徐、揚四州沿海地區有著豐富多樣的海洋資源：冀州的「島夷皮服」、兗州「厥貢漆絲，厥篚織紋」、青州「厥土白墳，海濱廣斥；厥貢鹽絺，海物（海魚）惟錯」、徐州「泗濱浮磬，淮夷蠙珠暨魚……浮于淮泗，達于河」、揚州「瑤琨篠蕩，齒革羽毛，島夷卉服，厥篚織貝……沿于江海，達于淮泗」〔註62〕等鹽業、魚業、珠貝之海錯水物，以及透過江海航路的交通運送。而《竹書紀年》載述夏帝后芒東狩于海獲大魚，此大魚更是從事海洋經濟活動捕獲的鯨魚。就河南安陽殷墟出土文物中有大量的海貝、象牙、鯨魚骨和龜甲的遺存來看，海貝已成爲當時的貨幣交易，象牙、鯨魚骨和用來占卜的龜甲則是航海貿易，並透過交通運輸而得來的海物。另外《逸周書・卷七・王會解》伊尹爲四方獻令：「正東符婁、仇州、九夷十蠻、越漚、鬋髮、文身，請令以魚皮之鞞，口鰂（烏賊）之醬，鮫盾、利劍爲獻；正南甌鄧、桂國、損子、產里、百濮、九菌，請令以珠璣、玳瑁、象齒、文犀、翠羽爲獻。正西昆侖、狗國、貫胸、雕題、漆齒，請令以丹青、白旄、江歷、龍角、神龜爲獻」〔註63〕，則沿海先民所進獻中原王朝的貢品都以魚皮之鞞，口鰂（烏賊）之醬，鮫盾、珠璣、玳瑁、象齒、文犀、翠羽、龍角、神龜等海錯水物、珠璣玉貝爲獻。而《呂氏春秋・本味篇》更載：「魚之美者，洞庭之鱄，東海之鮞……水之魚，名之鰩，其狀若鯉而有翼，常從西海夜飛游于東海。菜之美者……越駱之菌，鱣鮪之醢，南海之秬」〔註64〕，與《國語・越語下》：「越濱于東海之陂，黿鼉魚鱉之與處」，在在顯示先秦時人對海洋資源在飲食及生活文化上的一定需求。〔註65〕而在海洋資源的管理，《周禮・天官・鹽人》裡的「掌鹽之政令，以供百事之鹽」〔註66〕，甚至是《管子・海王》裡制定鹽稅的徵收法令：「海王之國，謹正鹽筴」〔註67〕、《國語・魯語》的「水虞取名魚，登川禽」〔註68〕、《禮記・月令》的「漁師伐蛟取鼉，登龜

〔註62〕《尙書正義》，頁77～83。

〔註63〕袁宏點校：《逸周書》（濟南：齊魯書社，2010.1初版），頁84。

〔註64〕〔漢〕高誘注：《呂氏春秋》（台北：藝文印書館，2009.10初版四刷），頁323～325。

〔註65〕《國語》，頁304。

〔註66〕《周禮注疏》，頁90。

〔註67〕湯孝純注譯：《管子讀本》（台北：三民書局，2006.3二版一刷），頁838。

〔註68〕《國語・魯語》，頁80。

取黿」〔註69〕，都是有關捕魚、供魚、徵收魚稅、宣導政令等的漁業管理專員的職責。在造船技術及航海交通能力所展現的海洋文化面向上，從黃帝時期的「刳木爲舟，剡木爲楫」，《山海經·海內經》的「番禺是始爲舟」〔註70〕，《呂氏春秋·勿躬》的「虞姁作舟」〔註71〕，《史記·越王勾踐世家》的「范蠡與其私徒屬乘舟浮海」〔註72〕，《太平御覽·卷七六八》引《吳志》的「吳人以舟檝爲輿馬，以巨海爲夷庚也」〔註73〕、「行海者，生而至越，有舟也」〔註74〕，以及舟船類型如柏舟、松舟、扁舟、輕舟、〔註75〕樓船、戈船〔註76〕等吳越臨海國家的造船技能和船室、船宮〔註77〕等造船業的開啓，使得當時的海洋航行能力不斷的提升，並與海外的洲島有了原始的接觸和交通。尤其是航海技術與造船能力的改善，不僅產生大規模的齊、吳越等國的海上征戰，進而流放海島、避居海濱甚至是海外遷移、海外貿易，使得濱海文化環境產生了變動。《史記·宋微子世家》記述商末周初，箕子族人與移民貴族因不受周朝的統治，遂遷居海外，東渡朝鮮：「於是武王乃封箕子于朝鮮，而不臣也。」〔註78〕《尚書大傳·卷五·鴻範》也述：「武王勝殷，繼公子祿父，釋箕子之囚，箕子不忍爲周之釋，走之朝鮮」〔註79〕；《孟子·滕文公》也載：「周公相武王，誅紂伐奄，三年討其君，驅飛廉于海隅而戮之，滅國者五十。驅虎豹犀象而遠之，天下大悅」〔註80〕；《史記·越王勾踐世家》的「范蠡乃裝其輕寶珠玉，與其私徒屬，乘舟浮海以行，終不反」〔註81〕；甚至是

〔註69〕《禮記注疏》，《十三經注疏》（台北：藝文印書館，1989 年 1 月 11 版景印清嘉慶二十年《重刊宋本毛詩注疏附校勘記》），頁 319。
〔註70〕袁珂校注：《山海經校注》（台北：里仁書局，2004.2 二刷），頁 465。
〔註71〕《呂氏春秋》，頁 464。
〔註72〕《史記會注考證》，頁 671。
〔註73〕〔宋〕李昉等奉敕撰：《太平御覽》（台北：台灣商務印書館，1997.7 七刷），頁 3538。
〔註74〕《太平御覽》，頁 3540。
〔註75〕《國語·越語下》，頁 305。
〔註76〕《景越絕書校注稿本》，頁 111～121。
〔註77〕《景越絕書校注稿本》，頁 122。
〔註78〕《史記會注考證》，頁 613。
〔註79〕劉殿爵主編：《尚書大傳逐字索引》（台北：台灣商務印書館，1994.11 一刷），頁 15。
〔註80〕《孟子注疏》，《十三經注疏》（台北：藝文印書館，1989 年 1 月 11 版景印清嘉慶二十年《重刊宋本毛詩注疏附校勘記》），頁 117。
〔註81〕《史記會注考證》，頁 671。

《台灣通史‧開闢記》所論「或曰：楚滅越，越之子孫遷於閩，流落海上」
〔註 82〕，都說明了先秦人民在海濱征戰過程中，有向海外海上遷移，浮海以
行的紀錄。而後《左傳‧襄公二十四年》的「楚子爲舟師以伐吳」〔註 83〕、
《史記‧吳太伯世家》的「吳以海上攻齊」〔註 84〕、《左傳‧哀公十年》的「徐
承（吳）率舟師將自海入齊，齊人敗之」〔註 85〕、《國語‧吳語》的「勾踐命
范蠡、后庸率師沿海溯淮，以絕吳路」〔註 86〕，以齊、吳、楚、越的海戰爭
伐操戈的場景，說明當時期海洋文化的歷史進程。尤其吳越齊三國濱海，在
海政管理與海上交戰的思維下，海中孤島往往成爲戰囚和罪人流放懲戒的地
方。《左傳‧哀公二十二年》的「越滅吳，請使吳王居甬東」〔註 87〕，與《史
記‧吳太伯世家》的「越敗吳，越王勾踐欲遷吳王夫差于甬東（海中孤島），
予百家居之」〔註 88〕，說明當時戰敗的國君是有可能被流放於海中的孤島
上。另外，《史記‧田敬仲完世家》所述：「齊康公貸立十四年，淫於酒、婦
人，不聽政。太公（田和）遷康公於海上，食一城，以奉其先祀」〔註 89〕，
書寫了國君荒怠國政，被流徙於荒涼的海濱地區。而就海外貿易的最早場景
的記載，《管子‧揆度》提及：「桓公問海內玉幣有七筴，管子所曰陰山之礝
碈，燕之紫山白金，發、朝鮮之文皮」〔註 90〕，說明齊國與朝鮮商人們在齊
國海政政策的推動下，頻繁地進行海外商貿的文皮交易活動。就以上先秦時
期行舟楫之便、興漁鹽之利帶來的海洋經濟和社會的實踐活動，以及各沿海
王國吳、越、齊對海洋資源的開發利用，與江海航路的交通運輸；在船宮、
船室的航海造船技術與能力的改善，甚至是各國對海洋政策的推動，都對當
時期的海洋文化帶來了發展的能量。

　　而就先秦時期在精神層面所展示的海洋文化能量，我們更可從以海洋人
文爲主的海洋信仰及海神崇拜、四海的政治與文化符碼的海洋意識、海上方

〔註 82〕連雅堂著：《台灣通史》（台北：黎明文化事業，2001 年），頁 41。
〔註 83〕《春秋左傳正義》，《十三經注疏》（台北：藝文印書館，1989 年 1 月 11 版景
　　　　印清嘉慶二十年《重刊宋本毛詩注疏附校勘記》），頁 610。
〔註 84〕《史記會注考證》，頁 547。
〔註 85〕《春秋左傳正義》，頁 1015。
〔註 86〕《國語》，頁 282。
〔註 87〕《春秋左傳正義》，頁 1049。
〔註 88〕《史記會注考證》，頁 547。
〔註 89〕《史記會注考證》，頁 733。
〔註 90〕《管子讀本》，頁 922。

士求仙和大九州地理海洋觀等幾個面向來呈現。首先，四海在上古先民的海洋地理意識裡，不僅是反映出中原王朝的疆土統御極於四方海夷之視野，更是標志著文化符碼的政治地理王權和四夷來貢之觀念。如《尚書·堯典》的「帝乃殂落，百姓如喪考妣，三載四海遏密八音」〔註91〕；《尚書·禹貢》的「聲教訖于四海」〔註92〕；《尚書·益稷》的「禹外薄四海」〔註93〕；《大戴禮記·少閑》的「禹修德使力，民明教通于四海」〔註94〕；《淮南子·原道訓》的「禹施之以德，海外賓服，四夷納職」〔註95〕；《詩經·商頌·玄鳥》所載「邦畿千里，爲民所止，肇域彼四海，四海來假」〔註96〕；《詩經·長發》的「相土烈烈，海外有截」〔註97〕；《魯頌·有駜》「憬彼淮夷，來獻其琛，元龜、象齒，大賂南金」〔註98〕；《魯頌·閟宮》的「遂荒大東，至于海邦，淮夷來同，莫不率從魯侯之功」〔註99〕；《周禮·校人》曰：「校人掌王馬之政……田獵則帥驅逆之車，凡將事于四海山川，則飾黃駒」〔註100〕；《大戴禮記·主言第三十九》「四海之內無刑民」、「四海之內拱而俟」〔註101〕；等王疆統域極於四方海夷，德教廣澤大覆於日出海隅，海表蠻夷無不服化，四夷來貢的表述。換言之，透過對四海、海內的王土表述，中原天朝被形塑爲政教德化的中心，建構出德被廣澤，四海之內聞盛德而皆徠臣的王天下觀點。

再就海洋信仰及海神崇拜的來源來看，上古濱海之東夷、百越民族所形聚之齊、越、吳、楚、燕等海國，由於靠海和用海而屢涉風濤之險的航海活動，以及獨特的濱海景觀與環境生態呈現的對海洋浩瀚奧秘的思維驅使下，逐漸積澱出各種原始精神和宗教意義上的海洋信仰與神靈崇拜，反應出當時涉海社會的整體海洋精神思維。這些濱海先民看到日出於東方大海，直覺地以爲大海爲日出所在。《尚書·堯典》云：「分命羲仲，宅嵎夷曰暘谷，寅賓

〔註91〕《尚書正義》，頁42。
〔註92〕《尚書正義》，頁93。
〔註93〕《尚書正義》，頁71。
〔註94〕 楊家駱主編，〔清〕王聘珍撰：《大戴禮記解詁》，《中國學術名著第三輯十四經新疏》（台北：世界書局，1974年），頁8。
〔註95〕《淮南子》，頁13。
〔註96〕《毛詩正義》，頁794。
〔註97〕《毛詩正義》，頁801。
〔註98〕《毛詩正義》，頁770。
〔註99〕《毛詩正義》，頁782。
〔註100〕《周禮注疏》，頁496。
〔註101〕《大戴禮記解詁·卷一》，頁3～5。

出日，平秩東作」，古人以東夷萊族居於海嵎，嵎夷即爲暘谷，暘谷爲東夷人
認爲的日出之谷，堯命羲仲居於日出暘谷之嵎夷，即是就近觀測以祭祀日
出。〔註102〕由此可以看出，上古先民對於太陽出於大海（暘谷）的原始信仰
崇拜。嵎夷暘谷爲日出之地的海洋信仰，又經海島先民對於大海浩渺無邊的
原始認知，那「東海之外，大荒之中，有山名曰大言，日月所出」〔註103〕、
「西海之外，大荒之中，有方山者，日月所出入」〔註104〕、「日月安屬，列星
安陳，出自湯（暘）谷，次于蒙汜」〔註105〕、「飲余馬于咸池兮，總余轡乎扶
桑」〔註106〕、「望崦嵫而勿迫」〔註107〕、「朝濯髮乎洧盤」〔註108〕、「日出于
暘谷，浴余咸池」〔註109〕等日月所出、所入、所浴的海洋地景，與對日月升
落於海洋的信仰崇拜。而這些早期海洋信仰的自然崇拜，又與鳥圖騰的崇拜
緊密結合，成爲遠古先民的濱海文化內涵。東方沿海地區可以說是古代鳥類
崇拜的窠臼，尤其是東夷龍山大汶口和百越浙江河姆渡，更遺存著豐富的鳥
圖騰文化元素。〔註110〕《山海經·大荒東經》云：「東海之外大壑，少昊（暤）
之國。少昊孺帝顓頊于此」〔註111〕，而《左傳·昭公十七年》記載：「我高祖
少暤摯之立也，鳳鳥適至，故紀于鳥，爲鳥師」〔註112〕，則少昊氏部落即以
鳥爲圖騰，而在渤海灣一帶建國，成爲鳥夷族群。《尚書·禹貢》所言「冀州
鳥夷皮服」、「揚州鳥夷卉服」，先哲或以萊夷居海曲之島，常衣鳥獸之皮；或
以鳥夷爲東方之民，搏食鳥獸者也；〔註113〕《大戴禮記·卷七·五帝德》也
載：「北山戎發息慎，東長鳥夷羽。」〔註114〕由經典記載窺知，東方夷人、南
方越人以鳥爲部族圖騰，在日月升落於海洋的原始崇拜，與對大海的浩渺無
邊和神祕縹緲下，而孕育了鳥圖騰文化社會中的人面鳥身之海神信仰。《山海

〔註102〕《尚書正義》，頁21。
〔註103〕《山海經校注·大荒東經》，頁340。
〔註104〕《山海經校注·大荒西經》，頁394。
〔註105〕《楚辭注八種·天問》，頁51～52。
〔註106〕《楚辭注八種·離騷》，頁16。
〔註107〕《楚辭注八種·離騷》，頁15。
〔註108〕《楚辭注八種·離騷》，頁18。
〔註109〕《淮南子·天文訓》，頁83。
〔註110〕《中國海洋文化史長篇——先秦秦漢卷》，頁343。
〔註111〕《山海經校注》，頁338。
〔註112〕《春秋左傳正義》，頁836。
〔註113〕《尚書正義》，頁79。
〔註114〕《大戴禮記解詁》，頁5。

經‧大荒東經》的「東海之渚中，有神，人面鳥身，珥兩黃蛇，踐兩黃蛇，名曰禺虢。黃帝生禺虢，禺虢生禺京（彊），禺京處北海，禺虢處東海，是爲海神」〔註115〕、《海外北經》的「北方禺彊，人面鳥身，珥兩青蛇，踐兩黃蛇」〔註116〕，都反應了東夷至古越等沿海地區的海神崇拜文化。另外《禮記‧學記》記載：「三王之祭川也，皆先河而後海」〔註117〕，更說明中原王朝，也已將海洋納入祭祀的範疇。總之，先秦濱海之齊、越、吳、楚、燕等國，由於頻繁的航海活動，獨特的濱海景觀，以及對海洋浩瀚奧秘難測的想像思維下，逐漸孕育出各種原始精神的海洋信仰與海神崇拜。

其次，濱海地帶的華夏民族，與東夷吳越南各族所盛行的各類原始海洋崇拜，在濱海的特殊地理景觀與生態環境下，更助長仙人與長生思想的催生。《左傳‧昭公二十年》載述齊景公企慕長生的願望：「古而無死，其樂若何！」這說明春秋時期「不死而長生」的概念已深深烙印在帝王的心裏。〔註118〕到了戰國後期，各國諸侯追求長生不死的熱情更爲高漲。《戰國策‧楚策》的「有獻不死之藥於荊王（頃襄王）者」〔註119〕，與《韓非子‧外儲右上》的「客有教燕王爲不死之道者」〔註120〕，載明楚、燕濱海國君渴求修練不死之道，以求長生。《史記‧封禪書》更載：「自威、宣、燕昭使人入海，求蓬萊、方丈、瀛洲。此三神山，其傳在渤海中……諸仙人及不死之皆在焉。」〔註121〕諸侯們尋求「不死之藥」的求仙活動後來在秦始皇和漢武帝的努力下到達了頂峰。這種濱海神仙文化的發展，在齊威王、齊宣王之際的稷下學宮諸子引領下，致使陰陽五行思想、黃老學說在齊地的迅速發展，並北傳到燕地，加上齊魯地區固有的儒家思想，進而構成了極爲豐沛的燕齊濱海方士文化。可以說濱海方士文化是各類方術、方說的集大成，其初大抵以沿海民族的海洋崇拜、海神信仰爲濫觴，再加上海上神山仙人傳播爲主體，又飾以鄒衍陰陽五行之學與大九州海洋地理觀，並吸取黃老學與儒學的養分，逐漫延爲泛海蓬萊求仙，尋找不死之藥的方士海上文化。就鄒衍學說與

〔註115〕《山海經校注》，頁350。
〔註116〕《山海經校注》，頁248。
〔註117〕《禮記注疏》，頁656。
〔註118〕《春秋左傳正義》，頁861。
〔註119〕〔漢〕高誘注：《戰國策》（台北：藝文印書館，2009.11 初版四刷），頁313。
〔註120〕〔清〕王先謙撰：《韓非子集解》（台北：藝文印書館，2008.3 初版五刷），頁421。
〔註121〕《史記會注考證》，頁502。

濱海方士文化的關係來講，大九州的海洋地理觀，爲神仙信仰及仙話故事的傳播提供了廣闊的空間，造就了海上方士陰陽家的歷史舞台。而陰陽與五行的觀念，早已在春秋廣泛用於天象、祭祀與生活。鄒衍將五行說發展爲五德終始說，並在齊國不死與仙的觀念廣泛傳揚下，成爲後來不可勝數而又怪迂阿諛的燕齊海上方士之說、神仙方術之學。而黃老學源於老莊思想，所謂「谷神不死」、「眞人神人」、「不食五穀，吸風飲露」、「乘雲氣，御飛龍」，又托名黃帝，好談清靜無爲之養生之道。當時齊地稷下學者田駢、接子、愼到、環淵好論黃老，其迂闊又暗合方士陰陽五行，接壤燕齊濱海神秘之景象與楚地氤氳煙茫之玄思。至於齊魯儒學不廢，方士又喜以儒學爲飾，爲其濱海方士文化的集體養料。在先秦初民眼中，海洋載浮著大陸，它深邃無垠而又波濤洶湧，是大陸上百水匯聚的地方，是個無底之谷，也是日月升沒，通天地，居仙人，藏無限的海錯珍寶，與通往他方世界的神祕渠道。在這廣闊浩瀚的無底深淵，更藏著上古先民的集體海洋智慧：有「大瀛海環其外，天地之際焉」怪迂不經的想像，更有「聲教訖于四海，海外賓服」爲我王疆統域的海界方國，有「中國之在海內，不似稊米之在太倉」的廣博喟嘆，更是神仙信仰及仙話故事誕生的搖籃。

　　海洋文化孕育出海洋文學，而海洋文學爲海洋文化之最佳體現與最生動之演示。透過對先秦海洋文化的淺析後，先秦海洋文學的走向與脈動自然爲先秦海洋文化所澆灌和孕養。首先，那以沿海民族的原始自然海洋崇拜，與鳥類圖騰海神信仰而濫觴，再加上海上神山仙人傳播爲主體，再飾以鄒衍陰陽五行之學與大九州海洋地理觀的視景，並吸取黃老學與儒學的養分，漫延爲泛海蓬萊求仙，尋找不死之藥的方士濱海文化，而成爲先秦海洋神話、海洋傳說、海洋仙話的沃壤。這片沃壤有《莊子》、《列子》中的〈鯤鵬神話〉、〈大壑神話〉、〈鼇戴五神山神話〉、〈龍伯大人釣鼇神話〉、〈海若河伯寓言〉、〈任公子釣東海巨魚神話〉、〈東海之大樂與坎井之黿寓言〉、〈藐姑射仙人仙島傳說〉、〈儵忽南北海帝寓言〉；有《楚辭》中的〈咸池暘谷神話〉、〈扶桑神話〉、〈河伯龍堂朱宮傳說〉、〈鯀禹河海應龍傳說〉、〈鼇戴山抃神話〉、〈赤松王喬韓眾仙人傳說〉、〈羽人丹丘仙鄉〉、〈海若馮夷神話〉、〈海神伯強神話〉、〈東海螭龍神話〉、〈東方長人千仞唯魂是索傳說〉；有《山海經》中的〈人面鳥身四海神神話〉、〈羿射九日落爲沃焦神話〉、〈鯀竊息壤以堙洪水神話〉、〈精衛塡海神話〉、〈大人之市〉、〈海外遠國異民傳說〉、〈大海日出日沒之山〉、〈海

中陵魚人魚傳說〉、〈東海夔獸傳說〉、〈黃帝部族海洋神話〉；有《呂氏春秋》中的〈禹行不死之鄉裸民之處神話〉、〈湯谷扶桑十日所浴神話〉、〈吸露飲氣沃民之野傳說〉、〈禺彊居夏海之窮神話〉；有《淮南子》的〈海外三十六國傳說〉、〈北海幽冥夸父逐日神話〉；更有《史記》中變幻無窮之海市蜃樓奇象的〈蓬萊三山仙境仙話〉、〈海上方士奇人傳說〉等海洋濤聲神曲的奏章。

而濱海地帶的華夏民族，與東夷齊燕及吳越各族所盛行各類原始海洋崇拜，加上沿海各地奇特的海洋景觀，標示出先秦初民對海洋地理的時空觀，反映了對人生世變的哲思與抒懷。海水波動、洶湧、潮濤與深不可測的廣納百川之特性，引發《尚書・禹貢》「江漢朝宗于海」的讚嘆；或《詩經・沔水》「沔彼流水，朝宗于海」的起興；或《老子》的「江海爲百谷王」、「水柔弱勝剛強」的玄思；或《莊子》「天下之水，莫大於海。不知何時止而不盈，尾閭泄之，不知何時已而不虛」、「春秋不變，水旱不知，此其過江河之流，不可爲量數」所彰顯海洋的廣大深闊；或《列子》「實惟無底之谷。八紘九野之水，天漢之流，莫不注之，而無增無減焉」的海洋智思；或《論語》「子欲乘桴浮于海，欲居海外九夷」的理想寄情與世變喟歎；或《孟子》「挾太山以超北海」和「觀於海者難爲水」喻聖人之道如海洋的高深遠闊；或《淮南子》「天柱折，地維絕，天傾西北，地不滿東南，故水潦塵埃歸焉」而爲《楚辭》「康回馮怒，墜何故以東南傾。九州安錯，川谷何洿；東流不溢，孰知其故」河海何歷的疑問窺探，以及「紛容容之無經兮，罔茫茫之無紀；軋洋洋之無從兮，馳委移之焉止；泛潏潏其前後兮，聽潮水之相擊」的懷愁憂思。這些以海喻道、明道或載道的哲思抒懷，一定程度地彰顯儒、道二家朦朧而又浪漫的海洋觀。

先秦時期，由於沿海地區的漁鹽之利和舟楫之便，繼而開啓有關海洋經濟資源的開發利用，與海上交通及海外交易的發展，進而形成了桅影風騷的海洋寫景。《尚書・禹貢》禹別九州，制九州貢法，描寫揚州「島夷卉服，厥篚織貝；沿于江海，達于淮泗」、徐州「泗濱浮磬，淮夷蠙珠暨魚，厥篚玄纖縞；浮于淮泗，達于河」、青州「嵎夷既略，濰淄其道，厥貢鹽絺，海物惟錯；浮于汶，達于濟」、冀州「島夷皮服，夾右碣石入于河」、兗州「厥貢漆絲，厥篚織文，浮于濟漯，達于河」等先民海上貿易與海上交通之信息，傳達中原與島夷間的交通網路與朝貢海錯之政經關係。而《左傳・昭公三年》、《昭公二十年》記載「山木如市，弗加於山；魚鹽蜃蛤，弗加於海」、「海之鹽蜃，

使有司寬政，去禁，已責」等齊國擁有的山海之金，與海洋資源的管理要政；或《管子‧海王》的「官山海」等海洋經濟利益的政策，呈現齊國開發成就的海王伯業。而《孟子‧梁惠王》的「齊景公欲觀于轉附，朝儛，遵海而南，放于琅邪」；或《說苑‧正諫》的「齊景公游于海上而樂之，六月不歸」的海上游歷，顯見當時航海技術的改善。爾後隨著鄒衍大九州海洋地理觀的主張，並透過稷下學宮游士的傳揚，許多海洋冒險與海外地理的探勘活動，也應運而生。《莊子‧山木》的「南越有邑焉，爲建德之國，其民愚而樸，其生可樂，其死可葬」、或是《山海經‧海內經》的「東海之內，北海之隅，有國名爲朝鮮、天毒，其人水居」與黑齒、裸民等海外遠國及奇風異俗的描述，都成爲先民海洋想像的文學題材。尤其燕齊海上方士的怪迂荒誕之說，帶著神秘海洋的窺探視角，並結合當時先民片段的海洋傳說與信仰圖騰，許多遠國異民、海中水物被賦予光怪陸離而又浪漫詭異的樣態。

　　以儒家經典展示的寫景而論，自《尚書‧禹貢》以降有關四海、海內的王土表述下，中原王朝被形塑爲政教德化的中心，並建構出德被廣澤，四海島夷嵎族聞聖德而皆徠臣朝貢的王天下觀點。在這種聲教德化遠被的王疆統御，以及四夷來貢的政經論述思維下，不僅體現政治上王道教化的主張，更展現先民逐珠璣商賈之利而取富，九夷島國以四海賓服，歲時來貢的經濟願景。而就道家經典展示的海洋樣貌來說，自《莊子》與《列子》鋪排的大壑、尾閭、沃焦、鯤鵬、巨鼇背負神山、任公子東海釣巨魚、北海若、姑射神人眞人，以及《山海經》、《楚辭》、《呂氏春秋》和《淮南子》有關東夷南越吳楚等海國文化圖騰的崇拜，和海神原始信仰、遊乎四海之外而飲沆瀣、乘雲氣，含朝霞之長生神仙思想的傳承，並透過燕齊秦等陰陽五行之海上方士文化的洗禮和加工，這些海洋神話、海洋傳說及海神信仰遂爲宗教神話漫延的渠道，進而匯聚而成東方海上蓬萊仙話的發展場域。

二、秦漢魏晉六朝海洋文化與海洋文學的演變

　　學者們對秦漢魏晉六朝海洋文化的論述，亦就物質層面與精神層面兩個向度做了深度的體察。在物質層面來看，濫觴於燕齊吳越楚等沿海地區的漁鹽之利與舟楫之便等興起的海洋資源、海上交通及海外交易的生產開發活動，不僅在秦漢魏晉六朝得到更進一步的發展外，在東南沿海地區的國土疆域也進一步的統一與擴大下，更使統治者感知海洋對國家發展的重要性。秦皇四次東行巡海郡縣，足跡更遍及江浙魯冀等沿海各地。他登臨泰山封禪立

碑祠祀；巡至山東芝罘、琅邪等地刻石建台，歌頌政德；下令從內地向琅邪移民三萬戶；實行免徵賦稅的種種政策；過錢塘祭禹陵、望南海，〔註122〕除了希冀安定海疆，威服海內，鞏固統一的宣示外，對於利用海洋資源，發展海洋經濟，甚至進軍開發嶺南，設南海、桂林、象郡，謫遣戍，〔註123〕取越之犀角、象齒、翡翠、珠璣之利，〔註124〕都以不同的程度展現其經略海洋，向海外發展的企圖心。而從先秦到漢，沿海之山東齊魯、江南之吳越一帶，自古即是盛產蠶絲和造船的基地。《尚書・禹貢》中之兗州「桑土既蠶，厥貢漆絲」、青州「萊夷作牧，厥篚檿絲」都是以絲綢生產及進貢與海外貿易著稱的州區；而從渤海、琅邪、東萊以南之會稽、永嘉、閩越、番禺、合浦等地，也是秦漢時期著名的造船中心。這些以絲綢並結合造船技術而能提供物品外貿與運載工具的沿海經濟商區，更成為漢代開闢海上絲綢之路的物質基礎。而漢武帝巡海七次，動因不僅是求仙尋藥，在政治動能的展示更是以「上數巡狩海上，乃悉從外國客。大都多人則過之，散財帛以賞賜，厚具以饒給之，以覽示漢富厚焉」〔註125〕，邀請許多浮海或陸行遠到的外國商人隨行，以誇示漢朝廣大富厚，宣揚政治上的國威。當時漢朝「海內為一，開關梁，弛山澤之禁，是以富商大賈周流於天下，交易之物莫不通」〔註126〕、「重裝富賈，周流天下，交易之道行，南越賓服，東甌入降」〔註127〕、「漢使窮河源，外使更來更去」〔註128〕、「會稽海外二十餘國，歲時來獻見；樂浪海中有倭，分為百餘國，歲時來獻」〔註129〕、「合浦、交阯、徐聞、南海多犀、象、毒冒、珠璣、銀、銅、果布之湊，商賈多取富焉」〔註130〕、「都元國、邑盧沒國、夫甘都盧國、黃支國（南洋島國）自武帝以來，皆獻見；入海市明珠、璧流離、其石異物，齎黃金雜繒而往，蠻夷賈船，亦利交易」〔註131〕的昇平景象，更可說是因開闢東、南方海上絲綢之路所帶來政治及經濟的海洋榮景。而經由

〔註122〕 《史記會注考證・秦始皇本紀》，頁 119～126。
〔註123〕 《史記會注考證・秦始皇本紀》，頁 123。
〔註124〕 《淮南子・人間訓》，頁 559。
〔註125〕 《史記會注考證・大宛列傳》，頁 1312。
〔註126〕 《史記會注考證・貨殖列傳》，頁 1357。
〔註127〕 《史記會注考證・淮南衡山列傳》，頁 1272。
〔註128〕 《史記會注考證・大宛列傳》，頁 1312。
〔註129〕 《漢書》，頁 1658。
〔註130〕 《漢書・地理志》，頁 1670。
〔註131〕 《漢書・地理志》，頁 1671。

海上絲路，中西佛教僧徒循海東漸或西行求法，或布道傳佛，展開了中土的求法因緣。這股海外貿易、海上交通、外交使節往來獻見與佛教文化交流的熱潮，隨著海上絲路不斷地擴展與延續下，呈現「撣國王雍由調遣重譯奉國珍寶，和帝賜金印紫綬」、「桓帝延熹九年，大秦王安敦遣使自日南徼外獻象牙、犀角、玳瑁，始乃一通焉」、「東夷倭奴國王遣使奉獻」、「大秦、天竺迴出西溟，而商貨所資，泛海陵波，因風遠至；山琛水寶，由茲自出，通犀翠羽之珍，蛇珠火布之異，舟舶繼路，商使交屬」〔註132〕、「南夷雜種，分嶼建國，四方珍怪，藏山隱海瑰寶溢目，商舶遠屆，委輸南州」〔註133〕、「海南諸國地窮邊裔，山奇海異，怪類殊種，而朝貢歲至」〔註134〕、「海南諸國……自梁革運，其奉正朔，修職貢，航海歲至」〔註135〕、「天竺由此道遣使奉獻……行海往往至矣……佛道自後漢明帝法始東流，其教稍廣，別為一家之學」〔註136〕、「師子國、天竺迦毗黎國，元嘉五年遣信奉表，欲與天子共弘正法，以度難化」〔註137〕、「沙門法顯，自長安遊天竺……於南海師子國，隨商人汎舶東回」〔註138〕、「扶桑國者，齊永元元年，其國有沙門慧身來（浮海）至荊州」〔註139〕等等海洋政治、經濟與宗教交流的全景，而為漢魏六朝的海洋文化注入新的脈動。

　　在秦漢魏晉六朝就海洋文化體現的精神層面來講，一股以先秦海洋神話、海洋傳說、海洋寓言、海神崇拜、海外真人神人養生修養之術，加上濱海方士文化所融攝的大九州地理海洋觀、陰陽五行學、黃老學、儒學而崛起的海上蓬萊三神山的求仙浪潮，正風起雲湧地吹起了中國帝王與文人雅士好僊的時尚與遊仙的流風。濱海方士文化的第一次高潮在秦王統一六國之後，尤其是齊國方士徐福以入海尋神山、求仙人的東渡活動，可以說是史籍寫景

〔註132〕〔梁〕沈約撰：《宋書・夷蠻列傳》，《二十四史》，（北京：中華書局，1960.7初版），頁2399。

〔註133〕〔梁〕蕭子顯撰：《南齊書》，《二十四史》，（北京：中華書局，1960.7初版），頁1018。

〔註134〕《梁書・諸夷列傳》，頁818。

〔註135〕《梁書・諸夷列傳》，頁783。

〔註136〕〔唐〕李延壽撰：《南史》，《二十四史》，（北京：中華書局，1960.7初版），頁1947、1962。

〔註137〕《宋書・卷九十七》，頁2384～2386。

〔註138〕〔北齊〕魏收撰：《魏書》，《二十四史》，（北京：中華書局，1960.7初版），頁3031。

〔註139〕《梁書・卷五十四》，頁808。

裡中國海外移民的開端；而秦代方士文化的海洋活動，又與始皇海上巡狩的動態相關。《史記·秦始皇本紀》、《封禪書》、《淮南衡山列傳》記載：「始皇初并天下，親巡遠方黎民……竝渤海以東，作琅邪臺……臨於海，頌皇帝功德，刻於金石。齊人徐市上書，言海中有三神山，名曰蓬萊、方丈、瀛洲，仙人居之……使韓終、候公、石生求仙人不死之藥……方士徐市等入海求神藥，然爲大海鮫魚所苦。始皇夢與海神戰，而自已連弩候大魚射之……遂竝海西」〔註140〕、「秦始皇併天下，至海上，則方士言之不可勝數。使人乃齎童男女，入海求之，船交海中，皆以風爲解，未能至……登會稽，竝海上，冀遇海中三神山之奇藥，不得，還至沙丘崩」〔註141〕、「徐福入海求神異物……見蓬萊山芝成宮闕，有使者，銅色而龍形，光上照天……獻海神以令名男子、若振女，與百工之事。秦皇帝遣振男女三千人，資之五穀百工而行。徐福得平原廣澤，止王不來」〔註142〕，則徐福二次的求神山仙藥，受命率船隊出海遠航，顯然帶有早期海外移民、海外發展的色彩。〔註143〕當然，方士海上蓬萊仙話的工程造景，與燕方士盧生所進讖言方說，都爲求仙若渴的始皇所接納，這更使得濱海士民對方士方說趨之若鶩，推波助瀾方士文化的熾焰，而豐富了東方海洋神話及蓬萊仙話的文化系統。漢武帝時期，神仙方說靡然而興，燕齊楚濱海的神仙方士文化再度掀起高潮。武帝在位期間，十一次巡遊燕齊濱海地帶，冀遇神人仙藥，多次派遣方士出海求仙，並造就一批顯赫的海上方士。《史記·孝武本紀》、《封禪書》記載：「李少君言海中蓬萊僊者可見，見之以封禪則不死，黃帝是也。臣嘗遊海上見安期生，食臣棗大如瓜。安期生，僊者，通蓬萊中。是天子始親祠竈。而海上燕齊怪迂之士多相效，更言神事矣……巒大更言嘗往來海中，見安期、羨門之屬，不死之藥可得，僊人可致……益發船令言海中神山者數千人求蓬萊神人……方士怪迂之語，終羈縻弗絕，冀遇其眞。自此方士言祠神者彌眾」〔註144〕、「天子既聞公孫卿及方士之言，接神僊人蓬萊士、高世，比德於九皇……將以望祀蓬萊之屬，冀至殊廷焉」〔註145〕，可以說明漢武帝時濱海方士文化已至鼎盛。西

〔註140〕 《史記會注考證·秦始皇本紀》，頁 119～127。

〔註141〕 《史記會注考證·封禪書》，頁 502。

〔註142〕 《史記會注考證·淮南衡山列傳》，頁 1270。

〔註143〕 《海洋迷思——中國海洋觀的傳統與變遷》，頁 43。

〔註144〕 《史記會注考證·孝武本紀》，頁 212～224。

〔註145〕 《史記會注考證·封禪書》，頁 514～517。

漢末，燕齊海上方士文化雖已退潮，卻依附興起的讖緯神學，直至東漢末年道教文化的鼓吹，加上游仙思潮的漫延，海上方士蓬萊仙話文化的傳揚與改造，以承遞演變的宗教面貌，〔註146〕蔓延於漢魏六朝之帝王與文人雅士的書寫中。

　　秦漢魏晉六朝的海洋文化走向，表現於海上絲路在政治、經濟與佛教宗教交流，以及海上方士文化等三大層面上。而漢魏六朝海洋文學的全景，也正是在此兩層面海洋文化的餵養中得到充足的養分和滋長。海上絲路的開闢不僅帶來中國與海外國家的經貿交流，從而展開與島邦嶼國的外交邦誼，建立了中原天子受四海之圖籍，膺萬國之貢珍，內撫諸夏，外綏百蠻的太平景象外，更透過這條商舶遠屆的航行海道，輸送了佛教舶來文化的東傳，進而法流中土震旦。而秦漢魏晉南北朝由於神仙方術家推崇老莊之學為宗，道教產生並發展傳播迅速，神仙、長生之說伴隨遊仙思想氛圍浸潤時人，方士海洋神蹟仙事之說瀰漫。同時，佛教從南海海路傳入，不少佛教經典經義多涉海洋，而且佛教在海路入華的過程中又使許多佛經佛義及僧伽形象的海洋化，和許多海洋神蹟的顯化斾威。就儒家經典展示的海洋文學視景，從史書典籍《史記》、《漢書》、《後漢書》、《梁書》、《吳志》、《晉書》、《南史》、《北史》、《南齊書》、《魏書》等涉海事物的傳記式書寫，例如對三皇五帝及其世系世裔的海洋神話和傳說的追尋、海洋地理與海洋水域地貌型態的探索、沿海民族區域及其海外諸國人民特性與生活風俗習性的見聞、海島嶼邦使臣的往來朝貢獻見、國際間商舶遠屆委輸和犀翠羽之珍蛇珠火布之異等四方珍怪山琛水寶的海洋資源貿易、秦皇漢武東巡視海和澎湃熱烈的求僊活動、海上方士摹真傳神的仙境造景與神化迂怪的仙話傳說、佛教海路僧伽與海商過海的傳奇等等，反映了當時海洋文學的多元載述面貌。而儒生書寫的《說苑》、《新書》、《新序》、《潛夫論》、《鹽鐵論》、《論衡》、《異物志》、《臨海水土異物志》、《古今注》、《洽聞錄》等經典散文，與《扶南異物志》、《吳時外國傳》、《南州異物志》、《交州記》、《臨海風土志》等海外行紀，也有很多海洋神話傳說或故事記聞：或對於嶼邦異國之見聞，或對於四海王政的理

────────────────

〔註146〕有關道教神學體系的逐漸形成及融合過程，從先秦鬼神崇拜與巫術、神仙崇拜與成仙方術、黃老思想、陰陽五行與讖緯神學、墨家思想到方士海上求仙等傳說神話與思想活動的融攝分析，參見劉精誠著：《中國道教史》（台北：文津出版社，1993初版），頁1～26；傅勤家著：《中國道教史》（北京：商務印書館，2011.10一版），頁34～42。

想抒發，或對於山海資源的經濟論述，或對於海洋地貌型態和大海潮汐變化的看法，或對於海物水族及海洋景象的知性認識，或對於風信季風與航海技術的掌握種種有關於海洋的思維主張與意想，都先後地成為海洋文學的珍貴資材。

　　至於賦家與詩人的書寫，更有許多氣韻生動的海洋作品。如枚乘〈七發〉廣陵江濤海潮的雄渾壯闊；司馬相如〈子虛賦〉齊楚的豐饒富足與海王之國的張揚；揚雄〈羽獵賦〉古越族人文身善水、乘巨鱗、騎鯨魚游弋於海上的冒險傳說；班彪〈覽海賦〉對大海的游思高遊，暢想海上仙境神仙的追慕；班固〈西都賦〉、〈東都賦〉及張衡〈西京賦〉實虛書寫天子掩四海而為家、受四海之圖籍、膺萬國之貢珍、富有之業莫我大也的謳歌稱頌，和海外仙鄉世界、海上神人奇物的冥遊馳騁；左思《吳都賦》百川入海的壯闊無邊，與珍異靈怪的叢育集聚；曹植〈遠遊篇〉與仙人俱戲、周歷四海神鄉仙境，而與天地齊年的神思企慕；郭璞〈游仙詩〉有吞舟之魚、神仙排雲、姮娥妙音、飄飄九垓的仙境嚮往與追慕神遊；木華〈海賦〉大海的靈異宏偉、廣奇深怪、瑰奇壯闊，有百靈天琛水怪，有縹緲無蹤的仙境神人；王粲〈遊海賦〉的吐星出日、星漢燦爛、長洲別島旗布星峙的壯闊海景，與爰居、孔鵠、賁、蛟、大貝、蠣、龜、珊瑚等海洋珍奇生靈的動態圖像；曹丕〈滄海賦〉百川之入滄海、驚濤暴駭、遐逝扶桑的雄壯景象，和黿鼉淫游、鴻鸞鳴求、巨魚揚鱗橫奔、厥勢吞舟的宏偉鋪寫；孫綽〈望海賦〉天池世界裡所孕育的長鯨截浪、虯鱣排流、巨鰲冠山、鳥鱨吞舟、鵬鯤翼半天而負重霄以四瀆起濤的海洋神話仙說；潘岳〈滄海賦〉流沫千里，懸水萬丈的蓬萊仙岳、十洲三島、吞舟鯨鯢、元龜靈鼉、素蛟玄螭、赤龍焚蘊的歸墟世界；簡文帝〈海賦〉及〈大壑賦〉那望之杳而綿漠、郁沸冥茫，往來日月、其深無極、悠悠既湊，滔滔不息、歷詳眾水、天漢流駛與四瀆與九河同至的大壑空間；張融〈海賦〉的大海湯湯蕩蕩、澎湃萬頃，有著虞淵、湯谷的傳說，更流述那蓬萊海上仙境、方壺瀛洲的宮闕美景。另外，曹操〈觀滄海〉所表現滄海的氣勢，更明喻自己的壯志；謝靈運〈遊赤石進帆海〉以旖旎的海上風光，泛海的雅志，來寄遇人生世變的感觸；祖珽〈望海詩〉以海洋浩瀚壯闊的氣象，興起浪跡天涯、遊子思歸的愁懷。而觀潮濤引起的望想感興，顧愷之、曹毗與陸雲〈觀濤賦〉及〈喜霽賦〉的滄海宏流、波津雲濤的壯闊騰起氣勢，和仰蓬萊之峨峨、望王母於弱水的神遊追慕。總之，魏晉六朝詩賦建構的海洋

世界，不僅承遞先秦兩漢海上仙境的虛幻譎奇，營造一個傾瀉百川、迴洑萬里的納水空間，與晦澀難明、栖天琛水怪、海靈麟甲的神祕地景；更以海洋是超世長生的遊仙聖域，是水族海靈藏栖的瀴溟府庭，也是宗教神話志怪演述的無底巨壑。

　　而漢魏六朝神仙家、博物家、小說家、和宗教宣傳著述更爲大張旗鼓，爲海洋文學注入更多志怪齊諧的養料和動能。這些著述繼承先秦諸子與《山海經》及方士方術讖緯之學，對海洋的面貌與信仰，描述鋪排更爲廣博生動的涉海故事及充滿神蹟奇能的宗教神話傳說：《淮南子》以黃老道學爲宗的海外至德之世之烏托邦社會的建構，及海魚吞舟、雀入水爲蛤的海洋志怪傳說的殊寫。《太公金匱》、《龍魚河圖》、《枕中書》、《三齊略記》、《述異記》、《幽冥錄》等四海神的陰陽五行讖緯思想，與道教宗教、詭異荒誕色彩之演化；《列仙傳》、《神仙傳》、《續齊諧記》、《靈鬼志》、《搜神後記》、《異苑》、《幽冥錄》裡方士仙人的海洋神蹟之展現，與方壺海中聖島仙境由遙遠的海外轉入「樓觀五色、重門閣道」的壺中世界，並進而幻化「開明朗然、不異人間，丹樓瓊宇、神仙洞窟」的理想世界。東方朔《神異經》記述海外瀛國怪聞，不免受到史籍「山奇海異，怪類殊種；九州之外、八荒之表，辯方物土，莫究其極」的流風影響，張揚與誇誕奇山異海中之殊方尤物。《海內十洲記》載神遊十洲仙島絕俗虛詭之跡，以奇幻的十洲五島地景以擴大敷揚蓬萊仙境的造象版圖和不死仙境，並進而彰顯遠國山琛水寶之獻物朝貢，並頌讚武帝海外威德與穩健剛強的帝國秩序。《西京雜記》揭示儒家王化澤被的海國朝貢，並廣泛地摹寫這些南海異域的珍貴方物委輸南州，而成爲帝王雅士與政商名流賞飾與誇示收藏的珍玩。郭憲《漢武帝別國洞冥記》載述海外殊國、絕域遐方之奇珍異寶，融攝了浪漫的海洋奇聞，編織更多山奇海異的怪國殊寶、藏山隱海的未名之珍。《漢武故事》多爲漢武長生不老的求仙問道，然殊方異物的海國珍寶，象徵武帝興盛的海外邦誼與獻見朝貢的體制形塑。郭璞《玄中記》大壑及沃焦的海洋奇談；張華《博物志》多記地窮邊裔、怪類殊種的海國嶼島，意想更多藏山隱海的方物殊方，及其海洋作爲天河星漢連通渠道的詼諧詭譎之想像，譜寫神山仙境和海外奇國神話傳說之浪漫海洋元素。劉敬叔《異苑》述海奴方物，與南海珠璣象牙琉璃海寶之幽祕，瀛國殊海之奇談。王子年《拾遺記》記山川地理之志怪，博采遠國殊方瑰美與幽祕，彰顯經史海夷嶼國衒惑幻化之術的靡麗迂闊之想像，與對泛海陵坡之千

名萬品、山琛水寶之爰廣尚奇、搜撰殊怪的寫作圖像；並將十洲五島置以瑰麗譎幻的七山仙境，投射出魏晉六朝道教遊仙的集體圖像，與心靈企慕下的聖境造圖。

另外漢魏六朝海路佛僧的傳法活動，在往來於波詭雲譎的海天之間，許多狂風巨濤、泛海陵波的海上神談靈說事蹟，彰顯出佛教徒的海洋思維：釋慧皎《高僧傳》裡大量考索魏晉六朝的小說與傳記：如王義慶《宣驗記》及《幽明錄》、王琰《冥祥記》、劉悛《益部寺記》、沙門曇宗《京師寺記》、王延秀《感應傳》、朱君台《徵應傳》、陶淵明《搜神錄》、齊竟陵文宣王《三寶記傳》、王巾《僧史》、郗景興《東山僧傳》、張孝秀《盧山僧傳》、陸明霞《沙門傳》等傳記而寫佛馱跋陀羅附舶循海，能知海上天象氣候與感應吉凶禍福，顯異夢見家鄉五舶俱發；寫法顯由師子國附舶循海東還，航途值暴風水，一心念觀世音與歸命漢土眾僧，因而解除苦厄；寫闍婆國王母夢求那跋摩飛舶入國；寫求那跋陀羅隨舶泛海，中途風止而淡水枯竭，跋陀與商舶中人同心并力念十方佛，稱觀世音。俄而信風暴至，密雲降雨而一舶蒙濟；寫阿育王像海中顯神光靈異，龍神圍繞而避寺火；寫交阯釋曇弘燒身命終，而能乘金鹿西行而去的神異；寫釋僧群守節於環海孤山，群仙所宅，佛國清涼之淨土；寫耆域天竺扶南、經諸海濱、爰涉交、廣並有靈異。可以說僧皎的筆下，建構的佛教道場，是一個旍威顯瑞、現奇表極的佛門海洋，與在邈縣的山海帆影冒險洪波，忘形徇道，委命弘法的苦海普渡。而佛門的海上靈蹟，更在關涉兩漢魏晉六朝的小說中留下不少的感瑞與顯證的傳奇故事：《佛國記》、《法苑珠林》、《太平廣記》、《觀世音靈驗記》、《旌異記》、《洛陽伽藍記》、《大唐西域記》及佛經典籍等書記載佛像、佛經與佛僧旍瑞威靈而顯化大海，有超自然的神異力量與不可思議的法力奇蹟與宗教海洋神話的傳述；同時也廣泛紀錄僧侶與海商一路遠渡重溟、拚搏濤浪，在九死一生中得蒙海上威神觀音顯佑，化解海上危厄而將梵本佛典傳入中國的宏業。漢魏六朝海洋文學中有關佛教涉海書寫，海洋不僅為教化人心的精妙道場，以濟脫生死的苦海，海洋更是佛門義諦的無量寶藏之地。

第三節　隋唐五代海洋文化與海洋文學的演變

隋唐五代十國海洋文化的開展，隨著政治經濟利益的驅動，以及統治帝王政策取向採取的鼓勵與提倡下，由海上絲綢之路引生的海上貿易動能，逐

漸形成一個「天下諸津,舟行所聚,旁通巴漢,前指閩越,七澤十藪,三江
五湖,控引河洛,兼包淮海,弘舸巨艦,千軸萬艘,交貿往還,昧旦永日」
〔註147〕、「海外諸國,日以通商,齒革羽毛之殷,魚鹽蜃蛤之利,上足以備府
庫之用,下足以贍江淮之求」〔註148〕、「南海番舶,本以慕化而來,固在接以
恩仁,使其感悅。深慮遠人未安,率稅猶重,思有矜恤,以示綏懷」〔註149〕
的諸蕃君長,遠慕望風,寶舶薦臻,倍於恆數的經貿繁榮景象;以及梯航畢
達,外國之貨日至,珠、香、象、犀、玳瑁,稀世之珍,溢於中國而不可勝
至;海宇會同,九州殷富,鏤耳貫胸、殊琛絕賮之四夷自服的海國盛世。這
種以政經爲網絡,交織而成的海洋文化,又以多元面向的顯現承遞。

　　首先在海外交通文化的開拓面向上:隋煬帝命常駿、王君政的出訪赤
土,與南海國眞臘、婆利、丹丹、盤盤及東海倭國等遣使來貢,打開了隋朝
時期在南海與東海的交通網絡;唐朝廣州通海夷路的闢通,不僅貫通亞非兩
洲的遠洋航線,更加強中國與林邑、訶陵、佛逝、郎迦、羯荼、師子國、阿
拉伯、伊斯蘭各國之間的經貿聯繫,擴大了東西方的經濟與文化交流,並形
成亞歐非各國人民相互進行友好的海上交通的大動脈;五代十國時期,分別
控制嶺南、福建和江浙的南漢、閩、吳越政權,更在這條海上絲綢之路積極
的開拓與發展海道貿易。當時閩國的海舶北達遼東半島、朝鮮半島,與渤海
國、新羅國交通;而南達南洋群島、印度、三佛齊、阿拉伯等國,以絲、
茶、果等地產換取象牙、犀角、珍珠、香料等舶來品,已成爲閩國向中原朝
廷進貢的商品。另外,隋唐東方海上交通的新航線擴展,更紀錄了唐朝與日
本、新羅及朝鮮半島之間,在政治經濟與文化的聯繫交流。其次,海上交通
的發展更需要最先進的造船技術文化。唐朝造船技術的一系列進步,使當時
的中國海船以體積大、載貨多、抗沉性能優良、穩定性好而馳名中外,而成
爲各國商旅的信任。這些經海路來華貿易的商用船隻,也多用以中國的海
船,爲中國的海洋開拓及與亞洲沿岸國家地區的海上貿易往來,增強了許多
海洋地理知識的吸收和經濟文化的交流貢獻。第三,海外交通的發展,必然
帶來許多海港的繁榮與文化的流通。當時期的著名海港有面向南海航線的廣

〔註147〕〔後晉〕劉昫等撰:《舊唐書》,《二十四史》(北京:中華書局,1960.7 初
　　　　版),頁 2998。
〔註148〕轉引陳高華等著《中國海外交通史》(台北:文津出版社,1997 初版),頁
　　　　43。
〔註149〕轉引《海洋迷思——中國海洋觀的傳統與變遷》,頁 53。

州、揚州、交州、福州，泉州、明州、海州、登州等。由於這些海港的繁榮，許多的中亞、波斯、大食、天竺等外國海商、蕃客、水手、宗教僧侶傳道，大量的番坊胡店聚集於中國沿海港市與首都長安。這些泛舶越海的外國商旅僧客，帶著其異域風情的文化與海外他鄉的奇珍異寶，產生了各沿海地區華夷融匯的特殊海洋文化。對於外商船舶蜂擁而至的海外貿易管理，負責海外商人在華貿易的管理與徵稅的市舶司機構因此應運而生。市舶司制度的發展，不僅反映統治者對海外貿易制度的控制，更反映國家對海洋資源及其經濟價值開發對的倚重性，同時也是國家財政的重要來源。第四，海外交通的空前興盛，也帶來許多海洋知識的認知。例如：海洋潮汐的變化形成、鹽業制度的發展演變、海洋動物的認識與利用、海洋氣象的觀測、海洋資源的採集以及海洋產品的進貢、特殊海洋地貌的記載等。尤其唐代帝王多次渡海征遼東、高麗、日本，更具有經略海疆，爭取異民族的歸順賓服與在海防意識上的覺醒。第五，海外交通的發達更促進了外來藥物的利用，與在中西醫藥的交流和傳播。尤其隋唐五代十國時期，大量的香料、香藥輸入中國，對中國傳統的醫學是個強大的衝擊。這些外來藥物性能的認識，更與外國商人、水手、蕃客、僧侶的介紹有密切的關係。第六，由於繁榮的海上貿易，許多奇異的海洋職業人物：不管是透過海上交易的崑崙海奴之買賣，還是採珠役象為歲賦，驪龍弄珠燒月明，千金幾葬魚腹裡的海底采珠人，或是手把生犀照鹹水，腥臊海邊多鬼市的島夷商販，都隨著興盛的海上貿易而應運而生。

而就隋唐五代海洋文化表現的精神層面來說，在海外交通的繁華下，更促進了佛門宗教的傳播。從晉朝開始，西域天竺僧人就已陸續從海路東來傳教弘法。進入隋唐五代時期，中西僧人透過海道南渡滄溟、思尋聖跡、求法弘法者更是絡繹不絕。東來西去之弘法求法僧人如梵僧那提三藏、金剛智、不空；華僧義淨、鑒真；新羅僧慧超、義相；日本僧空海、圓仁，他們在來往於波詭雲譎的海天間，歷風濤、渡重溟、遇黑風、見大鯨，在九死一生驚滔駭浪裡，將佛陀的教誨，將卷帙浩繁的佛教三藏，將縝密精細的佛學理論，輸入中國，譯為漢文，進而讓中國的十方善信皈依與虔誠信奉，透過海洋以完成文化的移植和心靈的重建與溝通。而就道佛二家參雜融匯的蓬萊仙話文化系統來講，一股以先秦海洋神話、海洋傳說、海洋寓言、海神崇拜、海外真人神人養生修養之術，加上濱海方士文化所融攝的大九州地理海洋觀、陰

陽五行學、黃老學、儒學、讖緯神學，道教文化、游仙思潮和佛典龍王傳說影響而綿延不絕的海上蓬萊三神山的求仙文化，以其承遞演變的宗教面貌，依然漫延於隋唐五代帝王與文人雅士的書寫視野之中。另外，在隋唐五代對於民間海洋神靈書寫觀點的演變，也呈現出不同的多元思維。舉凡海龍王家族的事蹟，海神、潮神的樣態風貌等，都有不同的載述神靈在帝王、文人與一般民眾心裡所受到的推崇與禮遇。隋唐五代所記載的海洋神靈的形態，反映了這些海洋神靈在帝王、文人與一般民眾心裡所受到的推崇與深植的地位。尤其是海龍王家族成員，在佛經文學與道教文學的普及化與民間化下，逐漸地透過當時士人的改寫與吸收融合，建構出極為典型的本土化與世俗化的海洋神靈樣貌。

　　隋唐五代十國的海洋文化走向，表現於海上絲綢之路在政治、經濟與佛門宗教交流，海上蓬萊仙話系統、以及民間海洋神靈信仰文化等四大層面上。而隋唐五代海洋文學的全景，也正是在此四層面海洋文化的澆灌下得到充足的養分和滋長。從海洋文學體裁來看，不論是詩歌、散文、傳記、遊記、寓言、雜說、傳奇小說、俗講變文等，都與海外交通、航海技術、海上貿易、海商市舶、海物景象、海洋地理、海上蓬萊仙話、民間海神信仰崇拜、海僧傳法布道等海洋元素相關涉。就儒家經典展示的海洋文學視景，從史書典籍《隋書》、《新唐書》、《舊唐書》、《新五代史》、《舊五代史》、等涉海人事的傳記式書寫，例如對海洋地理與海洋水域地貌型態的探索、沿海民族區域及其海外諸國人民特性與生活風俗習性的見聞、亞非二洲遠洋航線和沿海島國地理的分布、海島嶼邦使臣的往來朝貢獻見、國際間商舶遠屆委輸等四方珍怪山琛水寶的海洋資源貿易、征戰島國的經略海疆、方士摹真傳神的仙藥仙境等等，反映了當時海洋文學的多元載述面貌。而儒生盧肇《海潮賦》、竇叔蒙《海濤志》、劉餗《隋唐嘉話》、陳藏器《本草拾遺》、段成式《酉陽雜俎》、劉恂《嶺表錄異》、孟詵《食療本草》、李珣《海藥本草》、鄭虔《胡本草》等經典：或對於海洋地貌型態和大海潮汐變化的看法，或對於海物水族、生物植物及海洋景象的知性認識，或對於海產藥物的記載，或風信季風與航海技術的掌握種種有關於海洋的思維主張，都先後地成為海洋文學的珍貴資產。

　　至於詩人與賦家的書寫，更有許多表現海洋特色的生動作品。如海洋神話、海洋仙話、海神信仰的表述：李白〈大鵬賦〉裡的大鵬，背若泰山、翼

若垂天之雲而「情志凌海，胸負海瀚，壯浪縱恣，神遊八極之表，五岳爲之震蕩、百川爲之崩奔、海若爲之躑躅，脫鬐鬣於海島，張羽毛於天門，潛游於海洋、振翅於天地」〔註150〕絕雲氣、負青天、搏扶搖而風曲上行九萬里的雄偉氣象；〈悲清秋賦〉裡的「思釣鼇於滄洲，歸去來兮人間不可以託兮，採藥於蓬丘」〔註151〕的人世喟嘆；〈古風其三〉喟嘆秦王求仙蓬萊，授徐市童男童女之渡海樓船以採不死之藥，最終不免爲方士所欺，而抱憾三泉之下；〔註152〕〈古風其七〉裡的「客有鶴上仙，飛飛凌太清。揚言碧雲裏，自道安期石」〔註153〕的遊仙遐想；〈夢遊天姥吟留別〉則是海客以煙濤微茫信難求，談論瀛洲、天姥、天雞、金銀臺等仙話仙境的是否存在；〔註154〕〈橫江詞其四〉的「海神來過惡風迴，浪打天門石壁開」〔註155〕海神激打駭濤而連山噴雪之壯闊景象；〈寄王屋山人孟大融〉則是意想能與東海仙人安期生餐紫霞、食大棗、掃落花的浪漫情懷；〔註156〕〈贈王漢陽〉以麻姑見滄海三變桑田，蓬萊復作清流的神話感觸；〔註157〕〈江夏寄漢陽輔錄事〉的「報國有壯心，龍顏不回顧。西飛精衛鳥，東海何由塡」〔註158〕以精衛塡海，不畏艱難的精神來自我振拔愛國的宏志；〈西岳雲臺歌送丹丘子〉裡的「我皇手把天地戶，丹丘談天與天語。九重出入生光輝，東求蓬萊復西歸」〔註159〕的飲玉漿、騎茅籠而上飛的羨仙抒懷；〈贈饒陽張司戶燧〉的「一語已道意，三山期著鞭。蹉跎人間世，寥落壺中天」〔註160〕心知不得棲蓬瀛，而意想壺中人間仙境的縮影；或是杜甫〈送孔巢父謝病歸游江東兼呈李白〉裡「蓬萊織女回雲車，指點虛無是征路」〔註161〕、〈遊子〉「蓬萊如可到，衰白問群仙」〔註162〕都是

〔註150〕〔唐〕李白著，瞿蛻園等校注：《李白集校注》（上海：上海古籍出版社，2007.9 重印版），頁 2～12。
〔註151〕《李白集校注》，頁 26。
〔註152〕《李白集校注》，頁 97。
〔註153〕《李白集校注》，頁 106。
〔註154〕《李白集校注》，頁 898。
〔註155〕《李白集校注》，頁 518。
〔註156〕《李白集校注》，頁 843。
〔註157〕《李白集校注》，頁 741。
〔註158〕《李白集校注》，頁 876。
〔註159〕《李白集校注》，頁 488～489。
〔註160〕《李白集校注》，頁 640。
〔註161〕〔唐〕杜甫著，〔清〕仇兆鰲注：《杜詩詳註》（台北：文史哲出版社，1985.9 再版），頁 122。

指述蓬萊仙境的虛無縹緲；或杜牧〈池州送孟遲先輩〉裡「蓬萊頂上瀚海水，水盡到底看海空」仙境奇景的描摹；〈偶題〉裡「今來海上升高望，不到蓬萊不是仙」的求仙遣懷；或白居易〈海漫漫〉裡「雲濤煙浪最深處，人傳中有三神仙，山上多生不死藥，服之羽化爲天仙。秦皇漢武信此語，方士年年採藥去。蓬萊今古但聞名，煙水茫茫無覓處」〔註 163〕指述神山仙境的縹緲虛無，暗諷秦皇漢武誕荒謬的求仙之旅；〈夢仙〉裡「坐乘一白鶴，羽衣忽飄飄，人世塵冥冥，東海一片白，須與群仙來。安期羨門輩，列侍如公卿，期汝不死庭。朝餐雲母散，夕吸沆瀣精」〔註 164〕直指神仙信有之，而俗力非可營，對世人求仙之行的奉勸；或李商隱〈海上〉裡「石橋東望海連天，徐福空來不得仙。直遣麻姑與搔背，可能留命待桑田」以徐福求靈藥、麻姑三望滄海變桑田的仙情，指喻身世之戚；〔註 165〕〈海客〉裡「海客乘槎上紫氛，星娥罷織一相聞」〔註 166〕運用了天河與海通、牛郎織女等海洋傳說爲題的暢懷；或張說〈入海〉的「海上三神山，逍遙集眾仙。靈心豈不同，變化無常全。龍伯如人類，一釣兩鼇連。金臺比淪沒，玉眞時播遷」〔註 167〕以蓬萊三山及龍伯大人釣鼇之海洋仙話、神話爲題，說明對時過境遷的生命感喟；或李頎〈鮫人歌〉裡「鮫人潛居水底居，側身上下隨游魚。輕綃文彩不可織，夜夜澄波連月色。泣珠報恩君莫辭，今年相見明年期」〔註 168〕以「鮫人泣珠」的海洋傳說，傳達人魚居於海底的生動性情；或獨孤及〈觀海〉裡的「北登渤澥島，鑿此天池源。滭洞吞百谷，周流無四垠。白日自中吐，扶桑如何捫。超遙蓬萊峰，想像金台存。徐福竟何成，羨門徒空言，千年潮水痕」〔註 169〕以大海吞百谷、無四垠的雄渾壯闊，進而想像蓬萊仙山金銀樓闕，和那海上方士徐福、羨門等所編織的無稽仙境與奇藥。

〔註 162〕《杜詩詳註》，頁 622。

〔註 163〕〔唐〕白居易著，謝思煒校注：《白居易詩集校注》（北京：中華書局，2009.11 重印版），頁 288～289。

〔註 164〕《白居易詩集校注》，頁 18～19。

〔註 165〕〔唐〕李商隱著，〔清〕馮浩箋注：《玉谿生詩集箋注》（上海：上海古籍出版社，2007.9 重印版），頁 26～27。

〔註 166〕《玉谿生詩集箋注》，頁 280。

〔註 167〕〔明〕胡震亨輯，〔清〕季振宜編，〔清〕彭定球、楊中納修纂：《全唐詩》（北京：中華書局，1960 版），頁 931。

〔註 168〕《全唐詩》，頁 1350。

〔註 169〕《全唐詩》，頁 2765。

　　而隋唐五代時期，詩人與賦家書寫海商歷險滄溟而逐海利的歌詠有：李白〈樂府‧估客行〉乘天風、遠行役，高漲風帆，在大海中破浪前進，追逐海利的海商形象〔註170〕；元稹〈估客樂〉寫「求珠駕滄海，採玉上荊衡。炎洲布火浣，越婢脂肉滑。經遊天下徧，卻到長安城」〔註171〕海商海內外貿易活動區域的廣闊，與各島夷的風俗物產；王建〈送鄭權尚書南海〉寫「戍頭龍腦鋪，關口象牙堆」〔註172〕、殷堯藩〈寄嶺南張明甫〉寫「長聞島夷俗，犀象滿城邑」〔註173〕或是薛能〈送福建李大夫〉紀錄「秋來海有逃都雁，船到城添外國人」〔註174〕都在陳述海洋貿易區域的擴展，海商和異國藩客在貿易市場與商品銷售的交易頻繁；王建〈汴路即事〉裡的「千里河煙直，天涯此路人，人語各殊方，草市迎江貨，津橋稅海商，憔悴不成行」〔註175〕、蘇拯〈賈客〉寫「長帆挂短舟，生死無良賤。曾言海利深，利身不如淺」〔註176〕、或是周繇〈望海〉裡的「島間應有國，波外恐無天。欲作乘槎客，翻愁去隔年」〔註177〕都在描摹海商追逐豐富的海洋利潤下，卻又擔心害怕海上狂風巨浪的無情吹打，生命隨時送葬的隱患與憂愁。而柳宗元的〈招海賈賦〉細寫海商「咨海賈兮，君胡以利易生而卒離其形。大海蕩泊兮，顛倒日月。龍魚傾側兮，神怪驛突。滄茫無形兮，往來遽卒……又海是圖，死為險魄兮，生為貪夫」〔註178〕那逐海利的遠洋冒險，與艱辛的海上貿易。在海上絲路帶起的貿易熱潮中，對於外國奴隸的買賣，則是多流行於當時的豪門貴族。杜荀鶴在〈贈友人罷舉赴交趾辟命〉就說道：「舶載海奴鈴硾耳，象蛇蠻女彩纏身」〔註179〕，可見當時海奴買賣風氣的熾盛。而張籍〈崑崙奴〉也寫道：「崑崙家住海中洲，蠻客將來漢地遊。金環欲落曾穿耳，螺髻長卷不裹頭。自愛肌膚黑如漆，行時半脫木棉裘。」〔註180〕對於南海崑崙奴

〔註170〕《李白集校注》，頁455。
〔註171〕《全唐詩》，頁4611。
〔註172〕《全唐詩》，頁3400。
〔註173〕《全唐詩》，頁5577。
〔註174〕《全唐詩》，頁6487。
〔註175〕《全唐詩》，頁3391。
〔註176〕《全唐詩》，頁8249。
〔註177〕《全唐詩》，頁7292。
〔註178〕〔唐〕柳宗元著：《柳河東集》（上海：上海人民出版社，1974年），頁329～331。
〔註179〕《全唐詩》，頁7958。
〔註180〕《全唐詩》，頁4339。

的來歷、習俗、外貌等特徵，描寫得相當細膩生動。而寫奇偉壯闊海景的有：唐太宗〈春日望海〉的「披襟眺滄海，積流橫地紀，疏派引天潢。仙氣凝三嶺，和風扇八荒，拂潮雲布色，穿浪日舒光。洪濤經變野，翠島屢成桑，端拱且圖王」〔註181〕歌詠海洋雄奇、氣勢恢宏及帝王的豪邁氣象；張說〈入海〉寫「乘桴入南海，海曠不可臨。茫茫失方面，混混如凝明。雲山相出沒，天地互浮沉。萬里無涯際，潮波自盈縮」〔註182〕那海天相連、波濤橫天的壯麗遼闊。

另外，記述出使島嶼邦國的海洋遠行有：杜甫〈送重表姪王石評事使南海〉寫「番禺親賢領，籌運神功操。大夫出盧宋，寶貝休脂膏。洞主降接武，海胡舶千艘」〔註183〕李勉出使南海，穩定社會經濟與促進海洋貿易的興盛；錢起〈重送陸侍御使日本〉寫「萬里三韓國，行人滿目愁，辭天使星遠，雲佩迎仙島，虹旌過蜃樓，迴首海西頭」使節海行的艱險，與不辱使命的冊拜；唐玄宗〈送日本使〉的「漲海寬秋月，歸帆駛夕飆。因驚彼君子，王化遠昭昭」〔註184〕與〈賜新羅王〉的「玉帛遍天下，梯行歸上都。漫漫窮地際，蒼蒼連海隅」〔註185〕傳達出盛唐的王朝霸氣與對外使海外遠國的懷柔心胸；吉中孚〈送歸中丞使新羅立書祭〉的「絕域通王制，窮天向水程。島中分萬象，濤翻水浪聲。復道殊方禮，人瞻漢使榮」〔註186〕歌詠漢使越重溟、泛海舶，以聲教遠被，受到夷國外邦的歡迎與尊崇，並張揚唐朝「崩騰瀜眾流，決溽環中國」強大的海外影響力；又如劉禹錫〈送源中丞充新羅冊立使〉的「煙開鼇背千尋碧，日浴鯨波萬頃金。想見扶桑受恩處，一時西拜盡傾心」〔註187〕及〈南海馬大夫遠示著述兼酬拙詩輒著微誠再有長句時蔡戎未弭故見於篇末〉的「漢嘉旌節付雄才，百越南溟統外台。連天浪靜長鯨息，映日帆多百舶來」〔註188〕描寫冊立使遠航的艱險，展現唐朝的宗主地位與東海邦國的皇恩沐化，和漢使出使南海，宣化國威；而徐凝〈送日本使還〉裡「絕國將無外，扶桑更有東，來朝逢聖日，歸去及秋風。鯨波騰水府，蜃氣壯天宮，天眷何

〔註181〕《全唐詩》，頁 7。
〔註182〕《全唐詩》，頁 931。
〔註183〕《杜詩詳註》，頁 2045。
〔註184〕《全唐詩》，頁 10173。
〔註185〕《全唐詩》，頁 10173。
〔註186〕《全唐詩》，頁 3351。
〔註187〕《全唐詩》，頁 4045。
〔註188〕《全唐詩》，頁 4075。

期遠，王文久已同」〔註189〕描寫扶桑外使慕化皇恩，啓航泛舟回還日本的送別深情。至於對外國友人的送別，展現出離情依依的難捨，王維在〈送秘書晁監還日本國〉裡寫道：「積水不可及，安知滄海東。向國惟看日，歸帆但信風。鼇身映天黑，魚眼射紅波。別離方異域，音信若爲通」〔註190〕描述晁衡（阿倍仲麻呂）越滄溟，渡鼇波，歸還海東日本的送別情景，寫來友誼情摯而眞誠動人。而李白聽聞晁衡以唐朝使者身分，隨同日本遣唐使團回返日本，海途中遇黑風，傳說溺死的聽聞，悲痛不已而寫下〈哭晁卿衡〉：「日本晁青辭帝都，征帆一片繞蓬壺。明月不歸沉碧海，白雲愁色滿蒼梧。」〔註191〕而在陳說文人送別高僧渡海與歸國的書寫情景有：劉禹錫〈贈日本僧智藏〉的「浮杯萬里過滄溟，遍禮名山適性靈。深夜降龍潭水黑，深秋放鶴野田青。爲問中華學道者，幾人雄猛得寧馨」〔註192〕描寫日本國僧越海來華，遍訪名山聖靈，取道佛法而還歸海東；孫逖〈送新羅法師還國〉的「異域今無外，高僧代所稀。苦心歸寂滅，宴坐得精微。海闊杯還渡，雲遙錫更飛」〔註193〕記述新羅僧人陵萬波、挂百丈，泛海來華苦修寂滅佛法，學成渡海還歸的送別情誼；馬總〈贈日本僧空海離合詩〉的「何乃萬里來，可非衞其財。增學助元機，上人如子稀」〔註194〕讚揚空海高僧不畏海途艱險，泛海萬里來華篤學佛理；張籍〈贈海東僧〉的「別家行萬里，自覺過扶桑，學得中洲語，能爲外國書。持咒取龍魚，天台幾處居」〔註195〕反映海外僧人不辭萬里波濤，來華學習佛法的交流；皮日休〈重送圓載上人歸日本國〉的「取經海底開龍藏，誦咒空中散蜃樓，乘桴直欲伴師遊」〔註196〕記載詩人對這些不畏蛟龍、與海洋的艱險來華求法，兼述送別友僧返還萬里海東的心情。而鑑眞六渡東海，掛帆越洋來到日本弘法的精神，更是受到當時文人的高度讚頌。如皇甫曾〈贈鑑上人〉的「息心歸靜理，愛道坐中宵。更欲尋眞去，乘船過海潮」對鑑眞老和尚嘗試六次艱險過海的東渡之行，表達深切的崇敬之情；司空圖〈贈日東鑑禪師〉寫「故國無心渡海朝，老禪方丈倚中條」那傳燈萬里，遠

〔註189〕《全唐詩》，頁 5374。
〔註190〕《全唐詩》，頁 1288。
〔註191〕《李白集校注》，頁 1503。
〔註192〕《全唐詩》，頁 4058。
〔註193〕《全唐詩》，頁 1196。
〔註194〕《全唐詩》，頁 10191。
〔註195〕《全唐詩》，頁 4319。
〔註196〕《全唐詩》，頁 7091。

國弘法的悲願。

在描摹海洋氣象、水物、人物的情景有：沈佺期〈夜泊越州逢北使〉的「颶風縈海若，霹靂耿天吳。鼇抃群島失，鯨吞眾流輸」〔註197〕形容颶風在海上橫掃的巨大威力；柳宗元〈嶺南江行〉的「颶母偏驚旅客船」〔註198〕對海上航行舟船的危害；韓愈〈赴江陵途中寄贈王二十補闕李十一拾遺李二十六員外翰林三學士〉也記颶風的可畏：「颶風最可畏，訇哮簸陵丘。雷霆助光怪，氣象難比侔。」〔註199〕而記載海南島夷的風土民情，柳宗元的〈柳州峒岷〉則寫「郡城南下接通津，異服殊音不可親。愁像公庭問重譯，欲投章甫作文身」〔註200〕；〈遊南亭夜還敘志七十韻〉則說「披山窮木禾，駕海逾蟠桃。海霧多蓊郁，越豐饒腥臊。」〔註201〕而寫鯨魚在海中奔遊，掀起滔天巨浪，吞吐霓虹、遮天蔽日的壯觀景象，則有柳宗元〈奔鯨沛〉的「蕩海垠，吐霓翳日」〔註202〕；其他海物的描述有柳宗元〈遊南亭夜還敘志七十韻〉的「擢手持螯蟹，鱠鮮聞操刀」〔註203〕；韓愈〈初南食貽元十八協律〉也記：「鱟實如惠文，骨眼相負行。蠔相黏爲山，百十各自生。蒲魚尾如蛇，蛤即是蝦蟆，章舉馬甲柱」〔註204〕鱟、蠔、蒲魚、蛤、章魚、干貝等腥臊海物及烹調後的美味海錯。對於海上人物的素寫，施肩吾的〈島夷行〉云：「腥臊海邊多鬼市，島夷居處無鄉里。黑皮年少學采珠，手把生犀照鹹水」〔註205〕描述皮膚黝黑的島夷少年，手持鋒利的犀牛角在海中刨貝采珠的生動形象；王建〈海人謠〉則記述「海人無家海裡住，采珠役象爲歲賦」〔註206〕那采珠海人爲了繁重苛稅，而在惡波橫天中采珠的生活寫景；而鮑溶〈采珠行〉裡「東方暮空海面平，驪龍弄珠燒月明。海人驚窺水底火，百寶錯落隨龍行。海邊老翁怨狂子，抱株哭向無底水。一富何須龍頷前，千金幾葬魚腹裡」〔註207〕不僅陳述海底

〔註197〕《全唐詩》，頁 1024。
〔註198〕《全唐詩》，頁 3936。
〔註199〕《全唐詩》，頁 3778。
〔註200〕《柳河東集》，頁 702。
〔註201〕《柳河東集》，頁 717～718。
〔註202〕《全唐詩》，頁 176。
〔註203〕《柳河東集》，頁 718。
〔註204〕《全唐詩》，頁 3827。
〔註205〕《全唐詩》，頁 5592。
〔註206〕《全唐詩》，頁 3383。
〔註207〕《全唐詩》，頁 5538。

采珠的艱險無奈，更傳達一齣采珠人海洋生活面貌的悲傷全景。至於歌詠德澤敷施，懷柔遠人的頌讚詩賦則有：包何〈送泉州李使君之任〉「傍海皆荒服，分符重漢臣。執玉來朝遠，還珠入貢頻」記寫蠻荒國使入貢獻物，海外賓服的政治美景〔註208〕；唐太宗〈正日臨朝〉的「百蠻奉遐贐，萬國朝未央」、王貞白〈長安道〉的「梯航萬國來，爭先貢金帛」〔註209〕、王維〈和賈舍人早朝大明宮之作〉的「九天閶闔開宮殿，萬國衣冠拜冕旒」〔註210〕都是歌詠唐朝聲教遠被，各國使節重譯而至，四方八夷翕然向化的宗主威望。

　　而隋唐五代十國神仙家、傳奇小說家、道教與佛教宗教宣傳著述更爲演繹增衍，爲海洋文學注入更多恢詭譎怪的樣貌。這些著述繼承了先秦誇誕玄奇的海洋神話傳說，與漢魏六朝志怪、志人的小說養分，對海洋仙話神與海神信仰，描述鋪排及改造變動涉海故事而更爲廣博生動，並充滿神蹟奇能的宗教神話與傳說。《玄怪錄》、《續玄怪錄》、《博異志》、《纂異記》、《獨異志》、《劇談錄》、《錄異記》、《傳奇》、《北夢瑣言》、《錄異記》等典籍不僅張皇神鬼奇異之事，仙道佛界因果報應，輪迴轉世之說，以及海洋志怪傳說，靈山洞府、神仙洞窟之理想世界的殊寫外，對潮神、四海神與道教宗教、詭異荒誕色彩之演化，與敷衍方士仙人蓬萊海洋來仙境，以及海中聖島仙境轉入「樓觀五色、重門閣道」的壺中世界，並進而幻化「丹樓瓊宇、神仙洞窟」的理想世界。作家們更是醉心於那三山十島的營造、逞其意想那方士的海外奇談：白樂天與陳鴻幻設意想而構築的「海外仙境」、「重圓之島」是在那「上窮碧落下黃泉，兩處茫茫皆不見。忽聞海上有仙山，山在虛無縹緲間。樓閣玲瓏五雲起，其中綽約多仙子」、「蓬萊宮中日月長。迴頭下望人寰處，不見長安見塵霧」的波浪滔天、神奇變幻的海上；裴鉶陳述的海島仙境，與〈劉晨阮肇〉的洞穴仙館相較又別有餘韻；《杜陽雜編》所記的海上滄浪洲島紀行，描述的洲島地景如金闕銀台，玉樓紫閣又似《海內十洲記》的「滄海島」，有那紫石宮室，仙人所居；土宜五穀，人多不死的聖域之島；杜光庭所經營仙島神山，有臺閣華麗，迨非人間的宮闕仙景，又爲靈怪炫惑；孫光憲的海中仙景，又迴似於蓬瀛三島，然而所遇女仙，贈以鮫綃，又幻如仙境奇遇；《廣異記》所布景一個「青翠森然，有城壁，五色照曜。迴舵就

〔註208〕《全唐詩》，頁2170。
〔註209〕《全唐詩》，頁8058。
〔註210〕《全唐詩》，頁1296。

泊，見精舍，琉璃爲瓦，瑪瑁爲墻。器物悉是黃金，無諸雜類。又有衾茵，亦甚炳煥，多是異蜀重錦。又有金城一所，餘碎金成堆」不可勝數的海中奇境；以及李復言所造「樓殿參差，藹若天外；簫管之聲，寥亮雲中」之別開天地、烟霞勝異之境等，都爲蓬萊仙境構述了眞仙靈境之海外蓬島，並擴大了魏晉六朝的仙境格局。且唐人傳奇雜俎，又以多文采與幻想爲異趣，在以蓬萊仙境爲載體構述，且多詭譎而動人神幻的龍宮勝地，進而將將水府、蛟宮、水晶宮等龍宮型象仙道化，用於指喻爲蓬萊仙境的處所地景，而成爲唐人傳奇小說的主景。尤其是佛典中對於佛國淨土、天堂樂園與海底龍宮的構建，不僅啓發了中國民間傳奇小說中對於海底龍宮之書寫，並且使得道教的海上仙島與佛教的海底龍宮，融攝爲一處位於詭奇多幻之東方海洋上的仙境。而「蓬萊仙境」的方壺勝境與壺中天地那移天縮地的趣喻，在隋、唐、五代的小說中，不但繼續增衍瓊樓華闕、金玉臺閣的仙景，一幕幕「不知有漢，無論魏晉」的世外桃源，也更加的瑰奇而邈遠譎幻。而《酉陽雜俎》、《杜陽雜編》、《宣室志》記述海外瀛國怪聞，更是受到史籍「山奇海異，怪類殊種；九州之外、八荒之表，辯方物土，莫究其極」的流風影響，張揚與誇誕奇山異海中之殊方尤物；融攝了浪漫的海洋奇聞，編織更多山奇海異的怪國殊寶與未名之珍。而《朝野僉載》、《隋唐嘉話》、《唐國史補》、《三水小牘》、《中朝政事》、《開天傳信記》等筆記小說或說鑠耳貫胸、殊琛絕賮的海外諸國風情民俗，顯現文人對於遠邈瀛海、怪類殊種；珠翠奇寶、遠方異珍的集體意想與幻設，或揭示儒家王化澤被的海國朝貢，譜寫海外奇國傳說的浪漫海洋色彩。

　　在隋唐五代佛僧的海洋求法或弘法史裡，有輕身殉法之賓，更有創僻荒途之高僧。他們或南涉洪溟、鼓舶鯨波、東渡滄濤，大演釋教，經黑海蛇山，莫不咸思聖跡，罄五體而歸禮；俱懷旋踵，報四恩以流望。從法顯、義淨、鑒眞、圓仁莫不爲滿足此種精神而西行求法和東渡弘法。他們透過其與海洋的交緣過程，而所譜寫海路奇異的神蹟，不僅成就了這群高僧的求法夙願與歷史光環，也完備了僧伽在海南與海東的傳燈生命，更爲中印、中日、中韓的佛教傳播史寫下了可歌可泣的海洋傳奇。在有關佛門海路庶奇的神蹟載述：如隋費長房《歷代三寶記》、宋贊寧《高僧傳》、唐道宣《高僧傳》、宋釋志磐《佛祖統紀》裡大量考索隋唐五代僧侶的海洋傳聞，建構了忘形徇道，委命弘法的苦海普渡的佛教道場。另外諸多的高僧行紀如義淨的《大唐西域

求法高僧傳》、《南海寄歸內法傳》、玄奘的《大唐西域記》、彥悰及慧立的《大慈恩寺三藏法師傳》、圓照的《悟空入竺記》、道宣的《釋迦方志》等行紀也紀錄了中外高僧歷風濤海險、橫渡重溟，由海道經南海諸國抵達天竺；他們或為求取梵文經典，或為決疑教理戒律，或為求教諮詢西方大德高僧，學習西方寺院僧眾的儀軌、規範，或為聽聞印度高僧的解經開示，或是瞻仰聖跡禮地，而形成了一場前仆後繼，持續不斷的奔向佛法之「中國」求解，開啟一股「西潮」的學習時尚。另外佛門的海上神蹟，更在關涉的小說中留下不少的感瑞與顯證的傳奇故事：《法苑珠林》、《大唐西域記》、《太平廣記》、《太平御覽》、《酉陽雜俎》、《集異記》、《吳船錄》、《雞肋篇》及佛經典籍等書記載佛像、佛經與佛僧旂瑞威靈而顯化大海，有超自然的神異力量與不可思議的法力奇蹟與宗教海洋神話的傳述；同時也廣泛紀錄僧侶與海商一路遠渡重溟、拚搏濤浪，化解海上危厄而將梵本佛典傳入中國的宏業。隋唐五代海洋文學中有關佛教涉海書寫，海洋不僅為高僧眾伽仰蒙三寶、遠被西天的操練戰場；也是他們求法東歸，載譽中土，了悟生死輪迴的宗教道場。這群海路僧人除了在佛典律藏和密教典籍的引進和翻譯方向有其特殊的貢獻與作用外，更為中國佛教傳播史開出了可歌可泣的滄海求法傳奇。

　　至於隋唐五代海洋文學有關海洋神靈的觀點書寫，總體而言，舉凡海龍王家族的事蹟，海神、潮神的樣態風貌等，都有不同的載述神靈在帝王、文人與一般民眾心裡所受到的推崇與禮遇。這些作者立意好奇，多誇飾怪的文采，與假小說以寄筆端的意想，充分地表達出隋唐五代小說家們對於民間海洋神靈「幻設為文」的特色。尤其是隋唐五代海運興盛，作家作品如《北夢瑣言》、《傳奇》、《唐史》、《南海神廣利王廟碑》、《酉陽雜俎》、《廣異記》、《太平廣記》、《錄異記》、《中朝故事》、《法苑珠林》、《玄怪錄》、《大唐西域記》、《宣室志》《神仙感遇傳》、《續玄怪錄》、《博異志》等書中所構築「海洋神靈」的各種樣態，除了反映了從事海上商貿活動的民間對於海神的極大敬畏與膜拜外，並對後來宋元時期海洋神靈的守護庇佑職能，開啟書寫的里程碑。

第四節　宋元海洋文化與海洋文學的演變

　　宋元時期的海洋文化走向，同樣可以涵括為海上交通貿易之政經文化、海洋的佛門宗教交流文化，道家式的海上蓬萊仙話系統文化，以及海洋神靈

信仰文化等四大表現面向。而宋元海洋文學的全景，也正是在此四層面海洋文化的孕育餵養下得到充沛的成長與體現。從海洋文學體裁來看，不論是詩歌、散文、傳記、遊記、海外行紀、雜說、傳奇小說、圖經、戲劇等，都與海外交通、航海技術、海上貿易、海商市舶、海物景象、海洋地理、海上蓬萊仙話、海神信仰崇拜、海僧傳法布道等海洋元素相關涉。

宋元兩朝海洋文化的揚播，隨著社會經濟繁榮，堅持海上開放政策，市舶司制度的強化，加上當時期航海技術的提高，與海圖、指南針的使用，促使海上絲綢之路文化的空前繁盛。尤其是南海航路交通上表現更為突出精進，不僅與海外諸國來往比過去更加頻繁，交往範圍更加的擴大，航線更長而航程縮短，而且對沿途國家和地區的地理分布狀況，進出口貨物的品種和數量的增加，都有了全新的發展樣貌。當時期的海洋盛世榮景是「國朝列聖相傳，以仁儉為寶，聲教所暨，累譯奉琛，於是置官於泉廣，以司互市……海外環水而國者以萬數，南金、象、犀、珠香、玳瑁珍異之產，市於中國者，大略見於此矣」〔註211〕、「中國之外，四海為之。海外夷國以萬計，唯北海以風惡不可入，東西南數千萬里，皆得梯航以達其道路，象胥以譯其語言。惟有聖人在乎位，則相率而效朝貢互市。雖天際窮髮不毛之地，無不可通之理焉」〔註212〕、「皇元混一聲教，無遠弗屆，屈宇之廣，曠古所未聞。海外島夷無慮數千國，莫不執玉貢琛，以修民職；梯山航海以通互市。中國之往復商販于殊庭異域之中者，如東西洲焉。」〔註213〕從海洋文化的高度來看，在海外交通鼎盛的宋元時期，已清楚地勾勒慕王化、修職貢、互通市、殊庭異域相繼入華的繁華盛景；以及梯航畢達，外國之貨日至，稀世之珍，溢於中國而不可勝至；海宇會同，九州殷富，鐻耳貫胸、殊琛絕贐之四夷自服的海國盛世。這種以海貿而發展的政經網絡，交織而成的海洋文化，又以多元面向的呈現。

首先在海外交通文化的開拓面向上：宋元時期，中國與南海的國家、區域的發展交流更為暢達。在對阿拉伯界及其附近島嶼國家，有更多的接觸和了解；與印度半島及其周圍地區有更密切的交往；而與印尼半島、馬來半島、

〔註211〕〔宋〕趙汝适著，楊博文校釋：《諸蕃志校釋》（北京：中華書局，2008.5 重印），頁 1。

〔註212〕〔元〕汪大淵著，蘇繼廎校釋：《島夷誌略校釋》（北京：中華書局，2009.3 重印），頁 5。

〔註213〕《島夷誌略校釋》，頁 385。

中南半島上的國家在聯繫上的頻繁；也開始建立與菲律賓群島的聯繫；與日本列島及朝鮮半島之間的海上交通，更有密切的往來。換言之，宋元時期的海外交通聯繫往來，與貿易經商的國家有南海上的眞臘、占城、大食、三佛齊、闍婆、波斯灣沿岸、注輦、故臨、細蘭、馬八兒、斯里蘭卡、高郎步、北溜、南毗、爪哇、蘇門答臘、交趾、菲律賓列島，及東海上的有日本、韓國等國。其次，海上交通的發展更需要最先進的造船技術文化。這一時期，海船的載重量與抗沉性都有明顯的提升，更易於破浪航行。而航海技術最突出的成就是全天候的磁羅盤導航技術和以量天尺爲工具的大洋天文定位技術：指南針、羅盤爲主的針錄，磁羅盤、量天尺爲主的定位導航，與配合航海圖的使用。此外在海洋氣象的掌握上，如「遇冬汎北風發船」、「夏汎南風回帆」、「大抵番舶風便而行，一日千里，一遇朔風，爲禍不測」，都說明中國水手利用季節風在海上航行的知識與經驗。第三，海外交通的發展，必然帶來許多海港的繁榮與文化的流通。當時期的著名海港有面向南海航線的廣州、泉州、明州、上海、澉浦、溫州，杭州、太倉、福州、青龍鎮、密州板橋鎮等。由於這些海港的繁榮，加上市舶司制度的健全，許多來自南亞、波斯灣、阿拉伯半島、印度半島等外國海商、蕃客、水手、宗教僧侶、使臣、傳道，大量的番坊蕃店聚集於中國沿海港市。這些泛舶越海的外國商旅僧客即使臣，帶著其異域風情的文化與海外他鄉的奇珍異寶，產生了各沿海地區華夷融匯的特殊海洋文化。對於外商船舶蜂擁而至的海外貿易管理，負責海外商人在華貿易的管理與徵稅的市舶司機構顯得更爲重要。市舶司制度的發展，不僅反映統治者對海外貿易制度的控制，更反映國家對海洋資源及其經濟價值開發的倚重性，同時也是國家財政的重要來源。當時海外貿易的獲利豐厚，利之所在，許多權貴王公大臣更是利用特權，從中營私舞弊，賺取暴利，成爲國庫歲入的隱憂，而禁不勝禁。甚至在元代時期更開放允許公卿權貴下番博易，而產生許多權傾一時的官僚海商家族，與「舟楫極蠻島」特殊的海洋貿易文化。

更要觀察的是，隨著宋元海外交通的空前繁榮，許多中國海商、捐客、水手、士人及犯過停替胥吏移居海外、過海入蕃，形成海洋移民的「唐人」文化風潮。第四，海外交通的空前興盛，也帶來許多海洋知識的認知。例如：海洋潮汐的知識著作、鹽業制度的發展演變、海洋動物的認識與利用、海洋氣象的觀測、海洋資源的採集以及海洋產品的進貢、特殊海洋地貌的記載等。

尤其兩宋時代與遼、金的海上對峙，元代帝王多次渡海東征日本、南討占城、安南、爪哇的軍事行動，與興辦漕糧海運，更具有經略海疆，防止倭寇，爭取異民族的歸順賓服，與在海防意識上的覺醒和海洋觀念的昇華。第五，海外交通的發達更促進了海道在進出品與外來藥物的利用、交流和傳播。當時透過海道進出的貨品有絲織品、陶瓷製品、金屬製品、銅錢、日常生活用品，與大量的香料、香藥、染料、南海珍奇寶物、布匹的輸入，甚至是中國儒家經典和佛經刻書的輸出。這些交流物品與舶來品的功用價值，與當時的中外海商、水手、蕃客、僧侶的介紹有密切的關係。第六，由於繁榮的海上貿易，許多奇異的海洋職業人物如採珠役象為歲賦，驪龍弄珠燒月明，千金幾葬魚腹裡的海底蜑人，或是手把生犀照鹹水，腥臊海邊多鬼市的島夷商販，都隨著興盛的海上貿易而生。

就宋元時期海洋文化表現的精神層面來說，在海外交通的繁華下，更促進了佛門宗教的傳播。雖然北宋中期以後，華僧西行者漸少，這一方面固然與西域陸道所受之政治影響有關，另一方面則是由於印度佛教本身在發展過程中出現漸趨式微，而東傳之佛教卻已在中國發苗茁壯、安穩落戶，佛教在經、律、論業已完齊大備。然宋代時期有部分華僧、西僧在回程及東來中土，皆是循著海路而行，他們不僅肩負持國信、充國使的政治使命，也為中印佛教的海洋交流史寫下許多奇異的故事傳說。元代興起後，又以崇尚釋教為最，許多的海外西域高僧不僅多為帝師，其所流傳的海上旂奇感應事蹟，亦呈現當時期佛教徒的海洋文化思維。另外，宋、元時期的中日佛教文化交流，雖不若唐代之頻密，然《大藏經》之傳入，宋禪宗之東渡，更是影響日本佛教文化甚鉅。這時期有不少的入宋僧、入元僧和入籍宋僧、入籍元僧的往來。北宋時期較為著名的日僧有奝然（938～1016）、寂昭、成尋等人。這些入宋僧來宋不為求法，也不拜訪高僧，而是巡禮法跡，多去天台山、五台山等地巡遊。而到南宋，由於中日海外貿易的大量開放，入宋僧陡增至一百多人。這些入宋高僧除了繼續巡禮法跡外，有的為傳習律宗，有的更為學習禪宗而來。他們將南宋盛行的禪宗引入日本，榮西更是兩次渡海來華，回國成為臨濟宗（禪宗之一）的創始者、道元成為曹洞宗的創始者，並使日本禪宗大興。此外，還有不少的宋僧泛海赴日，使佛教禪宗在日本的發展興起了重要的作用外，更對日本佛教界產生頗大的影響力。如西蜀僧人蘭溪道隆往日本傳法，為日本臨濟宗建長寺派的開創人。而這群宋僧來日對當時執政的

鐮倉武士產生很大的影響效應，特別是後來的武士道精神。而日人藤四郎隨高僧道元入宋，學製陶法於天目山，學成回日，開啓日本聞名世界的精美陶瓷器；高僧榮西攜茶種而歸日，致有今日茶道之盛行。另外有關中、韓佛教的交流史，雖不及日本熱絡頻繁，然在北宋時期，高麗國曾出高價委託中國商人在杭州雕造夾注《華嚴經》；著名的僧人義天，在中國求法旅歷期間更購買佛經章疏三千餘卷，對中、韓的佛教文化交流作出具體貢獻。到了元代，由於日本商船來華頻繁，因而促使中日兩國僧侶交流密切。其中有不少的傑出傳燈之士與得道高僧，他們不僅在中國學習佛法，更把中國的儒學、詩詞、書法、繪畫、建築、印刷等先進文化傳輸回國，促進日本文化與經濟上的深遠發展。當時的東明惠日、靈山道隱、清濁正澄、明極楚俊、大拙祖能等，都是名重一時的高僧，爲佛法的弘揚與交流創造出另一波高潮的佛教海洋文化。

而就儒道佛思想參雜融匯的蓬萊仙話系統來講，從先秦海洋神話、海洋傳說、海洋寓言、海神崇拜、海外眞人神人養生修養之術，加上濱海方士文化所融攝的大九州地理海洋觀、陰陽五行學、黃老學、儒學、讖緯神學，道教文化、游仙思潮和佛典龍王傳說影響而綿延不絕的海上蓬萊三神山的求仙文化，也以其承遞演變的宗教面貌，依然漫延於文人雅士的書寫視景中。我們可以說，宋元時期中有關道教的蓬萊仙話系統的傳播，從那「丹霞樓宇，宮觀異常；眞仙塊墟，神官所治」的海上蓬島景象，依然衍繹與傳遞著它的神話場景。不管是海上仙島、仙闕奇獸的地景，或是陸上桃源玄地、玉堂樓觀的方壺勝境，甚至是在皇家樓苑、士人園林，那種游觀侈靡、窮妙極妍的仙苑複建，都是如實地反映出人間心靈對海上蓬萊仙境的企羨。

另外，就海洋神靈信仰的傳播面向來看，宋、元二朝因海洋文化交流，海外交通鼎盛，海神信仰的時代氛圍更是強烈。尤其南宋社會巫、道之術盛行，而海神家族的靈怪傳聞，對於當時的民俗史更提供了許多珍貴的海洋資料。在此四海海神並封爲王的時期，更顯見當時四海神對於統治者地位鞏固的重要性。而從北宋末年加入海上護佑神靈的媽祖，信仰也自此流布，在宋元時代陸續受封爲海神天妃、天后，媽祖海上靈蹟屢屢顯應。尤其是元時期海神媽祖信仰，因漕運、海運的經濟需要，媽祖爲海神的地位更爲屹立不搖，官方視其爲航海的司命。另外，南海普陀觀音不僅是海上的守護神，更是求禱降雨的雨神，更被納入到道教神祇的體系中。南海觀音也因此帶有濃厚的

神仙道術與釋道的兼融，成爲海上救苦救難的海洋神明。至於海龍王家族，以及在無岸無涯，恍疑在九天之外的神秘海域裡出沒的披鱗帶角的水族精怪，種種詭譎的靈魚蛟虬，與無數鱉、黿、鼉、蝦、蟹組成的海中天軍，以及傳說海底能手織綃、眼泣珠、笑落玉的鮫人世界，更爲當時期流傳的海洋神明文化注入新的面貌。

　　宋元時期的海洋文化走向，同樣可以涵括爲海上交通貿易之政經文化、海洋的佛門宗教交流文化，道教的海上蓬萊仙話文化，以及海洋神靈信仰文化等四大表現面向。而宋元海洋文學的全景，也正是在此四層面海洋文化的孕育餵養下得到充沛的成長與體現。從海洋文學體裁來看，不論是詩歌、散文、傳記、遊記、海外行紀、雜說、傳奇小說、圖經、戲劇等，都與海外交通、航海技術、海上貿易、海商市舶、海物景象、海洋地理、海上蓬萊仙話、海神信仰崇拜、海僧傳法布道等海洋元素相關涉。就儒家經典展示的海洋文學視景，從史書行紀《宋史》、《元史》、《宣和奉使高麗圖經》、《嶺外代答》、《諸蕃志》、《眞臘風土記》、《島夷誌略》、《馬可波羅行紀》等涉海人事物地的傳記式書寫：例如對海洋地理與海洋水域地貌型態的探索、海洋造船技術、航海技術與遠洋航線的描述、沿海民族區域及其南海外諸國人民特性與生活風俗習性的見聞、亞非歐三洲遠洋航線和沿海島國地理的分布、海島嶼邦使臣的往來朝貢獻見、國際間商舶遠屆委輸等八荒水域山琛海寶的海洋資源、海上征戰他國的經略海疆、海上氣象景物的親睹見聞、海上神靈信仰文化與神奇事蹟的流傳、移民海外史談等等，反映了當時海洋文學的多元載述面貌。而宋代《海潮圖論》、《海潮圖序》、《四時潮候圖》、《夢梁錄》、《夢溪筆談》、《潮說》、《潮磧》、《四明志》、《日華本草》、《嘉祐本草》、《圖經本草》、《萍州可談》、《桂海虞衡志》、《爾雅翼》、《水族嘉恩簿》、《老學庵筆記》，或元代《熬波圖詠》、《大德南海志》、《異域志》等經典：或對於海洋地理學、海陸變遷和大海潮汐變化的看法，或對於海物水族生物、植物及特殊海洋景象的知性認識，或對於海產藥物的記載，或海鹽生產、風信季風、牽星術等航海造船技術的掌握種種有關於海洋的觀點與主張，都先後地成爲海洋文學的珍貴資材。

　　至於文人詩詞歌賦的書寫，更有許多表現海洋特色的生動作品。如海洋神話、海洋仙話、海神信仰的表述：蘇軾〈過萊州雪後望三山〉的「東海如碧環，薄雪收浮埃。安期與羨門，乘龍安在哉。帝鄉不可期，楚些招歸來」

〔註214〕彰顯慕仙情懷的湧現；〈登州海市〉：「東方雲海空復空，群仙出沒空明中，蕩搖浮世生萬象，豈有貝闕藏珠宮。心知所見皆幻影，爲我起蟄鞭魚龍，重樓翠阜出霜曉，異事驚倒百歲翁」〔註215〕對東方海上蓬萊仙境與海上仙人的虛幻神秘之嚮往和想像；〈南歌子・八月十八日觀潮〉詞云：「海上乘槎侶，仙人萼綠華。飛昇無不用丹砂，住在潮頭處渺天涯」〔註216〕書寫海上仙人在渺無天際的大海乘槎而行的浪漫；〈行瓊、儋間、肩輿坐睡，夢中得句「千山動麟甲，萬谷酣笙鐘」，覺而遇清風急雨，戲作此數句〉裡「安知非群仙，鈞天宴未終。喜我歸有期，舉酒屬青童。久矣此妙聲，不聞蓬萊宮」〔註217〕以傷感放逐於南海的歸期即將來，而哀嘆夢中許久未曾聽聞蓬萊仙閣的天籟妙聲；陸游〈泛三江海浦〉的「鰲負三山碧海秋，龍驤萬斛放翁游」〔註218〕、〈航海〉的「我不如列子，神遊御天風。行矣跨鵬背，弭節蓬萊宮」〔註219〕乘船遨遊於巨鰲負載三神山的碧海之中，與乘著絕雲氣、負青天的大鵬，來到仙人群聚的蓬萊宮闕的想像逸趣；陳師道的〈月下觀潮〉的「猶疑海若夸河伯，豪悍須教水倒流」〔註220〕想像海神若引起的壯觀海潮氣勢；范仲淹〈和運使舍人觀潮〉的「騰凌大鯤化，浩蕩六鰲游。子胥忠義者，無覆巨川舟」〔註221〕那錢塘大潮吞吐四方，如鯤魚化鵬、巨鰲負山的雄奇氣勢；梅堯臣〈送朱司封知登州〉的「城臨滄海上，不厭風濤聲。海市有時望，閭屋空虛生，車馬或隱見，安知無蓬瀛」那隱沒忽現的海上仙闕，隨著變幻神奇之海市景象的描寫；黎廷瑞〈精衛行〉的「口銜海山石，意欲無滄溟。蓬萊有人憐爾苦，勸你休休早歸去，汝歸滄海自有變作桑田時」〔註222〕讚頌精衛填海的不悔精神，終究如麻姑仙姑三見滄海變爲桑田；劉敞〈過海舟〉詞云：「秦王好神仙，東上瑯邪臺。娥眉綠髮五千輩，去乘長風款蓬萊」〔註223〕

〔註214〕〔宋〕蘇軾撰，楊家駱主編：《蘇東坡全集》上冊（台北：世界書局，2005.1初版九刷），頁180。

〔註215〕《蘇東坡全集》上冊，頁179。

〔註216〕引自《天問・驚世——中國古代海洋文學》，頁150。

〔註217〕引自《天問・驚世——中國古代海洋文學》，頁151。

〔註218〕柳和勇主編：《中國古代海洋詩歌選》（北京：海洋出版社，2006.12初版），頁91。

〔註219〕《中國古代海洋詩歌選》，頁92～93。

〔註220〕《中國古代海洋詩歌選》，頁108。

〔註221〕《中國古代海洋詩歌選》，頁109。

〔註222〕《中國古代海洋詩歌選》，頁113～114。

〔註223〕《中國古代海洋詩歌選》，頁114。

那哀嘆當年秦皇使方士徐幅渡海求仙，尋求蓬萊仙境的幻夢；戴敏〈海上〉的「萬頃鯨波朝日赤，海山何處是蓬萊」尋覓那隱沒忽現的海上仙山；李清照〈漁家傲〉詞云：「九萬里風鵬正舉，風休住，蓬舟吹取三山去」輕舟隨那迎風上騰、翼若垂雲的大鵬，飛向東方滄溟上的三神山宮闕；張元幹〈念奴嬌・題徐明叔海月吟笛圖〉詞裡的「八月靈槎乘興去，飄蕩貝闕珠宮，群龍驚睡起，馮夷波激，黿吼鯨奔天黑，回首當時，蓬萊萬丈，謾教千古傳得」〔註224〕乘槎遣興於鯨戲萬丈波瀾的海上，遙想千古傳誦的仙闕神宮；王丹桂〈月中仙・望海〉詞裡的「視萬里汪洋，神功聖力難量，信歸墟運轉，恢張萬化，任雲物飛翔，魚龍遊戲，隱三島、十洲異域，騎鯨笑傲超於彼」〔註225〕以萬川流聚的歸墟神話，涉想十洲三島上的仙人群居，並沉湎於騎鯨戲龍的海洋幻象；吳萊〈大佛寺問秦皇繫纜石〉的「蓬萊不可到，弱水空飄輪，我恐石有語，神仙多誤人」〔註226〕遙想當年始皇派徐福入海求仙，蓬萊弱水之難尋的感慨；王仕熙〈鰲山白雲〉的「青山宛在海之東，斷足媧皇蹟已空」〔註227〕上古女媧斷鰲足以立四極的海洋神話；謝宗可〈江潮〉的「欲駕雲帆滄海去，秋風八月上蓬萊」〔註228〕幻想潮濤奔撼浪湧的氣勢，而在八月的海上秋風裡，乘著雲帆來到傳說的仙境蓬萊；張翥〈望海潮〉的「扶桑何許？蓬萊何處？滄海一望漫漫。精衛解填，黿鼉可駕，凌波直渡三韓。龍伯垂竿，群仙釣我驂鸞」〔註229〕東渡滄海以遐想海上神山仙境與精衛填海、龍伯釣鼇的浪漫神話；黃鎮成〈舟過大茅洋〉的「漲海渾茫寄一桴，候神東去接方壺。投緡擬學任公子，掣曲封鯨飲萬夫」〔註230〕想像任公子東海釣大鯨的恢詭神話，與乘桴橫渡滄溟，登上方壺仙境的奇麗幻夢；王和卿〈大魚〉詞裡的「勝神鼇，奔風濤，脊梁上輕負著蓬萊島」〔註231〕那巨鼇負載海上三神山的瑰麗神話。

　　而宋元時期，詩人與詞家書寫海商歷險滄溟而逐海貿商利的歌詠有：謝履〈泉南歌〉所寫：「泉州人稠山谷瘠，雖欲就耕無地僻。州南有海浩無窮，

〔註224〕《中國古代海洋詩歌選》，頁126。
〔註225〕《中國古代海洋詩歌選》，頁135～136。
〔註226〕《中國古代海洋詩歌選》，頁147。
〔註227〕《中國古代海洋詩歌選》，頁148。
〔註228〕《中國古代海洋詩歌選》，頁150。
〔註229〕《中國古代海洋詩歌選》，頁154。
〔註230〕《中國古代海洋詩歌選》，頁161。
〔註231〕《中國古代海洋詩歌選》，頁173。

每歲造舟通異域」〔註232〕泉州造船業的興盛外，當時泉州人販海而生以逐海利的海外貿易已蔚然成風，在透過詩人的筆而更爲生動傳奇；楊萬里〈過金沙洋望小海〉寫「須臾滿眼賈胡船，萬頃一碧波粘天」〔註233〕、〈潮陽海岸望海〉寫「客中供給能消底，萬里煙波一白鷗」〔註234〕那爲海利所驅，不惜甘冒生命風險而航行於大海之上的海商，在波濤起伏、萬頃碧波之外而來往於異國他邦的艱辛苦楚；張翥〈四明寓居即事〉寫「船來蠻賈衣裳怪，潮上海鮮鱗口紅。不向旗亭時一醉，行人愁殺柳花風」〔註235〕海外商舶蠻賈聚集在熱鬧繁華的港埠，海鮮、海厝載滿船而交易熱絡的喧囂；貢師泰〈海歌八首・其一〉寫「碇手在船功最多，一人唱聲百人和。何事深淺偏記得，慣曾海上看風波」〔註236〕負責開船起錨和停泊繫纜的水手，在萬里波濤、駭浪險灘的海貿過程中的重要；戴良〈渡黑水洋〉寫「舟行五宵旦，黑水乃始渡。重險詎可言，艣前復鯨怒。舟子盡號泣，風伯并收馭。居常樂夷曠，蹈險憂覆墜」〔註237〕海行舟人渡黑水洋在海天巨大濤波，爲商貿而冒生命危險的險境，有如「海客歸來富不貲，以身殉貨亦可悲」的蒼涼與無奈；楊維楨〈海鄉竹枝歌〉寫「門前海坍到竹籬，郎在海東何日歸」海客四海爲家，行船貿易，而不知何日才能歸鄉的感慨；張俞〈廣州〉寫「巨舶通蕃國，孤雲遠帝鄉」〔註238〕廣州當時爲外商海舶湊集、及遠航番國夷地之貿易轉口的海市。宋元二朝海貿獲利甚豐，而沿海地區逐海利的風氣日盛。官員熊禾更以詩贊曰：「何如棄之去，逐末利百千。矧引賈舶人，入海如登仙。遠窮象齒徹，深入驪珠淵。大貝與南琛，錯落萬斛船。」〔註239〕可見珠璣大貝產於海外蕃夷之國，雖舟行千里、風濤與凌、蛟龍與爭，皆逐海利者所必至，而不勝其富。

而寫奇偉壯闊海景的有：蘇軾〈望海樓晚景五絕〉寫「海上濤頭一線來，樓錢指頤雪成堆」〔註240〕、〈催試官考教戲作〉寫「鯤鵬水擊三千里，組練長

〔註232〕《中國古代海洋詩歌選》，頁104。
〔註233〕《中國古代海洋詩歌選》，頁98。
〔註234〕《中國古代海洋詩歌選》，頁99。
〔註235〕《中國古代海洋詩歌選》，頁156。
〔註236〕《中國古代海洋詩歌選》，頁167。
〔註237〕《中國古代海洋詩歌選》，頁140～141。
〔註238〕《中國古代海洋詩歌選》，頁111。
〔註239〕《海洋迷思——中國海洋觀的傳統與變遷》，頁169。
〔註240〕《蘇東坡全集》上冊，頁34。

驅十萬夫」〔註241〕那錢塘海朝鋪天蓋地、呼嘯飛奔的壯闊景象；范仲淹〈和運使舍人觀潮〉寫海潮「勢雄驅島嶼，聲怒戰貔豼。萬疊雲才起，千尋練不收」〔註242〕的雄奇氣勢；齊唐〈觀潮〉寫「初似長平萬瓦震，忽如員嶠六鰲移」〔註243〕海潮長驅澎湃、滄浪鼎沸的壯景；樓鑰〈海潮圖〉寫「蕩搖直恐三山沒，咫尺眞成萬里遙」〔註244〕錢塘夜潮奔騰萬馬，如同海王來朝的雄闊場面。或寫恢弘的海戰場景，飽含血淚的生動傳述，有文天祥〈二月六日，海上大戰，國事不濟。孤臣天祥，坐北舟中，向南慟哭，爲之詩曰〉寫「樓船千艘下天角，兩雄相遭爭奪搏。一朝天昏風雨惡，砲火雷飛箭星落。誰雌誰雄頃刻分，流屍漂血洋水渾」〔註245〕宋元水軍殊死的戰況，厓門海面盡是漂血流屍的慘景。或寫漕運海道的暢通，如傅若金〈直沽口〉寫「運漕通諸島，深流會兩河。轉粟春秋入，行舟日夜過」〔註246〕海船南糧北運的繁忙，與南北兩地文化的交融。或寫渡海的親身經驗，或寫遊海的蕩然心情：如蘇軾〈六月二十日夜渡海〉寫「參橫斗轉欲三更，天容海色本澄清。空餘魯叟乘桴意，九死南荒吾不恨」〔註247〕流放多年的海南歲月，來到這九死一生的蠻荒之島，而今渡海北歸，仰望澄淨的星空，心頭已不再抱憾悔恨；陸游〈航海〉寫「潮來湧銀山，忽復磨青銅。歌罷海動色，詩成天改容」〔註248〕在夜色澄練如洗的大海中，悠然歌詠吞吐日月的壯闊海象；楊萬里〈過金沙洋望小海〉寫「海霧初開明海日，近樹遠山青歷歷。海神無處逞神明，放出一斑夸客子。我行但作游山看，減卻客愁九分半」〔註249〕海上萬頃碧波，優游賞玩的心境。

　　而在描摹海洋人物、生物的情景有：楊維楨〈海鄉竹枝詞〉寫「海來潮退白沙洋，白洋女兒把鋤耙。苦海熬乾是何日，免得儂來爬雪沙」〔註250〕鹽民、漁民的艱辛生活，與靠海維生的無奈；楊萬里〈蜑戶〉寫「天公分付水

〔註241〕《蘇東坡全集》上冊，頁35。
〔註242〕《中國古代海洋詩歌選》，頁109。
〔註243〕《中國古代海洋詩歌選》，頁123。
〔註244〕《中國古代海洋詩歌選》，頁129。
〔註245〕《中國古代海洋詩歌選》，頁130。
〔註246〕《中國古代海洋詩歌選》，頁142。
〔註247〕《蘇東坡全集》上冊，頁496。
〔註248〕《中國古代海洋詩歌選》，頁92～93。
〔註249〕《中國古代海洋詩歌選》，頁98。
〔註250〕《中國古代海洋詩歌選》，頁157。

生涯，從小教他踏浪花。自笑平生老行路，銀山堆裡正浮家」〔註251〕海底蜑人的工作危險，與樂天知命的堅毅性格；柳永〈煮海歌〉寫「煮海之民何所營？潮退刮泥成島嶼。風乾日曬鹹味加，始灌潮波增成滷。秤入官中充微直，煮海之民何苦辛，安得母富子不貧，願廣皇仁到海濱」〔註252〕鹽民煎煮製作海鹽的艱辛，與生活的困苦和官府的剝削。而寫海洋氣象、生物的動態：有蘇軾〈舶趠風〉寫「三旬已過黃梅雨，萬里初來舶趠風」〔註253〕夏季自海上吹來溫和的季節西南風（舶趠風）、〈丁公默送蝤蛑〉寫「蠻珍海錯聞名久，怪雨腥風入坐寒。半殼含黃宜點酒，兩螯斫雪勸加餐」〔註254〕海蟹的美味、〈鰒魚行〉寫「東隨海舶號倭螺，異方珍寶來更多。磨沙瀹沉成大胾」〔註255〕鮑魚的珍貴與烹調的技巧。。至於海洋送別之情有金仁本〈送人之四明效揭翰林長短句〉寫「君今甬東去，正向江頭過。船頭滿載上虞酒，船尾聽唱明洲歌。有錢我亦買魚具，築室海陽依汝住」〔註256〕、虞集〈送韓伯高僉憲浙西〉寫「海風吹雨灑船窗，潮落黿鼉避石矼。濟南名士舊無雙，應勝愁吟對怒瀧。」〔註257〕至於詠唱海洋之神靈有蘇軾〈八月十五日看潮五絕‧其五〉歌詠「江神河伯兩醯雞，海若東來氣吐霓。安得夫差水犀手，三千強弩射潮低」〔註258〕海神若引發錢塘海潮的驚滔駭浪與澎湃磅礡的氣勢，與潮神伍子胥乘濤破浪、錢王射潮的瑰奇譎幻的傳說；黃公度〈題順濟廟詩〉寫「枯木肇靈滄海東，參差宮殿翠晴空，平生不厭混巫媼，已死猶能效國力。傳聞利澤至今在，千里檣檣一信風」〔註259〕對海神媽祖信仰的禮讚；陸游〈普陀留咏〉寫「補洛迦山訪舊游，庵摩勒果隘中州。碧海吳風鏡面平，潮來忽作雪山傾」〔註260〕、王安石〈游洛迦山〉記「山勢欲壓海，禪宮向此開，魚龍腥不到，暫此拂塵埃」〔註261〕、趙孟頫〈游普陀〉書「縹緲雲飛海

〔註251〕《中國古代海洋詩歌選》，頁100。
〔註252〕《中國古代海洋詩歌選》，頁118～119。
〔註253〕《蘇東坡全集》上冊，頁124。
〔註254〕《蘇東坡全集》上冊，頁124。
〔註255〕《蘇東坡全集》下冊，頁23。
〔註256〕《中國古代海洋詩歌選》，頁166。
〔註257〕《中國古代海洋詩歌選》，頁159。
〔註258〕《蘇東坡全集》，頁51。
〔註259〕福建人民出版社主編：《媽祖文獻資料》（福州：福建人民出版社，1990年），頁3。
〔註260〕《中國古代海洋詩歌選》，頁95。
〔註261〕《中國古代海洋詩歌選》，頁101。

上山，挂帆三日上溹溪。兩宮福德齊千佛，一道恩光照百蠻」〔註262〕都是記載普陀島之景觀與對南海觀音之謳歌。

　　而宋元時期的傳奇小說家、雜劇家、道教與佛教宗教宣傳著述更爲海洋文學注入更多恢詭譎怪的樣貌。這些著述繼承了先秦誇誕玄奇的海洋神話傳說，與漢魏六朝志怪、志人的小說養分，及隋唐傳奇小說的意想設奇，而對海洋仙話、神話與海神信仰，有更爲廣博生動，並充滿神蹟奇能的新的書寫布局。徐鉉《稽神錄》、吳淑《江淮異人錄》、黃休復《茅亭客話》、張師正《括異志》、劉斧《青瑣高議》、趙令時《候鯖錄》、方勺《泊宅編》、曾敏行《獨醒雜志》、王明清《揮塵錄》與《投轄錄》、莊綽《雞肋篇》、郭彖《睽車志》、趙與時《賓退錄》、張邦基《墨莊漫錄》、周密《齊東野語》及《癸辛雜識》、陶宗儀《南村輟耕錄》等典籍不僅張皇神鬼奇異之事，道佛二教仙境、因果輪迴轉世之說，以及海洋志怪傳說，靈山洞府、神仙洞窟之理想世界的殊寫外，對海洋神靈與道教宗教、詭異荒誕色彩之演化，與敷衍方士仙人蓬萊仙境，以及由海中聖島仙境轉入「樓觀五色、重門閣道」的壺中世界，並進而幻化「丹樓瓊宇、神仙洞天」的理想世界。書寫家們更是醉心於那三山十島的營造，進而作爲其書寫荒誕詭幻的海上仙島之模本。劉斧《青瑣高議後集》之〈朱蛇記：李百善救蛇登第〉南海鱗長栖居的湖上龍宮，與李復言《續玄怪錄·李衛公靖行雨》山裡的龍宮地景，同是朱門大第、墻宇甚竣而紫閣臨空、砌甃寒玉的壺天好景。而又器皿金玉，水陸交錯，出清歌妙舞之姿，奏仙韶鈞天之樂的龍宮仙境。《青瑣高議後集》〈王榭：風濤飄入烏衣國〉的海島仙境，又如同《列子》海外理想國度——華胥國的世外桃源勝地。另外，趙令時《侯鯖錄》廣利王所在的「水精宮」、「靈虛殿」；趙與時《賓退錄》的「芙蓉城」、「靈芝宮」或玉華宮等海上的仙境傳奇，都成爲了宋人筆端下所津津樂道的海中蓬瀛勝境。尤其是那仙宮洞房，玉樓聳亭，仙風韻鈴的芙蓉城，充瑩著珠簾玉案、雲舒捲霞、天門飛靈而白日乘軿的海上滄溟中的極樂仙境。而張邦基《墨莊漫錄》所摹寫海外桃源眞境之天宮，所說「重樓復閣，翬飛雲外，非人力之所爲，瑞霧蔥蘢而已」的瓊樓玉宇之貌，建構了「群仙厭之，超然遠引鴻濛之外」之新的神聖而又縹緲無邊，人間天上永隔的蓬壺仙境。至於陶宗儀陳述海商誤入荒島之龍穴仙館，內有異寶奇珍，則猶如入海中神境。另外，「蓬萊仙境」的「方壺勝境」與「壺中天地」那從遠

〔註262〕《中國古代海洋詩歌選》，頁144。

海縹緲的蓬瀛三島地景，移植到人所不到而絕蹟勝境的名山幽谷穴洞，成為小說家們極力構築道徒靈山洞府的仙觀勝境，並繼續成為文人慕求高蹈遠引的名山真境。尤其歷代文人經營的仙境符碼常是「人跡不可到」、「非世間之音而餘韻不絕」的山中絕嶺、靈洞龍穴，或者是海外的奇島佳境，然在宋人卻好以人倫、慈愛、忠孝的儒家道德規範滲入於求仙的文本裡。本是蓬島瀛洲的佳境仙園，雖有儒家積極入世的精神，最終則又歸宿於「坐折壺中四季花」、「萬里蓬壺第一程」；「彈指紅塵二十年，歸來瀛海浩無邊」那種道家出世真門之中。至於帝王構築的宮苑仙境，又以宋徽宗的「艮嶽」最為瑰奇美幻。帝王雖能從神話中甦醒，卻也無法躲開神話的催眠而成為仙庭的囚徒；海上三神山不可遠涉以求，就只能於皇家宮苑築山建島、疊山理水，以企慕構建俗世人間的海上仙山瓊閣；或於方丈之室與一壺天地的小園谷林，以追慕仙蹤聖域。而《夷堅志》、《續夷堅志》、《括異志》、《睽車志》、《南村輟耕錄》記述海外瀛國怪聞，張揚與誇誕奇山異海中之殊方尤物；融攝了浪漫的海洋奇聞，書寫更多的怪國殊寶與未名之珍。而《揮塵錄》、《青箱雜記》、《萍州可談》、《鶴林玉露》、《春渚紀聞》、《中吳紀聞》、《老學庵筆記》、《桯史》、《樂郊私語》、《至正直記》等筆記雜說或說鏤耳貫胸、殊琛絕贐的海外諸國風情民俗，顯現文人對於遠邈瀛海、怪類殊種；珠翠奇寶、遠方異珍的集體意想與幻設，揭示儒家王化澤被的海國朝貢，譜寫海外奇國傳說的浪漫海洋元素。

在宋元時期佛教的海洋文學書寫史裡，有關小說、史傳、戲劇、行紀、佛經典籍中對於佛門僧侶的海洋觀書寫，除了踵繼隋唐五代致力於佛法海上的現奇表極，與顯瑞旌威的靈蹟外，更是在變化莫測的狂風巨濤，與泛海陵波的嶮惡海天裡，從事佛法的傳播活動，以及彼此緊密的政經文化交流。從海路西來的梵僧施護、循南海道求法之法遇、或橫渡滄溟、絕海洋、掛百丈、陵萬波、捨身忘軀來趨我唐的日僧奝然、寂照、誠尋、榮西、邵元，華僧無學祖元，或高麗僧義天等，莫不為滿足此種精神而橫海求法和東渡弘法。尤其當時渡海僧伽的佛教文化交流，不僅僅是佛教法脈事業的傳習流通，在國家政治經濟的交往方面，也都發揮了重要的影響力。當時期的高僧除為求法弘法巡禮之宗教任務外，更兼有為國主傳遞國書的政治使命。他們透過其與海洋的交緣過程，而所譜寫海路奇異的神蹟，不僅成就了這群高僧的求法夙願與歷史光環，更為中印、中日、中韓的佛教傳播史寫下了可歌可泣的海洋

傳奇。有關佛門海路庶奇異的神蹟載述：如元念常《佛祖歷代通載》、宋贊寧《高僧傳》、宋釋志磐《佛祖統紀》、《元史・釋老傳》、《宋史・天竺傳》、《宋史・外夷傳》、裡大量考索宋元二代僧侶的忘形徇道，委命弘法的海洋傳聞。另外諸多的海洋行紀如：《諸蕃志》、《嶺外代答》、《萍州可談》、《南海大德志》與關涉的小說雜劇：《夷堅志》、《楊文公談苑》、《太平廣記》、《太平御覽》、《春渚紀聞》、《鶴林玉露》、《吳船錄》、《雞肋篇》、《老學庵筆記》、《茅亭客話》、《至正直記》、《癸辛雜識》、《南村輟耕錄》、及佛經典籍等書記載佛像、佛經與佛僧旂瑞威靈而顯化大海，有超自然的神異力量與不可思議的法力奇蹟與宗教海洋神話的傳述。此時期不管是中日、中韓等之航海僧伽更是甘命懸一線之險，托身於萬里波濤而來到他鄉異土傳燈佛法，與持國信、充國使。另外，在與南海島國的外交擴展，僧伽也扮演著極為吃重的政治任務，足見當時的高僧，鼓舶洪溟，杖錫海上，以持國書奉使的政治任命相當的普及。尤其宋元小說家筆下的佛僧能入龍宮海藏，進水府閣堂，這種「揭海指路」，釋道融通的神通奇術，以及結合儒、釋、道三家的文學神話色彩，更使得「海洋」成為「儒道佛合一」的思想載域。藍海，對這些汪洋忘軀的佛教僧伽來說，它意味著海闊天空的無限可能，更是傳燈佛法的無限延伸。在此開闊性的大海國際觀下，海上的濤天白浪不僅難以淘盡這無數冒險鼓帆的僧伽，而是益加的彰顯他們乘風破浪、冒險犯難的海洋性格，使他們面對海洋而能輕舟揚帆，在洶湧的思想波濤中尋求佛法的聖界。

而宋元海洋神靈信仰的傳布，舉凡南海廣利王顯靈助國，與廣招天下財貨之利的記載；四海神的歷代封冕；或東海神和各種百怪海洋神靈的讖應變怪之說、詭譎異事，都充滿諧怪性的神話，而被載錄於《宋史》、《夷堅志》、《青瑣高議》、《稽神錄》、《洛中紀異》、《宋高僧傳》、《癸辛雜識》、《佛祖統紀》、《宣和奉使高麗圖經》、《元史》等筆記小說、史籍僧傳故事、海外行紀。而海龍王家族報恩於儒士的情節，不僅強化了道、儒二家的思想融合，也反映了宋代讀書人多以民間龍王的報恩信仰為書寫的題材。而以「海洋龍宮」為故事發展的場域，宋元小說家更是以妙趣橫生的筆觸，來書寫這海國龍宮與海中魚靈的傳神動態。從宋、元二朝帝王加封賜爵四海海神王，以及海神媽祖被敕封為靈惠協正善慶顯濟天妃、護國庇民廣濟福惠明著天妃後，海神遂成為此時期民間信仰神明之最靈者。另外，南海普陀觀音不僅在宋代筆記小說中攙雜了不少道教神仙的成分，更是被納入到道教神祇的體系中。

南海觀音也因此帶有濃厚的神仙道術與釋道的兼融，成為海上救苦救難的海洋神明。

小　結

　　從以上中國各朝代海洋文化與海洋文學的發展演變來看：在先秦時期先民先後透過對於海洋所特有的物理、化學及其變幻莫測、難以駕馭，和所蘊藏極為豐富的海洋資源、生物資源、礦物資源與海上交通、海洋水域、海洋空間等等自然屬性的了解，並利用石斧和有段石錛等工具，製造獨木舟、竹筏、木筏等行舟楫之便的跨海漂洋，發展海洋漁鹽之利等原始海洋活動文化。在隨著夏商周三代先民駕馭大海能力的提高，與航海技術的進步，日益拓展、演進出近岸水產養殖、製鹽、海洋捕撈、航運貿易等海洋經濟與海洋文化的交涉及互動。因而沿海地區的海洋資源（漁業、鹽業、珠貝採集）已成為朝貢中原王朝，並形成海洋地理的政治文化意識。透過對四海、海內的王土表述，中原天朝被形塑為政教德化的中心，建構出德被廣澤，四海之內而皆徠臣的王天下觀點。而那以沿海民族的原始自然海洋崇拜，與鳥類圖騰海神信仰而濫觴，再加上海上神山仙人傳播為主體，再飾以鄒衍陰陽五行之學與大九州海洋地理觀，並吸取黃老學與儒學的養分，蔓延為泛海蓬萊求仙，尋找不死之藥的方士濱海文化，進而成為先秦海洋神話、海洋傳說、海洋仙話的傳播沃壤。從《莊子》與《列子》鋪排的大壑、尾閭、沃焦、鯤鵬、巨鼇背負神山、任公子東海釣巨魚、北海若、姑射神人真人，以及《山海經》、《楚辭》、《呂氏春秋》和《淮南子》有關東夷南越吳楚等海國文化圖騰的崇拜，和海神原始信仰、遊乎四海之外而飲沆瀣、乘雲氣，含朝霞之長生神仙思想的傳承，並透過燕齊秦等陰陽五行之海上方士文化的洗禮和加工，這些海洋神話、海洋傳說及海神信仰遂為宗教神話發展的渠道，進而匯聚而成東方海上蓬萊仙系的發展場域。

　　而在秦漢魏晉六朝時期，海上絲路的開闢不僅帶來中國與海外國家的經貿交流，從而展開與島邦嶼國的外交邦誼，建立了中原天子受四海之圖籍，膺萬國之貢珍，內撫諸夏，外綏百蠻的太平景象外，在描述嶼邦異國之見聞，或對於四海王政的理想抒發，或對於山海資源的經濟論述，或對於海洋地貌型態和大海潮汐變化的看法，或對於海物水族及海洋景象的知性認識，

或對於風信季風與航海技術的掌握種種有關於海洋的思維主張與意想，揭示儒家王化澤被的海國朝貢，並廣泛地摹寫這些南海異域的珍貴方物，與地窮邊裔、怪類殊種的海國嶼島，及其海洋作爲天河星漢連通渠道的詼謔想像。而秦漢魏晉南北朝由於神仙方術家推崇老莊之學爲宗，道教產生並發展傳播迅速，神仙、長生之說伴隨遊仙思想氛圍浸潤時人，方士海洋神蹟仙事之說瀰漫。魏晉六朝蓬萊仙系的海洋世界，不僅承遞先秦兩漢海上仙境的虛幻譎奇，營造一個傾瀉百川、迴洑萬里的納水空間，與天琛水怪、海靈麟甲的神祕地景；更以海洋是超世長生的遊仙聖域，是水族海靈藏栖的瀟湘府庭，是道教神話志怪演述的無底巨壑。另外，透過這條商舶遠屆的航行海道，輸送了佛教舶來文化的東傳，進而法流中土震旦。佛教從南海海路傳入，不少佛教經典經義多涉海洋，而且佛教在海路入華的過程中又使許多佛經佛義及僧伽形象的海洋化，和許多海洋神蹟的顯化旂威，反映了當時佛教海洋文學的面貌。

在隋唐五代，海洋文化的開展隨著政治經濟利益的驅動，以及統治帝王政策取向採取的鼓勵與提倡下，由海上絲綢之路引生的海上貿易動能，逐漸形成「南海番舶，本以慕化而來，固在接以恩仁，使其感悅，以示綏懷」的諸蕃君長，遠慕望風，寶舶薦臻的經貿繁榮景象；以及梯航畢達，珠、香、象、犀、玳瑁，稀世之珍，溢於中國；海宇會同，九州殷富，鐻耳貫胸、殊琛絕贐之四夷遠服的海國盛世，揭示出儒家王化澤被的朝貢意識。

而就道佛二家融匯的蓬萊仙話文化來講，一股以先秦海洋神話傳說、海洋寓言、海神崇拜，加上濱海方士文化所融攝的大九州海洋觀、陰陽五行學、黃老學、讖緯神學，道教文化、游仙思潮和佛典龍王傳說影響而綿延不絕的海上蓬萊三神山的求仙文化，以其承遞演變的宗教面貌，蔓延於隋唐五代帝王與文人雅士的書寫視野中。這些著述繼承了先秦誇誕玄奇的海洋神話傳說，與漢魏六朝志怪、志人的小說養分，對海洋仙話與海神信仰，在描述鋪排及改造變動涉海故事而顯爲廣博生動，並充滿神蹟奇能。在張皇神鬼奇異之事，仙道佛界因果報應，輪迴轉世之說，以及海洋志怪傳說，靈山洞府、神仙洞窟等理想世界的書寫。小說家更醉心於那三山十島的營造，爲蓬萊仙境構述了眞仙靈境的海外蓬島，並擴大豐富了魏晉六朝的仙境格局。而唐人傳奇雜組，又多以文采及幻想爲異趣，在以蓬萊仙境爲構述的母題下，進而將水府、蛟宮、水晶宮等龍宮形象仙道化，用於指喻蓬瀛勝地，成爲傳奇小

說中的仙境題材。尤其是佛典中對於佛國淨土、天堂樂園與海底龍宮的構建，不僅啓發了隋唐傳奇小說中對於海底龍宮的書寫，並且使得道教的海上仙島與佛教的海底龍宮，融攝爲一處詭奇多幻的東方海洋仙境。

　　隋唐五代時期，中西高僧透過海道南渡滄溟、思尋聖跡、求法弘法者更是絡繹不絕。他們在來往於波詭雲譎的海天間，歷風濤、遇黑風、見大鯨，在九死一生的驚滔駭浪裡，將佛陀的教誨，將卷帙浩繁的佛教三藏，將縝密精細的佛學理論，輸入中國，譯爲漢文，進而讓中國的十方善信皈依與信奉，透過海洋以完成文化的移植和心靈的重建。在隋唐五代佛教的海洋求法及弘法史裡，有輕身殉法之賓，更有創僻荒途之高僧。他們或南涉洪溟、鼓舶鯨波、東渡滄濤，大演釋教，經黑海蛇山，莫不咸思聖跡，罄五體而歸禮；俱懷旋踵，報四恩以流望。從法顯、義淨、鑒眞、圓仁等高僧，莫不爲滿足此種精神而西行求法和東渡弘法。他們透過與海洋的交緣過程，及譜寫海路奇異的神蹟，不僅成就了這群高僧的求法夙願與歷史光環，也完備了僧伽在海南與海東的傳燈生命，更爲中印、中日、中韓的佛教傳播史寫下了可歌可泣的海洋傳奇。

　　宋元時期海洋觀的彰顯，隨著社會經濟繁榮，堅持海上開放政策，市舶司制度的強化，加上當時期航海技術的提高，與海圖、指南針的使用，促使海上絲綢之路的空前繁盛。尤其是南海航路交通上表現更爲突出，不僅與海外諸國來往更加頻繁，航線更長而航程縮短，而且對沿途國家地區的地理分布狀況，進出口貨物的品種和數量的增加，都有了全新的發展樣貌。當時期的海洋榮景已清楚地勾勒出慕王化、修職貢、互通市、殊庭異域相繼入華，以及海宇會同，九州殷富，鑱耳貫胸、殊琛絕贐之四夷自服的海國盛世，交織而成以海貿而發展的政經網絡的多元交流。

　　而就道佛儒三家思想參雜融匯的蓬萊仙話系統來講，從先秦海洋神話傳說、海神崇拜、海外眞人神人，加上濱海方士所融攝的大九州海洋觀、陰陽五行學、黃老學、讖緯學，道教文化、游仙思潮和佛典龍王傳說影響而綿延不絕的海上蓬萊三神山的求仙文化，也以其承遞演變的宗教面貌，依然蔓延於宋元帝王與文人雅士的書寫視野裡。不管是海上仙島、仙闕奇獸的地景，或是陸上桃源玄地、玉堂樓觀的方壺勝境，甚至是在皇家樓苑、士人園林，那種游觀侈靡、窮妙極妍的仙苑複建，都是如實地反映出人間心靈對海上蓬萊仙境的企羨。而宋元時期的傳奇小說家、道教與佛教宗教宣傳著述者更爲

演繹增奇，爲此時期的海洋文學注入更多恢詭譎怪的樣態。

至於宋元時期佛僧的海洋觀寫史裡，在海外交通的繁華下，更促進了佛門宗教的傳播。雖然北宋中期以後，華僧西行者漸少，這一方面固然與西域陸道所受的政治影響有關，另一方面則是由於印度佛教在發展過程中漸趨式微，而東傳之佛教卻已在中國生根茁壯、安穩落戶，佛教在經、律、論業已完整大備。宋代有部分華僧、西僧在回程及東來中土，皆是循著海路而行，他們不僅肩負持國信、充國使的政治使命外，也爲中印佛教的海洋交流史寫下許多譎異的傳奇。元代興起後，又以崇尚釋教爲最，許多的海外西域高僧不僅多爲帝師，其所流傳的海上旃奇感應事蹟，也呈現當時佛教徒的海洋文化思維。另外，此時期的中日佛教文化交流，雖不若唐代之頻密，然《大藏經》之傳入，宋禪宗的東渡，更是影響日本佛教文化甚鉅。這時期有不少的入宋僧、入元僧和入籍宋僧、入籍元僧的往來。此外，還有不少的宋僧泛海赴日，使佛教禪宗在日本的發展興起了重要的作用外，更對日本佛教界產生重大的影響力。北宋時期，高麗國曾出高價委託中國商人在杭州雕造夾注《華嚴經》；著名的僧人義天，在中國求法旅歷期間更購買佛經章疏三千餘卷，對中、韓的佛教文化交流作出具體貢獻。到了元代，由於日本商船來華頻繁，因而促使中日兩國僧侶交流密切。其中有不少的傑出傳燈之士與得道高僧，他們不僅在中國學習佛法，更把中國的儒學、詩詞、書法、繪畫、建築、印刷等先進文化傳入國內，促進日本文化與經濟上的深遠發展。這時期有關小說、史傳、行紀、佛經典籍中對於僧侶海洋觀的書寫，除了踵繼隋唐五代佛法海上的現奇表極，與顯瑞旃威的靈蹟外，更清楚記載僧侶在狂風巨濤，嶮惡的海天裡，從事佛法的播傳，以及爲國主傳遞國書的政治使命。

因此，從先秦至宋元時期在古典海洋文化與海洋文學的發展脈絡及走向，應可歸結出幾項海洋觀的論述面向：第一，以政經商貿朝貢，而顯中原王朝之宗主地位和政治威信，懷柔遠人及厚往薄來爲思維的儒家海洋觀；第二，以神話、仙話爲玄思而逐漸匯聚成流的蓬萊仙系的道家及道教海洋觀；第三，以海洋爲傳法布教、顯奇旃威之道場的佛教海洋觀。而作爲海洋文學一環的涉海小說，其在漫長的海洋文學歷史發展中，自然是深受這三大面向的浸潤與洗禮而有所遞變與承新。因而循此思路爲基點，以論述建構先秦迄元小說中之儒道佛海洋觀。

第二章　先秦漢魏六朝小說中的
儒家海洋觀

　　在闡述儒家的經典中，《尚書》、《詩經》、《禮記》、《左傳》、《國語》、《論語》、《孝經》、《爾雅》與《孟子》、《荀子》、《大戴禮記》及史籍中的《史記》、《漢書》、《後漢書》、《越絕書》、《吳越春秋》，或是兩漢雜說文集《說苑》、《新書》、《新序》《潛夫論》、《鹽鐵論》等，都有很多海洋神話傳說記載，或對於四海王政的理想抒發，種種有關於海洋的思維與意想，都先後地成為街談巷語、稗官野史的小說題材。而有關先秦兩漢時期小說中的儒家海洋觀點，我們不得不從談及儒家思想的經典中來考述「海洋」的意義。首先大多數的學者都會將孔門的海洋觀點投射在《論語‧公冶長》中孔子所言：「道不行，乘桴浮于海。」〔註1〕然而孔子為何會有世道衰微，不如乘桴出海的慨嘆之言？「海洋」的形象又如何成為儒學經典中的政經載體？孔子所說的「浮海地點」，又是指謂著哪裡的海洋？浮桴出海真是孔子對世道衰頹，仁道不行的最後選項？還是單純的看待孔子的暫時忘憂，而有浮桴海上的悠遊光景？抑是「仁者之樂」的幻現，背後卻有著道德興發的無量悲願？或者是孔子以禮壞樂崩，時無明君，而有「子欲居九夷」避世隱逸的乘桴出海？針對上述種種問題的疑惑，不妨溯源於先秦兩漢多部闡揚儒家的經典，以探求儒家整體海洋觀的演變原由，進而從先秦漢魏六朝的小說文本中，汲取出儒家在政治與經濟民生觀點下的外王事功之海洋思維。

〔註 1〕《論語注疏》，頁 42。

第一節　先秦兩漢儒家典籍文集中的海洋觀

　　《尚書》作爲儒家上古時期的政治教科書，[註2] 也蘊含了豐富的神話傳說，它對於「海洋」在政經上的影響觀點又是如何？《舜典》章中載述帝堯去世，百姓如同喪失父母，此後三年，「四海遏密八音。」這裡的「四海」，孔安國《傳》曰：「盛德恩化所及者遠。」孔穎達《疏》云：「四海之人蠻夷戎狄」[註3]，則「四海」應爲王權所及之疆土，與現實的海域世界毫無關涉。《大禹謨》章中載述「文命敷于四海，祗承于帝」，孔安國《傳》曰：「外布文德教命，內則敬承堯舜」；而孔穎達《疏》云：「四海舉其遠地，故《傳》以外內言之。」[註4] 則此「四海」喻爲聖王德澤廣被的四方遠地；又「皇天眷命，奄有四海爲天下君」，孔安國《疏》：「帝堯之德，聖而無所不通，神而微妙無方」[註5]，是以「四海」亦爲聖德教化所及之疆域；又「四海困窮，天祿永終」[註6]，「四海」在孔《疏》中的理解，亦是聖德教化所及之遠方。《益稷》所言：「予決九川距四海」，孔《傳》與孔《疏》皆言「通決九州名川通至四海」[註7]，是以禹疏通九州大川，而流入四海。這裡雖然沒有指謂四海何名，但是應該是泛指現實中的某一海洋水域（東海）。又「光天之下，至于海隅蒼生，萬邦黎獻」，孔《傳》言：「所及廣遠」，孔《疏》曰：「旁至四海之隅，皆是帝德所及」[註8]，這裡的「海隅」之義，同爲聖德教化所及之遠地；又「外薄四海，咸建五長」，孔《傳》言：「至海諸侯五國立賢者一人爲方伯，謂之五長」，孔《疏》曰：「及四海其間諸侯五國各立一長，迤相統領」[註9]，則此「四海」應指四方的邊遠部族，諸侯五國之地，是王疆的統御之地，也與現實的海洋水域無關。

〔註2〕《荀子・勸學篇》曰：「《書》者，政事之記也。」（〔清〕王先謙：《荀子集解》（台北：華正書局，1988.8 初版），頁7）；司馬遷《史記・太史公自序》言：「《書》記先王之事，故長於政。」（《史記會注考證》，頁1370。）依二者之述，則《尚書》應與政治的關聯性最爲密切。同時也可推知，它也應是當時貴族在政治養成教育上的教科書。

〔註3〕《尚書正義》，頁42。

〔註4〕《尚書正義》，頁52。

〔註5〕《尚書正義》，頁53。

〔註6〕《尚書正義》，頁56。

〔註7〕《尚書正義》，頁66。

〔註8〕《尚書正義》，頁70～71。

〔註9〕《尚書正義》，頁71。

　　《禹貢》可以堪稱為我國最早的地理文獻，也是記述大禹治水功績的歷史著作。其文對於「四海」及「海隅」的觀點，已開始發展認知現實的海洋地理，及思維海洋疆界的統御及海洋資源的利用和朝貢。首先在描述臨海疆域的青州云：「海岱惟青州，海濱廣斥」，孔安國《傳》的說法是：「東北距海，西南距岱」〔註10〕；徐州云：「海岱及淮惟徐州」，孔《傳》云：「東至海，北至岱，南及淮」〔註11〕；揚州：「淮海惟揚州」，孔《傳》云：「北揚淮，南距海」〔註12〕，可見《禹貢》對於濱海的疆域，已有初步的海洋王權統御上的地形觀念。其次對於各州的濱海生活風俗與海洋資源、貢品上的介紹：青州的「厥貢鹽絺，海物惟錯」〔註13〕，各種的海產品及以海鹽及細葛布為貢品；徐州的「淮夷蠙珠暨魚」〔註14〕，淮夷濱海地區出產的蚌珠和魚；揚州的「島夷卉服，厥篚織貝，厥貢惟金三品，沿于江海」〔註15〕，島夷一帶出產的細葛衣服，與織好的貝錦，與及沿著長江入海再進泗、淮的進貢動線。孔《傳》並且詳細的說明「南海島夷，草服葛越」〔註16〕，指謂著南海至葛越區域的服容習俗。其三，對於王權的統轄及禹治理天下之功的宣揚：「江漢朝宗于海」〔註17〕、「導黑水至于三危，入于南海」〔註18〕、「東漸于海，西被于流沙，朔南暨聲教，訖于四海。禹至玄圭，告厥成功」〔註19〕，「四海」成為王權統御極地的象徵、聲教德化廣被的王疆。同樣以政治道德的期望來詮釋「四海」，見諸於《國語‧周語下》：「伯禹……決汨九川，汨越九原，合通四海」〔註20〕與《史記‧夏本紀》：「四海會同，六府甚脩……以決九川致四海。」〔註21〕《君奭》又言：「我咸成文王功于不怠，丕冒，海隅日出，罔不率俾。」孔氏《傳》言：「成文王功于不懈怠，則德教大覆冒海隅日出之地，無不循化而使之。」孔穎達《疏》則言：「文王之功於事常不懈怠，則德教大覆四海之隅，至於日出

〔註10〕　《尚書正義》，頁 81。
〔註11〕　《尚書正義》，頁 81。
〔註12〕　《尚書正義》，頁 82。
〔註13〕　《尚書正義》，頁 81。
〔註14〕　《尚書正義》，頁 82。
〔註15〕　《尚書正義》，頁 83。
〔註16〕　《尚書正義》，頁 83。
〔註17〕　《尚書正義》，頁 83。
〔註18〕　《尚書正義》，頁 88。
〔註19〕　《尚書正義》，頁 93。
〔註20〕　《國語》，頁 46。
〔註21〕　《史記會注考證》，頁 48～50。

之處。其民無不循我化，可臣使也。」〔註22〕德教廣澤于日出海隅，這是王疆教化的邊界，也是日出于咸池的海洋盡頭。《立政》再言：「方行天下，至于海表，罔有不服。」孔氏《傳》的說法是：「四方海表蠻夷戎狄無不服化。」孔穎達《疏》則言：「四方謂之四海。海表謂夷狄戎蠻，無有不服化者。即《詩經・小雅》云：『蓼蕭澤及四海是也。』」〔註23〕這裡的「海表」還是一個政治上的名詞，是德治教化下的王疆潤澤之地，與真正的海洋水域無關。

從《尚書》中的《舜典》、《大禹謨》、《禹貢》各篇關涉于「海洋」的載述角度來看，「海」、「東海」、「南海」、「四海」不僅是政治上「溥天之下，莫非王土；率土之濱，莫非王臣」〔註24〕的王疆御土，更是中原王朝聖王德澤廣被極方教化的邊界；而在經濟上的海洋資源與濱海生態上的產物需求，也都附庸在「四夷來貢」、「江漢朝宗于海」的政治教化框架中。《尚書》裡的「海洋」，在朦朧的現實地理名詞中，成為被借喻為中原王朝德澤廣被與四夷來貢的政教國度。《大禹謨》載述：「德惟善政，政在養民，水火金木土穀惟修，正德利用厚生惟和。」所謂的養民之本在於修德而民懷之；正德而率下，利用以阜財，厚生以養「四海」之民的善政。〔註25〕

《詩經》同樣成為周朝貴族養成教育的教科書，孔子又以「小子何莫學夫《詩》！《詩》可以興，可以觀，可以群，可以怨。邇之事父，遠之事君。多識于鳥獸草木之名」〔註26〕，來說明「詩教」的功能與意涵。那麼在「詩教」的過程中，當時貴族對於「海洋」、「四海」的認知，所傳遞出來的意涵又是如何？《小雅・沔水》云：「沔彼流水，朝宗于海」，《鄭箋》云：「水流而入海，小就大也。喻諸侯朝天子亦猶是也」〔註27〕，水流入海的現象，成為政治教化上的朝宗王權。又《大雅・江漢》云：「于疆于理，至于南海」，《鄭箋》云：「召公於有叛戾之國，則往正其境，界脩其分理，周行四方至於南海，而功大成事」，而孔穎達《疏》以為：「至於南海九州之外，謂之四海；至於南海，則盡天子之境」〔註28〕這裡的「南海」應是指述為召公定淮夷，平叛

〔註22〕《尚書正義》，頁249。
〔註23〕《尚書正義》，頁265。
〔註24〕《毛詩正義》，頁444。
〔註25〕《尚書正義》，頁53。
〔註26〕《論語注疏》，頁156。
〔註27〕《毛詩正義》，頁375。
〔註28〕《毛詩正義》，頁656。

戾之國，而正其王命之界，是周天子王疆的代稱，與現實地理的南海水域無
涉。又《商頌・玄鳥》云：「邦畿千里，維民所止，肇域彼四海，四海來假」，
《鄭箋》云：「王畿千里之內，其民居安，乃後兆域正天下之經界」，孔穎達
《疏》云：「高宗爲政，先安畿內之民，後安四海之國，故四海諸侯莫不來至」
〔註29〕，則此「四海」爲界亦是王權、王疆的象徵，與現實地理的「四海」
水域無關。〔註30〕又《商頌・長發》云：「相土烈烈，海外有截」，《鄭箋》以
言：「相土居夏后之世，承契之業，入爲王官之伯，出長諸侯。其威武之盛烈
烈然，四海之外率服截爾整齊」，孔穎達《疏》說：「四海者不知所指何方，
故舉四海言之截然整齊，謂守其所職，不敢內侵外叛」〔註31〕，這裡指涉的
「海外」，當是相土爲王權鎮守的國疆邊界，是周天子政治地理上的邊界，與
現實地理的四海還是毫無關涉。

　　《詩經》的「海洋觀點」除了以鎮撫王疆，兆域正天下之經界的政教功
能外，在祭祀海洋神靈的儀典中，仍期望降福于社稷宗室。《周頌・賚》云：
「般巡守而祀四嶽河海」，孔穎達《疏》說：「武王既定天下，巡行諸侯所守
之土，祭祀四嶽河海之神，神饗其祭祀，降之福助。」〔註32〕海爲眾川所
歸，《禮記・學記》以載：「三王之祭川也，皆先河而後海，或源也，或委
也」〔註33〕；《淮南子・時則篇》也提及：「仲冬之月，天子衣黑衣，乘鐵
驪，服玄玉，建玄旗……乃命有司，祀四海大川名澤」〔註34〕，都是在表述
三王天子透過時令氣候，在祭川澤、祀海河的儀式中，以祈降福王疆治平，
天下安定。而《魯頌・有駜》云：「憬彼淮夷，來獻其琛，元龜、象齒，大賂
南金」，《鄭箋》言：「荊、揚之州貢金三品」〔註35〕，這應是濱海淮夷的進獻
物品，同樣有「四夷來貢」的政化意味。《魯頌・閟宮》言：「遂荒大東，至
于海邦，淮夷來同，莫不率從魯侯之功」，《鄭箋》言：「大東，極東海邦，近

〔註29〕　《毛詩正義》，頁794。
〔註30〕　曲金良主編的《中國海洋文化史長編：先秦秦漢篇》，頁 179 言：「四海爲四
　　　　　方有海的觀念。」商人是否有這樣的見解，頗值得商榷。以《詩經》之《周
　　　　　頌》、《魯頌》或《商頌》中的「四海」指述意涵來看，「四海」應是從「溥天
　　　　　之下，莫非王土」的政化角度上來思考。
〔註31〕　《毛詩正義》，頁801。
〔註32〕　《毛詩正義》，頁754。
〔註33〕　《禮記注疏》，頁656。
〔註34〕　《淮南子・時則訓》，頁147。
〔註35〕　《毛詩正義》，頁770。

海之國」，《孔疏》則說：「大東爲東至海，大東之至于海邦，爲極盡地之東」
〔註36〕，二者都說明了淮夷爲近海之邦，也是王權疆土的極東之地。《周禮·
職方氏》云：「職方氏以掌天下之地，辨其邦國都鄙，四夷，八蠻、七閩、九
貉、五戎、六狄」，《鄭氏注》言：「《爾雅》曰：『九夷、八蠻、六戎、五狄謂
之四海』」，然而賈公彥《疏》言：「《詩序》云：『蓼蕭澤及四海』，與《爾
雅》及《禮》皆不同。」〔註37〕對於戎夷五方之民的解釋，《禮記》對於四夷
則是載述：「東方曰夷，被髮文身；南方曰蠻，雕題交趾；西方曰戎，被法衣
皮；北骹曰狄，羽毛穴居」〔註38〕。根據上述幾部經籍的說法，「四海」指述
的應是夷、狄、戎、蠻，王權所及疆域的統稱，而「至于海邦，淮夷來同」
的夷，當是周人根據其周邊淮夷的居住方位，而有大東海邦的陳述，〔註39〕
這種夷、狄、戎、蠻四方部族的稱謂，也就是王權疆土的象徵；海洋在政
治地理上的指涉意義，已是道德教化上的期望，而遠遠大於那現實的地理
水域。

　　由《詩經》中的《小雅》、《大雅》、《商頌》、《周頌》、《魯頌》各篇關涉
于「四海」、「海外」、「海邦」及「祀海」的載述角度來看，當時貴族學《詩》
還是著眼在政治教化的功能，「海洋」是中原王權對四方諸侯的政教國度，是
「王疆」極東之地的抽象屏障，而那對模糊朦朧的現實海洋水域地理的祭祀
認知，與濱海之邦的海物朝貢，都是著眼於爲政治服務的海洋觀點。

　　《周禮·校人》曰：「校人掌王馬之政……田獵則帥驅逆之車，凡將事于
四海山川，則飾黃駒。」此中「四海」，鄭玄《注》語：「四海猶四方也。」
賈公彥《疏》言：「《釋》曰：『四海猶四方也者。王巡狩惟至方岳，不至四海
夷狄，故以四海爲四方。』」〔註40〕鄭、賈二氏已明白指謂四海即是四方山川，
未有對眞實海域的祭拜意義。故此四海，可喻四方之地，王道教化的極限晦
僻之處。〔註41〕

〔註36〕《毛詩正義》，頁782。
〔註37〕《周禮注疏》，頁498。
〔註38〕《禮記注疏》，頁248。
〔註39〕當時周朝東邊海邦的「夷」部落支族，是相當衆多的。《孟子·滕文公》云：
　　　　「周公伐奄三年討其君，驅飛廉于海隅而戮之，滅國者五十。」（《孟子注疏》，
　　　　頁117。）周公在山東半島沿海不僅討伐了爲數衆多的「東夷」部族，更擴展
　　　　其在東方海濱的王土疆域與統御勢力範圍。
〔註40〕《周禮注疏》，頁496。
〔註41〕有關上古儒家典籍中以述四海爲「四方山川，晦僻之地」，而非指眞實四方

　　《禮記》爲經天地，理人倫的儒家治國之要籍，其在政教的功能性中，對於海洋的觀點又是如何看待？《王制》篇云：「自東河至於東海千里而遙」，《鄭氏注》言：「徐州域」；又云「東不近東海，北不盡恒山，凡四海之內，斷長補短」，《孔疏》言「論四海之內地，遠近里數也」〔註42〕，則此「東海」、「四海」的指喻，與海洋水域無關，純然是王權政治地理的象徵。《樂記》篇云：「合父子之親，明長幼之序，以敬四海之內，天子如此，則禮行矣……四海之內合敬同愛」，《孔疏》的理解是：「天子若能使海內如此，則是禮道興行矣；其敬愛以行禮得所，故四海之內齊同其愛。」〔註43〕「四海」彰顯的意涵，完全融攝服膺於禮治教化的政治框架上，是天子統御天下王疆的極地海涯。《祭義》篇又云：「夫孝，置之而塞乎天地，溥之而橫乎四海，施諸後世而無朝夕。推而放諸東海……西海……南海……北海而準」，《孔疏》對於「訪諸四海而皆準」的解讀是：「孝道廣遠，而橫被於四海，至於四海能以爲法準。」〔註44〕這裡的「四海」顯然與海洋水域地理沒有關聯，純粹是聖王孝道廣被於溥天王土，是王權布此治道的抽象疆界。又《經解》篇言：「德配天地，兼利萬物，與日月並明，明照四海而不遺微小」，《孔疏》對於「明照四海」的解讀是：「天子亦能覆載生養之功，與天地相參齊等。」〔註45〕這種宣揚教化廣備，德澤四海的政治宣言，「四海」並沒有取得任何現實海域的指稱。《中庸》篇云：「舜其大孝，與德爲聖，人尊爲天子，富有四海之內，宗廟饗之，子孫保之」，《孔疏》直接點明出：「明中庸之德，故能富有天下。」〔註46〕據此「四海之內」的解讀，則又以王權象徵統御的「天下」名之。《孟子・梁惠王》篇所說的：「推恩足以保四海，不推恩無以保妻子」，《趙岐注》言：「大有爲之君也，善推其心所好惡，以安四海。」〔註47〕《梁惠王篇》裡的「推恩保四海」，簡單講就是推行王道仁政，才能保有統治疆土，「四海」就是王權的政治國度。《韓非子・六反》云：「桀貴在天子而不足於尊，富有四海之

　　　海域；且《史記・封禪書》所言「雍有四海之廟屬」，亦是四方之謂，並非臨
　　　海立廟的論述，請參見王三慶：〈四海龍王在民間通俗文學上之地位〉，頁
　　　332。
〔註42〕《禮記注疏》，頁267～268。
〔註43〕《禮記注疏》，頁668。
〔註44〕《禮記注疏》，頁822。
〔註45〕《禮記注疏》，頁846。
〔註46〕《禮記注疏》，頁885。
〔註47〕《孟子注疏》，頁23。

內而不足於寶」〔註48〕，這些王權性字眼極強的「四海」，都與「富有四海」的「四海」在政治教化向度上的意涵是等同的。

《春秋左氏傳》裡的海洋觀點是否有提供別於德治政教功能的認知思維？《左傳・僖公四年》載：「楚子使與師言曰：『君處北海，寡人處南海，唯是風馬牛不相及也』」，《杜注》云：「楚界猶未至南海，因齊處北海……以取喻」，《孔疏》言：「《襄十三年》稱楚子囊述共王之德，撫有蠻夷，奄征南海。唯言征南海，其竟未必至南海。」〔註49〕魯僖公四年（西元前656），中原伯主齊桓公帶領諸侯國，侵蔡伐楚，楚成王派遣使者到諸侯軍所陳述的「南海」、「北海」，晉人杜預的看法為南、北方域，而與現實海域無關。唐人孔穎達引述《左傳・襄公十三年》楚令尹子囊追述楚共王「撫有蠻夷，奄征南海，以屬諸夏」的功蹟，其對楚竟未必至「南海」的界義，也是從方域上的解釋角度。換言之，北海與南海都只是齊、楚疆域所在的方位指喻，與現實的海洋水域無關。又《僖公四年》管仲對楚使的一番答話：「昔召康王命我先君大公……夾輔周室，賜我先君履，東至于海，西至于河」，《孔疏》的說法是：「東至于海，當盡樂安，北海之東界也。」〔註50〕管仲以「師出有名」，不僅搬出當年齊先君姜太公受命於召康公之夾輔王室，甚至賜給東至於海、西至于河、南到穆陵、北到無棣的征伐地區；更以數落楚共王沒有交納進貢用於祭祀的包茅，而大舉揮軍南下。這裡的「東至于海」，孔穎達已指謂齊國當年疆土已拓展到近海一帶，有初步的海洋地理概念。同年又載述：「陳轅濤塗謂鄭申侯曰：『觀兵于東夷，循海而歸，其可也』」，《杜注》言：「東夷，鄰莒、徐夷也。觀兵，示威。」〔註51〕齊桓公南征一趟，軍糧所費不貲，陳、鄭為諸侯小國，除了軍賦上的負擔外，還得支付大軍沿途所經的額外費用，陳轅濤塗希望諸侯聯軍不要從陳、鄭之間通過，改由東方海路而北歸。這種小國供其「資糧扉屨」的龐大負擔，確實是轅濤塗的肺腑之言，而有走海境，觀兵於徐、莒等東部小國，「沿海而歸」的商議。轅濤塗所說的「循海」，很清楚的說明以主力為齊國的諸侯聯軍，可以沿著東方海邊回國，這在當時顯然是可走的沿海行軍路線。

又《襄公二十九年》記載：「吳公子札來聘，觀於周樂……為之歌齊曰：

〔註48〕《韓非子集解》，頁655。
〔註49〕《春秋左傳正義》，頁201。
〔註50〕《春秋左傳正義》，頁202。
〔註51〕《春秋左傳正義》，頁203。

『泱泱乎，大國也哉！表東海者，其大公乎！國未量也』」，《杜注》云：「大公封齊爲東海之表式。」〔註52〕對於「東海」的地理表述，《史記・齊太公世家》清楚地記載齊國居東海之水域，以及近海地理的土地資源：「太公望，東海上人……隱海濱……通商工之業，便魚鹽之利……管仲設輕重魚鹽之利……太史公曰：『吾適齊，自泰山屬之琅邪，北被于海，膏壤二千里』」〔註53〕。又《左傳・昭公三年》、《昭公二十年》記載晏嬰憂心齊景公在山海資源價格上的操縱與壓榨百姓，形成「公聚朽蠹，而三老凍餒；屨賤踴貴，民人痛疾」的政治亂局：「公棄其民，而歸於陳氏……以家量貸，而以公量收之。山木如市，弗家於山；魚、鹽、蜃、蛤，弗加於海」〔註54〕。針對齊景公橫逆於民的措施，《韓非子・外儲說右上》也載述晏子對景公的規諫：「景公與晏子游于少海，登伯寢之臺而還望其國……晏子對曰：『市木之價，不加貴於山澤之。魚鹽龜鱉贏蚌，不加貴于海，君重斂，而田成氏厚施。』」〔註55〕又以勸諭齊景公放寬政令，減輕賦稅與山海之利與民共享的德化政潤：「澤之萑蒲，舟鮫守之；海之鹽、蜃，祈望守之……君修德……使有司寬政，去禁、已責。」《杜注》言：「祈望等皆官名，言公專守山澤之利，不與民共」，而《孔疏》的詮釋是：「海是水之大神，有時祈望祭之，因以祈望爲主海之官……公立此官，使之守掌，專山澤之利，不與民共。」〔註56〕齊從太公以來，管理沿海魚、鹽、龜、鱉、蜃、蚌之利，一直都是國家財政稅收的重要來源，難怪管仲會說：「君有山海之金」〔註57〕，強調齊國以臨海而擁有的豐厚資源。晏嬰對齊景公的直諫：「君若有德，則上下無怨」，說明了魚鹽之利在國家壟斷，與君王暴征私稅所引來的民怨，而要景公去禁、薄斂、已責。海洋資源的管理要道，還是要以德化治國爲本。《國語・齊語》裡提到管仲回答桓公有關西伐與北伐的地理戰略要術說：「使海於有蔽，渠弭於有渚，環山於有牢……正封疆而征之……海濱諸侯莫敢不來服」〔註58〕，而對於桓公稱伯于諸侯的經濟策略是「通齊國之魚鹽于東萊。」〔註59〕《管子・

〔註52〕《春秋左傳正義》，頁669。
〔註53〕《史記會注考證》，頁549～564。
〔註54〕《春秋左傳正義》，頁722。
〔註55〕《韓非子集解》，頁485～486。
〔註56〕《春秋左傳正義》，頁857～858。
〔註57〕《管子讀本》，頁842。
〔註58〕《國語》，頁112。
〔註59〕《國語》，頁114。

海王篇》中，桓公詢問管仲何以治國理財，管仲言：「官山海爲可……海王之國，謹正鹽筴……負海之國鸋鹽于吾國」〔註60〕，都說明了齊國在政治與經濟上，對於濱海魚鹽之利的開發與治理要道。《左傳》載述齊國處於濱海地形與海洋資源的管理，大體上與《大禹謨》都是落實在「正德、利用、厚生」的海政觀點，也是儒家所謂的「經世濟民」的外王思想。

在政治海洋的觀點下，《左傳》也記述諸侯國之間的「海戰」場景。《襄公二十四年》云：「夏，楚子爲舟師以伐吳，不爲軍政，無功而還」，《杜注》言：「舟師，水軍。」又《左傳‧哀公十一年》，吳、齊兩國的海戰，已是規模性的決勝戰役：

> 齊人弒悼公，赴于師。吳子三日哭于軍門之外。徐承帥舟師將自海入齊，齊人敗之，吳師乃還。〔註61〕

公元前 485 年的吳、齊海戰，司馬遷在《吳太伯世家》及《齊太公世家》載述著當時的歷史場景：

> 齊鮑氏弒齊悼公。吳王聞之，哭于軍門外三日，乃從海上攻齊，齊人敗吳。吳王乃引兵歸。〔註62〕

> 四年，吳、魯伐齊南方，鮑子弒悼公，赴于吳。吳王夫差哭于軍門外三日，將從海入討齊。齊人敗吳，吳師乃去。〔註63〕

吳、齊的海上戰爭，純然都是伯主爭盟下的產物。《左傳‧哀公十三年》更記載著：「冬，吳及越平」，杜預的《注》云：「終伍員之言。」〔註64〕吳王夫差連年征伐齊國，耗損國力；內政上又不聽子胥之諫以滅越，終於演變句踐踏城姑蘇，兵滅吳國。〔註65〕《左傳》雖然沒有記載海上與江上的整體戰役始末，但是在《國語‧吳語》卻記載范蠡與舌庸兩位大夫，率領越軍沿海逆淮水北上，切斷吳軍的退路。而句踐也在長江上襲擊吳國，進入吳都姑蘇，掠奪吳王的大船，二國舟戰，越師滅吳：

〔註60〕《管子讀本》，頁 837～841。
〔註61〕《春秋左傳正義》，頁 1015。
〔註62〕《史記會注考證》，頁 547。
〔註63〕《史記會注考證》，頁 562。
〔註64〕《春秋左傳正義》，頁 1029。
〔註65〕《國語‧吳語》言：「吳王還自伐齊……齊之受服……申胥釋劍而對曰：『今王播棄黎老……員不忍稱疾辟易，以見王之親爲越之擒也。員請先死。』……將死曰：『以懸吾目于東門，以見越之入，吳國之亡也。』王慍曰：『孤不使大夫得有見也。』乃使取申胥之尸，盛以鴟鵜，而投之于江。」頁 281。

於是越王句踐乃命范蠡、舌庸，率師沿海泝淮，以絕吳路。越王率
中軍泝江以襲吳，入其郛，焚其姑蘇，徒其大舟……舟戰于江，越
師遂入吳國。〔註66〕

越軍所採取的兩路夾攻，包含了以范蠡、徐承的泝海戰略；吳、越二國的決
勝關鍵更在於雙方舟師的精窳。《左傳·哀公二十二年》接著記載：「越滅
吳，請使吳王，居甬東」，《杜注》云：「甬東，越地，會稽句章縣東海中洲
也。」句踐以東海中的小島，做為吳王夫差的囚禁之地；夫差以「孤老矣，焉
能事君，乃縊」〔註67〕，寧死而不肯受辱。〔註68〕《國語·吳語》也云：「寡
人其達王于甬句東，夫婦三百，唯王所安」，《韋注》：「句章，東海口外洲
也。」〔註69〕吳、越二國濱予海，《國語·越語》載述范蠡對吳使求和而說：
「昔吾先君固周室之不成子也，故濱於東海之陂，黿鼉魚鱉之與處」〔註70〕，
《越絕卷第八·越絕外傳記地傳第十》言越國疆界：「無餘初封大越……千有
餘歲而至句踐，句踐徒治山北，引屬東海，內外越別封削焉」〔註71〕。而《國
語·吳語》載述晉大夫董褐對吳王夫差的陳說：「今君掩王東海」〔註72〕、
《越絕書卷第七·越絕內傳陳成恒第九》透過子貢所說吳王霸業：「今君存越
勿毀，親四鄰以仁……溢忽負海，必率九夷而朝，王業成。」〔註73〕就當時
吳、越疆界濱海的地理，句踐很能體會當年囚禁吳地的苦痛，《越絕卷第七·
越絕內傳陳成恒第九》句踐自言：「孤與吳人戰，軍敗身辱，遯逃出走，比
棲會稽山，下守溟海，唯魚鱉是見」〔註74〕，這種守溟海，唯見魚鱉的身心
煎熬，與「東海役臣句踐」〔註75〕的恥辱，自然想還報於夫差，而有囚禁于

〔註66〕　《國語·吳語》，頁282～290。
〔註67〕　《春秋左傳正義》，頁1049。
〔註68〕　《史記·越王句踐世家》云：「句踐使人謂吳王曰：『吾置王甬東，君百家。』
　　　　　吳王謝曰：『吾老矣，不能事君王，遂自殺。』乃蔽其面曰：『吾無面以見子
　　　　　胥也。』」（《史記會注考證》，頁668。）
〔註69〕　《國語·吳語》，頁。韋昭《注》所言「甬東」地理，與杜預的說法一致，是
　　　　　為東海中洲也。
〔註70〕　《國語·越語下》，頁304。
〔註71〕　《越絕書校注稿本》，頁111。
〔註72〕　《國語·吳語》，頁284。
〔註73〕　《越絕書校注稿本》，頁101。
〔註74〕　《越絕書校注稿本》，頁103。亦見〔東漢〕趙曄撰：《吳越春秋·夫差內傳第
　　　　　五》（台北：世界書局，1980.3再版），頁130。
〔註75〕　《越絕書校注稿本》，頁106。

東海甬東洲島的想法〔註76〕。有關於以海島、海濱作爲囚禁戰敗國君的紀錄，更早見於《左傳・宣公十二年》楚莊王圍鄭克之，鄭襄公肉袒牽羊請罪的載述：

> 十二年春，楚子圍鄭……鄭伯肉袒牽羊以逆，曰：「孤不天，不能事君，使君懷怒以及敝邑，孤之罪也！敢不唯命是聽？其俘諸江南，以實海濱，亦唯命。」〔註77〕

雖然楚莊王可以吞併鄭國，流放鄭襄公於海濱，然而考慮楚、晉、鄭三國的整體情勢，最終還是與鄭國講和，保全其宗廟社稷。

再從《左傳》有關吳、越、齊等三個諸侯國的海戰紀錄上來看，舟師船隊的建造訓練，與統帥指揮的浮海經驗，甚爲重要。《越絕卷第二・越絕外傳記吳地傳第三》記載吳王闔廬以「欐溪城者，闔廬所置船宮也」〔註78〕，而《越絕卷第八・越絕外傳記地傳第十》亦載：「舟室者，句踐船宮也」〔註79〕，充分說明了當時吳、越兩國造船機構與所在地點。《越絕卷第八・越絕外傳記地傳第十》〔註80〕又言：「句踐伐吳，霸關東……以望東海，死士八千人，戈船三百艘」〔註81〕，顯示越國盛大的舟師兵力。而《左傳・哀公十一年》：「徐承帥舟師將自海入齊，齊人敗之」，當時齊、吳海上的舟師，也都具有相當的海戰實力。《史記・吳太伯世家》就記載齊、吳兩國的海上操戈：「齊鮑氏弒齊悼公。吳王聞之，哭於軍門外三日。乃從海上攻齊。齊人敗吳，吳王乃引兵歸。」〔註82〕而在《國語・吳語》也記載范蠡與舌庸兩位大夫，率領越國海師沿海逆淮水北上，切斷吳軍的退路，〔註83〕展現了統帥指揮的浮海知

〔註76〕 海上洲島作爲放逐帝王思過的場所，亦見《史記・田敬仲完世家》的齊康公。其云：「康公貸立十四年，淫於酒、婦人，不聽政，太公乃遷康公於海上，食一城，以奉其先祀。」而《淮南子・人間訓》也提到衛出公差點遭到吳王夫差將其流放到海上：「昔者，衛君朝于吳，吳王囚之，欲流之於海。」（《淮南子》，頁269）。

〔註77〕 《春秋左傳正義》，頁388～389。

〔註78〕 《越絕書校注稿本》，頁41。

〔註79〕 《越絕書校注稿本》，頁122。

〔註80〕 《越絕書校注稿本》，頁111。

〔註81〕 《越絕書校注稿本》，頁111。

〔註82〕 《史記會注考證》，頁547。

〔註83〕 有關《國語・吳語》載范蠡等以沿海逆淮北上的戰術，《吳越春秋・夫差內傳第五》曰：「吳王不聽太子之諫，遂北伐齊。越王聞吳王伐齊，使范蠡、洩庸率師屯海通江，以絕吳路，敗太子友於姑熊夷。」（頁157。）

能。尤其范蠡知曉「大名之下，難以久居」，辭句踐封上將軍之職，而「與其私徒屬乘舟浮海以行……蠡浮海出齊，自謂鴟夷子皮，耕于海畔，致產數千萬。」〔註84〕對於范蠡的浮海技能，隱耕海畔，《越絕卷第十三‧越絕外傳枕中第十六》也云：「范子已告越王，立志入海。」〔註85〕

　　在《左傳‧僖公四年》、《襄公十三年》、《襄公二十四年》《襄公二十九年》、《昭公二十年》、《哀公十一年》、《哀公十三年》與《哀公二十二年》裡的海洋書寫觀點，呈現出幾個不同的面向。其一、是方域與疆域上的代稱。其二、在海洋地理與海洋資源上的管理，融攝了政治德化的思維。其三、海濱州島已成為流放戰敗國君的場域。其四、東海濱海疆土上的地理指涉。其五、海洋戰爭中的舟師建造與兵力的浮海訓練，在春秋時期對於齊、吳、越這些濱海的諸侯國，已具規模性的重點國防。換言之，《左傳》呈現出的海洋視角，雖未完全脫離儒家經典譜系中德澤廣被的「王土」海洋教化觀念，卻已觸及了現實海洋地理的義涵，開啓儒家「正德、利用、厚生」的經世致用思想。

　　先秦兩漢儒家經籍中的海洋觀，不外是政治教化下的王疆視野，與四夷稱臣來貢的經世主張。現實的海洋地理概念，完全被收編於嚴肅的政治地理之中，四海不僅為中原天子延伸其德治威儀的極處，更是「四夷朝貢」的經世國度。「道不行，乘桴浮于海」，出自於孔子海洋思維的陳述，又是如何的解釋？何晏《集解》云：「馬融曰：『桴編竹木，大者曰栰，小者曰桴。』」邢昺《疏》的解讀是「仲尼患中國不能行己之道……即欲乘其桴栰，浮渡于海，而居九夷……歎世無道耳，非實即欲浮海也。」〔註86〕邢昺對於諸侯國不能行孔子善道的看法有二：其一、浮海而出，以居九夷。其二、只是慨歎之詞，沒有浮海而出的行動。針對第一點的指述，《子罕篇》言：「子欲居九夷，或曰：『陋如之何？』子曰：『君子居之，何陋之有？』」何晏《集解》云：「馬融曰：『九夷，東方之夷有九種，君子所居則化。」邢昺《疏》的解讀是：「孔子以時無明君，故欲居東夷，君子所居則化，使有禮義。」〔註87〕

〔註84〕　《史記會注考證》，頁671。
〔註85〕　《越絕書校注稿本》，頁172。
〔註86〕　《論語注疏》，頁42。
〔註87〕　《論語注疏》，頁79。該頁宋邢昺《疏》：「《注》馬曰：『九夷，東方之夷有九種。』《正義》曰：『案《東夷傳》云夷有九種。曰畎夷、于夷、方夷……又一曰玄菟、二曰樂浪、三曰高麗、四曰滿飾、五曰鳧臾、六曰索家、七曰東

何、邢二氏以「東夷」等九夷之邦，爲孔子桴海的理想國度，雖然是僻陋無禮，孔子仍然樂觀的認爲行禮義可以化民。「九夷」假使成爲孔子浮海的夷邦，《爾雅·釋地》又以「四海」爲「九夷、八狄、七戎、六蠻」，而郭璞《注》：「九夷在東」〔註88〕，以魯國所在的疆域方位來看，孔子欲居的「九夷」之邦，應是在濱海的夷族。第二個問題是孔子以當時禮壞樂崩的中國沒有明君，其善道無法用世，「桴浮出海」純然是興味十足的喟歎，並沒有付諸實行的可能。觀諸有關當時歷史經籍的載錄，也未見孔子桴浮于海的任何資訊與動態〔註89〕。因此第一個問題根本無法成立，「桴浮于海而欲居九夷」，只是孔子心中浮現的一個理想。〔註90〕《後漢書·東夷列傳》亦載：「《王制》

屠、八曰倭人、九曰天鄙。』」則九夷爲孔子浮桴出海的夷邦。

〔註88〕 《爾雅疏》，頁113。

〔註89〕 《太平御覽·羽族部九鶿》，頁4222引〔北魏〕崔鴻著：《十六國春秋》曰：「昔魯人有浮海而失津者，至于澶洲，見仲尼及七十子遊於海中。與魯人一木杖，令閉目乘之，使歸，告魯侯築城以備寇。」崔鴻以孔門師徒浮海於澶洲，並與魯人龍杖，以歸告魯侯備寇的情節，有如海客叢談般的傳述。《全後漢文》，頁227班彪〈覽海賦〉云：「覽滄海之茫茫，悟仲尼之乘桴，聊從容而遂行」等句來看，班彪所說的孔子浮桴出海，亦是一種高蹈遠引的興會想像。另外清人郝懿行《山海經箋疏》解釋《海外東經》之「君子國在其北，衣冠帶劍，食獸，其人好讓不爭」條文云：「《說文》云『東夷從大，夷俗仁，仁者壽，有君子不死之國。孔子曰：道不行，欲之九夷，乘桴浮於海，有以也。』」（袁珂著：《中國神話傳說》（台北：里仁書局，2009.2初版四刷），頁526），也是引敘許慎的推測，而不能肯定孔子有浮海之說。至於道之不行，國家衰亂，權臣腐政，而有遠引浮海，避世之行者，則見《後漢書·姜肱傳》：「中常侍曹節等專執政事，新誅太傅陳蕃、大將軍竇武，欲借寵賢德，以釋眾望，乃白徵肱爲太守。肱得詔，乃私告其友曰：『吾以虛獲實，遂藉聲價，明明在上，猶當固其本志，況今政在閹豎，夫何爲哉？』乃隱身遯命，遠浮海濱」（《後漢書》，頁1750。）和應劭的《風俗通義》：「靈帝踐祚，太后臨朝……起姜肱爲太守，著東海相……肱遂乘桴浮海，莫知所極。」（王利器校注：《風俗通義校注·十反篇》（台北：明文書局，1988.3再版），頁247。）

〔註90〕 《漢書·地理志》云：「東夷天性柔順，異於三方之外。故孔子悼道不行，設浮於海，欲居九夷，有以也夫。」班固以孔子「桴浮于海」及「欲居九夷」二事相參證，以爲浮海的地點是齊國的東部大海。而顏師古《注》曰：「《論語》稱孔子曰：『道不行，乘桴浮於海，從我者其由與！』言欲乘桴筏而適東夷，以其國有仁賢之化，可以行道也。」（《漢書》，頁1658。）班固與顏師古對於「浮海而歎」的解述，都以爲孔子欲居仁賢之化的齊國東部臨海的九夷之地。至於孔子是否眞的有桴浮出海的問題，則均未提及。另外，王孝廉：《中國神話世界下編·仙鄉傳說——仙山與歸墟的信仰》，頁111，則從神話書寫的視角看待：「陶淵明要在現實世界中尋找仙鄉（《桃花源記》所載），而又因

云：『東方曰夷。』夷者，柢也，言仁而好生，萬物柢地而出。故天性柔順，易以道御，至有君子、不死之國焉。夷有九種：曰畎夷、于夷、方夷、黃夷、白夷、赤夷、玄夷、風夷、陽夷，故孔子欲居九夷也」〔註91〕，更是說明九夷之民仁而好生，易以道御的民族淳風本性。然而這個世衰道微，善道不行，在隱逸思維下的意想夷邦，正是孔子極欲建構的君子之道，仁賢之化的海外樂土。

　　「乘桴浮于海」的前提是「道不行」，而孔子感歎的世無道，應是一個明君不在、王道衰微、禮壞樂崩的時局。然而孔子又是如何來看待「道不行」這個問題？它是否隱含了孔子在政治道德上的期望落空？因而有桴浮于海的感歎！《論語‧微子》載：「少師陽擊磬襄入于海。」何晏《集解》云：「孔曰：『魯哀公時，禮壞樂崩，樂人皆去。陽、襄皆名。』」邢昺《疏》是這樣的解讀：「大師至於海……少師陽擊、磬襄入于海者。陽、襄皆名，二人入居于海內也。」〔註92〕何晏、邢昺的看法，似乎可以理解禮壞樂崩、世道衰微的東周時期，入海避亂已成爲當時大師的不二選擇〔註93〕。然而孔子是處在一個「河不清、海無晏」的政治動盪，王道崩盤、明君隱沒的時代風潮中，他卻未曾付諸浮海的行動。以國君無道，世道衰微而暫時選擇隱於海濱的史例，早在商末就已開始。《孟子‧離婁章句上》載：「伯夷辟紂居北海之濱……太公辟紂居東海之濱。」趙岐《注》言：「伯夷讓國遭紂之世，辟之，隱遁北海之濱，聞文王起興王道……太公呂望，也亦辟紂世，隱居東海，聞西伯養老往歸文王。」孫奭《疏》的解釋是：「伯夷辟紂而逃遁於北海之畔……太公辟紂之亂而辟居於東海之畔……或云處士隱海濱。」〔註94〕伯夷、太公辟世亂

　　爲理想受挫而產生的隱逸思想，應該是與孔子的『道不行，乘浮桴於海』的儒家隱逸思想更接近的。」如果說陶潛要將《桃花源記》的仙境傳說落實到人文世界上，那麼孔子的欲居九夷，道不行而欲乘浮桴出海的想法，應該也是孔子對現實世界失望下，在心中意許而嚮往的海外邦國。

〔註91〕　《後漢書》，頁2807。

〔註92〕　《論語注疏》，頁167。

〔註93〕　《史記‧越王句踐世家》載范蠡以浮海而出，來擺脫「狡兔死而走狗烹」的政治厄運。其云：「蠡以大名之下，難以久居……乃裝其輕寶珠玉，與其私徒屬，乘舟浮海以行……浮海出齊，耕于海畔。」（《史記會注考證》，頁671。）而《史記‧田儋列傳》也載：「漢滅項籍，漢王立爲皇帝，以彭越爲梁王。田橫懼誅，而與其徒屬五百餘人入海，居島中。」（《史記會注考證》，頁1082。）田橫亦與五百餘人的慕義賓客避居海中，以抗漢王。

〔註94〕　《孟子注疏》，頁133。

而隱於海畔，是否提供給孔子「桴浮於海」的願景呢？〔註95〕《憲問篇》言：
「子曰：『賢者辟世，其次辟地，其次辟色，其次辟言。』子曰：『作者七人
矣。』」何晏《集解》言：「孔（安國）曰：『世主莫得而臣』、馬（融）曰：『去
亂國，適治邦』、孔（安國）曰：『色斯舉矣』、『有惡言乃去』、包（咸）曰：
『七人謂長沮、桀溺、丈人、石門、荷蕢、儀封人、楚狂接輿。』」邢昺《疏》
的解釋是：「自古隱逸賢者之行也。辟世者，謂天地閉則賢人隱。高蹈塵外，
枕流漱石，天子諸侯莫得而臣；辟地者，未能高棲絕世，但擇地而處，去亂
國，適治邦。」〔註96〕辟世與辟地的「高蹈塵外，枕流漱石」及「去亂國，
適治邦」，都充分地說明賢者處在亂世下的行動選項。然而海濱水涯與山巔塵
外的高蹈隱志，不就是「桴浮出海」，「欲居九夷」的最高思維嗎！然而孔子
為何只有企羨孺慕之思，而沒有長沮桀溺之流的「辟世」、「辟地」的舉動？
《泰伯篇》載：「天下有道則見，無道則隱。」邢昺《疏》有極精到的見解：
「值明君則當出仕，遇闇主則當隱遯邦。」〔註97〕魯哀公時，正是禮壞樂崩，
王權崩落，諸侯專恣的亂世，孔子感嘆於時無明君，「桴浮于海」、「欲居九夷」
的跡隱遯邦，正是揮別闇主亂局的去向選項。同樣相同的論述，見之於《衛
靈公篇》：「君子哉！蘧伯玉。邦有道則仕，邦無道則可卷而懷之。」邢昺《疏》
的見解是：「國若有道，則肆其聰明而在仕也；國若無道，則韜光晦知，不與
時政。」〔註98〕「君子哉」的蘧伯玉，在邦有道「則仕」，邦無道則「韜光晦
知、高蹈塵外而不與時政」的應對進退中，得到孔子的贊許。然而我們要問
的是：處在於「無道」、「道不行」的城邦國度，君子正確的處理動向應是如
何？孔子所意許的最高作為是什麼呢？《公冶長篇》裡：「子謂：『南容，邦
有道不廢，邦無道免于刑戮，以其兄之子妻之。』」邢昺《疏》的見解是：「邦
國無道，則必危行言遜，以脫免於刑罰戮辱也。」〔註99〕同篇又載：「子曰：
『甯武子，邦有道則知，邦無道則愚。其知可及也，其愚不可及也。』」邢昺
《疏》的理解是：「邦無道則韜藏其知，而佯愚。」〔註100〕而在《憲問篇》亦

〔註95〕 《韓非子集解・外儲說右上》，頁 492 云：「太公望東封於齊，齊東海上有賢
　　　　者狂矞。」可見在亂世中選擇「辟世」、「辟地」，而隱逸于東海之上的賢者狂
　　　　矞，應該不在少數。
〔註96〕 《論語注疏》，頁 129～130。
〔註97〕 《論語注疏》，頁 72。
〔註98〕 《論語注疏》，頁 138。
〔註99〕 《論語注疏》，頁 41。
〔註100〕 《論語注疏》，頁 45。

載：「邦無道危行言孫。」邢昺《疏》的看法是：「邦無道，則屬其行。不隨汙俗順言辭，以避當時之害。」〔註101〕從以上的論述可知，孔子對於處在邦國道不行，無道亂世之中，「辟世」、「辟地」、「辟色」、「辟言」的動向都是可以的選項。只是孔門雖以「辟世」爲賢者君子的最佳動向，然而孔子又爲何不浮桴出海，高蹈辟世而遠引於山巔海涯？〔註102〕《微子篇》爲我們解開孔子爲何始終沒有桴浮出海的答案：

滔滔者，天下皆是也，而誰以易之。且而與其從辟人之士也？……

夫子憮然曰：「鳥獸不可與同群，吾非斯人之徒與而誰與？天下有道，丘不與易也。」

針對這段文的詮釋，何晏《集解》言：「士有辟人之法，有辟世之法。長沮桀溺謂孔子爲士，從辟人之法；己之爲士，則從辟世之法。」孔安國曰：「吾自當與此天下人同羣，安能去人，從鳥獸居乎？」邢昺《疏》的看法是：

長沮、桀溺譏孔子周流天下也……孔子從辟人之法，長沮桀溺自謂從辟世之法。孔子言其不可隱居避世，當與天下人同羣，安能去人從鳥獸居乎！」〔註103〕

辟世安逸之樂，固然令人企羨，然而在舉世滔滔的時局裡，孔子選擇與天下人同羣，周流而不殆，這是自我道德踐履上的不容已之精神，同時也是一種痌瘝在抱的無量悲願。「桴浮出海」而「居九夷」的辟世姿態，雖然是一種展現生命本眞的悠然與自在，卻無法顯現德性的潤澤與提煉，更無法標舉孔門道德的莊嚴。而當孔子選擇擁抱滔滔之人羣時，其「桴浮于海」的感嘆，只是「仁者之樂」的幻現，是乘道德而浮游的崇高情操。在「吾非斯人之徒而誰與」的無量善願中，讓我們看到了一個高貴的靈魂。〔註104〕

　　在充分理解孔子爲何說出「桴浮于海」的背後用意後，我們試圖去搭建孔門對「海洋」在政治教化上的觀點。《論語‧顏淵篇》言：「君子敬而無

〔註101〕《論語注疏》，頁123。
〔註102〕《淮南子‧人間訓》，頁562云：「孔子行游，馬失，食農夫之稼。野人怒，取馬而繫之。子貢往說之，卑辭而不能得……孔子乃使馬圉往說之。至，見野人曰：『子耕于東海，至于西海，吾馬之失，安得不食子之苗？』」文句中的「東海」、「西海」，都是海邊上的方位。如照《淮南子》所言，則孔子與弟子們卻有東海海畔之行。
〔註103〕《論語注疏》，頁165～166。
〔註104〕有關儒家的道德美學，請參看謝大寧：〈儒隱與道隱〉，《國立中正大學學報》，第3卷第1期，1992年，頁121～147。

失，與人恭而有禮，四海之內皆兄弟也。」《集解》引包咸曰：「君子疏惡而友賢，九州之人，皆可以禮親。」邢昺《疏》的見解是：「東夷、西戎、南蠻、北狄，四海之內、九州之人，皆可以禮親之爲兄弟。」〔註105〕根據晉人與宋人的詮釋觀點，四海完全是一個政治地理上的名詞，是王權疆土的窮盡之界。它與「仁者之樂」幻現的「桴浮于海」，同屬在一個政治視野上的場域，強調「乘道德而浮遊」的君子情操，與王道統御者的善政。「海洋」不僅是孔門道德提煉的內聖場域，更是王道德澤四海、萬邦朝貢的外王通口。《堯曰篇》說：「允執其中，四海困窮，天祿永終。」何晏《集解》：「包咸曰：『允，信也。困，極也。永，長也。』言爲政，信執其中，則能窮極四海，天祿所以長終。」〔註106〕能行二帝三王的政化之法，自然能窮盡萬方四海之地，在「海不揚波，中國有聖人」的德治化育下，永續其帝王的基業。

有關孔門經典對於「四海」、「海內」的範疇界義，依然以「四夷慕化」的方域觀點，表現其「王權德教」所及的加被之地，而無涉於海洋地理上的水域。作爲表述儒家「內聖」與「外王」之學的《孟子》與《荀子》二部典籍，在對於海洋的觀點，是否已能突破孔門王疆德化的政教框架，賦予海洋新的指喻，回歸於眞正地理海域的內涵。《孟子‧梁惠王章句上》云：「王之不王，非挾太山以超北海之類也，王之不王是折枝之類也。」趙岐《注》言：「不爲耳，非不能也。太山、北海皆近齊，故以爲喻也。」〔註107〕宋孫奭《疏》的理解是：「王之所以不王，非是挾太山超北海之類，是不爲長者折枝之類也。」〔註108〕孟子對梁惠王的論述，以太山、北海爲在齊國國境，已是海洋地理位置的指涉。孟子接續又說「推恩足以保四海」，趙岐《注》言：「君之也，善推其心所好惡，以安四海」，這裡指喻的「四海」與下句的「莅中國而撫四夷」的「四夷」，同是王者撫安四夷下的疆土遠極，回歸於儒家「政治教化」的德澤廣被的「天下」代稱。又《孟子‧梁惠王章句下》云：

> 昔者齊景公問於晏子曰：「吾欲觀於轉附、朝儛，遵海而南放於琅邪，吾何脩而比於先王觀也。」

趙岐《注》言：「循海而南至於琅邪。琅邪，齊東境，上邑也。當何修治可以比先聖、先王。」齊景公的沿海遊樂，放遊無所，招致晏嬰「先王無流連之

〔註105〕《論語注疏》，頁106～107。
〔註106〕《論語注疏》，頁178。
〔註107〕《孟子注疏》，頁22。
〔註108〕《孟子注疏》，頁25。

樂、荒亡之行，惟君所行也」〔註109〕的批評。〔註110〕齊景公雖然空遊於琅邪，而無益於民，然而其遵海南放，說明春秋末期沿海諸侯國君已有在海上觀光遊樂。只不過這樣的流連忘返，晏子認為對治國將衍生很大的錯誤示範。又《孟子‧滕文公章句下》云：

> 苟行仁政，四海之內皆舉首而望之，欲以為君，齊楚雖大，何畏焉。

趙岐《注》言：

> 四海之民皆曰：「湯不貪天下富也，為一夫報仇也」……陳殷湯周武之事，以喻之戒。

孫奭《疏》的理解是：

> 苟能行其王者之政，則四海之內人皆舉首引領而望之，欲以為之君也。」〔註111〕

孟子所說的「四海」定義，仍是王道德治天下、廣被窮野的疆域範圍，無關於海洋地理上的水域。又《滕文公章句下》云：

> 周公相武王，誅紂。伐奄三年，討其君。驅飛廉於海隅而戮之，滅國者五十。

趙岐《注》言：

> 飛廉，紂諛臣，驅之海隅而戮之。滅與紂共為亂政者五十國。〔註112〕

孟子所說的「注之海」、「驅之海隅」的海洋，都是現實海洋地理上的水域。而周公伐奄及誅紂諛臣飛廉，也都是發生在沿海的戰爭。《離婁章句上》所言的：「伯夷辟紂，居北海之濱；太公辟紂，居東海之濱」〔註113〕的「北海濱」、「東海畔」；《盡心章句上》：「舜視棄天下，猶棄敝蹝也。竊負，而逃遵海濱

〔註109〕《孟子注疏》，頁33。

〔註110〕有關齊景公游樂於海上，亦見於《韓非子集解‧外儲說左上》：「齊景公游少海。」（頁442。）與《說苑‧正諫》：「齊景公游於海上而樂之，六月不歸。」（〔漢〕劉向撰，左松超注：《說苑讀本》（台北：三民書局，1996.9），頁299。）另外《韓非子集解‧十過》所說的遊海之樂為田成子，其云：「昔者田成子遊於海而樂之，號令諸大夫曰：『言歸者死。』」（頁131。）有關海上游樂的傳說，在早期的記載有王嘉：《拾遺記‧卷一‧少昊》：「帝子與皇娥泛于海上。」（《漢魏六朝筆記小說大觀》，頁495。）另外《太平御覽‧卷八十二》，頁515云：「帝桀與妹喜及諸嬖妾同舟浮海。」

〔註111〕《孟子注疏》，頁111～112。

〔註112〕《孟子注疏》，頁117。

〔註113〕《孟子注疏》，頁133。

而處」〔註114〕的「海濱」，都與「海隅」、「注之海」同義，指涉著地理學上的海洋水域。又《告子章句下》云：「膠鬲舉於魚鹽之中，管夷吾舉於士，孫叔敖舉於海」，趙岐《注》言：

> 膠鬲，殷之賢臣，遭紂之亂，隱遁爲商……孫叔敖隱耕於海濱，楚莊王舉之令尹。〔註115〕

孫叔敖舉於海的「海」，與「伯夷辟紂，居北海之濱；太公辟紂，居東海之濱」都是指謂著海濱水域。《告子章句下》又云：「禹以四海爲壑」，趙岐《注》言：「禹除中國之害，以四海爲溝壑，以受其害水，故後世賴之。」「四海」成爲禹治害水，疏導注之于海的現實水域指稱。《告子章句下》又云：「苟好善，則四海之內皆將輕千里而來，告之以善夫。」趙岐《注》言：：「好善，樂聞善，以此治天下可以優。人誠好善，四海之內皆輕行千里，以善來告之。」〔註116〕這裡的「四海」意涵，與政教框架內的「王疆」是同義詞，沒有海洋水域上的指涉。而《盡心章句上》所說的「登東山而小魯，登太山而小天下，故觀於海者難爲水」，最能說明孟子對於海洋的哲學觀點。首先是趙岐《注》的說法是：「所覽者大，意大；觀小者，志小也。」再看孫奭《疏》的理解是：「以其水同歸於海者也，是以海爲百谷王……視日月而知眾星之蔑如，仰天庭而知天下之居卑。」〔註117〕海洋在孟子的觀覽認知上，如同百川匯聚的容納場域，浩瀚無邊的百谷王。孟子以登東山而小魯，登太山而小天下做爲前言，最主要的在指點爲政者當能見識廣博、眼界開拓，逐步地昇華自己的胸襟與境界。而見識了海洋的波瀾壯闊與深不可測，就很難再把自己拘限在潺潺細流、渺不足爲奇的川水之上了。海洋廣納百川的氣度襟懷，不就是王政普大，四夷舉首引領徠歸，而王於天下。《孟子》裡的海洋觀點指述的意義有三：其一，是政治性海洋地理的王土統稱。其二，爲現實的海洋地理上的方位水域。其三，海洋的寬廣深奧，容納百川，就如王政普大，四夷來朝，展現孟子「內聖」義理向度上的包容胸懷、修善天下的海洋哲思。

以「外聖」、「法後王」的荀子哲理，在對海洋的認知觀點，與孔門的觀點又是否一致性？還是另有其表述的意涵？《荀子‧勸學篇》言：「不積小

〔註114〕《孟子注疏》，頁 241。
〔註115〕《孟子注疏》，頁 223。
〔註116〕《孟子注疏》，頁 222。
〔註117〕《孟子注疏》，頁 238。

流，無以成江海。」〔註118〕以「江海」的寬廣深闊，作爲學問日積月累的歸
趣，「海」只是爲學積小而大的終極量詞，〔註119〕沒有實質地理水域上的意
指。《荀子・儒效篇》云：「君義信乎人矣，通於四海，則天下應之如讙……
四海之內若一家，通達之屬，莫不從服」，王先謙《集解》的解釋是：「君義
通於四海，則齊聲應之如喧」〔註120〕，則四海等同於王疆統御，四方遠服的
邊界。《王制篇》云：「四海之內若一家……莫不趨使而安樂之」，同樣是「以
王海內」的疆土指喻，與現實海洋地理的四海無關。《王制篇》又云：

> 北海則有走馬、吠犬焉，然而中國得而畜使之。南海則有羽翮、
> 齒、革、曾青、丹干焉，然而中國得而財之。東海則有紫紶、魚鹽
> 焉，然而中國得而衣食之。西海則有皮革、文旄焉，然而中國得而
> 用之。

王先謙《集解》對於東海、西海、南海、北海各自產物的解讀是：

> 海謂荒晦絕遠之地……《爾雅》云西北方之美者，有球琳琅玕
> 焉……紫紶爲可衣之物，魚鹽爲可食之物。《管子・輕重丁篇》：「東
> 方之萌，帶山、負海，漁獵之萌也。」〔註121〕

《王制篇》載述的「四海」，應可求證爲是「四方」方位性的代稱，並有其方
域的貢產。然而東海、西海、南海、北海，與現實海洋地理水域的「四海」
無關。〔註122〕《正論篇》的「諸侯有能德明威積，海內之民，莫不願得以爲
君師」與「至賢疇四海，湯武是也」〔註123〕，都是在表述至賢王者備道全美，
以其王疆所及的「四海」爲疇域。《解蔽篇》也述：「生者天下歌，死者四海

〔註118〕《荀子集解》，頁5。
〔註119〕《韓非子集解・大體第二十九》，頁336云：「太山不立好惡，故能成其高；
　　　　江海不擇小助，故能成其富。」其與荀子「不積小河無以成江海」，有著同樣
　　　　的喻述。
〔註120〕《荀子集解》，頁76。
〔註121〕《荀子集解》，頁102〜103。
〔註122〕荀子所言：「南海則有羽翮、齒、革」等方物，大陸學者周佛洲以其爲《尚
　　　　書・禹貢》所記：「荊州厥貢羽、毛、齒、革」之貢品。而所謂的齒、革即是
　　　　象牙、犀牛皮革。在《淮南子・人間訓》有提及秦始皇：「利越之犀角、象齒、
　　　　翡翠、珠璣」，因而攻打南越國。（《淮南子》，頁559。）若以南海貢品齒、
　　　　革等物，即爲後來史書所載之南越諸郡的南海特產，則南海一詞是否已牽涉
　　　　到南方海域諸國，而南海顯然是泛指南方海域諸國。因此在西漢武帝滅南越
　　　　國、開西南夷前之時期，或許南海一些地區得特產早就爲內地所認識了解，
　　　　並成爲《荀子》的書寫內容。
〔註123〕《荀子集解》，頁217。

哭」〔註124〕、《宥坐篇》的「富有四海，守之以謙」〔註125〕以及《堯問篇》的「忠誠盛於內，貫於外，形於四海」，則此三則句中的「四海」，也都是王疆國土所及之處的統稱。至於《正論篇》所說的「坎井之蠅，不可與語東海之樂」，充分說明荀子以小不知大的坎井自陋，來彰顯東海的寬大廣闊。「東海」成為荀子指述「小而不知體大」、「淺不足與測深」、「愚不足以謀知」、「溝中之瘠未足與及王者之制」的智慧用語，同時也把海洋廣闊深奧的視野載體，納入其觀照萬物消長變化的哲學體系之中。

　　從《荀子》中的「海洋」載述意義來看，有三層的指述。首先，海洋為政治教化的載體，是聖王統御疆土的極處。其二，四海是為四方方位的代稱。其三，海洋是為萬物萬事比較上的量詞，同時它也成為荀子觀照萬物消長變遷上的視野載體，充分涵攝了荀子的智慧哲思。

　　總結先秦儒家經典中對於「四海」、「海隅」、「海外」、「東海」及「南海」的指述，海洋在儒家典籍裡的主要觀點不外乎是王道所及極處的代稱，象徵了王道普大，海外四夷聞德來歸的外王事功思想。而四海在「慕化四夷」的政治教化框架中，在政治場域上是德澤廣被的王疆統御之極地，是中原天子延伸其王道德治而四方遠服來歸的邊界海涯盡處，是王權政治地理的象徵；而在經濟場域上是「四夷稱臣來貢」、「萬邦職修歲貢」的經世國度。儒家經典裡的海洋觀不僅是體現出「正德、利用、厚生」的概念，更是結合了「經世濟民」的外王主張。海洋既是孔門道德提煉的內聖場域，也是王道德澤四海、化被極處的外王通口。

　　漢興以後幾部儒家政論典籍，如陸賈的《新語》，劉向的《新序》、《說苑》，桓寬的《鹽鐵論》與王符的《潛夫論》等，對於海洋的政經效應所帶來的經世影響，也有所論述。陸賈雖博采儒、道、法等各家思想，然而其論政卻又以「德治」為歸。其書《本行第十》所言：「統四海之權，主九州之眾，豈若于力哉？然功不能自存，威不能自守，乃道德不存乎身，仁義不加于天下」〔註126〕，正是儒家：「王道化于四海，仁義加于天下」，以被四海之德教，照四海之晦冥的觀點。對於四夷海國所產的山珍水寶，陸賈主張要能見道而後利，近德而遠色，以寡欲治天下：「聖人卑宮室而高道德，稀力役而省貢獻。

〔註124〕《荀子集解》，頁 260。
〔註125〕《荀子集解》，頁 341。
〔註126〕〔漢〕陸賈著，王毅注譯，黃俊郎校閱：《新語讀本》（台北：三民書局，2008.8 二版一刷），頁 106。

璧玉珠璣，不御于上，瑰好之物棄于下。釋農桑之事，入山海，採珠璣，求瑤琨，探沙谷，捕翡翠、瑇瑁，搏犀象，以極耳目之好，以快淫邪之心，豈不謬哉！」〔註127〕

《新序》一書是劉向根據舊傳《新語》重新加工整理，並以故事編類而成。其書《雜事篇》以載四海應為天子延伸其德治威儀之極處，王道教化之境域。劉向舉述唐虞之盛，四海大治，越裳重譯，無非希冀國君能用賢慕義，能使政治清明，自然四海來歸，海內外一家：

> 舜立為天子，天下化之，蠻夷率服。北發渠搜，南撫交阯，莫不慕義……唐虞崇舉九賢，布之於位，而海內大康，要荒來賓，麟鳳在郊……而海內大治，越裳重譯……今君當尊天事地，敬社稷，固四國，慈愛萬民，薄賦斂，輕租稅。〔註128〕

而《說苑》亦是劉向寄喻其政治理想，與尊儒王道教化之所編。《說苑‧敬慎篇》所說：「貴為天子，富有四海，不謙者先天下，亡其身，桀、紂也」〔註129〕，這裡的「四海」顯然與天子富有之「四海」，同為天下王權的統轄範圍，它也是天子王道教化之極域。《辨物篇》又說：「八荒之內有四海，四海之內有九州，天子處中州而制八方，聖王就其勢而因其便」，強調「四夷來貢，綏靖遠服」的王化觀點。

桓寬《鹽鐵論》裡，雖記述官方大夫與士人文學兩派有關鹽鐵政策的看法，但也匯聚了幾個有關海洋經濟政策與海洋資源利用上的不同主張。其一、對於海外資源的通流議題，文學派主張尚用節本，杜絕向島夷海國換取珍奇方物：「美玉珊瑚出於昆山，珠璣犀象出於桂林，此距漢萬有餘里；上好珍怪，則淫服下流，貴遠方之物，則貨財外充，是以王者不珍無用以節其民，不愛奇貨以富其國」〔註130〕、「雕素樸而尚珍怪，鑽山石而求金銀，沒深淵而求珠璣，設機陷求犀象，張網羅求翡翠，求蠻、貊之物以眩中國，徙邛、筰之貨，致之東海，交萬里之財，曠日廢功，無益於用。」〔註131〕然而另一派官方大夫的主張卻是物流交通，裕洋開國，發展海上商貿往來，以

〔註127〕 《新語讀本》，頁109。
〔註128〕 〔漢〕劉向著，葉幼明注譯，黃沛榮校閱：《新序讀本》（台北：三民書局，1996.8），頁37、57。
〔註129〕 《說苑讀本》，頁337。
〔註130〕 《鹽鐵論》，頁20。
〔註131〕 《鹽鐵論‧通有第三》，頁28～29。

利國富：「有山海之貨而民不足於財者，商工不備也」〔註 132〕、「汝漢之金，纖微之貢，所以誘外國，而釣胡羌之寶也。夫中國一端之縵，得匈奴累金之物；驒騱騵馬盡爲我畜，璧玉珊瑚琉璃，咸爲國之寶。是則外國之物內流，利不外泄，民用足矣。」〔註 133〕文學派與大夫派最大的議題爭論，顯然是對海洋經濟與貿易上的岐異；同時也可以看出西漢中期，對於外海國家的物資通流商貿與擁有島夷珍奇方物的行爲，已蔚爲風尚。其二是有關海鹽鐵器官營與私營的政策爭議，文學派反對鹽鐵官營：「天子以四海爲匣匱，權利深者不在山海，在朝廷；一家害百家，在蕭牆」〔註 134〕、「自利官之設，擴公法，申私利，跨山澤，擅官市，非特巨海魚鹽，執國家之柄，以行海內。是以耕者釋耒而不勤，百姓冰釋而懈怠。」〔註 135〕而大夫派卻是主張鹽鐵官辦：「今總一鹽鐵，非獨爲利入也。山海之利，廣澤之畜，天地之藏，皆宜屬少府，以屬大司農，以佐助百姓」〔註 136〕、「山川海澤之原，鼓鑄煮鹽，姦滑交通於山海之際，恐失大姦，乘利驕溢，散樸滋僞，則人之貴本者寡。由此觀之，令意所禁微，有司之慮遠矣。」〔註 137〕鹽鐵私營官營之爭，基本上還是煮鹽海政的一環，由此也可看出海政思維亦關係著「正德、利用、厚生」的經濟脈動。

王符生於東漢衰末之世，那時中國與南海國家的海上貿易及使臣來往已非常熱絡。其書《潛夫論・浮侈第二十》篇中就提及當時王公貴族交攀豪奢，眩耀追逐海國奇珍方物的景況：

> 今京師貴戚，衣服、飲食、車輿、文飾、廬舍，皆過王制。從奴僕妾，皆服葛子升越，筩中女布，細緻綺縠，冰紈錦繡。犀象珠玉，虎魄瑇瑁，石山隱飾，金銀錯鏤，麞麂履舄，文組綵緤，驕奢僭主，轉相誇詫。〔註 138〕

犀象珠玉，虎魄瑇瑁，這些來自海外的珍奇物品，都是當時貴族社會競相浮誇的奢侈品，甚至在南海道上亦有奴隸貿易的痕跡，反映了當時的貴族與豪

〔註 132〕《鹽鐵論・本議第一》，頁 9。
〔註 133〕《鹽鐵論・力耕第二》，頁 18。
〔註 134〕《鹽鐵論・禁耕第五》，頁 44。
〔註 135〕《鹽鐵論・刺權第九》，頁 81。
〔註 136〕《鹽鐵論・復古第六》，頁 49。
〔註 137〕《鹽鐵論・刺權第九》，頁 79。
〔註 138〕〔漢〕王符著，彭丙成注譯、陳滿銘校閱：《潛夫論》（台北：三民書局，1998.5 初版），頁 132。

強之家，用外國奴隸充當家奴，並裝扮華麗的時尚。當時貴族不僅從南海買入奇珍異品，並且在東方也藉油漬入海，置辦優質的木料：

> 京師貴戚，必欲江南檽、梓、豫、章、楩、柟。夫檽、梓、豫、章、
> 楩、柟所出殊遠……又油漬入海，連淮逆河，行數千里，然後到雒。
> 工匠雕治，積累日月，重且萬斤，非大車不能輓。東至樂浪，西至
> 敦煌，萬里之中，相競用之。〔註139〕

王符愷切批判時勢，無非希望國君能夠振興王室，行德治而教化；能用賢慕義，以使政治清明，四海來歸，海內外一家。所謂：「聖王之政，普覆兼愛。吉凶禍福，與民共之，視民如赤子，是以四海歡悅」〔註140〕、「兼四海而照幽冥。」〔註141〕也是《韓詩外傳・卷三》所說的：「貴為天子，富有四海，由此（謙）德也。」〔註142〕

　　透過先秦兩漢儒家典籍文集陳述的海洋觀，幾乎是一線性的強調「海洋」的政經效益，並結合「正德、利用、厚生」的王道觀念；更是政治教化下的王疆視野，與四夷稱臣來貢的經世主張。現實的海洋地理概念，完全被收編於嚴肅的政治地理之中，四海成為中原天子延伸其德治威儀的極處。儒家的海洋觀點，形成了政治、經濟上的兩大網絡。其一是「溥天之下，莫非王土；率土之濱，莫非王臣」的德教被澤，與「至于海表，罔有不服」的王疆海界。其二是「四夷來貢，綏靖遠服」的「海隅出日，罔不率俾」的萬邦歸化臣貢，展示儒家「經世致用」的海政思想。這樣的海洋思維不僅開啓後世海上經貿的通道，打開了與海外諸國在外交及文化上聯誼，更豐富了小說文體想像有關海外四夷來貢獻納奇珍異品的書寫，並且增加了有關海上絲路貿易、海外遠國邦交聯誼以及海邦嶼國民情風俗等種種詭奇譎怪、海寶山琛的實聞題材。

第二節　漢魏六朝史籍中的儒家海洋觀

　　儒家史臣對於海外地理的文化意識，在相當的程度上如同《禮記・王制篇》所講：「中國戎夷五方之民，皆有性也，不可推移。東方曰夷，被髮文

〔註139〕《潛夫論・浮侈第二十》，頁 134～135。
〔註140〕《潛夫論・救邊第二十二》，頁 251。
〔註141〕《潛夫論・明忠第三十一》，頁 370。
〔註142〕《韓詩外傳集釋》，頁 117。

身；南方曰蠻，雕題交趾；西方曰戎，被髮衣皮；北方曰狄，衣羽毛穴居。」〔註143〕在這樣的文化史觀下，免不了以一種中原禮儀之邦，奉正朔之所在，而四夷爲被髮文身、雕題交趾、衣羽毛穴、化外之民之心態自居。夷、蠻、戎、狄不僅成爲後世史傳立傳之名，在敘述這些海外四夷的民族與國家史蹟時，更是以其與中國王朝之間的朝貢體系、進貢的方物珍器爲描述主軸。我們可以看見史冊中閃耀著海國異邦的咸歸風化，莫不梯山貢職，望日來王。它們充分地展現儒家自《尚書・禹貢》「四夷來貢，綏靖遠服」的政經視野，與對於海外異族的王朝意識。我們先以《史記》、《漢書》、《後漢書》、《三國志》及魏晉六朝等史籍爲觀察對象，檢視儒家的海洋觀，以及在政、經兩大網絡上的展述。首先，《史記》對於海洋的貿易、海洋資源的利用，與海外邦國有關於政經層面上的朝貢載述，《史記・貨殖列傳》與《戰國策・楚策》載：

> 山東多魚鹽，漆絲聲色。江南出犀、璠瑁、珠璣、齒革……燕亦勃、碣之間一都會，有魚鹽棗栗之饒……齊帶山海，人民多文綵布帛魚鹽……吳，東有海鹽之饒……越……番禺亦其一都會。珠璣、犀、璠瑁、果、布之湊。〔註144〕

> 黃金、珠璣、犀、象出於楚，寡人無求於晉國。〔註145〕

緊臨渤海的齊國、燕國、東海之吳、楚、南海百越，都是富饒魚鹽之利及珠璣、犀、象進口的濱海大國。其中齊國的臨菑、〔註146〕南越的番禺不僅是盛產海洋資源的繁榮都會，並聚集了許多經營海洋貿易的商人。在透過各種海洋珍品奇貨的貿易往來，可以知道當時這些濱海國家在海洋經濟資源交流下的活絡。司馬遷更記載了一個活躍秦、漢時期的大海商，名爲刁閒：

〔註143〕《禮記注疏》，頁247～248。
〔註144〕《史記會注考證》，頁1354～1359。
〔註145〕《新譯戰國策・楚策三》，頁439。
〔註146〕《漢書・地理志》言：「太公以齊地負海舄鹵，勸以女工之業，通魚鹽之利，而人物輻湊……臨菑，海、岱之間一都會也，其中具五民云。」，頁1660～1661。《戰國策・齊策一》也載述齊臨菑城地涉渤海，繁榮富庶的景象：「齊涉渤海也。臨菑甚富且實，其民無不吹竽、鼓瑟、擊筑、彈琴……臨菑之途，車轂擊、然肩摩，連衽成帷，舉袂成幕，揮汗成雨，家殷而富，志高而揚。」（《戰國策》，頁257。）桓寬《鹽鐵論・通有第三》亦云：「燕之涿、薊……齊之臨菑，楚之宛、陳，富冠海內，皆爲天下名都。」（《鹽鐵論》，頁24。）

> 齊俗賤奴虜，而刁閒獨愛貴之；桀黠奴，人之所患也，唯刁閒收取
> 使之。逐漁鹽商賈之利、或連車騎、交守相，然愈益任之，終得其
> 力，起富數千萬。故曰：「寧爵毋刁」，言其能使豪奴自饒而盡其
> 力。〔註147〕

刁閒收攏一大批的行海貿遷之徒，使他們經營競逐海鹽漁利，既而富數千
萬。可見當時沿海地區的臨菑城，已有一些可與王公爵侯交游的海商勢力。
〔註148〕同時也說明海洋貿易在秦漢已蔚爲風氣，國君如何藉由海洋貿易的獲
利而取得經濟統治上的優勢。

　　《史記‧大宛列傳》詳載張騫通使西域諸國，陳述條支、安息、身毒、
大秦等濱海外國的地理風土民情，與及海外邦國進獻珍品于大漢天子：

> 奄蔡在康居西北，臨大澤無崖，蓋乃北海……安息在大月氏西可數
> 千里，其俗土著耕田……條支在安息西數千里，臨西海……安息
> 長老傳，聞條支有弱水、西王母而未嘗見……天子既聞大宛、大
> 夏、安息之屬，皆大國，多奇物，頗與中國同業，而兵弱，貴漢財
> 物……後歲餘，騫所遣使通大夏之屬，頗與其人俱來，於是西北國
> 始通於漢……初，安息王發使隨漢使來，觀漢廣大，以大鳥卵及黎
> 軒善眩人獻于漢……散財帛以賞賜，厚具以饒給，以覽示漢富厚
> 焉。〔註149〕

漢武時期，張騫通使西域，並與西、北海的條支、安息、身毒等諸國往來，
打開了與海外諸國在外交及文化上的交誼聯絡。同時這些國家也隨著漢使
〔註150〕與攜帶海外珍品來到中國，並且進獻漢朝天子。雖然這只是外交邦誼
的善意表現，稱不上所謂的「四夷來貢，綏靖遠服；海隅出日，罔不率俾」

〔註147〕《史記會注考證》，頁1362。
〔註148〕《中國海洋文化史長篇：先秦秦漢卷》，頁240。
〔註149〕《史記會注考證》，頁1306～1312。
〔註150〕《漢代貿易與擴張》，頁152言：「大多數追隨張騫到中亞去的所謂『漢朝使
　　　　者』實際上是尋求商業財富的商人。毋庸置疑，他們肯定隨身攜帶了絲綢。
　　　　因此漢朝商人體現出來的冒險精神決不亞於羅馬人，而當代考古也相當清楚
　　　　展示這一點。」如果這些漢朝使者的真正身分是商人，並且經過考古上的證
　　　　實。那麼隨著漢使到達中國，並且進獻該國特珍物品的安息國、大宛小國的
　　　　使者，必然與漢朝使者在貿易上彼此有所往來，甚至連當時的大秦國（羅馬）
　　　　商人也與漢使有絲綢經貿的交流。它也反映了爲政者透過經貿的管道，試著
　　　　開啓與海外國家的交誼，並且散財帛、賞賜饒給，以顯示漢朝的富厚，宣揚
　　　　漢朝的強盛。

的歸化朝貢體系，但是已建立了與海外諸國在政經發展上的里程碑，並展現了一個富強的中國社會。而在東海外的島國，於漢武帝時期的獻見朝貢，更廣見於《漢書・地理志》：

> 樂浪郡海中有倭人，分爲百餘國，以歲時來獻見云……會稽海外有東鯷人，分爲二十餘國，以歲時來獻見云。〔註151〕

至於南越、朝鮮在政經上與中國漢朝的交流，可見《史記・南越列傳》與《朝鮮列傳》。司馬遷載述：

> 南越王尉佗，姓趙氏。秦用爲南海龍川令。至二世時，南海尉任囂病且死，召趙佗語：秦爲無道，天下苦之。南海僻遠，番禺負山險，阻南海，可以立國……漢十一年，立佗爲南越王，與剖符通使。〔註152〕

秦時，南越尚未臣屬於中國。在始皇二十六年時，發兵南攻百越，「使尉屠睢將樓船之士，南攻百越。使尉佗將卒以戍越。」〔註153〕始皇發兵攻打南越地區的企圖，《平津侯主父列傳》並未詳明，然而《淮南子・人間》則言：

> 秦皇披錄圖，見其傳曰：「亡秦者，胡也。」因發卒五十萬……築脩城，西屬流沙，北繫遼水……又利越之犀角、象齒、翡翠、珠璣，乃使尉屠睢發卒五十萬……三年不解甲弛弩，鑿渠以通糧道，以與越人戰……秦失天下，禍在備胡而利越也。〔註154〕

《淮南子》以爲秦失去天下的禍由，乃因「亡秦者胡」的流言發酵而全面的備胡，再加上欲得南越「犀角、象齒、翡翠、珠璣」之利〔註155〕等雙重原因。

〔註151〕《漢書》，頁1658、1669。
〔註152〕《史記會注考證》，頁1223～1227。
〔註153〕《史記會注考證・平津侯主父列傳》，頁1219。
〔註154〕《淮南子》，頁559。
〔註155〕余英時認爲《淮南子》原意爲：「秦始皇發動對百越的戰爭乃是因覬覦南越的犀角、象齒、翡翠、珠璣等。而這些越地南海國家的海洋資源在最初時是通過貿易而爲中國人所知曉的。」在戰國秦國時期，通過海路而與南海島國進行交通與經濟的交流，卻是有蹟可證。當年李斯的〈諫逐客書〉諫言秦王提及：「今陛下致昆山之玉，有隨、和之寶；垂明月之珠，服太阿之劍，乘纖離之馬，見翠鳳之旗，樹靈鼉之鼓，此數寶者，秦不生一焉，而陛下說焉。必秦國之所生然後可，則是夜光之璧不飾朝廷；犀象之器不爲玩好。」(《史記・李斯列傳第二十七》，頁2543。) 所謂明月之珠、夜光璧及犀象之器即犀牛角、象牙珍品皆非中國所產，而爲方外海國之瑰珍。顯然秦時有從外域獲此等物品之管道，而這些方外珍物又當從南海海道與天竺、大秦而來。

《南越列傳》言：「南海僻遠，番禺負山險海」；《貨殖列傳》也說：「江南出
枏梓、薑、桂，金錫連丹沙，犀、瑇瑁、珠璣」；《漢書‧地理志》更云：「處
近海，多犀、象牙、毒冒、珠璣、銀、銅、果、布之湊，中國往商賈者多取
富焉。番禺，其一都會也。」〔註156〕可見當時南海的番禺，盛產各種的海洋
資源與海外的珍物奇品；同時它也成爲中國南方海域經貿貨賣的集聚之地。
到秦二世胡亥時，南越王尉佗乘秦之亂，倚以南海僻遠，番禺負山險而阻南
海的地理優勢，與繁榮的經貿，因而崛起稱王。後來，漢武帝元鼎五年，派
兵征服而南越亡。南越的海洋資源及濱海城市的經貿、文化交流，也提供了
給小說家們更多涉海題材的書寫。當時南海的特產，主要有犀角、象牙、玳
瑁、翡翠、珍珠、璧琉璃等類。在戰國時期經由楚與越的交流，而獲有這些
山琛海寶。《史記‧春申君傳》記述：「趙使欲夸楚，爲玳瑁簪，刀劍寶以珠
玉飾之，請命於春申君客。春申君客三千餘人，其上客皆躡珠履以見趙使，
趙使大慙。」〔註157〕當時趙平原君遣使訪楚國的春申君，意欲誇耀其富強。
這些趙國使者頭帶著玳瑁的簪，身配鞘部飾有珠玉的刀劍。而楚春申君的食
客有三千人，其上客也都穿著珠履。可見，戰國時期南海的特產珍物頗爲貴
重，同時也是一種身分地位的象徵。

　　《漢書‧地理志》對於南洋各國在漢武時期的海外交通及歲時獻見的珍
品，記載頗贍。同時，也說明了當時漢廷與南洋各國的通使及搜求南海異寶，
是由皇帝授權黃門負責進行的：

> 自日南障塞徐聞、合浦，船行可五月，有都元國……有邑盧沒國……
> 有諶離國……有夫甘都盧國……有黃支國……自武帝以來多獻見。
> 有譯長，屬黃門，與應募者俱入海市明珠、璧流離、奇石異物，齎
> 黃金雜繒而往。所至國皆稟食爲耦，蠻夷賈船，轉送致之，亦利交
> 易。黃支之南，有已程不國，漢之譯使自此還矣。〔註158〕

有關載述國的今日國名與航程線路，學者多已論及。〔註159〕而這條以印度爲
中介的海上絲綢之路，可以知道在西元前一、二世紀時，漢使的足跡已到達
了南印度。尤其中國漢朝的貿易使節團隨身攜帶用於交換外國珍品的黃金和

〔註156〕《漢書‧地理志》，頁1670。
〔註157〕《史記會注考證》，頁970。
〔註158〕《漢書‧地理志》，頁1670～1671。
〔註159〕《中國南洋交通史》，頁2～3；《中國海洋文化史長篇：先秦秦漢卷》，頁245
　　　　～246；《漢代貿易與擴張》，頁164～165。

絲綢，這也是漢朝絲綢輸出到南海的最早紀錄。前言南海的番禺，在西漢初年，就已經是最繁榮的海上貿易中心，生產交易著珠璣、犀、瑇瑁、果、布之湊，也是從事物品貿易商人的致富之地，更是爲從南海的海洋國家以及更西邊的國家前來中國的物品充當了重要的入口港，與分散到中國內陸等地。與此同時，沿著這條海上絲路前來中國的羅馬、印度、安息的使者與商人，通常也是首先在番禺停駐。另外一個重要的港口：合浦，更是以珍珠貿易而聞名。漢成帝時，《漢書‧王章傳》就記載著在合浦從事珍珠買賣是非常有利可圖的，甚至是流徙到此的犯人，也能采珠置產而得數百萬以歸。〔註160〕時至東漢，合浦的珍珠貿易更加的繁榮。《後漢書‧循吏列傳孟嘗》：

> 嘗遷合浦太守。郡不產穀實，而海出珠寶，與交阯比境，常通商販，貿糴糧食。先時宰守多貪穢……嘗到官，革易前蔽，求民病利。未逾歲，去珠復還，百姓皆反其業，商貨流通，稱爲神明。〔註161〕

合浦珍珠貿易的更加繁榮，拜賜於太守孟嘗的興利除弊，也因此採珠事業，自然是當地百姓賴以維生的海洋資產。海出珠寶更形成了合浦與交阯在珍珠貿易上的互相競爭，顯示當時民間在海岸貿易的頻繁及經濟往來的熱絡。在此時期，中國漢朝的海上貿易與海國朝貢，更取得了更多的進展。尤其是日南與交阯，更是充當漢朝與南洋海國之間交往的門戶樞紐。交阯以出產珍珠、象牙、玳瑁、異香等奇珍異品聞名，《後漢書‧賈琮列傳》云：

> 交阯土多珍產，明璣、翠羽、犀、象、瑇瑁、異香、美木之屬，莫不自出。〔註162〕

珍珠成爲交阯最著名的產品，而整體的珍珠買賣與其他珍奇物品的貿易，其所帶來的獲利更是可觀。對國家額外的歲收財政，也可透過以珍珠貿易及奇珍異品爲手段。《後漢書‧朱暉列傳》云：

> 又宜因交阯、益州上計吏往來，市珍寶，收采其利，武帝時所謂均輸者也。〔註163〕

海上的資源貿易，可以說是帶動起這些靠海城市的經濟繁榮。《漢書‧西域傳》云：

〔註160〕 《漢書‧王章傳》云：「章下廷獄，妻子皆收繫……章死，妻子皆徙合浦。後上還章妻子故郡。其家屬皆完具，采珠致產數百萬，贖還故田宅」，頁3239。
〔註161〕 《後漢書‧卷七十六》，頁2473。
〔註162〕 《後漢書‧卷三十一》，頁1111。
〔註163〕 《後漢書‧卷四十三》，頁1460。

> 孝武之世……天下殷富，財力有餘，士馬彊盛。故能睹犀布、瑇瑁
> 則建珠崖七郡，感枸醬、竹杖則開牂柯、越巂，聞天馬、蒲陶則通
> 大宛、安息。自是之後，明珠、文甲、通犀、翠羽之珍盈於後宮，
> 蒲梢、龍文、魚目、汗血之馬充於黃門，鉅象、師子、猛犬、大雀
> 之群食於外囿。殊方異物，四面而至。〔註164〕

這些來自西域、南海外之國的珍奇異品，不僅是來自各國的朝貢進獻，更顯示出在經濟貿易及文化上的情誼交流。也由於在上者對這些海外國家奇珍異寶的喜愛，間接地展現這些貢品是臣服的象徵，〔註165〕是各國對中國皇帝統治權的認可，並得到國內士大夫的頌揚。桓寬的《鹽鐵論·力耕第二》形容這些海外貿易及臣貢的珍物，對於經濟民生與政治造成的負面效應：

> 汝、漢之金，纖微之貢，所以誘外國而釣胡、羌之寶……是以騾驢
> 駱駝銜尾入塞，驒騱騵馬盡為我畜，鼲貂狐貉、采旄文罽，充於府
> 內，而璧玉、珊瑚、瑠璃皆為國之寶……美玉珊瑚出於昆山，珠璣
> 犀象出於桂林……上好珍怪，則淫服下流，貴遠方之物，則貨財外
> 充。〔註166〕

即使在文人的沉痛呼籲下，統治者卻以擁有珠璣犀象、翠羽明珠等海外貢品，殊方異物而自豪。同時這些遠方海寶，在上行下效而成為當時的玩賞收藏之奢侈品。《後漢書·梁統列傳》述：

> 冀又遣客出塞，交通外國，廣求異物……大起第舍……金玉珠璣，
> 異方珍怪，充積藏室，遠至汗血名馬。〔註167〕

我們可以說，這股追求海外奢侈品的時代氛圍，顯示出當時宮中府中對於海國珍品俱為一體的喜愛程度。同時，它也說明當時中國與海外邦國的交流，已遍及西域及南洋，甚至是遠到大秦羅馬帝國。而這些貢品與獻物在一定的程度上，也成為漢朝天子綏撫萬邦、誇耀國威的憑依。

　　《漢書·地理志》載述紀元前漢朝與南海各國交流的梗概，而且還存在著一條以印度（天竺）為中介的海上絲綢之路的線索。也因此我們可以去理解，當時漢朝與印度及羅馬（海西國）的絲綢貿易，可能有部分是透過海路

〔註164〕《漢書·卷九十六下》，頁3928。
〔註165〕《後漢書·列女傳》，頁2785言：「和帝詔昭就東觀藏書閣踵而成之……每有貢獻異物，輒詔大家作賦頌。」
〔註166〕《鹽鐵論》，頁18～20。
〔註167〕《後漢書·卷三十四》，頁1181～1182。

來進行。

《宋書・夷蠻列傳》對於兩漢海路貿易，有一個概括性的陳述：

> 漢世西譯遐通，兼途累萬，跨頭痛之山，越繩度之險……若夫大
> 秦、天竺，迴出西溟，二漢衒役，特艱斯路，而商貨可資，或出交
> 部，汎海陵波，因風遠至……山琛水寶，由茲自出，通犀翠羽之
> 珍，蛇珠火布之異，千名萬品，並世主之所虛心，故舟舶繼路，南
> 使交屬。〔註168〕

大秦、天竺透過海路來到中國商貨貿易，也見於《梁書・諸夷列傳》：

> 海南諸國，大抵在交州南及西南大海洲上，相去近者三五千里，遠
> 者二三萬里，其西與西域諸國接……其徼外諸國，自武帝以來皆朝
> 貢。後漢桓帝世，大秦、天竺皆由此道遣使貢獻。〔註169〕

而《後漢書》有幾條載述紀元後，漢朝與西南海外諸國相通及進獻的情況：

> 永寧元年，撣國王雍由調復遣使者詣闕朝賀，獻樂及幻人，能變化
> 吐火，自支解，易牛馬頭，又善跳丸，數乃至千，自言我海西人，
> 海西即大秦也。撣國西南通大秦。〔註170〕

> 永建六年十二月，日南徼外葉調國撣國遣使貢獻。〔註171〕

> 大秦國亦云海西國……土多金銀奇寶，有夜光璧、明月珠、珊瑚、
> 琉璃……與安息、天竺交市於海中，利有十倍……其王常欲通使於
> 漢，而安息欲以漢繒綵與之交市，故遮閡不得自達。至桓帝延熹九
> 年，大秦王安敦遣使至日南徼外獻象牙、犀角、瑇瑁……天竺國一
> 名身毒。其人弱於月氏，修浮圖道，不殺伐……出象、犀、瑇瑁、
> 金、銀、銅、鐵、鉛、錫……和帝時，數遣使貢獻……桓帝延熹二
> 年、四年，頻從日南徼外來獻。〔註172〕

可見當時從「日南徼外」來進獻的國家有：撣國、葉調、天竺及大秦國。這
些國家大部分都是取道日南及交阯，而從海路前來中國。〔註173〕《漢書・平

〔註168〕《宋書・卷九十七》，頁2399。
〔註169〕《梁書・卷五十四》，頁783。
〔註170〕《後漢書・卷七十六》，頁2837、2851。
〔註171〕《後漢書・卷六》，頁258。
〔註172〕《後漢書・卷七十八》，頁2919～2921。
〔註173〕葉調國是今日爪哇或是錫蘭國的考訂，詳見於馮承鈞：《中國南洋交通史》，
　　　　頁5～7及余英時：《漢代貿易與擴張》，頁168之註解19。至於南海道是否

帝紀》卷云：「元始元年（西元一年）」正月：「越裳氏重譯獻白雉一、黑雉二，
詔使三公以薦宗廟」、「元始二年春，黃支國獻犀牛。」〔註174〕《後漢書・南
蠻西南夷列傳》卷言：「逮王莽輔政，元始二年，日南之南黃支國來獻犀牛」
〔註175〕、「延光元年，九眞徼外蠻貢獻內屬」、「順帝永建六年，日南徼外葉調
王便遣使貢獻」、「熹平二年日南徼外國重譯貢獻；六年，日南徼外國復來貢
獻」、「建武二十三年，哀牢夷自是歲來朝貢……出銅鐵鉛錫金銀、光珠、虎
魄，水晶、瑠璃、蚌珠、翡翠、犀、象」、「條支國臨西海，出師子、犀牛、
孔雀、大雀，其卵如甕」、「章帝章和元年，安息國遣使獻師子，符拔（似麟
無角）」、「章和十三年，安息王滿屈復獻師子及條支大鳥，時謂之安息雀」、「大
秦國一曰海西國……土多金銀奇寶，有夜光珠、明月珠、駭鷄犀、珊瑚、虎
魄、琉璃、火浣布、諸珍異皆出。與安息、天竺交市於海中。桓帝延熹九年，
大秦王安敦遣使自日南徼外獻象牙、犀角、瑇瑁，始一通焉」、「天竺國土出
象、犀、瑇瑁，與大秦通，有大秦珍物。和帝時，數遣使貢獻。桓帝延熹二
年、四年，頗從日南徼外來獻。」〔註176〕這些從南海海路來使進貢的著錄，
可以說明兩漢時期在南方海上貿易的繁榮，而眾多的珍貴舶來奢品：大象、
獅子、大鳥、犀牛充塞著皇室園囿；珊瑚、珍珠、水晶、琉璃、瑇瑁、象牙
溢滿於宮中，甚至連奴隸及雜耍藝人，也由海上絲路輸入而來中國，〔註177〕

是佛教最初輸入的地點？佛教的傳入是否與漢代海上貿易有關的爭議論題，
詳見馮承鈞《中國南洋交通史》，頁8〜9；湯用彤著：《漢魏兩晉南北朝佛教
史》（台北：臺灣商務印書館，1998.7 二版二刷），頁 47〜86；余英時：《漢
代貿易與擴張》，頁 202〜204。

〔註174〕《漢書・卷十二》，頁 348、352。

〔註175〕黃支與條支國獻犀牛一事，不僅是時局的重大紀事，體積龐大的犀牛千里迢
迢超經由海、陸兩路運輸到達中國長安，確非易事。官方史籍載述細詳外，民
間文人的作品，更視爲空前的大事而特加記敘。揚雄：《交州箴》云：「南海
之宇，聖武是恢，稍稍受羈，遂臻黃支；航海三萬，來牽其犀。泉竭中虛，
池竭瀨乾，牧臣司交，敢告執憲。」（清嚴可均輯：《全漢文》（北京：商務印
書館，2006.2 二刷），頁 549。）班固的《兩都賦》言：「西郊上囿禁苑、離
宮別館，神池靈沼，往往而在。其中有九眞之麟、大宛之馬，黃支之犀、條
支之鳥，離昆侖，越巨海，殊方異類，至三萬里。」（《文選》，頁 24。）麟、
犀、鳥等南海諸國貢物來獻，說明了官方與民間共同對政治盛景的大加讚
述。

〔註176〕《後漢書・卷八十六》，頁 2836〜2921。

〔註177〕余英時：《漢代貿易與擴張》引用考古學者黎金：〈廣州的兩漢墓葬〉，《文
物》，第二期，1961 年，頁 47〜53 之文，以推論海上奴隸貿易的痕跡。當時
的貴族與豪強利用海外市場，買來奴隸充當家僕與殉葬（頁 170）；又云：「他

成爲漢魏六朝小說書寫儒家經世外王思想的題材。

　　逮至三國魏晉六朝，官方的史書更加詳細的著錄中國帝王與這些南海國家的交流動態，體現輝映了儒家綏德遠服，「有德則來，無道而去」〔註178〕、「以德懷之，朝貢歲至」〔註179〕的王道思想。尤其是在政經層面的遣使來貢，與海國珍寶異物的朝獻，官方史書的表述立場，更是展現了儒家海洋政治之「海爾出日，罔不率俾」的歸化遠服；經貿之「至于海表，四夷來貢」的四方珍怪、瑰寶溢目的貢納景象。《三國志・魏書》註引《魏略・西戎傳》云「大秦」：

> 國出細絺……又常利得中國絲，數與安息諸國交市於海中……陽嘉三年，疏勒王臣槃獻海西青石、金帶各一，罽賓、條支諸國出琦石，即次玉石。大秦多駭鷄犀、瓙珸、玄熊、大貝、瑪瑙、南金、翠爵、羽翮、象牙、符采玉、明月珠、夜光珠、虎珀、珊瑚、琉璃、水精、玫瑰……火浣布、薰草木十二種香。〔註180〕

> 海南諸國，在交州南及西南大海洲上……漢元鼎中，路博德開百越，置日南郡，其徼外諸國，至武帝以來皆朝貢。後漢桓帝世，大秦、天竺由此道遣使貢獻。〔註181〕

們確實作爲商品而到達中國，在當時的豪富之家有著相當高的榮譽性價值。至於雜耍藝人，可以肯定常被胡族國家如安息、撣國等當作貢品進獻給漢廷。至於這些藝人雜耍最初是來自大秦及犁靬，可能是東羅馬，極有可能是從羅馬帝國奴隸市場買來。」（頁187）馮承鈞：《中國南洋交通史》所持觀點以撣國所獻之幻人，是遵陸而非循海，疑是南天竺之幻人。（頁5～6。）《後漢書・卷五十一》也言：「李恂使持節領西域副校尉。西域殷富，多珍寶，諸國侍子及督使貫胡數遺恂奴婢、宛馬、金銀、香罽之屬，一無所受。」（頁1683。）可見東漢時期，奴隸包含男性與女性也從西域來到中國，並成爲一種商品。另外《三國志・魏書・烏丸鮮卑東夷傳第三十》註引《魏略・西戎傳》言：「大秦在安息、條支西大海之西……民俗多奇幻，口中出火，自縛自解，跳十二丸巧妙……又常利得中國絲，解以爲胡綾，故數與安息諸國交市於海中……大秦道既從海北陸通，又循海而南，與交趾七郡比，又有水道通益州。」（頁860～861。）由上各條資料推知，透過西域的陸路或是南方的海路，來到中國的奴隸及雜耍藝人，極有可能是撣國、安息、天竺、大秦的貿易圈，或交市於海中，而沿日南交趾以輸入；或由南天竺循陸路，而由西域胡人商賈進獻之。

〔註178〕《南史・卷七十九》，頁1987。
〔註179〕《梁書・卷五十四》，頁818。
〔註180〕《三國志・卷三十》，頁860～861。
〔註181〕《梁書・卷五十四》，頁783。

顯然在三國魏時期，大秦國所產之珍品尤物，不斷的增多。陽嘉三年，疏勒王所進獻的海清石，即是原產於海西國。而據《三國志・吳書》記載多條東吳使節及將軍浮海而出、南洋海國遣使來獻及當時海路交易的興盛景況：「黃龍二年，遣將軍衛溫、諸葛直將甲士萬人浮海求夷州及亶州，得夷州數千人還」、「赤烏五年，遣將軍聶友、校尉陸凱以兵三萬討珠崖、儋耳」、「赤烏六年，扶南王范旃遣使獻樂人及方物」〔註182〕、「延康元年，呂岱定交州，討九眞。又遣從事南宣國化，暨徼外扶南、林邑、堂明諸王，各遣使奉貢」〔註183〕、「士燮遷交阯太守……雄長一方，偏在萬里。出入鳴鐘磬，備具威儀，笳簫鼓吹，車騎滿道，胡人夾轂焚燒香者常有數十……燮每遣使詣權，致雜香細葛，輒以千數，明珠、大貝、流離、翡翠、瑇瑁、犀、象之珍，奇物異果，無歲不至，貢馬凡數百匹。」〔註184〕士燮任交阯郡守，街道滿是胡人，甚至進獻給孫權明珠、瑇瑁、犀、象等之珍物，可以想見當時海上貿易的漢、胡商業市場是多麼的繁榮。魏文帝多次請使索討海國珍寶，相較於東吳宮中瑰寶滿溢，吳主當然是不以爲意，具以與之。更何況當時吳國政府還征討南洋諸島、耀兵海外；宣化海南、諸國遣使來貢；甚至於還壟斷珍珠的貿易，增加國家的財政歲收。《梁書・卷五十四》云：「吳孫權時，遣宣化從事朱應、中郎康泰通焉……遣中郎康泰、宣化從事朱應使於尋國。」〔註185〕而《晉書・卷五十七》云：

> 合浦郡百姓以采珠爲業，商賈去來，以珠貿米。而吳時珠禁甚嚴，慮百姓私散好珠，禁絕來去。又所調猥多，限每不充。今請上珠三分輸二，次者輸一，粗者蠲除。非採上珠之時，聽商旅往來如舊。
>
> 〔註186〕

吳國不僅是壟斷合浦地區的珍珠貿易，並將珍珠分類徵稅與管控。當時的交阯、日南、合浦及番禺都是珍珠貿易的集散地，並成爲安息、大秦、天竺等國的海市要站。〔註187〕

〔註182〕《三國志・卷四十七》，頁1136～1145。
〔註183〕《三國志・卷四十七》，頁1385。
〔註184〕《三國志・卷四十九》，頁1191～1192。
〔註185〕《梁書・卷五十四》，頁783～789。
〔註186〕《晉書・卷五十七》，頁1561。
〔註187〕《晉書・卷九十七》，頁2546著述：「徼外諸國嘗齎寶物自海路來貿易，而交州刺史、日南太守多貪利侵侮，十折二三。」可見八方雲集、海外來商的南海諸郡，成爲奇珍異品、無盡財富的大宗生意網絡；也造成當時任職官員在

　　晉時，南海諸國的入貢與獻物，在《晉書卷九十七‧四夷列傳》僅僅著錄：「武帝太康中，其王（大秦）遣使貢獻」、「林邑國自孫權以來，不朝中國。至武帝太康中，始來貢獻……遣使通表入於帝……至孝武帝寧康中，遣使貢獻」、「扶南國貢賦以金銀諸香……武帝泰始初，遣使來貢。太康中，又頻來。穆帝升平，貢馴象。帝以殊方異獸，恐為人患，詔還之。」而《宋書‧夷蠻列傳》所載海國使貢獻物事蹟多有：「林邑國，高祖永初二年，林邑王范陽邁遣使貢獻；十年，陽邁遣使上表獻方物……十二、十五、十六、十八年，頗遣貢獻，所貢陋薄……世祖孝建二年，林邑又遣長史范龍跋奉使貢獻；大明二年，長史范流奉表獻金銀器及香布諸物；太宗泰豫二年，遣使獻方物」、「扶南國，太祖元嘉十一年、十二、十五，國王持黎跋摩遣使奉獻」、「呵羅單國治婆羅洲。元嘉七年，遣使獻金剛指鐶、赤鸚鵡鳥、天竺國日疊古貝、葉波國古貝等物」、「闍婆國，元嘉十六年，國王舍利婆羅跋摩遣使獻方物四十一種」、「婆達國，元嘉二十六年，國王舍利不陵伽跋摩遣使獻萬物」、「闍婆婆達國元嘉十二年、師子國元嘉五年、天竺迦毗黎國元嘉五年，遣使奉表」、「元嘉十八年，蘇摩黎國王遣使獻方物、世祖孝建二年，斤陀利國遣使獻金銀寶器」、「後廢帝元徽元年，婆黎國遣使貢獻。」這些遣使奉表朝貢的著錄，說明了當時南海諸國通過海路交通，而與南朝宋國間的文化、政治上的頻繁交流。所謂的「太祖以南琛不至，遠命師旅，泉浦之捷，威鎮滄溟，未名之寶，入充府實。」〔註188〕至於《南齊書‧東南夷列傳》對當時與南海國的交流載述則記有：「永明九年，林邑國遣使獻金簞等物」、「宋末，扶南王遣商貨至廣州」、「永明三年，征交州，獻十二對純銀兜鍪及孔雀毦。」〔註189〕並在該書《東南夷列傳》文後總結了當時中國懷德綏服海邦，與南夷諸國的朝貢交流及經貿盛況：

> 南夷雜種，分嶼建國，四方珍怪，莫此為先，藏山隱海而瑰寶溢目。
> 商舶遠屆，委輸南州。故交、廣富貴，牣積王府。充斥之事差微，
> 聲教之道可被，若夫用德以懷遠，其在此乎？〔註190〕

對於南海嶼國政治及經貿上的經營，《梁書‧諸夷‧海南列傳》卻紀錄著相當多過去所未曾著錄的海外奇國，與南梁雙方的互動：「林邑國，出瑇瑁、貝

海市交易下的有利可圖。
〔註188〕《宋書‧卷九十七》，頁2377～2399。
〔註189〕《南齊書‧卷五十八》，頁1013～1018。
〔註190〕《南齊書‧卷五十八》，頁1018。

齒、吉貝、沉木香⋯⋯孝武孝建、大明中，奉表貢獻，遣使方物；大通元年、二年、六年遣使獻貢方物」、「扶南國，出金、銀、銅、錫、沉木香、象牙、孔翠、五色鸚鵡」、「頓遜國在海岐上，其市，東西交會，珍物寶貨，無所不有；又有酒樹」、「毗騫國、長頸國王，自古不死」、「扶南東界為大漲海，海洲上有諸薄國」、「扶南，晉太康中，始遣使貢獻，宋文帝時，奉表獻方物」、「天監三年，王跋摩遣使送珊瑚佛像，并獻方物」、「盤盤國，大通元年遣使貢牙像及塔，并獻沉檀等香數十種；六年，送菩提國真舍利及畫塔，並獻菩提樹葉、詹糖等香」、「丹丹國，大同元年，遣使獻金、銀、瑠璃、雜寶、香料等物」、「于陁利國，在南海洲上，宋孝武世，遣使獻金、銀寶器；普通元年，復遣使方物」、「狼牙脩國，在南海中。多沉婆律香，天監十四年，遣使奉表」、「婆利國，在廣州東南海中洲，海出文螺、紫貝，天監十六年遣使奉表；普通三年，其王遣使貢白鸚鵡、青蟲、兜鍪、瑠璃器、古貝、螺杯、雜香、藥等數十種」、「中天竺國，多大秦珍物，珊瑚、琥珀、金碧珠璣、鬱金、蘇合⋯⋯孫權黃武五年，大秦賈人秦論來到交趾，交趾太守遣送詣權⋯⋯其水陸通流，百賈交會，奇玩珍瑋，恣心所欲。天監初，獻琉璃唾壺、雜香、古貝等物」、「師子國，出珍寶。晉義熙初，遣獻玉像，元嘉六年、十二年，其王遣使貢獻」、「波斯國，出龍駒馬、鹹池生珊瑚樹、琥珀、馬腦、真珠，中大通二年，遣使獻佛牙。」〔註191〕南梁與南海諸國交流頻繁，這些國家以山奇海異、怪類殊種、前古未聞的方物朝貢歲至，擴展了中古時期中國與南海外國的邦誼及臣貢體制，並且提供了當時小說家有關海外殊異方物、奉表納貢的海洋觀書寫題材。

　　兩漢魏晉六朝時期，中國與南洋島國的交流，不僅透過遣使奉表稱臣的管道外，更透過雙方的海上貿易、文化交往，形成了一個朝貢的體系。〔註192〕而位於東部海洋的政治與經貿交通，中國不僅與朝鮮建立了深遠的關係，並與日本及東海上的島嶼進行聯繫與交通。有關朝鮮的著錄，《山海經·海內經》及《海內北經》分言：「東海之內，北海之隅，有國名曰朝鮮」、「朝鮮在列陽東，海北山南。列陽屬燕」（郭璞云：朝鮮今樂浪郡，箕子所封地。）〔註193〕而《史記·宋微子世家》也載述：「武王封箕子於朝鮮而不臣也。」

〔註191〕《梁書·卷五十四》，頁784～815。
〔註192〕有關史書載述南海諸國朝貢實錄的統計數次，可參見〔法〕費瑯著：《崑崙及南海古代航行考》（北京：中華書局，2002.12一刷），頁45～63。
〔註193〕《山海經校注》，頁441、321。

〔註194〕甚至是《漢書‧地理志》云:「殷道衰,箕子去之朝鮮,教其民以禮義,田蠶織作。」〔註195〕另外《三國志、魏書‧東夷傳》注引《魏略》云:「昔箕子之後朝鮮侯,見周衰,燕自尊爲王,欲東略地,朝鮮侯亦自稱爲王,欲興兵逆擊燕以尊周室。」〔註196〕可見西周時期,箕子即被武王封於朝鮮之地,這是中國與朝鮮聯繫紀錄的開始。《史記‧朝鮮列傳》述:「元封(武帝時)三年夏,左將軍荀彘……遂定朝鮮,爲四郡。」〔註197〕這場武裝叛變的漢朝將軍,以從齊浮渤海,兵五萬人,最終平定朝鮮,設置眞番、臨屯、樂浪及玄菟四郡。《漢書‧地理志》更提及朝鮮人民天性柔順,而漢賈行商敗壞風俗,及樂浪海中倭人、會稽海外東鯷人,歲時來獻的交流記載。〔註198〕

《史記‧淮南衡山列傳》云:

> 使徐福入海求神異物……遣振男女三千人,資之五穀種種百工而行。徐福得平原廣澤,止王不來。(《括地志》云:「亶洲在東海中,秦皇遣徐福將童男女,遂止此洲。其土人有至會稽市易者。」)
> 〔註199〕

張守節《史記正義》引《括地志》所述,認爲徐福尋仙不成而落腳的最後地點爲亶洲,在東海中。《後漢書‧東夷列傳》也說:

> 會稽海外有東鯷人,分爲二十餘國,又有夷洲及亶洲。傳言方士徐福將童男女數千人入海,求蓬萊神仙不得,遂止此洲。世相承,有數萬家,人民時至會稽市。〔註200〕

顯然與中國交流的東海外國,還有傳說中的徐福落腳之地:亶洲及夷洲。沈瑩《臨海水土志》曰:「夷洲在臨海東南,去郡二千里……土地饒沃,生五穀,多魚肉。」〔註201〕而《三國志‧吳書‧吳主傳》說:

> 遣將軍衛溫、諸葛直將甲士萬人浮海求夷洲及亶洲。亶洲在海中,長老傳言徐福將童男女數千人入海,止此洲不還。其上人民時有至

〔註194〕《史記‧卷三十八》,頁1620。
〔註195〕《漢書‧卷二十八下》,頁1658。
〔註196〕《三國志‧卷三十》,頁850。
〔註197〕《史記‧卷一百一十五》,頁2989。
〔註198〕《漢書‧卷二十八下》,頁1658、1669。
〔註199〕《史記會注考證‧卷一百十八》,頁1270。
〔註200〕《後漢書‧卷八十五》,頁2822。
〔註201〕《後漢書‧卷八十五》,頁2822。

會稽貨布，會稽東縣人海行，亦有遭風流移至亶洲者。〔註202〕

可見，亶洲島民與會稽郡民在三國時，已有貿易上的往來著錄。《後漢書‧東夷列傳》另外還載述了其他的東海嶼國與中國的交流及其民情風土：「建武中，東夷諸國皆遣獻見」、「建武二十五年，夫餘王遣使奉貢；永寧元年，遣嗣子闞貢獻」、「挹婁，東濱大海，有五穀、麻布，出赤玉、好貂」、「建武八年，高句驪遣使朝貢；安帝永初五年，遣使貢獻」、「東沃沮，東濱大海，宜五穀、善田種」、「北沃沮，其耆老言，嘗於海中得一布衣，其形如中人衣，兩袖長三丈。於岸際見一人乘破船，頂中復有面，與語不通，不食而死。海中有女國，有神井，闚之輒生子」、「沃沮、濊貊悉屬樂浪，建武六年，皆歲時朝貢……樂浪檀弓出其地。又多文豹，有果下馬，海出班魚，使來皆獻之」、「馬韓人知田蠶、作緜布。出大粟如梨，有長尾雞，尾長五尺；重瓔珠，以綴衣為飾」、「辰韓，土地肥美，宜五穀。國出鐵，濊、倭、馬韓並從市之，凡諸貨易，皆以鐵為貨」、「弁韓與辰韓雜居，其國近倭，頗有文身者」、「馬韓西，海島上有州胡國，人短小，乘船往來貨市韓中」、「倭在韓東南大海中，凡百餘國。自武帝滅朝鮮，使驛通於漢者三十許國……出白珠、青玉；建武中元二年，倭奴國奉貢朝賀。光武賜以印綬；安帝永初元年，倭國王獻生口百六十人，願請見」、「自女王國東渡海千餘里至拘奴國。自女王國南四千餘里至朱儒國，人長三四尺。自朱儒東南行船一年，至裸國、黑齒國，使驛所傳，極於此矣。」〔註203〕可見東海上的島國在朝貢漢廷與通接商賈上，在兩漢時期已迅速發展與維持；而徐福東方海域的行蹤雖然成謎，但卻說明這些島國人民曾經來到會稽交市。史載顯示，中國與這些濱海部族或島嶼國家之間的使者往來，是非常的活躍。

迨至三國時期，中國與東海國家的海上貿易及政治往來，更是進一步的頻繁發展。《三國志‧魏書‧烏丸鮮卑東夷傳》詳述了這些東海島國與魏國、吳國間的通使獻貢與其民情風俗：「夫餘，其國善養牲，出名馬、赤玉、貂狖、美珠。珠大如酸棗……歲歲遣使詣京都貢獻」、「東沃沮，其俗常以七月取童女沉海」、「挹婁，古之肅慎氏之國，出赤玉、好貂」、「濊南與辰韓，東窮大海。其海出班魚皮，土地饒文豹，又出果下馬，漢桓帝獻之。正始八年，詣闕朝貢」、「倭人在帶方東南大海中，舊百餘國，今所驛所通三十國。

〔註202〕《三國志‧卷四十七》，頁1136。
〔註203〕《後漢書‧卷八十五》，頁2812～2822。

出真珠、青玉。景初二年，倭女王遣使求詣天子朝獻，獻生口數人、班布；
〔註204〕正始四年又獻生口、倭錦、絳青縑、緜衣、帛布、丹木、短弓矢；八
年，獻男女生口三十人，貢白珠五千，孔青大句珠二枚，異文雜錦二十四。」
〔註205〕而《三國志・吳書・吳主傳二》也載：「嘉禾元年，遣將軍周賀、校尉
裴潛乘海之遼東。後歸藩於權，并獻貂馬。」〔註206〕

　　南北朝時期，中國與東海上島國的朝貢及經貿交流，亦散見史錄。《宋書・
夷蠻列傳》提及東句驪國、百濟國及倭國與漢廷的政經動態：「東夷高句驪國，
晉安帝義熙九年，遣使奉表獻赭白馬、闕獻方物；其王每歲遣使，義熙十九
年獻馬八百匹、方物；大明三年獻獻肅慎氏楛矢石磐；太宗泰始、後廢帝元
徽，貢獻不絕」、「百濟國，少帝景平二年，遣使詣闕貢獻；每歲遣使奉表獻
方物」、「倭國，世修貢獻；太祖元嘉二年，遣使奉表獻方物。」〔註207〕《南
齊書・東南夷列傳》也記載當時與高麗國、加羅國、倭國的遣使交流：「高麗
國，太祖建元三年，遣使貢獻，乘舶泛海，使繹常通」、「加羅國，建元元年，
國王遣使來獻」、「倭國，建元元年，進新除使持節。」〔註208〕《梁書・諸夷
列傳・東夷之國》云：

> 東夷之國，朝鮮為大，得箕子之化，其器物猶有禮樂。魏時，朝鮮
> 以東馬韓、辰韓之屬，世通中國。自晉過江，泛海東使，有高句驪、
> 百濟，而宋、齊間常通職貢。梁興，又有加焉。〔註209〕

泛海東使，以通職貢，說明朝鮮、百濟、新羅與中國的歷史交誼。而倭國也
在齊建元中，除武持節進表。《梁書・東夷之國》還提到東海海域中的小島
國，及其特殊的風土民情：「倭國其南有侏儒國，人長三四尺」、「黑齒國、裸
國，去倭四千餘里，船行一年至」、「西南萬里有海人，身黑眼白，裸而醜。
其肉美，行者或射而食之」、「文身國，人體有文如獸」、「大漢國，無兵戈，
不攻戰」、「扶桑東有女國，容貌端正，色甚潔白，二、三月，競入水則任
娠，六七月產子；乳子一百日能行，三四年則成人」、「天監六年，有晉安人

〔註204〕《三國志・卷三十》，頁857，記載當時魏王在此貢納交易中，中國本身的禮
　　　　物有：「文錦三匹、細班華罽五張、白絹五十匹、金八兩、五尺刀二口、銅鏡
　　　　百枚、真珠、鉛丹各五十斤。」
〔註205〕《三國志・卷三十》，頁842～858。
〔註206〕《三國志・卷四十七》，頁1136。
〔註207〕《宋書・卷九十七》，頁2392～2395。
〔註208〕《南齊書・卷五十八》，頁1009～1012。
〔註209〕《梁書・卷五十四》，頁800～801。

渡海，爲風飄至一島，登岸，有人居此，女則如中國，言語不曉，男則人身狗頭，其聲如吠。」〔註210〕這些九州之外，八荒之表的山奇海異、怪類殊種的傳聞，也成爲小說家書寫海外奇談的特別材料。另外，《北史・流求　倭列傳》敘及流求國：「居海島，當建安郡東，水行五日而至。男女皆紵繩纏髮」；敘及倭國海外他國有「從帶方至倭國，循海水行，歷朝鮮國、一支國、末盧國、伊都國、奴國、不彌國、投馬國、邪馬臺國等。漢光武時，倭國遣使入朝，安帝時，又遣朝貢，謂之倭奴國。」〔註211〕所有這些與中國朝貢交誼的國家，誠如《梁書・諸夷列傳》所說：「海南諸國地窮邊裔，各有疆域。若山奇海異，怪類殊種，前古未聞。故知九洲之外，八荒之表，辯方物土，莫究其極，而朝貢歲至，美矣。」〔註212〕山奇海異、萬物殊方、朝貢歲至的史籍載錄，的確提供了兩漢魏晉六朝小說書寫海外奇國的搖籃。而且那來自各海洋異國珍貴的海產資源，詭怪譎幻的海上殊國，也都成爲小說家海洋書寫的最佳素材。

第三節　漢魏六朝小說中的儒家海洋觀

先秦小說源於神話、傳說、寓言與野史，是爲中國小說之濫觴。而漢魏六朝小說除了踵繼先秦小說的源脈外，其內容更是融攝了搜奇與志怪兩大範疇。屬於搜奇志怪的小說，在漢以前有《山海經》與《穆天子傳》。《山海經》是專記八荒異物，絕域殊方之山琛海寶的古代神話結集，其偏重地理，可屬遠方珍異的「搜奇」系統；而《穆天子傳》則是記載周穆王駕八駿北絕流沙，西登昆崙，見西王母，其偏重歷史，屬於神仙靈異的「志怪」系統。因此，漢魏六朝小說在「搜奇」系統的內涵上除了專述街談巷語道聽塗說的野史荒誕不經之語外，也記載海內外絕域殊方之珍奇瑰寶、奇風駭俗的雜俎錄記；而「志怪」內容雖以書寫方士的神仙靈異海外不死長生藥的追尋，與魏晉士大夫之服食養生神仙方術的喧騰，口誇海外靈境天上神仙、煉丹服食以白日升天外，更加上以佛教東漸漢土所興起生死輪迴因果報應之說。另外，漢魏六朝小說在「搜奇」與「志怪」兩大系統合流外，在清談及品評人物的時代風氣影響下，「志人」的小說系統也應運而生。

〔註210〕《梁書・卷五十四》，頁 807～809。
〔註211〕《北史・卷九十四》，頁 3135。
〔註212〕《梁書・卷五十四》，頁 818。

　　而就儒家典籍裡「溥天之下，莫非王土；率土之濱，莫非王臣」的德化大覆、「至于海表，罔有不服」的王疆海界，與「四夷來貢，綏靖遠服」的「海隅出日，罔不率俾」的歸化臣貢，我們可以說儒家的海洋觀是一個以政經爲焦點的海洋思維，在政治上的萬邦遠服，四海來歸；在經濟上的四夷朝獻，與殊方異域的互通有無。同時，我們也可以看見史冊中閃耀著海國異邦的咸歸風化，莫不梯山貢職，望日來王。它們充分地展現儒家自《尚書·禹貢》「四夷來貢，綏靖遠服」的政經視野，與對於海外異族的中原王朝意識。這樣的海洋思維不僅開啓後世海上經貿的通道，更打開了與海外諸國在外交及文化上的邦誼，豐富了漢魏六朝小說家在「搜奇志怪」的想像，及有關在開展海上活動下的海外八荒異物殊種之風情民俗的傳聞，以及海外殊異方物、山琛水寶四夷奉表朝貢的奇珍絕品，和種種詭奇夸飾，海外奇談中之以「非我族類，其心必異」的華夏中心視角之儒家海洋觀書寫內容。

　　《神異經》一卷，舊題東方朔撰，張華注。然此書爲後人假托東方朔所作，是可以肯定的。《神異經》雖爲道教典籍小說，而以「奇言怪語」著之，內容也多奇聞異錄，雖與《山海經》同爲搜奇雜錄之書寫體例，但記及海外瀛國怪聞，亦不免受到儒家經典史籍「山奇海異，怪類殊種，前古未聞。故知九洲之外，八荒之表，辯方物土，莫究其極」、「中國戎夷五方之民，皆有性也，不可推移。東方曰夷，被髮文身；南方曰蠻，雕題交趾；西方曰戎，被髮衣皮；北方曰狄，衣羽毛穴居」〔註213〕視野的體會影響。在這樣的文化史觀下，免不了以一種中原禮儀之邦，奉正朔之所在，而四夷都爲被髮文身、雕題交趾、衣羽毛穴的化外夷蠻之民。是書《東南荒經》、《西南荒經》、《西荒經》及《西北荒經》記載：

> 東南方有人焉，周行天下，身長七丈，腹圍如其長。頭戴雞父魃，朱衣縞帶，以赤蛇繞額，尾合於頭。不飲不食，朝吞惡鬼三千，暮吞三百。此人以鬼爲飯，以露爲漿，名曰尺郭，一名食邪鬼。
> 〔註214〕

> 西南方有人焉，身多毛，頭上戴豕。貪如狼惡，好積財而不食人谷，名曰饕餮。〔註215〕

<hr>

〔註213〕《禮記注疏》，頁 247～248。
〔註214〕《漢魏六朝筆記小說大觀》，頁 50～51。
〔註215〕《漢魏六朝筆記小說大觀》，頁 54。

> 西荒之中有人焉，長短如人，著百結敗衣，手虎爪，名曰貘鬼。伺
> 人獨行，輒食人腦，或舌出盤地丈餘，人先聞其聲，燒大石以投其
> 舌，乃氣絕而死。不然食人腦矣。〔註216〕

> 西北荒有人焉，人面朱髮，蛇身人手足，而食五穀禽獸。貪惡愚頑，
> 名曰共工。〔註217〕

這樣對海外人種「搜奇志怪」的描寫，可以看成是對與華夏中土人種不同的海外異邦島民的獸化歪曲，以強勢的中原王朝觀點，視異域爲非我族類，其心必異的鬼獸之國。而《東荒經》《東荒經》、《東南荒經》分載海外殊方奇物：

> 東海滄浪之洲，生強木焉，洲人多用作舟楫。其上多以珠玉爲戲物，
> 終无所負。其木方一寸，可載百許斤。縱石鎭之不能沒。〔註218〕

> 東南海中有炬洲，洲有溫湖，鮒魚生焉。其長八尺，食之宜暑而避
> 風寒。〔註219〕

這種山奇海異的遠國方物，在小說家的奇想誕思下，都源於對奇山異海的殊方尤物，賦予最誇飾意想的書寫，顯示了九洲之外，八荒之表，辯方物土，而莫究其極。

《海內十洲記》亦托名東方朔所撰。其寫漢武帝既聞王母所說八方巨海之中有祖、瀛、玄、炎、長、元、流、生、鳳麟、聚窟十洲，又延東方朔問十洲所有之物名。其體例亦仿效《山海經》，而神仙的意味濃厚。篇中雖多言仙道絕俗虛詭之蹟，然而在「搜奇志怪」的寫風下，亦有儒家王化澤被之海國朝貢，進獻方物的載述：

> 武帝天漢三年，帝幸北海。四月，西國王使至，獻此膠四兩，吉光
> 毛裘，武帝以西國雖遠，而上貢者不奇，稽留使者未遣。時，武帝
> 幸華林園射虎，弩弦斷，上膠一分，口濡以續弩弦，帝驚曰：「異物
> 也。」又裘入水數日不沉，入火不焦，帝乃悟，厚謝使者而遣去……
> 如此膠之所出，從鳳麟洲來，劍之所出，必從流洲來，并是西海中
> 所有……征和三年，武帝幸安定。西胡月支國王遣使獻香四兩，大

〔註216〕《漢魏六朝筆記小說大觀》，頁54。
〔註217〕《漢魏六朝筆記小說大觀》，頁56。
〔註218〕《漢魏六朝筆記小說大觀》，頁50。
〔註219〕《漢魏六朝筆記小說大觀》，頁51。

如雀卵，黑如桑椹；又獻猛獸一頭……此二物，實濟眾生之至要，助政化之升平……后元元年，長安城內病者數百，亡者太半。武帝取月支神香燒之于城內，其死未三月者，皆活。〔註220〕

《海內十洲記》所提及的海外貢物，都是奇山異海、山琛水寶的方物，西海之膠與吉光毛裘；月支國之神香與猛獸，這些遠國獻物不僅讚頌武帝的海外威德，呈顯一個穩固的帝國秩序，同時也誇大它們靈異奇幻的價值功能。

南越國名義上已是西漢的藩國，每年要遣使至京師長安獻貢。當然其所進貢物品，應是嶺南及南海諸國的特產方物。《漢書·卷九十五·兩粵傳》言：「文帝元年，賜佗南粵王……長為藩臣，奉貢職。佗因使者獻白璧一雙、翠鳥千、犀角十，紫貝五百、桂蠹一器、生翠四十雙、孔雀兩雙等。」〔註221〕又《漢書·卷八·宣帝紀》亦言：「元康四年，九眞獻奇獸，南郡獲白虎威鳳為寶。」〔註222〕《西京雜記》是一部著名的雜記體小說，書中所記都是西漢佚事瑣聞，大凡宮廷秘事、帝王后妃生活、名將功臣逸聞、文人方士技藝、奇珍異物等為《漢書》遺佚細事，多所輯錄。其書就以載述許多來自南越的海國獻品為主軸，它不僅揭示了儒家王化澤被的海國朝貢，同時也廣泛地描寫這些來自南海異域的珍貴方物。是書《卷三》：「南越王尉佗獻高祖鮫魚、荔枝，高祖報以蒲桃錦四匹。」〔註223〕南越王尉佗進貢漢高祖的鮫魚、荔枝，就是番禺當地的海源與水果珍品。《卷一》也載：「積草池中有珊瑚樹，高一丈二尺，一本三柯，上有四百六十二條。是南越王趙佗所獻，號為烽火樹。至夜，光景常欲燃。」〔註224〕這種夜中光亮欲燃的丈高珊瑚，更是進獻於宮中的海寶。《卷一》：「武帝時，西域獻吉光裘，入水不濡。上時服此裘以聽朝」、「宣帝被收繫郡邸獄，繫身毒國寶鏡一枚。此鏡見妖魅，得佩之者為天神所福，故宣帝從危獲濟。」〔註225〕《卷四》：「成帝時，交趾越崔獻長鳴雞，伺雞晨，即下漏驗之，晷刻無差，雞長鳴則一食頃不絕，長距善鬥。」〔註226〕《卷六》：「武帝以象牙為簟，賜李夫人」〔註227〕、《卷八》：「韓嫣以

〔註220〕 《漢魏六朝筆記小說大觀》，頁 66～68。
〔註221〕 《漢書·卷九十五》，頁 3851～3852。
〔註222〕 《漢書·卷八》，頁 259。
〔註223〕 《漢魏六朝筆記小說大觀》，頁 97。
〔註224〕 《漢魏六朝筆記小說大觀》，頁 83。
〔註225〕 《漢魏六朝筆記小說大觀》，頁 81。
〔註226〕 《漢魏六朝筆記小說大觀》，頁 107。
〔註227〕 《漢魏六朝筆記小說大觀》，頁 113。

玳瑁爲床。」〔註228〕上述身毒國寶鏡、象牙、玳瑁、長鳴雞這些來自南方海國的獻品，都是當時經由南越海港而進貢於漢朝宮廷的珍玩。這些山珍海寶、奇珍異物，不僅源源不絕地從海外輸入中國，同時在帝王的愛好下，形成政府及民間爭相競逐於奇珍異寶的賞玩與收藏。

《西京雜記‧卷一》也書寫趙飛燕受寵時的豪奢起居：「趙飛燕居昭陽殿，明珠翠羽飾之、玉几玉床、白象牙簟、雜薰諸香；窗扉多是綠琉璃」、「趙飛燕爲皇后，贈遺之侈：黃金步搖、琥珀枕、龜文枕、珊瑚玦、馬腦彄、孔雀扇、翠羽扇、琉璃屏風、椰葉席、青木香、沉水香、香螺厄（出南海，一名丹螺）、九眞雄麝香。」〔註229〕這些來自南海的產物，一一成爲宮廷侈奢豪闊的裝飾珍品，及一定身分的表徵。《漢書‧卷九十六下》所講：「明珠、文甲、通犀、翠羽之珍盈於後宮；蒲梢、龍文、魚目、汗血之馬充於黃門；鉅象、師子、猛犬、大雀之羣食於外囿。殊方異物，四面而至。」如《西京雜記‧卷二》所云：「武帝時，身毒國獻連環羈，皆以白玉作之，馬瑙石爲勒，白光琉璃爲鞍，自是長安始盛飾鞍馬，竟加雕鏤；或一馬之飾直百金以南海白蜃爲珂，紫金爲華，以飾其上」、「梁孝王好營宮室苑囿之樂。園中有雁池、鶴洲、鳧渚；奇果異樹、瑰禽怪獸畢備。」〔註230〕又其書《卷三》也陳述當時的民間富商，對於這些奢侈品的廣求與搜集：「茂陵富人袁廣漢於北邙山下築園，養白鸚鵡、紫鴛鴦、青兕、奇獸怪禽，委積其間。」〔註231〕當時的風氣所浸，以致「上好珍怪，貴遠方之物，則淫服下流。」〔註232〕

《漢武帝別國洞冥記》，題後漢郭憲撰。郭憲，字子橫，汝南宋人，有道術。王莽篡漢後，拜爲郎中，並賜有衣袍。而他卻將所賜衣袍焚毀，逃到東海之濱。光武中興後，徵拜爲博士，官至光祿勳。其剛言直諫，有「關東觥觥郭子橫」之稱。又因他有「噀酒救火」一事爲方士攀引，范曄作《後漢書》時將他編在《方士列傳》之中。《漢武帝別國洞冥記》四卷，所言皆爲神仙道術以及遠方怪異之事。其書大量記載當時來自南海、西域等海外奇國及其所進獻的奇珍異品。是書《卷一》記載：「元封中，有祇國獻金鏡，能照見魑魅，不獲隱形」、「波祇國亦名波弋國，獻神精香草，握一片，滿室皆香」、「翕韓

〔註228〕《漢魏六朝筆記小說大觀》，頁117。
〔註229〕《漢魏六朝筆記小說大觀》，頁82、84。
〔註230〕《漢魏六朝筆記小說大觀》，頁87、92。
〔註231〕《漢魏六朝筆記小說大觀》，頁96。
〔註232〕《鹽鐵論‧力耕第二》，頁20。

國獻飛骸獸，狀如鹿，青色。及死，骨色猶青，以繩繫其足存，而頭、尾及骨皆飛去。」〔註233〕這些絕域遐方所貢之珍稀奇物，有其神奇的功效，當然也融攝了奇聞浪漫的想像力。而《卷二》南海吠勒國貢文犀，與乘象入海底取寶的海洋奇聞，更顯荒誕浮誇：

> 吠勒國貢文犀四頭，狀如水兕。角表有光，因名明犀。置暗中，有
> 光影，亦曰影犀……此國去長安九千里，在日南（原鬱林、南海、
> 象郡，武帝更名）。人長七尺，被髮至踵，乘犀象之車。乘象入海底
> 取寶，宿于鮫人之舍，得泪珠，則鮫所泣之珠，亦曰泣珠。〔註234〕

另外，「郅之國貢肝石百斤，國人長四尺，惟餌此石。舂碎以和九轉之丹，服之，彌年不飢渴。以之拂髮，白者皆黑」、「元封中，外國所貢青楂之燈，燃照數里」、「元封三年，大秦國貢花蹄牛。蹄如蓮花，善走，多力」、「元封四年，修彌國獻駁騾，高十尺，毛色赤斑，皆有日月之象」、「元封五年，勒畢國貢細鳥，形如大蠅，狀似鸚鵡，聲聞數里，如黃鵠之音」、「那汗國以聲風木十枝獻帝」、「支提國，結海苔為衣，其戲笑，取犀象相投擲為樂。」〔註235〕《卷三》：「末多國獻五味草，食之使人不眠」、「鳥哀國有龍爪薤，長九尺，色如玉，以和紫桂為丸，服一粒而千歲不飢」、「善苑國嘗貢一蟹，長九尺，有百足四螯。煮其殼，勝於黃膠」、「帝舒暗海玄落之席，散明天髮日之香，香出脣池寒國」、「石脉出哺東國，細如絲，可縋萬斤。」〔註236〕另外《漢武帝別國洞冥記·卷四》：「元封三年，鄰過國獻能言龜一頭，長一尺二寸。」〔註237〕小說載述有關這些海外奇國進貢的奇珍異寶，不僅反映當時中國與海外國家的文化交流與朝貢體系，更將想像的觸角伸向了無遠弗屆的四海邦國，編織更多山奇海異的怪國殊寶、藏山隱海的未名之珍，及其神奇的功效。

《漢武故事》一稱《漢武帝故事》，今存一卷。載武帝從出生到崩葬茂陵的傳聞軼事，託名班固作。較之漢代許多神仙小說，《漢武故事》情節比較生動有趣，小說的色彩相當濃厚。其中載述武帝為求長生不老而求仙問道，起蓋神明殿室、建章宮的飾物建物，多是海寶珍品：

〔註233〕《漢魏六朝筆記小說大觀》，頁 125～126。
〔註234〕《漢魏六朝筆記小說大觀》，頁 128。
〔註235〕《漢魏六朝筆記小說大觀》，頁 127～130。
〔註236〕《漢魏六朝筆記小說大觀》，頁 132～134。
〔註237〕《漢魏六朝筆記小說大觀》，頁 127～136。

上起神室，鑄銅爲柱，黃金涂之，悉以碧石，刻玟瑎爲龍虎禽獸，
扇屏悉以白琉璃作之，以白珠爲帘，玟瑎押之；以象牙爲蔑，帷幕
垂流蘇，以琉璃珠玉，明月夜光，雜錯天下珍寶爲甲帳。前庭植玉
樹……語作神命云：「應迎神，嚴裝入海。〔註238〕

起建章宮爲千門萬戶，聚天下四方奇異鳥獸于其中……其旁別造奇
華殿，四海夷狄器服珍寶充之，琉璃珠玉火浣布切玉刀，不可稱數。
巨象大雀，師子駿馬，充塞苑廄……漢成帝爲趙飛燕造服湯殿，綠
琉璃爲戶。〔註239〕

瑎瑎、白珠、琉璃、象牙、珊瑚、火浣布、切玉刀、巨象、師子等海國絕方、
千名萬品之珍寶，如《漢書‧地理志》所言：「多異物，自武帝以來多獻見；
俱入海市明珠、璧琉璃、奇石異物，蠻夷甲船，轉送致之」；或如《漢書‧西
域傳》：「明珠、文甲、通犀、翠羽之珍盈於後宮；蒲梢、龍文、魚目、汗血
之馬充於黃門；鉅象、師子、猛犬、大雀之羣食於外囿。殊方異物，四面而
至。」當然盈於後宮的海外貢品，作爲宮廷神室的建築飾物，也就不計其數，
更象徵武帝時期興盛的海外邦誼與貢納體制。

　　《博物志》，西晉張華（232～300）撰。《晉書‧張華傳》云：「學業優博，
辭藻溫麗，朗贍多通，圖緯方伎之書，莫不詳覽。少自修謹，造次必於禮度。
器識弘曠，時人罕能測之。華強記默識，四海之內，若指諸掌……雅愛書籍，
身死之日，家無餘財，惟有文史溢于机篋……天下奇秘，世所希有者，悉在
華所。由是博物洽聞，世無與比。」〔註240〕《博物志》共十卷，內容含括地
理山水、異域遐方、人民物產、異物方術、異聞雜考等具有小說意趣之作品。
書中多記地窮邊裔、怪類殊種的海國，也意想了更多藏山隱海的方物殊方；
而其傳說故事，更成爲後世傳奇及小說的原始題材。其書《卷一》以載：「漢
使張騫渡西海，至大秦。西海之濱，有小昆侖，高萬仞，方八百里。東海廣
漫，未聞有渡者。今渡南海至交趾者，不絕也。」〔註241〕顯示出當時中國與
西海及南海的政治、經貿交流。《卷二》的「外國」、「異人」、「異俗」、「異產」
的書寫，更是得之於史籍的著述，及其詼諧詭譎的寫作想像，踵繼《山海經》

〔註238〕《漢魏六朝筆記小說大觀》，頁 172。
〔註239〕《漢魏六朝筆記小說大觀》，頁 174～177。
〔註240〕《晉書‧卷三十六》，頁 1068～1074。
〔註241〕《漢魏六朝筆記小說大觀》，頁 187。

的神話筆調。其述「外國」、「異人」：

> 夷海內有軒轅國，在窮山之際，其不壽者八百歲。民食鳳鳥，飲甘
> 露……三苗國，昔唐堯以天下讓于虞，三苗之民非之，帝殺，有苗
> 之民叛，浮入南海……讙兜國民，帝堯司徒，常捕海島中，去南國
> 萬六千里……有一國亦在海中，純女无男……南海有鮫人，水居如
> 魚，不廢織績，其眼能泣珠。嘔絲之野，有女子方跪，據樹而嘔絲，
> 北海外也。〔註242〕

「軒轅」、「三苗」、「讙兜」等踵繼《山海經》中的海國，反映出上古的政治
圖象。而沃沮東大海中「女兒國」的傳說，與《三國志‧魏書東夷傳》所載
盡同。南海產鮫魚，《西京雜記》就已明述尉佗獻于高祖。由鮫魚而為小說中
「南海鮫人」的人魚形象，這與《搜神記卷十二‧鮫人》夸載：「不廢織績、
眼能泣珠」，如出一轍。《博物志》不僅說明了「人魚」特異的海洋傳奇，並
且承襲《楚辭‧天問》「鯪魚何所，鬿堆焉處」〔註243〕與《山海經‧海外北經》
「陵魚人面，手足、魚身，在海中」、《海外西經》：「龍魚陵居在其北」〔註244〕
等典籍中「人魚」神話系統的書寫形貌，與其夸誕的遞嬗演變。另外對於海
外異俗、異產及珍禽異獸、草木的描述，更充滿著異國的想像與瑰奇：

> 毌丘儉遣王頎追高句麗王宮，盡沃沮東界，其俗常以七夕取童女沉
> 海……漢武帝時，西海國有獻膠五兩……漢武帝時……日南貢四
> 象，各有雄雌。其一雄死於九真，乃至南海百有餘日，其雌塗土著
> 身，不飲食，空草，問之則流涕……越巂國有牛，稍割取肉，牛不
> 死，經日肉生如故……大宛國有汗血馬，漢、魏西域時有獻者……

〔註242〕《漢魏六朝筆記小說大觀》，頁 190～192。

〔註243〕《楚辭注八種》，頁 56。

〔註244〕有關中國古代小說中「人魚」的傳說及其形貌演變的論述，袁珂《山海經校
注》，頁 234：「龍魚即是陵魚，一曰『鰕』；一曰「鯢魚」，均是神話傳說中
的人魚形貌之類。袁珂其書頁 323～4 又言：「《山海經》記有產人魚之處多
所……司馬遷《史記》曰：『始皇之葬，以人魚膏為燭。』徐廣曰：『人魚即
鯢魚。』《搜神記》、《述異記》、《博物志》所記南海之外有鮫人……並記而文
小異。《太平御覽‧卷八十》引《博物志》（今本無）云：『鮫人從水出，寓人
家，積日賣絹。將去，從主人索一器，泣而成珠滿盤』……後世人魚之傳說，
則見《太平廣記‧卷四六四》引《洽聞記》……《天中記》引《徂異記》……
其種種形貌姿態已與近世北歐童話筆下人魚相近。」而人魚在中國古代小說
中的敘事變遷，亦可參照倪濃水：〈中國古代海洋小說中「人魚」敘事的歷史
變遷與文化蘊涵〉，頁 65～68。

有鳥，文首，白喙，赤足，曰精衛。精衛常取西山之木石，以填東海……瓀海有鰐魚，狀似鼉，斬其頭而乾之，去齒而更生……東海有牛體魚，形狀如牛，剝其皮懸之，潮水至毛起，潮去則毛伏。東海鮫鱧魚，生子，子驚，還入母腸，尋復出……東海有物，狀如凝血，從廣數尺，方員，名曰鮓魚……海上有草，名蒒。其實食如大菱。〔註245〕

東沃沮俗以童女沉海的駭俗，與《三國志・魏書東夷傳》所載相同。而有關奇禽異獸的描寫，顯現出小說家對海外島國物產的奇幻書寫。東海中的牛體魚、鮫鰐魚、鮓魚，都是最珍貴的海洋魚產。《呂氏春秋・本味篇》也提及：「魚之美者，東海之鮞」、「水之魚曰鰩，無狀若鯉而有翼，常從西海夜飛游於東海」〔註246〕，可見東海中的魚群，皆被小說家賦予極奇特與譎怪的傳聞。而海上的蟲魚鳥獸、異花奇草，也都充滿著浮妄與夸飾。而《博物志・雜說下》所記天河與海相通，說明時人海天邊際相連，海平線的盡頭即是聯通銀河的天文傳說：

舊說云天河與海通。近世有人居海渚者，年年八月有浮槎去來，不失期，人有奇志，立飛閣于查上，多齎糧，乘槎而去。十餘日中，猶觀星月日辰，自後茫茫忽忽，亦不覺晝夜。至一處，有城郭屋舍甚嚴。遙望宮中多織婦，見一丈夫牽牛渚次飲之。牽牛人驚問：「何由至此？」此人具說來意，問此何處，答曰：「君還至蜀郡訪嚴君平則知之。」後至蜀問君平，曰：「某年月日有客星犯牽牛宿。」計年月，正是此人到天河時。〔註247〕

人間的航海者不但登上與海相通的天河（星漢），並且看見了許多織女，甚至與牽牛丈夫對話。這則小說不但開始形塑魏晉之前牽牛織女愛情傳說的背景，以茫茫忽忽的海洋邊際，做為人間與天河的聯通界線，同時海洋也成為銀河星宿、天文神話故事中的浪漫元素；海洋與星漢的關係，則又多了一層浪漫的神話想像〔註248〕。

〔註245〕《漢魏六朝筆記小說大觀》，頁192～198。
〔註246〕《呂氏春秋》，頁323～324。
〔註247〕《漢魏六朝筆記小說大觀》，頁225。
〔註248〕王孝廉：〈牽牛織女的傳說〉《中國的神話與傳說》（台北：聯經事業出版公司，1994.4初版八刷），頁193云：「描寫牽牛織女具體故事的《古詩十九首・迢迢天牛星　皎皎河漢女》確是形成在東漢末期的話，則牽牛織女傳說形成的

　　晉嵇含撰《南方草木狀》，該書書寫南海交趾、九眞及海國地區所充貢之四裔珍異植物，同樣也象徵儒家王化澤被的海國朝貢體制。《卷上‧草類》載述當時南海所進貢的各種奇物與其療效：「漢武帝元鼎六年，破南越，建扶荔宮，以所植奇草異木，有甘蕉二本」、「豆蔻花，食之破氣消痰，進酒增倍。泰康二年，教州貢一篋，上以賜近臣」、「山姜花，煎服之，治冷氣甚效。出九眞、交趾」、「鶴草，出南海。女子藏之，謂之媚蝶，能致其夫憐愛」、「甘儲，蓋薯蕷之類，舊珠崖之地，海中之人並不業耕稼，惟掘地種之。海中之人壽百餘歲者，由不食五谷，而食甘儲故」、「留求子，治孺嬰之疾，南海、交趾俱有之」、「諸蔗，一曰甘蔗，交趾所生，可消酒。泰康六年，扶南國貢諸蔗，一丈三節」、「綽菜，南海人食之，云令人思睡，呼爲瞑菜」、「蕙草，可以止癘，出南海。」〔註249〕這些來自南國海嶼的怪珍異物及其神奇的功效，反映了當時四裔絡繹不絕的獻貢情事。

　　《南方草木狀‧木類》更記載了一些奇珍趣事：「益智子，二月花，五六月熟。味辛，雜五味中芬芳，出交趾、合浦。建安八年，交州刺史張津，嘗以益智子粽餉魏武帝」、「交趾有蜜香樹，出蜜香、沉香等八物」、「桂出合浦，《三輔黃圖》曰：『甘泉宮南有昆明池，池中有靈波殿，以桂爲柱，風來自香』」、「抱香履，出扶南、大秦諸國。泰康六年，扶南貢百雙，帝深嘆異。」〔註250〕嵇含記載了來自南海、大秦等海國歲貢的珍木，不僅印證了史籍所述

雛形期當在王逸到曹丕的百年多之間。而晉武帝時代陸機有〈擬古詩迢迢牽牛星〉，與無名氏的古詩十九首中的牽牛織女隔河遙相望；傅玄〈擬天問〉的『七月七日，牽牛織女會天河』，是文人紀錄牽牛織女傳說早的七夕相會。同時代的周處的《風土記》，不但有七夕相會，更有鵲橋以渡織女的內容。」張華《博物志》所載「天河與海相通」、見「雲漢天宮織婦」、「丈夫牽牛渚次飲」等情節，應是後世傳說中的牽牛演變成人間牧牛農夫並與天上仙女戀愛的故事，爲其思想形成的重要背景。至於「海天相連」的星漢神話想像，確實爲後世牽牛織女的苦戀，提供了一個「河海分界」的相思說本。吳均《續齊諧記》、宗懍《荊楚歲時記》分載「天河」（銀河）爲牽牛織女相思遙望之界：「七月七日織女當渡河……暫詣牽牛」、「天河之東有織女，嫁河西牽牛郎。廢織社，天帝怒。責令歸河東，七月七日夜，渡河一會。」王孝廉也在文中考證援引《詩經‧小雅》、《大雅》、《楚辭‧九思》、《博物志‧山水總論》、《曹丕詩》、《古詩》、《太玄經》、《溫庭筠詩》等典籍，以天河又稱爲「漢」、「雲漢」、「天漢」、「河漢」、「天杭」、「銀河」、「銀漢」等名。至於對「星漢」之名是否與地上「漢水」之名有一定的關係，則表示尚未有合理的論據可信。

〔註249〕《漢魏六朝筆記小說大觀》，頁 255～259。
〔註250〕《漢魏六朝筆記小說大觀》，頁 260～263。

「藩國來聘，殊方異物，四面而至」的盛況；同時也傳遞出對於巨室豪家奢風的諷諭。《西京雜記・卷二》所載梁孝王宮囿「奇果異樹，珍禽怪獸畢備」、《西京雜記・袁廣漢園林之侈》：「富人袁廣漢築園於北邙山下。江鷗海鶴，延漫林池。奇樹異草，靡不具植」，這些海國花木，普植於漢家巨室園囿之中的寫景，與嵇含書中所載極盡相似；而《西京雜記》所述「漢武元鼎六年，破南越，建扶荔宮。扶荔者，以荔枝得名。自交趾移植百株于庭，其實則歲貢焉，郵傳者疲斃於道，極爲生民之患」、「泰康五年，林邑獻百枚海棗樹實，如杯碗。昔李少君嘗遊海上，見安期生食巨棗，大如瓜，非誕說也」、「泰康五年，大秦貢十缶鈎緣子。帝以三缶賜王愷，助其珍味，誇示于石崇」〔註251〕，都是在諷刺與揭示當時皇家巨室富豪，爭相以南海藩國來獻的異珍，誇耀奢侈的生活浮風。

晉王子年（？～390）《拾遺記》，今存十卷。王嘉爲十六國時前秦方士，隱居於東陽谷，鑿崖穴居，受業者數百人，後遷隱終南山。苻堅時屢徵不起，公侯以下咸往參詣，好尙之士無不宗師之。《拾遺記》體裁，帶有雜史性質。前九卷事起「春皇庖牺」、「炎帝神農」，按歷史順序，歷經周、秦、漢、三國，以迄晉時事，而第十卷，記傳說中的山川地理，神仙境界，記昆崙、蓬萊、方丈、瀛洲、員嶠、岱輿、昆吾、洞庭諸山。是書雖記史而多神話，而記山川地理之志怪，亦從《山海經》、《洞冥記》沿襲而來，而描寫的仙山異物，大抵都是神仙方士之言。所記史傳人物皆帶有荒誕神異的色彩，然其文筆頗爲靡麗，其搜撰異同，怪殊必舉。尤其博采土地山川之域，對於遠國殊方紀其實美幽秘。是書雖然言匪浮詭，辭趣過誕；卻能推詳往蹟，於海外奇國多所靡麗想像，對山琛水寶之奇珍異物亦能影徹經史，考驗眞怪。《卷一・高辛篇》記載：「丹丘之國，獻碼碯甕，以盛甘露」、〈唐堯篇〉：「祇支之國獻重明之鳥，雙睛在目，狀如鷄，鳴似鳳；能搏逐猛獸虎狼，使妖災群惡不能爲害」、〈虞舜篇〉：「大頻之國，有潼海之水，渤潏高隱于日中；有巨魚大蛟，莫測其形，吐氣則八極皆暗，振鬐則五岳波蕩；有鳥名曰凭霄雀，銜青砂珠，積成隴阜」、「有孝養之國，即《尙書》島夷卉服之類，善養禽獸，入海取虬龍，育於園室，以充祭祀；南潯之國獻毛龍，一雌一雄，故置豢龍之官，至禹導川，乘此龍。」〔註252〕這種對於八荒遠垓的譎怪意想、殊方獻

〔註251〕《漢魏六朝筆記小說大觀》，頁 264～266。
〔註252〕《漢魏六朝筆記小說大觀》，頁 497～500。

物的奇特功能，顯示出王嘉影徹經史所述海夷嶼國的靡麗想像，同時也象徵了儒家王化澤被下的海國方物來貢、萬邦來朝。

《拾遺記‧夏禹篇》又述：「禹鑿龍門，有獸狀如豕，銜夜明之珠，其光如燭」、〈周篇〉：「成王即政，有泥漓之國來朝。旃涂國獻鳳雛，載以瑤華之車，飾以五色之玉，駕以赤象，至于京師」、「成王五年，有因祇之國，去王都九萬里，獻女工一人，其人善織而成文錦，其國人來獻雲昆錦、篆文錦、列明錦。其國丈夫勤于耕稼，又貢嘉禾」、「六年，燃丘之國獻比翼鳥，雌雄各一，以玉為樊。途經五十餘年，乃至洛邑，使發其國之時並童稚，至京師，鬚皆白，及還至燃丘，容貌復還少壯。比翼鳥銜南海之丹泥，巢昆岑之玄木」、「七年，南陲扶婁之國善機巧變化，易形改服，大則興雲起霧，小則入于綖毫之中，能吐雲噴火，或化犀、象、師子、龍、蛇之狀；人形或長數分，或復數寸，故俗謂之婆侯伎」、「二十四年，涂脩國獻青鳳、丹鵲各一雌一雄；東甌獻二女。」〔註253〕王子年斯卷書寫夜明珠光如燭、鳳雛、赤象、比翼鳥、青鳳、丹鵲、女工、婆侯伎之奴隸雜耍藝人等之四面而至的殊方異物，皆能影徹史籍《漢書‧卷九十六》「明珠、文甲、通犀、翠羽之珍盈於後宮；巨象、師子、大鵲之群食於外囿」、《宋書》「山琛水寶，通犀翠羽之珍，蛇珠火布之異，千名萬品」所載，並賦予靡麗想像，推理陳蹟。尤其扶婁之國人能吐雲噴火，幻化各人物之術的描寫，更是受《後漢書‧南蠻西南夷列傳》「撣國王復遣使者詣闕朝賀，獻樂及幻人，能變化吐火，自支解易牛馬頭」，及《三國志‧卷三十》引《魏略西戎傳》「大秦俗多奇幻，口中出火，自縛自解，跳十二丸，巧妙非常」等史書載述的啟發。身處南北朝時期的王嘉，熟讀史書所載四夷風情，不免將這些極有可能是通過海路，被當成貢品而輸入中國的婆侯伎人與東甌女工之雜耍藝人奴隸，寫入其小說，進而增衍夸誕其趣聞。《拾遺記‧卷四》寫申毒國道人于其指端出浮屠十層，高三尺，及諸天神仙，巧麗特絕的衒惑幻化咒術，尤其更為別緻神怪：

> 七年，沐胥之國來朝，則申毒國一名也。有道術人名尸羅。問其年，云：「百三十歲。」荷錫持瓶，云：「發其國五年乃至燕都。善衒惑之術。」于其指端出浮屠十層，高三尺，及諸天神仙，巧麗特絕。人皆長五六分，列幢蓋，鼓舞，繞塔而行，歌唱之音，如真人

〔註253〕《漢魏六朝筆記小說大觀》，頁503～507。

矣。尸羅噴水爲霧霧，暗數里間。俄而復吹爲疾風，霧霧皆止。又吹指上浮屠，漸入雲裡。又于左耳出青龍，右耳出白虎。又張口向日，則見人乘羽蓋，駕螭、鵠，直入于口內。復以手抑胸上，而聞懷袖之中，轟轟雷聲。更張口，則見羽蓋、螭、鵠相隨從口而出。尸羅常坐日中，漸漸覺其形小，或化爲老叟，或爲嬰兒，倏忽而死，香氣盈室。時有清風來吹之，更生如向之形。咒術衒惑，神怪無窮。〔註254〕

王嘉雖然書寫申毒國道人的咒術備譽誇大，而有些奇誕譎怪，不過這些透過海路來到中國都城的善幻化銜術，而無窮神怪的外國道人、雜耍藝人，他們在街頭上的表演歡樂，以及所帶進來的海國文化風情，也給當時的中國城市人們帶來生活上的樂趣。干寶的《搜神記‧天竺胡人》也有載寫「變化吐火」、「斷舌復續」的神怪幻術：

> 晉永嘉中，有天竺胡人來渡江南。其人有數術，能斷舌復續，吐火，所在人士聚觀。將斷時，先以舌吐示賓客，然後刀截，血流覆地。乃取置器中，傳以示人。視之，舌頭半蛇猶在。既而還，取含續之。坐有頃，坐人見舌則如故，不知其實斷否……其吐火，先有藥在器中，取火一片，與黍糖合之，再三吹呼，已而張口，火滿口中，取書紙及繩縷之屬投火中，眾共視之，見其燒熱了盡，舉而出之，故向物也。〔註255〕

《拾遺記》所述海國詼詭譎異，獻貢之物殊怪必舉，與《山海經》、《神異經》均是辭趣過誕，意旨迂闊而靡麗珍怪。其書〈燕昭王〉云：「王即位二年，廣延國來獻善舞者二人。其行无蹟影，積年而不飢；徘徊翔舞，歌聲輕颺」、「香出波弋國，浸地則土石皆香，著朽木腐草，莫不郁茂」、「盧扶國來朝，其國山川中无惡禽獸，水不揚波，風不折木，爲无老咸孝之國。」〈秦始皇〉：「有宛渠之國民，乘螺舟而至。舟形似螺，沉行海底，而水不浸入。其地晴日，則天豁然雲裂，耿若江漢；及夜，燃石以繼日光，其土石皆自光澈，一粒輝映一堂。」〔註256〕廣延國之獻樂人，申毒國之獻道術幻人，都是來自撣國、身毒、大秦等海國之進貢。《卷五》之〈前漢上〉以記：「孝惠帝二年，遠國

〔註254〕《漢魏六朝筆記小說大觀》，頁518。
〔註255〕《漢魏六朝筆記小說大觀》，頁291。
〔註256〕《漢魏六朝筆記小說大觀》，頁517～520。

殊鄉，重譯來貢」、「帝容色愁怨，進洪梁之酒，酌以文螺之巵，巵出波祇之
國」、「元封二年，浮忻國貢蘭金之泥。此金出湯泉，盛夏之時，水常沸湧，
有若湯火，飛鳥不能過」、「日南之南，有淫泉之浦，男女飲之則淫」、「昔始
皇爲冢，斂天下瑰異，傾遠方奇寶于冢中，爲江海川瀆及列山岳之形。以沙
棠沉檀爲舟楫，以琉璃雜寶爲龜魚；于海中作玉象鯨魚，銜火珠爲星，以代
膏燭，光出墓中」、「太初二年，大月氏國貢雙頭鷄，四足一尾，鳴則俱鳴；
此鷄飛于天漢，聲似鷗鷄，翱翔萬里」、「天漢二年，渠搜國獻網衣一襲，燒
之，烟如金石之氣」、「太始二年，因霄之國，人皆善嘯，如笙竽之音，如《呂
氏春秋》云：『反舌殊鄉之國』。」〔註257〕王嘉殊怪尙奇的文筆，所述洪梁之
酒、蘭金之泥、淫泉之浦、雙頭鷗鷄、金石網衣、反舌善嘯等在一定程度上
得自于文史所載「遠方珍怪之物，四面而至」、「東過樂浪，重舌之人，九譯
稽首而來王」的歷史場景。其寫始皇墓冢集聚江海遠方奇寶、琉璃、玉象、
火珠爲葬品，也代表當時中國帝王對於海國貢品的喜好與奢侈，並以貢品作
爲四方藩國臣服與其權威的象徵。《拾遺記・前漢下》記述：「宣帝地節元年，
樂浪之東，有背明之國，貢其方物：翻形稻食者死而更生、明清稻食者延年、
清腸稻食一粒而歷年不飢、搖枝栗食之益髓、鳳冠栗食者多力、游龍栗及瓊
膏栗食之骨輕、傾離豆實者不老不疾、醇和菱食之凌冬可袒、通明麻食者夜
行不燭、有紫菊食者至死不飢渴、黃渠草食者焚身不熱」、「二年，含塗國貢
其珍怪：鳥獸皆能言語、鷄犬死者，埋之不朽」、〈後漢〉章述：「章帝永寧元
年，條支國來貢異瑞：鴆鵲形高七尺，解人語。」〔註258〕條支鴆鵲、含塗鳥
獸與《北史・婆利》載述舍利鳥：「婆利國，自交趾浮海，有鳥名舍利，解人
語」〔註259〕，同爲異瑞方禽。這些千名萬品、泛海陵波來獻的山琛水寶，王
嘉寫來雖是爰廣尙奇；夸誕過誣；言匪浮詭，然而卻能妙言萬物，辭趣弘博，
增飾其小説之搜撰幽秘，殊怪必擧的寫作圖象。

　　《拾遺記・卷七》記載魏文帝與所愛美人薛靈芸之幽秘乖跡：

　　　　文帝以文車十乘迎靈芸，駕青色之牛，日行三百里，此牛尸圖國所
　　　獻，足如馬蹄。道側燒石時之香，其光氣辟惡癘之疾，此香腹題國
　　　所獻。靈芸入後宮居寵愛，外國獻火珠龍鸞之釵。靈芸妙于針工，

〔註257〕《漢魏六朝筆記小説大觀》，頁524～527。
〔註258〕《漢魏六朝筆記小説大觀》，頁529～533。
〔註259〕《北史・卷九十五》，頁3164。

－150－

雖處深帷之內，不用燈燭之光，裁制立成。宮中號爲針神。〔註 260〕

青牛馬蹄之獸、火珠龍鸞之釵、石時之異香，都是四域海夷珍怪之物。《後漢書・南蠻西南夷列傳》卷言：「建武二十三年，哀牢夷自是歲來朝貢……出銅鐵鉛錫金銀、光珠、虎魄，水晶、瑠璃、蚌珠、翡翠、犀、象」；《後漢書・賈琮列傳》也云：「交阯土多珍產，明璣、翠羽、犀、象、瑇瑁、異香、美木之屬。」王嘉書寫萬國貢珍的視野，已能影徹參證於經史，考驗眞怪之殊聞。王子年《拾遺記・卷七》及《卷八》又云：「武帝時，樂浪獻虎，文如錦斑。任城王彰曳虎尾以繞臂，虎弭耳无聲，莫不服其神勇。南越王獻白象子在帝前，彰手頓其鼻，象伏不動」、「建安三年，胥徒國獻沉明石鷄，色如丹，大如燕，常在地中，應時而鳴，聲能遠徹」、「明帝即位二年，起靈禽之園，遠方國所獻異鳥殊獸，皆畜此園。昆明國貢嗽金鳥，常翺翔海上。此鳥飴以眞珠，飲以龜腦，鳥常吐金屑如粟。昔漢武帝時，有人獻神雀，蓋此類也」〔註 261〕、「郁夷國出神膠，接弓弩之斷弦，百斷百續」、「黃龍元年，越巂之南獻背明鳥」、「踐躡宴息之處，香氣沾衣，歷年彌盛，百浣不歇，名曰：『百濯香』，殊方異國所出。」〔註 262〕王嘉所述東海樂浪之斑虎、南海之白象、沉明石鷄、嗽金鳥、背明鳥、百濯香等百蠻殊方珍貢，皆與文史參證影徹，如班固《兩都賦》：「有九眞之麟、大宛之馬、黃支之犀、條支之鳥，踰崑崙，越巨海，殊方異類至于三萬里」〔註 263〕，及《後漢書・南蠻西南夷列傳》「章和十三年，安息王滿屈復獻師子及條支大鳥，時謂之安息雀」，以紀遠國之珍獸異怪。

而《拾遺記・卷九》所述晉時事，編言貫物，尤記皇家飾備于靈祥遠貢、珠璣丹紫：「太康元年，殊鄉異域貢其方物：羽山之民獻火浣布萬匹；羽山之上有文石，生火，烟色以隨四時而見，有不潔之衣，投于火石之上，雖滯污漬涅，皆如新浣」、「因墀國獻五足獸，狀如師子。問其何變化，曰：『東方有解形之民，使頭飛于南海，左手飛于東山，右手飛于西澤，至暮，頭過肩上，兩手遇疾風飄于海外，落玄洲上，化爲五足獸』」、「太始元年，頻斯國來朝，以五色玉爲衣，不食中國滋味；其國人多力，不食五谷，日中无影，飲桂漿雲霧」、「麟角爲遼西國所獻」、「側理紙爲南越所獻，南人以海苔爲

〔註 260〕《漢魏六朝筆記小說大觀》，頁 538～539。

〔註 261〕《漢魏六朝筆記小說大觀》，頁 540。

〔註 262〕《漢魏六朝筆記小說大觀》，頁 545～548。

〔註 263〕《文選》，頁 24、26、33。

紙，其理縱橫邪側，因以爲名」、「惠帝元熙二年，常山郡獻傷魂鳥」、「大始十年，浮支國獻望舒草，植于宮中，穿池廣百步，名曰望舒荷池」、「祖梁國獻蔓金苔，色如黃金，投入水中，蔓延于波瀾之上，光出照日，如火生水上。置漆盤中，照耀滿室，名曰夜明苔。」〔註264〕羽山之民所獻火浣布，當出《魏略・西戎傳》所引大秦國：「國出細絺，名曰海西布。多神龜、白馬、朱髦、駭鷄犀、璿瑁、玄熊、大貝、瑪瑙、象牙、符采玉、明月珠、夜光珠、虎珀、赤白黑綠黃等十種琉璃、水精、玫瑰……火浣布、薰草木香。」又對富室石崇、石虎驕侈當世之業，備飾殊方異國之珍寶奇物，給以嘲諷譏刺：

> 石氏之富，方比王家，驕侈當世，珍寶奇異，視如瓦礫，積如糞土，皆殊方異國所得……使數十人各含異香，行而語笑，口氣從風而颺。屑沉水之香，如塵末，布象床上，使所愛者踐之。无跡者賜以眞珠百佩……石虎起樓，結珠爲帘，垂五色玉珮；周回四百步皆文石丹沙，聚金玉錢貝之寶、屋柱爲龍鳳百獸之形；春雜寶異香爲屑，名曰芳塵，以琥珀爲瓶杓；引渠水爲池，盛百雜香，漬于水中。〔註265〕

《南齊書・卷五十八》以言：「南夷雜種，分嶼建國，四方珍怪，莫此爲先，藏山隱海，瑰寶溢目。商舶遠屆，委輸南州。故交、廣富貴，牣積王府」〔註266〕；《北史・卷九十四》亦言：「九夷所居，與中夏懸隔，然天性柔順，無橫暴之風；雖綿邈山海，而易以道御，夏、殷之世，時或來王。化之所感，千載不絕。諸國朝正奉貢，無闕於歲時。」〔註267〕史書的視野著重在表述儒家王化澤被下，四夷八荒之稱臣朝貢、進獻方物的正當性。王子年《拾遺記》以搜撰古今異同，記事殊怪必舉，起庖犧而迄晉末，雖然尚奇過誕各朝歷史傳說、神話故事與奇聞異事，卻以極其想像馳騁，而編言說物、推理陳蹟。對於綿邈山海之嶼國風情、九夷八荒之四方珍怪、諸國歲貢、瑰寶溢目，寫來辭藻贍麗而情節曲折。世德陵夷，子年其文能搜刊幽秘，雖有博採神仙、多涉詭譎禎祥，但對於史書經典所載漢家與海外九夷交通朝獻、海商交屬之山琛水寶，多能影徹經史，考驗眞怪。劉勰所言：「事豐奇偉，辭

〔註264〕《漢魏六朝筆記小說大觀》，頁553～555。
〔註265〕《漢魏六朝筆記小說大觀》，頁556～557。
〔註266〕《南齊書・卷五十八》，頁1018。
〔註267〕〔唐〕李延壽撰：《北史》（北京：中華書局，1960年），頁3138。

富膏腴」的禮讚，更使後世海洋島國之小說敘事者，借鏡其靡麗迂闊之想像、搜檢殘遺之幽秘、推理曩蹟、尚奇殊怪方物、參證經史之風格爲眾家寫作模本。

南朝劉敬叔（？～468）所撰《異苑》收羅古今怪異之事三百八十三則，凡天文地理、社會人文、自然民俗之神異譎怪之事，幾乎備矣。其書對於海洋民生之風俗，海國民情與藏山隱海之珍貢方物，著墨不多。《異苑·海鳧毛》云：「晉惠帝時，人得一鳥毛，長三丈，以示張華。華慘然歎曰：『所謂海鳧毛也。此毛出，則天下土崩矣。』果如其言。」〔註268〕三丈海鳧鳥毛，確是異珍；又以其能示禎祥凶兆，更添海國方物之幽秘。《異苑·海山使者》言「侃家童千餘人，嘗得胡奴，不喜言，常默坐。侃一日出郊，奴執鞭以隨。胡僧見而驚禮曰：『此海山使者也。』侃異之。至夜，失奴所在。」〔註269〕胡僧以「海山使者」驚禮此奴隸，可見在當時豪富之家買賣奴隸的時代風尚。當時胡奴已成爲商品，並透過海商、陸商的交易而輸入中國。《晉書·陶侃傳》言：「侃爲世所重，然媵妾數十，家僮千餘，珍奇寶貨富於天府」〔註270〕陶侃先後領職廣州、交州刺史，〔註271〕都是位於與南海、天竺等海上貿易頻繁、獻貢珍奇海寶的重要口岸。胡奴成爲陶侃家中童僕，自然與當時海上奴隸貿易與海外市場有關，並且反映了當時貴族和豪強之家用外國奴隸充當家僕的時代風尚。《後漢書》就載述著當時胡商贈送給中國官員有宛馬、香罽、異香、金銀、甚至是奴隸等殊方貢品。〔註272〕

象牙、珍珠、犀角、珊瑚、琉璃，這些來自南海國家的珍罕之物，時常成爲漢晉小說中描述文人雅士生活的載體。《異苑·夢得大象》及〈燃犀照渚〉、《殷芸小說》、《裴子語林》、《世說新語·言語》、《世說新語·汰侈》都說明

〔註268〕《漢魏六朝筆記小說大觀》，頁623。
〔註269〕《漢魏六朝筆記小說大觀》，頁636。
〔註270〕〔唐〕房玄齡等撰：《晉書》（北京：中華書局，1960年），頁1779。
〔註271〕《南齊書·卷一十四》言「廣州，鎮南海。濱際南海，委輸交部。捲握之資，富兼十世」、「交州，鎮交趾，在海漲島中。外接南夷，寶貨所出，山海珍怪，莫與爲此。」（頁262、266。）
〔註272〕《後漢書·李恂列傳》云：「李恂持節領西域副校尉。西域殷富，多珍寶。諸國侍子及督使賈胡數遣奴婢、宛馬、香罽之屬，一無所受」；又《後漢書·陳禪列傳》云：「北匈奴入遼東，禪拜遼東太守。胡憚其威彊，退還數百里。禪不加兵，往曉慰，單于隨使還郡，遺以胡中珍貨而去。」（頁1683～1685。）域外奴隸被視爲商人貿易之下，對有權勢官員的一種商務贈品。同時，它也象徵著當時中國對外國珍品的奢侈程度。

了這些南海方物在士人民生中的影響：

> 晉會稽張茂，嘗夢得大象，以問萬雅。雅曰：「君當爲大郡守，而不能善終。大象，大獸也。獸者，守也，故爲大郡。然象以齒焚其身，後必爲人所殺。」茂永昌中爲吳興太守，值王敦問鼎，執正不移。敦遣沈充殺之而取其郡。〔註273〕

> 晉溫嶠至牛渚磯，聞水底有音樂之聲。水深不可測，傳言下多怪物，乃燃犀角而照之。須臾，見水族覆火，奇形異狀，或乘馬車，或赤衣幘。其夜，夢人謂曰：「與君幽明道隔，何意相照耶！」嶠甚惡之。未幾卒。〔註274〕

> 漢武帝過李夫人，就取玉簪搔頭。又以象牙爲箆，賜李夫人。〔註275〕

> 王大將軍每酒後，則詠「老驥伏櫪，志在千里，烈士暮年，壯心不已。」便以如意擊珊瑚唾壺，壺盡缺。〔註276〕

象牙、犀角及珊瑚的功能，不僅是炫耀身分的奢侈飾品，更成爲生活器皿上的實用功能。

> 瞞奮畏風。在晉武帝坐，北窗作琉璃屏，實密似疏，奮有難色，帝笑之。答曰：「臣爲吳牛，見月而喘。」〔註277〕

> 武帝嘗降王武子家，武子供饌，并用琉璃器。

> 石崇與王愷爭豪，并窮綺麗，以飾輿服。武帝，愷之甥也，每助愷。嘗以一珊瑚樹，高二尺許賜愷。枝柯扶疏，世罕其比，以示崇。崇乃命左右悉取珊瑚樹，有三尺四尺，條幹絕世，光彩溢目者六七枚，如愷許比甚眾，愷惘然自失。〔註278〕

琉璃成爲皇族貴戚流行的生活器皿，而珊瑚光彩奪目，條幹絕世，更是南海諸國的上等貢品。劉孝標《世說新語注》引《南州異物志》，以說明珊瑚整個

〔註273〕《漢魏六朝筆記小說大觀》，頁659。
〔註274〕《漢魏六朝筆記小說大觀》，頁660。
〔註275〕《漢魏六朝筆記小說大觀》，頁1019。
〔註276〕魯迅校錄：《裴子語林》，《古小說鉤沉》（濟南：齊魯書社，1997.11一刷），頁16。
〔註277〕《裴子語林》，《古小說鉤沉》，頁8；亦見《漢魏六朝筆記小說大觀》，頁776。
〔註278〕《漢魏六朝筆記小說大觀》，頁984、986。

生長過程與其功能：

> 珊瑚生大秦國，有洲在漲海中，距其國七八百里，名珊瑚樹洲。底
> 有盤石，水深二十餘丈，珊瑚生于石上。初生白，軟弱似菌。國人
> 乘大船，載鐵網，先沒在水下，一年便生網目中，其色尚黃，枝柯
> 交錯，高三四尺，大者圍尺餘。三年色赤，便以鐵鈔髮其根，繫鐵
> 網于船，絞車舉網。還，裁鑿恣意所作。」〔註279〕

來自漲海（南海）中的大珊瑚，經常是海上貿易的大宗物品，大于三四尺的
珊瑚樹更是王府貴族的搜藏擺設珍品。石崇與王愷在生活上不僅極侈窮奢，
彼此更以擁有之珊瑚而競比綺麗，極善巧美，沉緬以自豪。描寫漢武帝時期
的長安宮廷韻事，《西京雜記》更以南越珊瑚夜光欲燃、光彩溢目，而號為烽
火樹。二書不僅陳述漢晉時期王府豪族對於南海方物的喜愛興趣，更帶動起
一股上好珍怪、浮奢極侈而淫服下流的時尚。

小　結

　　本章節嘗試先由儒家經典文集，建構與強調出四夷來貢，綏靖遠服的王
化觀點。在這種聲教德化遠被的王疆統御，以及四夷來貢的政經論述思維下，
不僅體現政治上王道教化的主張，更展現先民逐珠璣商賈之利而取富，九夷
島國嶼邦以四海賓服，歲時來貢的經濟榮景。而兩漢魏晉六朝官史書寫國際
間商舶遠屆委輸，和犀翠羽之珍、蛇珠火布之異等四方珍怪、山琛水寶的海
洋資源貿易、航海技術與海洋水物的認知，也反映了當時史官的海洋觀點。
當然，史臣對於海外地理的文化意識，免不了以一種中原禮儀之邦，奉正朔
之所在，而視四夷為被髮文身、雕題交趾、衣羽毛穴、化外之民之心態自居。
也因此在敘述這些海外四夷的民族與國家史蹟時，更是以其與中國王朝之間
的朝貢體系、進貢的方物珍器為描述主軸。我們可以看見史冊中充分地展現
出「天子受四海之圖籍，膺萬國之貢珍，內撫諸夏，外綏百蠻」、「海南諸國
地窮邊裔，各有疆域。若山奇海異，怪類殊種，前古未聞。故知九洲之外，
八荒之表，辯方物土，莫究其極，而朝貢歲至」〔註280〕的海洋政經視野。因
此在經史文集的陳述下，儒家的海洋觀是一個以政經為焦點的外王事功之思

〔註279〕《漢魏六朝筆記小說大觀》，頁986。
〔註280〕《梁書‧卷五十四》，頁818。

維。它開啓海上經貿的通道，更打開了與海外諸國外交上的邦誼，豐富了漢魏六朝小說家在「搜奇志怪」的想像，及有關在開展海上活動下的海外八荒異物殊種之風情民俗的傳聞，與海外殊異方物、山琛水寶四夷奉表朝貢的奇珍絕品，和種種詭奇夸飾，海外奇談中之以「非我族類，其心必異」的華夏中心視角之儒家海洋觀書寫內容。

漢魏六朝小說中的書寫課題，大致也承繼儒家經史文集中以政經觀點的論述路向。《神異經》裡記述海外瀛國怪聞，不免受到史籍「山奇海異，怪類殊種；九州之外、八荒之表，辯方物土，莫究其極」的流風影響，張揚與誇誕奇山異海中之殊方尤物。《海內十洲記》載神遊十洲仙島絕俗虛詭之跡，進而彰顯遠國山琛水寶之獻物朝貢，並頌讚武帝海外威德與穩健剛強的帝國秩序。《西京雜記》揭示儒家王化澤被的海國朝貢，並廣泛地摹寫這些南海異域的珍貴方物委輸南州，而成為帝王雅士與政商名流賞飾與誇示收藏的珍玩。《漢武帝別國洞冥記》載述海外殊國、絕域遐方之奇珍異寶，融攝了浪漫的海洋奇聞，編織更多山奇海異的怪國殊寶、藏山隱海的未名之珍。《漢武故事》多為漢武長生不老的求仙問道，然殊方異物的海國珍寶，象徵武帝興盛的海外邦誼與獻見朝貢的體制形塑。《玄中記》大壑及沃焦的海洋奇談；張華《博物志》多記地窮邊裔、怪類殊種的海國嶼島，意想更多藏山隱海的方物殊方，及其海洋作為天河星漢連通渠道的詼諧詭譎之想像，譜寫海外奇國神話傳說之浪漫海洋。劉敬叔《異苑》述海奴方物，與南海珠璣象牙琉璃海寶之幽秘，瀛國殊海之奇談。王子年《拾遺記》記山川地理之志怪，博采遠國殊方瑰美與幽秘，彰顯經史海夷嶼國衒惑幻化之術的靡麗迂闊之想像，與對泛海陵坡之千名萬品、山琛水寶之爰廣尚奇、搜撰殊怪的寫作圖像。而種種遠國史實和異聞遊記，也都先後地成為街談巷語、裨官野史的小說題材中。

第三章　先秦漢魏六朝小說中的
　　　　道家與道教海洋觀

　　海洋爲百川東流入注而匯聚的空間容量所在，是道家容納、善下哲學思考下的神話材料庫，也是「注而不滿，泄而不虛」的海洋哲思之基調。老子以「澹兮若海」、莊子以「淵淵乎其若海，萬物皆往資而不匱」，創建了道家「海納百川」的哲學體系。而這個「容納」的哲學體系在《莊子》筆下化身爲「大壑」、「尾閭」的海洋神話載體，引生出藐姑射國的海外神人；不知其大的窮髮北溟的鯤鵬；北海帝與南海帝的儵、忽；北海神若與河伯；埳井之鼃與東海之鱉的東海大樂；任公子投竿東海得若魚；東海波臣之鮒魚等神話式的寓言故事。而《列子》筆下的海洋世界，又予演繹「歸墟」裡的巨鼇以負戴五山洲島；龍伯大人釣六鼇，員嶠及岱與二山島以流北極；藐姑射國心如淵泉、形如處女的海外神人。逮及漢、魏六朝，歸墟、尾閭的海底秘口，又傳說廣衍爲《山海經》、《玄中記》、《神異經》、《海內十洲記》、《博物志》與《拾遺記》等道教小說裡的沃焦神話、海上仙山蜃境、海外奇國瀛談、海上理想原鄉之烏托邦與海洋神靈等等夸誕怪說的搖籃。海洋這個百川之谷，不僅是道家深弘滇渺、蒼莽窈冥、大而譎怪無邊、喻志自適、詼諧志怪、遊心於大道的表述場域，更是道教「道境玄通」的聖域。以下筆者即就先秦及兩漢魏晉六朝諸子百家之小說典籍，論述以海洋人物事蹟、神話傳說、宗教玄思道境信仰等匯聚而成一仙話系統的道家與道教海洋觀。

第一節　先秦漢魏六朝道家與道教典籍的海洋觀

　　在先秦兩漢魏晉時期的道家經典中，有關海洋思維的書寫題材，又可以《老子》、《莊子》與《列子》等書爲代表。《老子》一書被奉爲道家之經典圭臬，其對大海表現出來的哲學智慧又是如何？在《老子・六十六章》中載述：「江海所以能爲百谷王者，以其善下之」，是論述《老子》海洋哲學中最醒目的焦點。因爲有關《老子》的海洋智慧，都是環繞在「善下之」的概念上。海洋之所以成爲萬川奔流的匯歸處，也正是因其「善下之」的柔性姿態，吸納了江河百川，而能成其爲「百谷王」，並開展出「包容謙下」、「虛懷若谷」的人生哲學。

　　自然界的汪洋大海，如何在《老子》一書中被聯結爲人生的智慧哲理，與爲政者的治世綱領呢？《六十六章》全章云：

> 江海所以能爲百谷王者，以其善下之，故能爲百谷王。是以聖人欲上民，必以其言下之。欲先民，必以其身後之……不以其爭，故天下莫能與之爭。〔註1〕

章中的海洋意義，呈現出兩個面向：其一，在於其「善下之」的容納雅量，其二，在於「不爭，故莫能與之爭」的謙懷樣態。「善下」、「容納」、「不爭」的海洋，不僅是人生處世的智慧，更是一種爲政治國上的智慧。《老子・三十二章》也說：

> 道常无名，樸雖小，天下莫能臣……譬道之在天下，猶川谷之與江海也。〔註2〕

整段章文的中心意義，在於指涉道對於天下人來說，就如同江海對於川谷；江海是百川的最後歸處，道也是天下人的最終歸趨。「江海」的意涵，如同是形而上體的「道」。「川谷之與江海」，不就是以其「善下之」，故能爲百谷王嗎！《第八章》也載述：

> 上善若水，水善利萬物而不爭，處眾人之所惡，故幾於道……夫唯不爭，故無尤。〔註3〕

海就如同水的三種特性：能善利百川而爲百谷王、能不爭處惡而沒有怨尤、能博施卑下而近於道。《二十章》更說：

〔註1〕《老子道德經古本集注》，頁115～116。
〔註2〕《老子道德經古本集注》，頁58。
〔註3〕《老子道德經古本集注》，頁14。

俗人皆昭昭，我獨若昏。俗人皆察察，我獨若悶悶。澹兮若海，飄
兮似无所止。〔註4〕

「澹兮若海」指述著廣闊的大海深而不可測，望而無所止。而人生最高的境
界修養，就在於寬廣無邊的視野與胸懷，能包容萬事萬物的虛靜之心海。《老
子》書中的海洋意義不僅是在它能容納百川，能卑下處惡，能不爭無尤，更
在於它的寬闊廣博而深不可測。後來的《莊子》與《列子》書裡的「海洋神
話」與「海外奇談」，正是由「善下」、「容納」、「不爭」、「成其大」與「柔弱」
等海洋自然特性的聯想，並且從形而上學的思考模式，轉向「寓言」式的神
話論述結構，進而開展出其人生與治國的哲理智慧。

　　《莊子》建構的海洋認知模式，在《天下篇》有極精要的說明：

以謬悠之說，荒唐之言，無端崖之辭，時恣縱而不儻，不以觭見之
也。以天下為沉濁，不可與莊語，以卮言為曼衍，以重言為真，以寓
言為廣。獨以天地精神相往來而不敖倪於萬物，不譴是非，以與世
俗處。其書雖瓌瑋而連犿無傷也。其辭雖參差而諔詭可觀。〔註5〕

《莊子》書中的海洋思維，採用以迂遠無際的論述，廣大虛無的言語，放曠
而無以邊際的言談；並藉由變化不定的言辭來推衍事物的無法窮盡，用引重
的話語來凸顯真實，更用寄託虛構的「寓言」來闡明他的論點。所以呈現出
一個需實難分而可觀滑稽奇幻的「海洋神話」。以莊子自著的《內七篇》來
看，《逍遙遊》便造就出一個奇幻而又虛構、逍遙而又放於自得場域的北海
鯤鵬：

湯之問棘也是也。窮髮之北有冥海者，天池也。有魚焉，其廣數千
里，未有知其脩也，其名為鯤。有鳥焉，其名為鵬，背若泰山，翼
若垂天之雲，搏扶搖羊角而上者九萬里，絕雲氣，負青天，然後圖
南，且適南冥也。〔註6〕

莊子以荒唐之言、無端崖之詞，奇幻而又虛構可觀所構織的鯤鵬神話，充分
展現出對於大海的智慧體悟。成玄英《疏》云：「鵬背弘巨，狀若嵩華；旋風
曲戾，猶如羊角。既而凌摩蒼昊，遏絕雲霄，鼓怒放暢，圖度南經」〔註7〕，
詮釋出荒遠極地的北溟鯤鵬，絕雲氣而負青天，逍遙於自得放適場域的南、

〔註4〕《老子道德經古本集注》，頁37。
〔註5〕《莊子集釋》，頁1098～1099。
〔註6〕《莊子集釋》，頁14。
〔註7〕《莊子集釋》，頁16。

北溟海。海洋的寬闊廣博，引生了《莊子》創建鯤鵬無以知其大的逍遙凌飛，逍遙遊放，無為而自得，汪洋自適的齊物寓言。對於鯤鵬海物的記載，《列子‧湯問》也有一段同質性的神話式描寫：「終北之北有溟海者，天池也。有魚焉，其廣數千里，其長稱焉，其名為鯤，有鳥焉，其名為鵬。」漢時東方朔《十洲記》云：「圓海水正黑，謂之冥海，无風而洪波百丈」〔註8〕，便是來自《莊子》的北有冥海之說；而《玄中記》亦載：「東海有大魚焉。行海者一日逢魚頭，七日逢魚尾，其產則三百里為血，碧海為之變紅」〔註9〕，也出自莊子「北溟有鯤，不知幾千里」的海洋奇幻神話。在《逍遙遊》與《齊物論》篇裡，莊子同時創建了一個獨與天地精神相往來，而不敖倪於萬物；不食五穀而吸風飲露，乘雲氣，御飛龍；大澤焚而不能熱，河漢冱而不能寒，疾雷破山風振海而不能驚，乘雲氣，騎日月，以遊乎四海之外的神人與至人：

> 藐姑射之山，有神人居焉，肌膚若冰雪，淖約若處子，不食五穀，
> 吸風飲露，乘雲氣，御飛龍而遊乎四海之外。〔註10〕

> 至人神矣！大澤焚而不能熱，河漢冱而不能寒，疾雷破山風振海而
> 不能驚，若然者，乘雲氣，騎日月，以遊乎四海之外。死生無變於
> 己，況利害之端乎！〔註11〕

這是莊子以託之於絕垠之外，推之於視聽之表；以端坐寰海之中，而心遊四海之外，所虛構海外神人、至人的奇幻寓言。藐姑射海外神人的構建不僅見之於《山海經‧海內北經》的「列姑射在海河洲中，姑射國在海中，西南山環之」〔註12〕，在《列子‧黃帝篇》更是詳載其為海外理想的國度：

> 列姑射山在海河洲中，山上有神人焉。吸風飲露，不食五谷；心如
> 淵泉，形如處女；不偎不爱，仙聖為之臣；不畏不怒……陰陽常調，
> 日月常明，四時常若，風雨常均，制育常時，年谷常豐；而士无札
> 傷，人無夭惡，物无疵厲，鬼無靈响焉。〔註13〕

郭象《注》云：「今言王德之人而寄之此山，將明世所無由識，乃託之絕垠之

〔註 8〕　《漢魏六朝筆記小說大觀》，頁 69。
〔註 9〕　《古小說鉤沉‧玄中記》，頁 235。
〔註 10〕　《莊子集釋》，頁 28。
〔註 11〕　《莊子集釋》，頁 96。
〔註 12〕　《山海經校注》，頁 321～322。
〔註 13〕　《列子》，頁 36。

外，而推之於視聽之表。」成玄英《疏》也以爲莊子的藐姑射神人，旨在明
堯之盛德，故以窈冥玄妙的寓言方式，建構出「寰海之外，無異山林，和光
同塵，在染不染。冰雪取其潔淨，淖約譬以柔和，處子不爲物傷，姑射語其
絕遠」〔註 14〕的海外神境。莊子透過寓言的手法，創造出在北冥之海不知其
所以大的鯤鵬，以及海河州島藐姑射山上遊於四海外的神人、疾雷破山風振
海而不能驚的至人，爲寰海絕遠而窈冥的天池，寫入了奇幻而又譎怪的海洋
神話，並成爲後世小說涉海神話的模本。

　　《老子》以「澹兮若海」來比擬海洋的深不可測與廣闊無邊，又以「爲
百谷王」而容納百川，注而不滿，以成其大。然而江河東流入海而不盈的歸
所，又是一個什麼樣的地方？蒼莽窈冥的東方大海又爲何成爲《楚辭》與《莊
子》中的神話故鄉？學者顧頡剛在其〈《莊子》與《楚辭》中崑崙和蓬萊兩個
神神話系統的融合〉一文指述：

> 崑崙神話它那神奇瑰麗的故事流傳到東方以後，又跟蒼莽窈冥的大
>
> 海這一自然條件結合，形成蓬萊神話系統。〔註15〕

那麼東方蒼莽窈冥澹兮的大海，如何在《楚辭》與《莊子》中形成一套海洋
的神話系統？屈原在《楚辭・天問》發出如下的疑惑：「康回馮怒，墜何故以
東南傾？九州安錯？川谷何洿？東流不溢，孰知其故？」王逸《章句》云：「百
川東流，不知滿溢，誰有知其故也。」〔註16〕共工怒而觸不周山，導致天柱
折而地維絕；天傾西北而地不滿東南，故水潦塵埃歸焉。〔註 17〕屈原提出對
於「共工神話」裡的江河水潦奔向東南傾注，爲何卻沒有引起海水的漫溢成
災的疑問？這也是對東方蒼莽窈冥澹兮的大海，如何注而不滿的自然現象提
問。同樣的問題，在《莊子》的書中卻有兩種路向思維的解釋。其一，《齊物
論》云：「注焉而不滿，酌焉而不竭，而不知其所由來，此之謂葆光」，這是
一種「道境」的「心海」表述。成玄英《疏》云：

> 巨海深弘，莫測涯際，百川注而不滿，尾閭泄世而不竭。體道大
>
> 聖，其義亦然。〔註18〕

道在《莊子》內化于心而爲「注焉而不滿，酌焉而不竭」，這是一種不爭無

〔註14〕　《莊子集釋》，頁 28。
〔註15〕　《中華文史論叢第二輯》，頁 31～57。
〔註16〕　《楚辭注八種》，頁 53。
〔註17〕　《淮南子・天文訓》，頁 67～68。
〔註18〕　《莊子集釋》，頁 88。

尤，以成其大的心海道境。其二，在《天地篇》、《秋水篇》中針對「注焉而不滿，酌焉而不竭」的問題，莊子將「道境」外化於現實的海洋物相，以「大壑」、「尾閭」來表述萬川東流入海的納水空間。這個空間能使水潦塵埃歸兮，是一個容納眾江河，無盡空間的百谷王。換言之，屈原的「東流不溢，孰知其故？」的疑問，莊子以透過海洋的自然界具體觀察，並賦予寓言式的神話表喻：

> 諄芒將東之大壑，適遇苑風於東海之濱。苑風曰：「子將奚之？」
>
> 曰：「夫大壑之爲物也，注焉而不滿，酌焉而不竭；吾將遊焉。」

諄芒、苑風皆是莊子明於大道，假於賓主，相值於海涯的寓言人物。有關諄芒回答苑風將到東海的目地，成玄英《疏》做如下的詮釋：

> 夫大海泓宏，深遠難測，百川注之而不溢，尾閭泄之而不乾。以譬
> 至理。故寄往滄溟，實乃游心於大道。〔註19〕

這篇海洋寓言，莊子主在表達一個聖化、德人與神人的治政之道。海洋成為莊子游心於大道的場域，並藉由諄芒的東游，臨於大壑，觀其深遠，而爲治國之方的百川之谷。「注焉而不滿，酌焉而不竭」的大壑，就是老子所說「澹之若海」，也是屈原「百川東流，不知滿溢」，那眾江河川匯聚的歸所。在《秋水篇》也說：

> 秋水時至，百川灌河，涇流之大……河伯欣然自喜，以天下之美盡
> 在己。順流而東行，至於北海……望洋向若而嘆曰：「……吾長見笑
> 於大方之家。」北海若曰：「井蠅不可以語海者……今爾出於崖涘，
> 觀於大海，乃知爾醜，爾將可語大理矣。天下之水，莫大於海，萬
> 川歸之，不知何時止而不盈；尾閭泄之，不知何時已而不虛；春秋
> 不變，水旱不知。此其過江河之流，不可爲量數，而吾未嘗以此自
> 多者。

《秋水篇》透過海若與河伯的「寓言式」對話，闡明「天下之水，莫大於海，萬川歸之，不知何時止而不盈；尾閭泄之，不知何時已而不虛」，以形容大海的浩瀚無窮，無盡空間的百谷王。對於自矜爲大，曲見偏執，北海神若著實地給河伯上了一課。成玄英《疏》言：

> 海若知河伯之狹劣，舉三物以譬之。夫坎井之蠅，聞大海無風而洪
> 波百尺，必不肯信者，爲拘於虛域也……而河伯不至洪川，未逢海

〔註19〕《莊子集釋》，頁 439～440。

　　　　若，自矜爲大，其義亦然。〔註20〕

不論是井黿拘於所居，或是河伯居於涯涘之間，都是自矜於其大，迂曲而偏執。《秋水篇》以「天下之水，莫大於海，萬川歸之」、以「不知何時止而不盈；尾閭泄之，不知何時已而不虛」的大壑、尾閭的善下與納諸百川，充分表述了海之大，不可爲量數的「百谷之王」。因此，能悟所居之有限拘隘，就可與之談論大理之虛通。《莊子‧天地》的「大壑」與《秋水》的「尾閭」都是一個萬川歸之，不知何時止而不盈，不知何時已而不虛的納水與泄水的空間，也是水潦塵埃，東流不溢的大海歸墟。成玄英《疏》對於「大壑」的解釋爲「東海」〔註21〕，而對於「尾閭」卻有較爲詳細的描述：

> 尾閭者，泄海水之所；在碧海之東，其處有石，闊四萬里，厚四萬里，居百川之下尾而爲閭族，故曰：「尾閭。」海水沃著即焦，亦名沃焦。春雨少而秋雨多，堯遭水而湯遭旱。故海之爲物，萬川歸之而不盈，沃焦泄之而不虛，春秋不變其多少，水旱不知其增減。論其大而遠過江河之流，豈可語其量也。

成玄英對於碧海之東的尾閭解釋，雖然沒有科學數據上的正確性，不過對於古人海納百川的智慧思維，已能充分的體悟。至於「沃焦泄之而不虛」的納水空間「沃焦」，其神話的解釋見於成玄英《疏》引《山海經》云：「羿射九日，落爲沃焦。」〔註22〕成玄英以此言迂誕而不詳載，不過我們倒是可以辭而生義，推演出古人認爲太陽乃是沉落於東方無底之谷的大海。《文選》嵇康的〈養生論〉：「而泄之以尾閭」，李善《注》引司馬彪云：

> 尾閭，水之從海外出者也，一名沃焦，在東大海之中。尾者，在百川之下，故稱尾。閭者，聚也，水聚族之處，故稱閭也。在扶桑之東，有一石，方圓四萬里，厚四萬里，海水注者無不燋盡，故曰：「沃燋。」〔註23〕

而郭璞的〈江賦〉也云：「出信陽而長邁，淙大壑與沃焦。」〔註24〕可見「大壑」、「沃焦」的神話傳述至魏晉而不輟。至於與《莊子》同時的《列子》，甚至是《山海經》、《楚辭》，對於「大壑」、「尾閭」、「歸虛」、「沃焦」等名詞的

〔註20〕《莊子集釋》，頁 563～564。
〔註21〕《莊子集釋》，頁 439。
〔註22〕《莊子集釋》，頁 565。
〔註23〕《文選》，頁 743。
〔註24〕《文選》，頁 188。

締造與解釋，更富饒「神話式」的趣味。首先，《列子‧湯問》陳述：

> 渤海之東，不知幾億萬里，有大壑焉，實爲無底之谷。其下無底，
> 名曰「歸墟。」八紘九野之水，天漢之流，莫不注之，而無增無減
> 焉，其中有五山焉。一曰岱輿，二曰員嶠，三曰方壺，四曰瀛洲，
> 五曰蓬萊……其上台觀皆金玉，其上禽獸皆純縞。珠玕之樹皆叢
> 生。華實皆有滋味，食之皆不老不死。所居之人皆仙聖之種，一日
> 一夕飛相往來者，不可數焉。而五山之根无所連著，常隨潮波盤下
> 往還，不得暫峙焉。仙聖毒之，訴之于帝。帝恐流于西極，失群仙
> 聖之居，乃命禺彊使巨鼇十五舉首而戴之，五山始峙而不動。而龍
> 伯之國有大人，舉足不盈數步而暨五山之所，一釣而連六鼇，合負
> 而趣歸其國，灼其骨以數焉。于是二山流于北極，沉于大海。帝馮
> 怒，侵減龍伯之國使厄，侵小龍伯之民使短。至伏羲、神農時，其
> 國人猶數十丈。

《列子》不僅闡述「大壑」、「歸墟」的神話，同時還構述了「鼇負五山」、「龍伯大人」等海洋神話，更構築了東方海域上的「蓬萊仙島」、「理想樂園」。對於《楚辭‧天問》所提的「鼇戴山抃，何以安之」的問題，更做了一種完整的神話式推演。漢人王逸的《楚辭章句》對於「鼇戴山抃，何以安之」的詮釋，以引用《列仙傳》的說法：「有巨靈之鼇，背負蓬萊之山而抃舞，戲滄海之中，獨何以安之乎？」〔註25〕巨鼇負山的海洋神話由戰國《楚辭》與《列子》的鋪敘推演，而至兩漢魏晉的小說。郭璞《玄中記》也載述：

> 東南之大者，巨鼇焉，以背負蓬萊山，周回千里。巨鼇，巨魚也。

〔註26〕

這種「巨鼇負山」的神話創構，基本上也反映了先民對於海中巨龜與汪洋島嶼的自然界生存物與環境間的互動。至於《列子》裡「龍伯大人」的釣鼇灼骨，以致岱輿、員嶠二島流於北極，沉于大海，仙聖之播遷者巨億計的海上神話，可以說是東方海域所流傳大人之國的傳述鼻祖。而龍伯大人的斷鼇與《淮南子‧覽冥訓》所說的：「女媧煉五色石以補蒼天，斷鼇足以立四極」的女媧斷鼇立極，同樣顯現非凡的神力。《楚辭‧招魂》云：「魂兮歸來，東方不可以託兮，長人千仞，惟魂是索些」，王逸的說法是：「東方有長人之國，

〔註25〕《楚辭注八種》，頁 59。
〔註26〕《古小說鈎沉‧玄中記》，頁 235。

其高千仞，主求人魂而食之也。」〔註27〕《招魂》裡的長人國以求人魂而食之的描寫，與《列子》龍伯大人釣鼈灼骨的神力大異其趣。而《山海經‧大荒東經》、《海外東經》、《海內北經》、《海外北經》、《大荒北經》、《海內經》等都有海外的「大人國」記載：

> 東海之外，大荒之中，有山名曰大言，日月所出。有波谷山者，有
> 大人之國，有大人之市，名之曰大人之堂，有一大人踆其上，張其
> 兩耳。〔註28〕

> 在東海……大人國在其北，為人大，坐而削船。〔註29〕

> 大人之市在海中。〔註30〕

> 博父國在聶耳東，其為人大，右手操青蛇，左手操黃蛇……跂踵國
> 在拘纓東，其為人大，兩足亦大。一曰大踵。〔註31〕

> 有人名曰大人，有大人之國，釐姓，黍食。〔註32〕

> 南方有贛巨人，人面長臂，黑身有毛，反踵。〔註33〕

《海外東經》所述的大人國，其神力為坐而削船。然而與《列子》龍伯大人釣鼈灼骨的神力相較，還是有很大的落差。《淮南子‧地形訓》也云：「海外三十六國……自東南至東北，有大人國。」〔註34〕晉張華《博物志‧卷二》的〈外國類〉與〈異人類〉則是載述大人國與龍伯國的奇幻夸誕：

> 大人國，其人孕三十六年，生白頭，其兒則長大，能乘雲而不能走，
> 蓋龍類。去會稽四萬六千里……《河圖玉板》云：「龍伯國人長三十
> 丈，生萬八千歲而死。大秦國人長十丈……秦始皇二十六年，有大
> 人十二見于臨洮，長五丈，足蹟六尺。東海之外，大荒之中，有大
> 人國。」〔註35〕

〔註27〕　《楚辭注八種》，頁120。
〔註28〕　《山海經校注》，頁340～341。
〔註29〕　《山海經校注》，頁252。
〔註30〕　《山海經校注》，頁325。
〔註31〕　《山海經校注》，頁240～242。
〔註32〕　《山海經校注》，頁422。
〔註33〕　《山海經校注》，頁455。
〔註34〕　《淮南子‧墜形訓》，頁114～115。
〔註35〕　《漢魏六朝筆記小說大觀》，頁190～191。

舊題東方朔撰、晉張華注的道教經典《神異經》，其書載述的海外「大人」之形貌，更是光怪陸離而譎怪不經。《東南荒經》所載樸父夫妻並高千里，而腹圍自輔：

> 東南隅大荒之中，有樸父焉，夫婦並高千里，腹圍自輔。天初立時，使其夫妻導開百川，嬾不用意，謫之並立東南。不飲不食，不畏寒暑，唯飲天露。須黃河清，當復使其夫妻導護百川……天責其夫妻倚而立之，若黃河清者，則河海絕流，水自清矣。〔註36〕

《東南荒經》的長人，以鬼爲飯，以露爲漿，更是聳動未聞：

> 東南方有人焉，周行天下，身長七丈。腹圍如其長，頭戴鷄父魖頭，朱衣縞帶，以赤蛇繞額，尾合于頭。不飲不食，朝吞惡鬼三千。此人以鬼爲飯，以露爲漿。名曰尺郭，一名食邪。〔註37〕

《西南荒經》則是聖賢通哲的「大人」形貌：

> 西南大荒中有人，長一丈，腹圍九尺。踐龜蛇，戴朱鳥，左手凭白虎，知河海水斗斛，識山石多少，知天下鳥獸言語。土地上人民所道，知百谷可食，識草木咸苦，名曰聖，一名哲，一名賢，一名无不達。凡人見而拜之，令人神智。此人爲天下聖人也，一名先通。
> 〔註38〕

而《西南荒經》長二千里，腹圍一千六百里的「大人」，更是誇飾到了極點：

> 西北海外有人，長二千里，兩腳中間相去千里，腹圍一千六百里。但日飲天酒五斗，不食五谷魚肉，唯飲天酒。忽有飢時，向天仍飲。〔註39〕

另外，《漢武帝別國洞冥記・卷二》的「大人」爲能移小山，飲盡洞泉之水：

> 太初四年，東方朔從支提國來。國人長三丈三尺，三手三足，各三指。多力，善走，國內小山能移，有洞泉，飲能盡。結海苔爲衣，其戲笑，取犀象投擲爲樂。〔註40〕

再觀《漢武故事》中，方士公孫卿陳述的「大人之蹟」，與裝神弄鬼下的五丈長人：

〔註36〕《漢魏六朝筆記小說大觀》，頁51。
〔註37〕《漢魏六朝筆記小說大觀》，頁50～51。
〔註38〕《漢魏六朝筆記小說大觀》，頁53。
〔註39〕《漢魏六朝筆記小說大觀》，頁56。
〔註40〕《漢晉六朝筆記小說大觀》，頁129～130。

拜公孫卿爲郎，持節候神。自太室至東萊，云見一人，長五丈，自
稱巨公，牽一黃犬，把一黃雀，欲謁天子，因忽不見，上于是幸緱
氏，登東萊，留數日，无所見，惟見大人蹟。」〔註41〕

相傳爲郭璞所撰寫張皇鬼神，稱道靈異的《述異記》，所記載的「大人」身長
五丈，而且能預言太平：

符健皇始四年，有長人見，身長五丈，語人張靖曰：「今當太平。」
新平令以聞，健以爲妖妄，召靖系之。是月霖雨，河渭泛溢，滿坂
津監寇登于河中流得大屐一只，長七尺三寸，足蹟稱屐，指長尺餘，
文深七寸。〔註42〕

所有道家（教）經典所建構的海外「大人」，爲後世小說有關海洋性的大人國，
提供相當多的構寫素材。而龍伯大人國釣鼇的想像神話，的確是一個源遠流
長的海洋神話。至於與《列子》龍伯大人釣鼇的盛大場面、誇張動態相類的
海洋神話，則以《莊子·外物篇》所寫任公子以大魚鉤巨纜繩、以五十隻小
牛犢爲餌，釣於會稽山上，而投餌于東海下：

任公子爲大鉤巨緇，五十犗以爲餌，蹲乎會稽，投竿東海，旦旦而
釣，期年不得魚。已而大魚食之，牽巨鉤錎，沒而下騖，揚而奮鬐，
白波若山，海水震蕩，聲侔鬼神，憚赫千里。任公子得若魚，離而
腊之，自制河以東，蒼梧以北，莫不厭若魚者。〔註43〕

《湯問篇》中，龍伯所釣的鼇，是負山戴島；《外物篇》任公子所釣的大魚，
卻是白波若山，海水震蕩，聲侔鬼神，憚赫千里；而牠的軀肉卻可以提供制
河以東，蒼梧以北的百姓所食，甚至還有多餘。龍伯大人可以「舉足不盈數
步而暨五山之所」、甚至是一釣而連六鼇；任公子的神力也可「大鉤巨緇，五
十犗爲餌」而投竿東海。兩則寓言神話，也反映了古代先民與大自然海洋的
博鬥過程中，想像自我能擁有巨人的能力，以戰勝波濤洶湧、海水震蕩的險
惡汪洋。《莊子》與《列子》似乎同步的以文學奇幻的手法，來構建一篇篇先
民與海洋互動下的神話世界。海洋爲百川東流入注而匯聚的空間容量，是道
家海洋「容納」哲學系統的基調，與海洋思維的進一步發揮。同時，這種海
洋空間意象的思維，也在東方海域逐漸的增大與豐富海上神話的空間向度。

〔註41〕　《漢魏六朝筆記小說大觀》，頁 171。
〔註42〕　《古小說鉤沉》，頁 104。
〔註43〕　《莊子集釋》，頁 925。

其次，在《山海經‧大荒東經》中的「大壑」是如此的描述：

> 東海之外大壑，少昊之國。少昊孺帝顓頊於此，棄其琴瑟。〔註44〕

郭璞的《山海經注》「大壑」注言：「《詩含神霧》曰：『東注無底之谷』，謂此壑也。」《山海經》所說的大壑地點，就是東海之外與少昊之國間。而《詩含神霧》所指的『東注無底之谷』，實即是《列子》的渤海之東幾億萬里的「大壑、歸墟」；也是《莊子‧天地篇》「注焉而不滿，酌焉而不竭」的「大壑，或是《秋水篇》的「不知何時止而不盈，不知何時已而不虛」的「尾閭」；以及《楚辭‧遠遊》「經營四方兮，周流六漠。上至列缺兮，降望大壑」〔註45〕裡的「大壑」，都是海中無底的洞口。而屈原神遊的「大壑」不僅是海洋神話的廣闊空間，也是其文學情境遊騁的心海。道家構建的「大壑神話」，不僅成爲戰國、秦、漢的「海洋奇談」，更持續地到魏晉六朝的小說中，增衍出水灌之而不已的「沃焦」空間意象。郭璞（276～324）撰寫絢麗多彩的博物志怪神話類小說《玄中記》亦云：

> 天下之強者，東海之沃焦焉。水灌之而不已。沃焦者，山名也，在東
> 海南，方三萬里，海水灌之而即消，故水東南流而不盈也。〔註46〕

題名爲東方朔撰的《神異經‧東方經》也記載著兩則「沃焦」的海洋神話：

> 東海之外荒海中，有山焦炎而峙，高深莫測，蓋稟至陽之爲質也。
> 海中激浪投其上，翕然而盡，計其晝夜，翕攝無極，若熬鼎受其酒
> 汁也。

> 大荒之東極，至鬼府山、臂沃椒山，腳巨洋海中，升載海日。蓋扶
> 桑山有玉雞，玉雞鳴則金雞鳴，金雞鳴則石雞鳴，石雞鳴則天下之
> 雞皆鳴，潮水應之矣。〔註47〕

《博物志‧卷二》也言：「東方有蟑螂，沃焦。」〔註48〕東方海域、渤海之東的大壑、歸墟、尾閭或是沃焦（椒）的無底之谷，持續地成爲小說家創建海洋神話的「搖籃」。同時，這個「不知何時止而不盈；不知何時已而不虛」的海底之口，也成爲道家對大海容納、善下之哲學思考下的神話材料庫，引生出道家小說「注而不滿、泄而不虛」的海洋觀創作。

〔註44〕《山海經校注》，頁338。
〔註45〕《楚辭注八種》，頁103。
〔註46〕《古小說鉤沉‧玄中記》，頁234～235。
〔註47〕《漢魏六朝筆記小說大觀》，頁50。
〔註48〕《漢魏六朝筆記小說大觀》，頁191。

《知北遊》提及的「至道」之說，也就是「注焉而不滿，酌焉而不竭」的大海之道：

> 若夫益之而不加益，損之而不加損者，聖人之所保也。淵淵乎其若海，魏魏乎其終則復始也，運量萬物而不匱……萬物皆往資而不匱，此其道與。〔註49〕

大海的容姿無量，運量萬物而不匱；海納百川，如同尾閭、大壑注之而不增，泄之而不耗，淵澄而深大，是萬物皆往資焉而不匱的「玄道」。海洋不僅是莊子道境玄通的聖域，也是莊子詼諧志怪的表述場域：

> 莊周家貧，故往貸粟於監河侯。監河侯曰：「諾。我將得邑金，將貸子三百金，可乎？」莊周忿然作色曰：「周昨來，有中道而呼者。周顧視車轍中，有鮒魚焉。周問之曰：『鮒魚來！子何者邪？』對曰：『我，東海之波臣也。君豈有斗升之水而活我哉？』周曰：『諾。我且南遊吳越之王，激西江之水而迎子，可乎？』鮒魚忿然作色曰『吾失我常與，我无所處。吾得斗升之水然活耳，君乃言此，曾不如早索我於枯魚之肆！』」

莊子以自喻爲東海中的鮒魚，因波浪而失於常處，然而只要斗升之水，便可以救急而全生。又喻監河侯爲激西江之水以迎子，錯失時機，雖大而無益。「東海波臣之鮒魚」與「激西江之水以迎子」的寓言，充分地表達出莊子利害兩陷、小大各適的經世之宜。誠如成玄英《疏》言：「人間世道，夷險不常，自非懷豁虛通，未可以治亂，若矜名飾行，去之遠矣」，其實就在說明修飾小行，矜持言說，以求高名令者，是不能大通於至道的。

　　大海能納百川，同時它也是淵澄深大，是萬物皆往資焉而不匱的「道境」。許多的巖穴之士，皆以隱遁於江海之上，標舉其清高之志。《讓王篇》裡的中山公子牟謂瞻子曰：「身在江海之上，心居乎魏闕之下，奈何？」〔註50〕正是說明有嘉遁之情而無高蹈之德；身雖在江海隱逸之處，心卻是思慮著魏闕下的榮華；不能勝於情欲、從順心神；雖然有隱遁之形，卻失清高之志。

　　老子以「澹兮若海」、莊子以「淵淵乎其若海，萬物皆往資而不匱」，創建了道家「海納百川」的哲學體系。這個「容納」的哲學體系在《莊子》筆下化身爲「大壑」、「尾閭」的海洋神話載體，引生出藐姑射國的海外神人；

〔註49〕《莊子集釋》，頁743。
〔註50〕《莊子集釋》，頁979。

不知其大的窮髮北溟的鯤鵬；北海帝與南海帝的儵、忽；北海神若與河伯；埳井之鼃與東海之鱉的東海大樂；任公子投竿東海得若魚；東海波臣之鮒魚等神話式的寓言故事。而《列子》筆下的海洋世界，又予演繹「歸墟」裡的巨鼇十五以負戴五山洲島；龍伯大人釣六鼇、員嶠及岱與二山島以流北極；藐姑射國心如淵泉、形如處女的海外神人。逮及漢、魏，歸墟、尾閭又衍爲《山海經》、《玄中記》、《神異經》、《海內十洲記》、《博物志》與《拾遺記》等之「沃焦」神話、海外奇談與海洋神靈等之夸誕怪說。

　　《莊子・逍遙遊》言：「列子御風而行，冷然善也。」《列子》書中的海洋思維，又以《湯問篇》爲代表。篇中所虛構之詼譎奇詭的海外奇談，都是以「寓言形式」的故事來呈現四海之外的廣闊，與天地的无極。《湯問篇》中開創了多元的海洋神話元素，除了前文論及的「大壑」、「歸墟」、巨鼇十五以負戴五山洲島、龍伯大人釣六鼇而員嶠及岱輿二山以流北極的海洋神話故事外，又以蓬萊五島的海上仙境最爲奇幻，並成爲了後世仙系海洋小說的濫觴。而蓬萊、方壺、瀛洲等三山洲島「海上仙境」的構寫，與《莊子・逍遙遊》「藐姑射山」的神人國度，都是道家對於海洋淵澄澹深的奇幻意想，而且營造了東方海洋的仙境與奇國的神話母題。《湯問篇》還提及龍伯國大人釣六鼇而使二山流于北極，上帝因此大怒而侵滅、使厄龍伯國：

> 龍伯之國有大人，一釣而連六鼇，合負而趣歸其國……二山流于北極，沉于大海。帝馮怒，侵減龍伯國使厄，侵小龍伯之民使短。至伏羲、神農，其國人猶數十丈。〔註51〕

有關大人國、小人國的海外奇談，在前文中已論及「大人國」的傳聞。至於「小人國」的夸談，《湯問篇》又云：

> 從中州以東四十萬里得僬僥國，人長一尺五寸。東北極有人名曰諍人，長九寸。〔註52〕

而在《大荒東經》也說：「周饒國在其東，其爲人短小，冠帶。一曰焦僥國在三首東。」〔註53〕而《大荒南經》亦有二說：「有小人名曰：『焦僥之國，幾姓，嘉穀是食。』」〔註54〕、「有小人名曰菌人。」〔註55〕可見僬僥國、周饒

〔註51〕 《列子》，頁136。
〔註52〕 《列子》，頁136。
〔註53〕 《山海經校注》，頁200。
〔註54〕 《山海經校注》，頁376。
〔註55〕 《山海經校注》，頁384。

國，即是「諍人」、「靖人」、「菌人」，也就是侏儒、〔註56〕「小人國」之意。〔註57〕

戰國時期，「僬僥」的神話傳說，持續地在兩漢、魏、晉幾部道教小說經典相互煦濡，敷奇詭而增夸誕。《神異經・西荒經》云：

> 西海之外有鵠國焉，男女皆長七寸。為人自然有禮，好經綸拜跪。其人皆壽三百歲。其行如飛，日行千里。百物不敢犯之，唯畏海鵠，過輒吞之，亦壽三百歲。此人在鵠腹中不死，而鵠一舉千里。〔註58〕

鵠國男女長七寸，卻能壽三百歲；而其行為飛，日行千里，顯現出小人輕巧自如的神力。雖然葬身於天敵海鵠的口腹中，卻也能不死，而海鵠亦能振翅高飛於千里之遠。這種近乎奇境的小人國度，也是道家經典中遊騁於八垓之外的所建構詼詭滑稽的國度。《神異經・西北荒經》的「小人」國度，則是充滿著荒誕不經、馳騁想像：

> 西北荒中，有小人，長一分。其君朱衣玄冠，乘輅車馬，引為威儀。居人遇其乘車，抓而食之，其味辛，終年不為物所咋。并識萬物名字，又殺腹中三蟲，三蟲死，便可食仙藥也。〔註59〕

則此長一分的小人，可以當為藥物而服食。梁任昉撰寫的《述異記》是一部

〔註56〕《三國志・魏書・烏丸鮮卑東夷傳》，頁 856 載：「女王國東渡海千餘里，復有國，皆倭種。又有侏儒國在其南，人長三四尺，去女王四千餘里……參問倭地，絕在海中洲島之上。」《魏書》形述的侏儒身長三四尺，頗符《國語》僬僥國人長三尺。

〔註57〕六朝魏晉前的史籍中，對於「僬僥國」等短人國的記述頗多：《史記・大宛列傳》正義引《括地志》云：「小人國在大秦南，人纔三尺，其耕稼之時，懼鶴所食，大秦衛助之，即僬僥國，其人穴居也。」（《史記會注考證》，頁 1308。）《魏略・西域傳》曰：「短人國在康居西北，男女皆長三尺，人眾甚多，去奄蔡諸國甚遠。康居長老傳聞常有商度此國，去康居可萬餘里。」（《三國志・卷三十》，頁 863。）《魏志》也曰：「倭南有侏儒國，人其長三四尺，去女王國四千餘里。」另外，《廣志》曰：「東方有人長三尺，君長出，行導衛，威儀有若中國。人又有小人，如螻蛄，手撮之，滿手得二十枚。」（《太平御覽》，頁 1874。）大秦南、康居西與倭南等地，都位於大海之外，遠隔數千萬里。可見海外小人國的記載是確定的。至於《法苑珠林・卷八》引用《外國圖》，對於焦僥國的載述是：「焦僥國人長尺六寸，迎風則偃，背風則伏，眉目具足，但野宿。一曰，焦僥長三尺，其國草木夏死而冬生，去九疑三萬里。」這種對人體大小的增演鋪釋，無乃為士庶興會所至，想像而擴張「小人國」的滑稽詼詭之狀。（《山海經校注》，頁 200。）

〔註58〕《漢魏六朝筆記小說大觀》，頁 55。

〔註59〕《漢魏六朝筆記小說大觀》，頁 56。

「文頗冗雜」的地理博物體志怪小說，其書載述西海方石上的赤葉青枝上的「小兒」，則是奇異誕怪而充滿意趣：

> 大食王國，在西海中。有一方石，石上多樹幹，赤葉青枝。上總生小兒，長六七寸，見人皆笑，動其手足，頭著樹枝。使摘一枝，小兒便死。〔註60〕

這種樹枝葉上生出的小兒，可以說是一種仙藥，然而其生命也極爲脆弱。而《漢武故事》所說的「東郡短人」，乃是西王母之使臣：

> 東郡送一短人，長七寸，衣冠具足。上疑其山精，常令在案上行，召東方朔問。朔至，呼短人曰：「巨靈，汝何忽叛來，阿母還未？」短人不對，因指朔謂上曰：「王母種桃，三千年一作子，此兒不良，已三過偷之矣，遂失王母意，故被謫來此。」上大驚，始知朔非世中人。短人謂上曰：「王母使臣來，陛下求道之法：唯有清淨，不宜躁擾。」復五年，與帝會，言終不見。〔註61〕

有關漢武帝與短人「巨靈」的演變關係，在《漢武帝別國洞冥記》的「巨靈」卻以美人而化成青雀：

> 唯有一女人爰悅于帝，名曰巨靈。帝傍有青珉唾壺，巨靈乍出入其中，或戲笑帝前。東方朔望見巨靈，乃目之，巨靈因而飛去。望見化成青雀，因其飛去，帝乃起青雀台，時見青雀來，則不見巨靈也。〔註62〕

另外，《漢武帝別國洞冥記》的勒畢國人長三寸，善言語：

> 勒畢國，人長三寸，有翼，善言語嬉笑，因名善語國。常群飛往日下自曝，身熱乃歸。飲丹露爲漿。丹露者，日初出有露汁如珠也。〔註63〕

《漢武帝別國洞冥記》的末多國人長四寸：

> 有五味草，食之使人不眠，名曰卻睡草。末多國獻此草。此國人長四寸，織麟毛爲布，以文石爲床，人形雖小，而屋宇崇曠，織鳳毛錦，以錦爲帷幕也。〔註64〕

〔註60〕《山海經校注》，頁201。
〔註61〕《漢魏六朝筆記小說大觀》，頁173。
〔註62〕《漢魏六朝筆記小說大觀》，頁136。
〔註63〕《漢魏六朝筆記小說大觀》，頁129。
〔註64〕《漢魏六朝筆記小說大觀》，頁132。

在道教經典《抱朴子・仙藥篇》的載述中，小人即是仙藥：

> 行山中見小人乘車馬，長七八寸，肉芝也。捉取服之即仙矣。〔註65〕

而《太平御覽・卷三百七十八》引有《博物志》佚文一則，與《神異經・西荒經》西海外鵠國短人的傳說，有異曲同工之妙：

> 齊桓公獵，得一鳴鵠，宰之，嗉中得一人，長三寸三分，著白圭之袍，帶劍持車，罵詈瞋目。後又得一折齒，方圓三尺。問群臣曰：「天下有此及小兒否？」陳章答曰：「昔秦胡充一舉渡海，與齊魯交戰，折傷版齒；昔李子敖于鳴鵠嗉中遊，長三寸三分。」〔註66〕

在王嘉《拾遺記・卷十》記載「移池國」人長三尺，而壽萬歲：

> 員嶠山，一名環丘……南有移池國，人長三尺，壽萬歲。以茅爲衣服，皆長裾大袖，因風以升煙霞，若鳥用羽毛也。人皆雙瞳，修眉長耳，餐九天之正氣，死而復生，于億劫之內，見五岳再成塵。扶桑萬歲一枯，其人視之如旦暮也。〔註67〕

另外，《列子》載述的海外奇國，更是道家寄寓其齊諧志怪、無爲而治的理想國度。《湯問篇》曰：

> 禹之治水土也，迷而失涂，謬之一國。濱北海之北，不知距齊州幾千萬里，其國名曰終北，不知際畔之所齊限。无風雨霜露……國之中有山，山名壺領，頂有口，名曰滋穴。有水湧出，名曰神瀵，臭過蘭椒，味過醪醴。注于山下，亡不悉遍。土氣和，亡札厲。人性婉而從物，不競不爭；柔心而弱骨，不驕不忌；長幼儕居，不君不臣；男女雜游，不媒不聘；緣水而居，不耕不稼；土氣溫適，不織不衣；百年而死，不夭不病。其民孳阜亡數，有喜樂，亡衰老哀苦，其俗好聲，終日不輟音。飢倦則飲神瀵，力志和平。過則醉，經旬乃醒。沐浴神瀵，膚色脂澤，香氣經旬乃歇。周穆王北遊其國，三年忘歸。〔註68〕

人性婉而從物，不競不爭；柔心而弱骨，不驕不忌；不君不臣，力志和平，這是道家「人間樂園」的具體構築。然而道家「理想國度」的肇建，應始於

〔註65〕〔晉〕葛洪撰，李中華注，黃志民校：《抱朴子》（台北：三民書局，2001.2二刷），頁277。

〔註66〕《太平御覽》，頁1874。

〔註67〕《漢魏六朝筆記小說大觀》，頁561。

〔註68〕《列子》，頁148。

《老子》「太上忘情、小國寡民」的太初之風與《莊子》「赫胥、軒轅」的至德之世：〔註69〕

> 小國寡民，使民有什伯之器而不用也。使民重死而不遠徙，雖有舟輿，无所乘之。雖有甲兵，无所陳之。使民復結繩而用之。至治之極，民各甘其食，美其服，安其俗，樂其業。鄰國相望，鷄狗之聲相聞，使民至老死而不相往來。〔註70〕

> 故至德之世，其行填填，其視顛顛。當是時也，山无蹊隧，澤无舟梁；萬物群生，連屬其鄉；禽獸成羣，草木遂長。是故禽獸可係羈而遊，鳥獸之巢可攀援而闚……夫至德之世，同與禽獸居，族與萬物並，惡乎知君子小人哉！同乎无知，其德不離；同乎无欲，是謂素樸，素樸而民性得矣。〔註71〕

> 夫赫胥氏時，民居不知所爲，行不知所之，含哺而熙，鼓腹而遊，民能以此矣。〔註72〕

結繩而治、民无怨而各安其安的太古社會，是老子極力營造素樸純淨，自我安頓那生命徹底優美化的終極理想國度。而「老死不相往來」、「甘其食，美其服，安其俗，樂其業；同與禽獸居，族與萬物並」、「民性素樸，无知无欲；含哺而熙，鼓腹而遊」，相安相忘的美麗境界，也是莊子踵繼的世外樂土、至德之世：

> 子獨不知至德之世乎？昔者容成氏、大庭氏、伯皇氏、中央氏、栗陸氏、驪畜氏、軒轅氏、赫胥氏、尊盧氏、祝融氏、伏羲氏、神農氏，當是時也，民結繩而用之，甘其食、美其服，安其居，樂其俗，鄰國相望，鷄狗之音相聞，民至老死而不相往來。若此之時，則至治已。〔註73〕

老、莊的小國寡民、至德之世，是個無欲無求，人民甘其食、美其服，安其

〔註69〕有關中國文學裡的樂園、樂土、黃金時代、天堂、仙鄉、極樂世界、烏托邦、理想國與桃花源等想像中的美好快樂地方的論述與譬析，請參看胡萬川著：《眞實與想像神話傳說探微‧失樂園——一個有關樂園神話的探討》（新竹：清華大學出版社，2004.7 初版），頁 43～77。

〔註70〕《老子道德經古本集注》，頁 134～135。

〔註71〕《莊子集釋》，頁 334～336。

〔註72〕《莊子集釋》，頁 341。

〔註73〕《莊子集釋》，頁 357。

居，樂其俗，不受虛華的文明所誘惑而迷失的理想國；是結繩而治、人心純
淨無為的至德之世；更是性婉從物，不競不爭，柔心弱骨，不驕不忌，不君
不臣的太初社會。《莊子・山木篇》隱士市南宜僚向魯侯講述的「建德之國」、
「大莫之國」，就是一個性婉從物，不競不爭，柔心弱骨，不驕不忌，不君不
臣，刳形去皮，洒心去欲；蹈乎大方，其生可樂，其死可葬，以游於南越海
國的理想原鄉：

> 南越有邑焉，名為建德之國。其民愚而朴，少私而寡欲；知作而不
> 知藏，與而不求其報；不知義之所適，不知禮之所將；猖狂妄行，
> 乃蹈乎大方；其生可樂，其死可葬。吾願君去國捐俗，與道相輔而
> 行……」君曰：「彼其道遠而險，幽遠而无人，又有江山。我无車、
> 无糧、无食，安得而至？」市南子曰：「少君之費，寡君之欲，雖无
> 糧而乃足。君其涉于江而浮于海，望之而不見其崖，愈往而不知其
> 所窮。君自此遠矣！故有人者累，見有於人者憂。願去君之累，除
> 君之憂，與道遊於大莫之國。」〔註74〕

位於南越海濱的「建德之國」，雖是老、莊筆下的小國寡民、至德之世，是個
無欲無求的化外之邦。然而「其民愚而朴，少私而寡欲；知作而不知藏，與
而不求其報；不知義之所適，不知禮之所將；猖狂妄行，乃蹈乎大方；其生
可樂，其死可葬」，卻是道家極欲建構的「道化原鄉」的理想國度，是無心而
順物，合乎大道，逍遙於無人虛寂的大莫之國，想像神遊的理想政治烏托
邦。〈山木篇〉更以東海「意怠鳥」的寓言，講述其性：「翂翂翐翐，而似无
能；援引而飛，迫脅而棲；進不敢為前，退不敢為後；食不敢先嘗，必取其
緒。是故其行列不斥，外人卒不得害，是以免其患」〔註75〕，以指喻洒心去
欲，淳朴知藏，離形去智，而免於身患。

　　而《列子・黃帝篇》的華胥氏國，更是道家一系列想像神遊的理想政治
烏托邦：

> 華胥氏之國在弇州之西，台州之北，不知斯齊國幾千萬里；蓋非舟
> 車足力之所及，神遊而已。其國无師長，自然而已。其民无嗜欲，
> 自然而已。不知樂生、不知惡死，故无夭殤；不知親己，不知疏
> 物，故无愛憎；不知背逆，不知向順，故无利害：都无所愛惜，都

〔註74〕《莊子集釋》，頁 671～675。
〔註75〕《莊子集釋》，頁 680。

无所畏忌。入水不溺，入火不熱……乘空如履實，寢虛若處床。雲霧不害其視，雷霆不亂其聽，美惡不滑其心，山谷不躓其步，神行而已。〔註76〕

民風淳樸、清心寡欲的華胥國，如同是「見素抱樸，少私寡欲」的上古社會。這個社會去病化執、自得自安，不染、不惑於虛華的文明，所有的百姓得到生活的大自在與大自由。《列子》的華胥之國，無待聖人師長、無嗜欲而虛懷體道、順萬物之自然，正是《莊子》：「乘天地之正，御六氣之辯，以遊無窮」的大逍遙之境，是《老子》：「甘其食，美其服，安其俗，樂其業」、「民結繩而用之」的太初之世。

道家的太初樂園、至德之世、華胥之國的政治烏托邦，同是彰顯一個美好的理想國度。這個理想國的構築，不僅與孔子「悼道不行，設浮於海，子欲居九夷」〔註77〕、儒家《禮記・禮運篇》的「海外仁賢化邦」、「大同世界」接壤，他們也同時在表述一個太初至德的樂土、堯天舜日、大同仁賢的治世願景。

莊子建構的「藐姑射之山，有神人居焉」的海外樂園，與「軒轅氏」的至德之世、太風樂土的理想國，它們同時都是一個海外的仙境。《山海經・海外西經》言：「軒轅之國在此窮山之際，其不壽者八百歲。在女子國北。人面蛇身，尾交首上。」而《大荒西經》云：「有軒轅之國，江山之南棲為吉，不壽者乃八百歲。」另外，《西次三經》有「軒轅之丘，郭《注》云：『黃帝居此。』」〔註78〕《山海經》所提到的軒轅國，其不壽八百歲，這是一個幾近不死的仙鄉樂土。而《海外東經》君子國言：「其人好讓不爭」，也是一個無嗜欲、無利害的至德之國。另外，《大荒南經》的載民之國，《大荒西經》沃民之國，也都是一個無為自然、自得饒沃的海上仙境樂土及理想國度：

民食穀，不績不經，服也；不稼不穡，食也。爰有歌舞之鳥，鸞鳥自歌，鳳鳥自舞。爰有百獸，相羣爰處。百穀所聚。

西有王母之山、壑山、海山。有沃之國，沃民是處。沃之野，鳳鳥之卵是食，甘露是飲。凡其所欲，其味盡存……鸞鳳自歌，鳳鳥自

〔註76〕《列子》，頁33。另外，在《列子・周穆王篇》也記載了「古莽之國」、「中央之國」與「阜落之國」等三個奇詭國度，然與海外奇國較無關聯，本文不予以論述，詳見《列子》，頁91～92。

〔註77〕《漢書・地理志》，頁1658。

〔註78〕《山海經校注》，頁221。

舞。爰有百獸，相羣是處，是謂沃之野。〔註79〕

此諸沃之野，鸞鳥自歌，鳳鳥自舞；鳳皇卵，民食之；甘露，民飲
之，所欲自從也。百獸相與羣居。〔註80〕

沃民、〔註81〕 載民之國，都是饒沃之土，其民不績不經、不稼不穡，是神裔
的國度，更是自然無爲的太初樂園。

　　道家小國寡民、至德之世、終北與華胥之國的海外政治仙境，在兩漢與
魏晉六朝，持續它的樂土傳播與理想國度的建造。竹林七賢阮籍的「太初社
會」，嵇康的「至德之世」，都是其想像寄寓的現實美政。阮籍〈通老論〉的
「君臣垂拱，完太素之樸；百姓熙怡，保性命之和」〔註82〕，展現了一個無
爲而治的太古社會；〈大人先生傳〉的「太初眞人，不避物而處，不以物爲
累；无是非之別，无善惡之異；飄颻忽天地之外，與造化爲友；含奇芝，嚼
甘華、飡雲霄、興朝雲、颺春風，奮惚太極之東，遊乎崑崙之西，流盼乎唐
虞之都，休息乎无爲之宮」〔註83〕，形繪出一幅太素之樸，無君無臣的無爲
而治的社會。而嵇康的〈難張遼叔自然好學論〉也說：「洪荒之世，大樸未污。
君无文于上，民无竸于下，物全理順，莫不自得。飽則安寢，飢則求食。怡
然鼓腹，不知爲至德之世也。若此，則安知仁義之端，禮律之文？」〔註84〕
更是強化了不知「至德之世」，而自然無爲的亙古樂園。東晉陶淵明的〈桃花
源〉，取法道家小國寡民，甘其食，美其服，安其俗，樂其業，相安相忘的勝
境，而有黃髮垂髫，并怡然自樂的世外絕境；不知有漢，无論魏晉〔註85〕的
理想政治烏托邦。

　　晉朝張華撰《博物志》所記海外奇國，雖與《山海經》雷同，卻增衍道
家理想國度的色彩：

夷海內西北有軒轅國，在窮山之際，其不壽者八百歲。諸沃之野，
鸞自舞，民食鳳卵，飲甘露。白民國，有乘黃，狀如狐，背上有

〔註79〕　《山海經校注》，頁 397。
〔註80〕　《山海經校注》，頁 222。
〔註81〕　《淮南子・墬形訓》言：「凡海外三十六國。自西北至西南方有……沃民。」
　　　　　（頁 114。）
〔註82〕　《全三國文》，頁 478。
〔註83〕　《全三國文》，頁 486～491。
〔註84〕　《全三國文》，頁 523。
〔註85〕　《漢魏六朝筆記小說大觀》，頁 444。

角，乘之壽三千歲。君子國，人衣冠帶劍，民衣野絲，好禮讓，不
爭，土千里，多薰華之草。民多疾風氣，故人不番息，好讓，故爲
君子國……驩兜國，其民盡似仙人。帝堯斯徒。驩兜民常捕海島
中，人面鳥口，去南國萬六千里，盡似仙人也。大人國，其人孕三
十六年，能乘雲而不能走……厭光國，光出口中……結胸國，奇肱
民善，能爲飛車，從風遠行……羽民國，民有翼……孟舒國民，人
首鳥身。〔註86〕

《博物志》的書寫風格，雜揉了道教神鄉仙山的基調，軒轅國不壽者八百歲、
飲甘露；驩兜國民常捕海島，盡是仙人；大人國，其人孕三十六年，能乘雲
而不能走；厭光國，光出口中；結胸國，能爲飛車，從風遠行；羽民國，民
有翼；孟舒國民，人首鳥身等國度的特異想像，均是源承於《列子》終北、
華胥的理想國度。而接踵海外理想國度的譎詭能量，賦予更多的道教色彩，
又以王嘉的《拾遺記》爲高峰。〈顓頊篇〉：「溟海之北人皆衣羽衣，无翼而飛，
日中无影而壽千歲」〔註87〕的勃鞮國；〈虞舜篇〉：「其俗人年三百歲，島夷卉
服，萬國欽仰」〔註88〕的孝養之國；〈燕昭王篇〉：「國中山川无惡禽獸，水不
揚波，風不折木，人皆三百歲，至死不老，咸知孝讓」〔註89〕的盧扶國；〈秦
始皇篇〉：「其國人長十丈，在咸池日沒之所九萬里，以萬歲爲一日。俗多陰
霧，遇其晴日，則天豁然雲裂，耿若江漢。及夜，燃石以繼日光」〔註90〕的
宛渠國；〈前漢上篇〉：「其俗淳和，人壽三百歲。有壽木之林，一樹千尋，日
月爲之隱蔽，憩此木下，不死不病。有泛海越山來會，歸懷其葉者，終身不
老」〔註91〕的祈淪國；〈前漢下篇〉：「其國宜種百谷，翻形稻食者死而更生，
夭而有壽；明清稻而食者延年；清腸稻食一粒而歷年不飢；有傾蘺豆而食者
不老不疾；有紫菊而食者至死不飢渴」〔註92〕的背明國；〈晉時事篇〉：「國人
皆多力，以五色玉爲衣，不食五谷，日中无影，飲桂漿雲霧。羽毛爲衣，髮
大如縷，堅韌如筋，幾至一丈，其人年不可測」〔註93〕的頻斯國；〈蓬萊山篇〉

〔註86〕　《漢魏六朝筆記小說大觀》，頁 190～191。
〔註87〕　《漢魏六朝筆記小說大觀》，頁 496～497。
〔註88〕　《漢魏六朝筆記小說大觀》，頁 500。
〔註89〕　《漢魏六朝筆記小說大觀》，頁 518。
〔註90〕　《漢魏六朝筆記小說大觀》，頁 520。
〔註91〕　《漢魏六朝筆記小說大觀》，頁 527。
〔註92〕　《漢魏六朝筆記小說大觀》，頁 529～530。
〔註93〕　《漢魏六朝筆記小說大觀》，頁 554。

郁夷國的時有金霧，含明國的冰水、沸水飲者千歲；〔註94〕〈員嶠山篇〉移
池國人壽萬歲，餐九天之正氣，見五岳再成塵、浣腸之國人逍遙于絕岳之嶺，
度天下之廣狹，拾塵吐霧以算歷劫之數。〔註95〕

　　道家海內外的理想國度，是一個使民復結繩而治、清心寡欲、返樸歸真
的太初社會與至德之世；也是吸風飲露、不食五谷、心如淵泉、民无嗜欲，
美惡不滑其心，自然而已的軒轅樂土；更是君臣垂拱，君无文于上，民无竞
于下，物全理順，莫不自得，飽則安寢，飢則求食，怡然逍遙，人壽無疆的
世外桃源。在他們想像寄寓的現實美政，與虛無縹渺的神仙國度，一幅幅的
人間樂土、世外桃源的仙境奇國，小國寡民、華胥、終北之國的太風樂土，
都是爲其心靈終極理想的安頓之處。其對海外神奇詭幻的想像，更爲漢魏六
朝以後的小說，注入了海洋書寫上的新元素，豐富了有關海外奇談描寫上的
多元性與神話性。

　　有關先秦道家《老子》、《莊子》、《列子》與魏晉六朝道教經典的海洋書
寫觀，它們展現出幾個面向：其一、對於海洋廣大浩瀚、包容接納的人生智
慧，建構了一連串「歸墟」、「尾閭」、「大壑」、「沃焦」等東方海域的納水空
間之神話解釋體系；同時在「大壑」的神話創構下，還演述了「鼇負五山」、
「龍伯大人」等海洋神話，與東方海域上的「蓬萊仙島」、「理想樂園」。其二、
建構了一個「不知其大」的鯤鵬神話與獨與天地精神相往來，而不敖倪於萬
物；不食五穀而吸風飲露，乘雲氣，御飛龍；大澤焚而不能熱，河漢冱而不
能寒，疾雷破山風振海而不能驚，乘雲氣，騎日月，以遊乎四海之外的神人
樂園；與寰海之外，無異山林，和光同塵，在染不染，冰雪取其潔淨，淖約
譬以柔和，處子不爲物傷，姑射語其絕遠」〔註96〕的海外神境。其三、海洋
成爲道家筆下深弘溟渺、蒼莽窈冥、大而無邊的自然「道場」；大海能納百川，
同時它也是淵澄深大，是萬物皆往資焉而不匱的聖域道境。其四、蓬萊五島
的奇幻海上仙境，除了成爲了後世仙系海洋小說的濫觴外，其海上理想國度
的想像與寄寓，充分展現道家的詭譎、齊諧與志怪的神話化。其五、想像以
北海帝與南海帝的儵、忽；北海神若與河伯等海洋神靈的人格化演變動態。
其六：開鑿了以埳井之鼃與東海之鱉爲題的「東海大樂」人生哲理世界。我

〔註94〕《漢魏六朝筆記小說大觀》，頁559。
〔註95〕《漢魏六朝筆記小說大觀》，頁561。
〔註96〕《莊子集釋》，頁28。

們可以說道家與道教的海洋觀在小說上的展示，主要是呈現了一個寓言神話與道化宗教的海洋世界。而海洋這個百川之谷，不僅是「道境玄通」的聖域，更是詼諧志怪、遊心於大道的表述場域。

第二節　《山海經》等小說典籍所描寫道家與道教的海洋故事

上述先秦道家經典有關《老子》、《莊子》、《列子》與魏晉六朝道教經典的海洋書寫觀，主要是呈現了一個寓言神話與道化宗教的海洋世界。而在先秦漢魏六朝時期的僊道小說典籍中，它們又如何發微與開展這樣的道化海洋的神話思維？在既有的宗教海洋元素中，這時期的小說典籍又添加了何種新的書寫元素，以傳遞及演繹道家及道教海洋故事？

一、海外烏托邦

劉安《淮南子》其書以黃老爲宗，又總合百家，吸收融攝了儒、法、陰陽、墨諸家學說，其採摭宏富，旁徵博引上古先秦與漢初典籍著作。就其涉海思維的展現，主要在於述說天地之理，人間之事與帝王之道，進而闡微黃老道學。就帝王之學而論，《原道訓》與《俶眞訓》展現了一個以「泰谷二皇，得道之柄，神於化游，以撫四方」、「舜、禹二帝撫綏四夷，四海賓服」的至德之世，承遞了老、莊「因自然而推之，秉要趣而歸之」、「毋淫其性，毋遷其德，萬物恬漠以愉靜，而天下賓服」的海內外至德之世，烏托邦式的神話理想社會：

> 泰古二皇，得道之柄，立於中央，神與化游，以撫四方，是故能天運地滯，並應無窮，還反於樸……昔者夏鯀作九仞之城，諸侯背之，海外有狡心。禹知天下之叛也，乃懷城平池、散財物、焚甲兵、施之以德，海外賓伏，四夷納職……舜耕於歷山，理三苗、朝羽民、徙裸國、納肅慎，未發號而移風易俗，其唯心行。〔註97〕

> 古之人有處混冥之中，神氣不蕩於外，萬物恬漠以愉靜，攪搶衝杓之氣莫不彌靡，而不能爲害，是謂大治……是故以道爲竿，以德爲綸，禮月爲鈎，仁義爲餌，投之于江，浮之于海，萬物紛紛，孰非

〔註97〕《淮南子》，頁7～18。

其有！舜之耕陶也，不能利其里；南面王，則德施乎四海……聖人內修道術，而不外飾仁義……橫廓六合，揲貫萬物。〔註98〕

《淮南子》宗緯黃老道學，其言：「泰古伏羲、神農二皇，得道之柄，立於中央，神與化游，以撫四方」、「其德覆天地而和陰陽，節四時而調五行」，建構了一個無爲爲之的太平治世。以禹能體道施德，故能「海外賓伏，四夷納職，逸而不窮。」文中的「海外賓服」所指疆域是爲禹定九州之土，而非《卷第四墬形訓》所言騶衍之「大九州」。其標榜舜、禹二帝的教化推行，壹是以用心行德、無爲而治、自然而化、處勢權衡；以道爲竿，以德爲綸，禮樂爲鉤，仁義爲餌，投之于江，浮之于海的道家帝王之術，強調人君當能內修其本，而不外飾其末；能通於天機，不以貴賤貧富勞逸以失其自德，使父無喪子之憂、兄無哭弟之哀、童子不孤、婦人不孀、虹蜺不出、賊星不出，含德之所致的入世大同願景。所言的海外國度：「羽民國」、「裸民國」、「飲氣之民，不死之野」〔註99〕、「肅愼國」、「君子國」均是《墬形訓》描述的海外三十六國，明顯的看出是取材於《山海經》裡的海外仙鄉、不死國度。〔註100〕而言「施乎四海」，亦是王疆澤被的九州之地，非指四方海域地理。《淮南子》探討黃老道學所主張的大治之世、理想國度、政治的烏托邦載述甚詳，其圖廓也由《莊子》、《列子》裡的海外理想樂園，移往海內聲教所訖之處，而且增添了「入世」的新元素，建構了漢初黃老治術「休養生息」下的瑰麗願景：

盧敖游乎北海，經乎太陰，入于玄闕，至于蒙穀之上。見一士焉……軒軒然方迎風而舞，笑曰：「子中州之民，寧肯遠而至此……若我南游乎岡㝗之野，北息乎沉墨之鄉，西窮窅冥之黨，東關鴻濛之光，此其下無地而上無天，聽焉無聞，視焉無眴，此其外猶有汰沃之汜。其餘一舉而千萬里，吾猶未能之在。」〔註101〕

〔註98〕《淮南子》，頁43～53。

〔註99〕《淮南子》，頁151。

〔註100〕《楚辭・遠遊》云：「仍羽人於丹丘兮，留不死之舊鄉。」《山海經・海外南經》亦言有「羽人之國，不死之民。」袁珂《山海經校注》云：「《楚辭・遠遊》之所謂不死、羽人，實地仙與天仙，非謂殊方之異族類也……而屈原《天問》何所不死，王逸《注》引《括地象》云『有不死之國』，《淮南子・時則篇》復有不死之野，《呂氏春秋・求人篇》有不死之鄉，均以『不死』爲說，則殆皆古人心目中之仙鄉樂土矣。」（頁196～197。）

〔註101〕《淮南子・道應訓》，頁355～356。

> 至德之世，甘暝於溷閑之域，而徙倚於汗漫之宇，提挈天地而委萬
> 物。以鴻濛爲景柱，而浮揚乎無畛崖之際。當此之時，莫之領理，
> 決離隱密而自成，渾渾蒼蒼，純樸未散，旁薄爲一，而萬物大優。
> 〔註102〕

> 古者治德之世，賈便其肆，農樂其業，大夫安其職，而處士循其道。
> 當此之時風雨不毀折，草木不夭死，九鼎重，珠玉潤澤，洛出《丹
> 書》、河出《綠圖》。〔註103〕

北海處士「南游乎岡圾之野，北息乎沉墨之鄉，西窮窅冥之黨，東關鴻濛之
光」，與盧敖「窮觀於六合之外，周行四極，唯北陰之未闚」的對話，雖是反
映出宇宙浩瀚無窮，印證《莊子》「小年不及大年，小知不及大知；朝秀不知
晦朔，蟪蛄不知春秋」的道理，更是表述出道家一則理想世界、不死之鄉、
何有之野的神話構景。透過北海處士所指謂的岡圾之野、沉墨之鄉、窅冥之
黨、鴻濛之光的四方極地，它已是其下無地而上無天，是天焉無聞、視焉無
眴；在其外猶有汰沃之氾，一舉而千萬里的九垓窮觀之方，這是道家四海內
外的優美道境，莫若以明的生命原鄉，也是「同與禽獸居，族與萬物並」、「萬
物大優，群生莫不顒顒然，仰其德以和順」，不用智巧、順應大道，安寢恬睡
於空虛無限之域，遨遊於廣大無邊的四海八垓、溷閑汗漫之宇的老、莊理想
邦國。至於「賈便其肆，農樂其業，大夫安其職，而處士循其道。當此之時
風雨不毀折，草木不夭死，九鼎重，珠玉潤澤，洛出《丹書》、河出《綠圖》」
的至德之世，這是「世之主有欲利天下之心，是以人得自樂其間」的治世版
圖，反映出聖人達道、有欲利天下之心的大同盛世。

　　由《老子》的小國寡民、《莊子》海外樂園的「藐姑射之國」、南越海濱
的「建德之國」、「大莫之國」與至德之世、《列子》的「華胥之國」到《淮南
子》的「沃民之野」、「君子之國」、「賈便其肆，農樂其業，大夫安其職，而
處士循其道」的天下大優至德之世，都是道家所建構的海內外純樸無一，而
「萬民猖狂，不知東西，含哺而游，鼓腹而熙，交被天和，食於地德，不以
曲故，是非相尤，茫茫沉沉」的太古大治社會，是黃老帝王之無爲而治、休
養生息的理想邦國。

〔註102〕《淮南子・俶眞訓》，頁 54。
〔註103〕《淮南子》，頁 62。

二、海上巨魚

　　關於鯨魚在文學裡的巨大神話意象，最膾炙人口的莫過於《莊子・逍遙遊》中的「北冥有魚，其名爲鯤，鯤之大，不知其幾千里」、「窮髮之北有冥海者，天池也。有魚焉，其廣數千里，未有知其修者，其名曰鯤」，〔註104〕與《莊子・外物》裡的「任公子蹲會稽，投竿東海，期年而大魚食之，沒而下鶩，揚而奮鬐，白波若山，海水震蕩，聲侔鬼神，憚赫千里。公子得大魚離而腊之，自制河以東，蒼梧已北，莫不厭」〔註105〕的鯤魚神話。鯤魚應是鯨魚之誤，也就是《莊子》寓言筆下的北海大魚。《列子・湯問》的「八紘九野之北有溟海者，有魚焉，其廣數千里，其長稱焉」〔註106〕，東方朔《十洲記》的「溟海無風而洪波百丈，巨海之內，有此大魚」〔註107〕、《海內十洲記》的「方丈洲在東海中心……上專是群龍所聚，有金玉琉璃之宮……上有九源丈人宮主，領天下水神，及龍蛇巨鯨陰精水獸之輩」〔註108〕的巨鯨大魚，與《玄中記》「東方有大魚焉，行者一日過魚頭，七日過魚尾，產三日，碧海爲之變紅」〔註109〕裡的巨海大魚廣數千里，及王子年《拾遺記・卷一》的「北極之外，潼海之水，渤潏高隱于日中，有巨魚大蛟，莫測其形，吐氣則八極皆暗，振鬐則五岳波蕩……巨魚吸日，蛟繞于天」〔註110〕與《卷十・瀛洲》裡的「瀛洲東有淵洞，有魚長千丈，色斑，鼓舞群戲，遠望水間有五色雲，就視，乃此魚噴水爲雲，無慶雲之麗，无以加也」〔註111〕都是那吐氣八極皆暗、振鬐則五岳波蕩，廣數千丈的環洲極外大魚。而唐徐堅《初學記・卷三十・魚第十南海鯨》也引王嘉《拾遺記》裡「黑河，北極也。其水濃黑不流。土雲生焉。有黑鯤魚，千尺如鯨，常飛往南海。或宕而失所，死於南海之濱。肉骨皆消，唯膽如石，上仙藥也」〔註112〕的北極黑鯤，這些都是道家（教）神話夸飾與演繹系譜下的北極溟海之上的巨鯨大魚。

　　海鯨不僅是道家與道教神話文學裡廣袤千里的海中大魚，在其它典籍叢

〔註104〕《莊子集釋》，頁2、14。
〔註105〕《莊子集釋》，頁925。
〔註106〕《列子》，頁137。
〔註107〕《莊子集釋》，頁2。
〔註108〕《漢魏六朝筆記小說大觀》，頁69。
〔註109〕《莊子集釋》，頁2。
〔註110〕《漢魏六朝筆記小說大觀》，頁499。
〔註111〕《漢魏六朝筆記小說大觀》，頁560。
〔註112〕〔唐〕徐堅等撰：《初學記》（北京：中華書局，2010.5重印本），頁742。

談中，牠也被形塑成極爲巨大傳奇的海獸。晉葛洪《西京雜記》也記載舡上海人誤以鯨魚爲洲島的齊諧怪聞：

> 昔人有東海遊者，隨風浪而莫知所之。一日一夜得一孤洲，共侶歡然，下石植纜，登洲煮食。食未熟，而洲沒。在舡者斫纜，舡復飄蕩，向者孤洲，大魚也。怒棹揚鬐，吹波吐浪，去疾風雲。在洲上死者十餘人。〔註113〕

鯨魚的神話面紗在三國魏晉南北朝時，對於其爲大型海洋哺乳類動物的認知，已能由夸飾的巨相，轉趨於自然平實。《魏武四時制》對於海鯨的陳述，則較爲貼近現實、詳細：

> 東海有大魚如山，長五六里，謂之鯨鯢。次有如屋者。時死岸上，亳流九頃，其鬚長一丈，廣三尺，厚六寸，瞳子如三升棉大，骨苦爲矛矜。〔註114〕

《魏武四時食制》對於海鯨體長五六里的陳述，顯然比《莊子》、《列子》動輒數千里的奇談，更符合事實。至於鯨魚在海上游動的自然屬性與特徵，西晉崔豹的《古今注》則是描寫與觀察了鯨魚在海上乘風破浪的的驚駭形狀：

> 鯨，海魚也。大者長千里，小者數千丈，一生數萬子。常以五月六月就岸邊生子。七八月導引其子還入海中。鼓浪成雷，噴沫成雨，水族驚畏之，皆逃匿而莫敢當。。其雌曰鯢，大者亦長千里，眼睛爲明月珠。〔註115〕

崔豹捕捉住海鯨的游動樣貌，書寫巨魚「鼓浪成雷，噴沫成雨，水族驚畏之，皆逃匿而莫敢當」的游動英姿，令人讚嘆。而《魏武四時食制》形容鯨魚「時死岸上，亳流九頃」的場面，同是令人驚駭。〔註116〕另外崔豹《古今注》所

〔註113〕今本《西京雜記》無此文，引自《太平御覽·卷第九百三十五·鱗介部七魚上》，頁4288。

〔註114〕《太平御覽·卷第九百三十八·鱗介部十鯨鯢》，頁4299。有關「大魚如山」的描寫，：《太平御覽·卷第九百三十五·鱗介部七魚上》，頁4286也有一則寫景：「《唐書》曰：『眞臘國地饒，瘴癘毒螫，海中大魚半出，望之如山。』」

〔註115〕《太平御覽·卷第九百三十八·鱗介部十鯨鯢類》，頁4299。

〔註116〕〔唐〕孟琯《嶺南異物志》對於鯨魚海上奔躍的動態，顯然還是以其爲海上巨獸的認知思維來構寫，同時也反映出中古先民對於海上巨鯨的有限認識：「南方嘗晴，望海中二山如黛。海人云：『去岸兩廂各六百里，一旦暴風雷，旦霧露皆腥，雜以泥涎，七日方已。』屬有人從山來說云：『大魚因鳴吼、吹沫，其一鰓掛山巔七日，山爲之折，不能去。鳴聲爲雷，氣爲風，涎沫爲霧。』」（《太平御覽·卷第九百三十六·鱗介部八魚下》，頁4290。）

說鯨眼化爲明月珠，《魏武四時食制》說鯨魚瞳子如三升梡大，而在任昉的《述異記》也說：「南海有珠，即鯨魚目瞳，夜可以鑒，謂之夜光」〔註117〕，可見鯨鯢睛在當時爲夜明珠珍品的傳說甚囂塵上，〔註118〕更憑添了巨魚的神話色彩。

　　雌鯨爲鯢，大者亦長千里。南朝梁元帝所撰《金樓子・志怪篇第十二》將鯨鯢又名「海鰌」：

> 鯨鯢一名海鰌，穴居海底，鯨入穴則水溢溢爲潮來，鯨出穴則水入爲潮退；鯨鯢既出入有節，故潮水有期。〔註119〕

三國時期沈瑩的《臨海水土異物志》也以海鰌爲鯨鯢之別名，並說：「海鰌長丈餘。」〔註120〕梁元帝的記載更以鯨鯢出入海穴，與潮水有期相關。唐劉恂《嶺表錄異》也說：

> 海鰌魚即海上最偉者也，其小者亦千餘尺。吞舟之說，固非謬也。每歲，廣州常發艚舡過安南貿易，路經調黎深闊處，或見十餘山或出或沒。篙工曰：「非山島，鰌魚背也。」雙目閃爍，鬐鬣若簸朱旗，日中忽雨霡霂。」舟子曰：「此鰌魚噴氣，水散於空，風勢吹來，若雨耳。」近魚即皺舡而譟，倏爾而沒。交趾回……乃靜思曰：「設此鰌瞋目張喙，我舟若一葉之墜智井耳！寧得不皓首乎？」〔註121〕

這種在航海途中觀察鯨鯢海上活動的紀錄，是冒著吞舟的極大危險。尤其是「瞋目張喙，我舟若一葉之墜智井耳！寧得不皓首乎」、「舍舟取雷州，緣岸而歸，不憚辛苦，蓋避海鰌之難」，可見正遇海鯨，猶如是九死一生之生命交關。而其寫鯨魚噴水如「日中忽雨霡霂，魚即皺舡而譟」，與崔豹所言：「鼓浪成雷，噴沫成雨，水族驚畏皆逃匿，倏爾而沒」，則是在驚駭中饒富趣味。海上大魚被形容爲「神鯨來往，乘波躍鱗」、「吹波吐浪，去疾風雲」、「大者如山，次者如屋」，而時死岸上，膏流九頃，骨充棟木，難怪被時人喻爲「海上最偉者。」

〔註117〕《太平御覽・卷第九百三十八・鱗介部十鯨鯢類》，頁4299。

〔註118〕《太平御覽・卷第九百三十八》，頁4299亦曰：「《唐書》曰：『開元七年，大拂涅靺羯（鞨）獻鯨鯢睛。』」

〔註119〕〔梁〕梁文帝撰，清謝章鋌校：《金樓子》（台北：世界書局，景印國立中央圖書館珍藏鈔永樂大典本1990.11四版），頁254。

〔註120〕《太平御覽》，頁4300。

〔註121〕《太平御覽》，頁4300。

三、海上遠國異人

　　《淮南子》既爲劉安臣僚門客撰輯而成，其書又多以黃老道學爲經緯，在一定程度上亦集結了一批燕、齊、秦等戰國時期的海上方士與陰陽家者。〔註122〕這群海上陰陽方士不外夸談奇飾先秦初漢的瀛海神話傳說，而對於海洋的書寫視角有：其一、談述騶衍裨海、瀛海環之的大九州說。其二、想像心嚮太古社會之至德之世、高蹈遠思海上烏托邦的政治理想國度。其三、謠思海外三十六國，〔註123〕踵續《山海經》海外島國殊族之奇風異俗，所論海外之「女子民」、「大人國」、「不死國」與「君子國」，成爲兩漢魏晉六朝小說踵繼儒、道二家希冀的海外樂園、謠奇怪變的殊島邦國。其四、想像夸飾流傳於上古帝裔、先民聖王禎祥靈怪之海溟神話。下文將從海外三十六國之遙遠海上的「女子民」、「大人國」與「君子國」等遠國異人神話傳說、異俗奇風的樂園國度論起。

　　「女兒國」在中國小說與歷史典籍的書寫述景裡，王瓊玲女士的〈我國文獻所載女子國、女王國和古典小說中的女兒國〉〔註124〕，與王孝廉的〈女兒國的傳說〉〔註125〕二文論析甚詳，各有勝場。王瓊玲先引據各項外國歷史典籍所載，先後列述古希臘亞馬遜族女戰士、東亞海中之亞馬遜女人島、日本八丈島女人國及蝦夷族女人島、《馬可波羅行記》載述印度洋上「獨居女子之女島」、中美洲馬丁泥可島女人國、非洲女人國等異洲異國傳說。次敘中國典籍載述的女子國事蹟，其論述路向有四：其一、《山海經》與其後踵述之《淮南子》與其相關《注》引典籍對女子國的詮釋路向。其二、爬梳《三國志·魏書》、《梁書·東夷傳》、《北史·西域列傳》、《南史》、《隋書》、《舊唐書》、

〔註122〕　《風俗通義校注·卷二正失篇》曰：「俗說淮南王安，招致賓客方術之士數千人，作《鴻寶》、《苑秘》枕中之書，鑄成黃白，白日升天。」（頁 115。）班固：《漢書·淮南衡山濟北王傳》言：「淮南王安爲人好書，鼓琴，不喜弋獵狗馬馳騁，亦欲以行陰德拊循百姓，流名譽。招致賓客方術之士數千人，作爲《內書》二十一篇，《外書》甚眾，又有《中篇》八卷，言神仙黃白之術，亦二十餘萬言。」（《漢書》，頁 2145。）劉向《列仙傳》亦云：「漢淮南王劉安，言神仙黃白之事……俗傳安之臨仙去，餘藥器在庭中，鷄犬舐之，皆得飛升。」（〔漢〕劉向撰，王叔岷校箋：《列仙傳校箋》（台北：中研院文哲所，1995 年），頁 168～169。）

〔註123〕　《淮南子·墜形訓》，頁 114～115。

〔註124〕　王瓊玲著：《古典小說縱論》（台北：學生書局，2002 初版），頁 1～38。

〔註125〕　《中國的神話與傳說》，頁 227～238。

《新唐書》等正史所述女國異聞。其三、由方域遊記《大唐西域記》、《大唐大慈恩寺三藏法師傳》、《諸蕃志》與《嶺外代答》、《咸賓錄》《異域志》有關女子國的傳說。其四、以中國古典小說中之《西遊記》、《三保太監西洋記通俗演義》、《宜春香質》與《鏡花緣》所架構之奇聞異俗之女兒國度。結語爲其中西女兒國度之圖廓比較與作者興會之言。王《文》引經據典，爬羅剔抉，可謂在論證精譬而詳贍。王孝廉先生首創中國文學裡有關女子國度的研究風氣，蒐羅列舉中外古今典籍載錄各洲各國之女兒國俗民情，然其探求女兒國傳說與古代母性信仰社會之間的關聯，以民族深層心理的解析角度不僅別具一格，更開出溯源的研究法門。尤其對於女兒國「懷孕的感生神話」與風、水的關係，是太平洋周圍文化圈共通的神話典型的論點，更是另一道解開女兒國何以神秘譎異的鎖鑰。然而我們不禁要問：《山海經》與《淮南子》，甚至是史籍、方志、遊記與小說中所述女兒國、君子國、大人國、丈夫民，又都爲何位於在那遙遠的海上荒島？〔註126〕是否是文人士子對於現實世界的失

〔註126〕首先由王孝廉所引發有關中國古代典籍所見女兒國的傳說痕跡，爲何都在遙遠海上的論題，其文只以保持原始傳說及東方古代的神秘思想之民族深層心理來論說，並沒有從秦漢海上方士的角度來探索何以女兒國的位址，因何會被建構在遙遠的海上。而王瓊玲的說法是：「漢代以降，朝廷開疆拓土，往海外擴張勢力；或因佛教興盛，僧侶西行求經，故遠國的傳說亦逐漸盛行，而此遠國多是海島，或面水（海）之國。」（《古典小說縱論》，頁 17。）又根據王瓊玲總結《山海經》系列、正史及小說與其他文獻的女子國、女王國的傳說，而位在遙遠海上的紀錄有：《山海經・海外西經》與〈大荒西經〉巫咸北，水周之海中島國、《淮南子》的海外西北至西南間、《山海經傳》的海外、《外國圖》去九嶷山二萬四千里的海上、《三國志》與《後漢書》的句麗國海東方、《梁書》與《南史》的扶桑東方海上、《大唐西域記》與《三藏法師傳》的西域西南海島、《梁四公記》的北海之東，南海東南，西海西北、《梁書》的扶南國、《諸蕃志》的西海、《咸賓錄》的爪哇蘇吉丹國東尾閭所泄，非人世矣、《西洋記》的海眼泄水之處東百里等，亦是無法解開《山海經》、《淮南子》等海上女子國、女子民的原始面紗。本文以爲有關女兒、君子國、大人國、丈夫民，爲何多位於遙遠的海上？《淮南鴻烈解・墜形訓》云：「海外三十六國」是否留下某些線索？而《史記・封禪書》所言方士海上求僊動態：「騶衍以陰陽主運顯于諸侯，而燕、齊海上之方士傳其術不能通，然則怪迂阿諛苟合之徒自此興，不可勝數也……入海求三神山。」（《史記會注考證》，頁 502。）另外袁珂〈略論《山海經》的神話〉，載自《山海經校注》，頁 534～539 也指出：「戰國時代，神話受仙話的影響而仙話化……起於春秋時代以至戰國初年燕齊濱海的民間，受了海市蜃樓幻變不測的影響，因而傳述海島上有仙人，仙人都快樂逍遙不死。後來經過方士和道家的煽揚，齊國威王、宣王，燕國昭王等都紛紛遣人（海上方士）入海尋求長生不死的藥物……想

落與無助，而藉由海洋上的遠方異島，在那廣不可測、深不可知的尾閭、大壑之海洋聖地中，寄抒心中理想世界的位址？而負責書寫《山海經》、《呂氏春秋》、《淮南子》、《列子》有關「海外遠國異人」的秦漢海上方士道徒，又是在何種時代思想浪潮下，來構建這些既譎奇性，而又理想化的海上烏托邦國度？

　　袁珂在〈略論《山海經》的神話〉中，以為海外遠國異人神話傳說，產生於戰國時期，並且已是仙話的神話化。《左傳·昭公二十年》載述齊景公問于晏嬰：「古而不死，其樂若何」〔註127〕，就已透露出仙話醞釀而成的時代背景。〔註128〕而春秋末到戰國中晚期，甚至持續到秦、漢初時期，所有的一切仙話，也大都以長生不死、入海尋僊求藥、長壽成仙等為主要內容。尤其濱海之燕、齊，受海市蜃樓變幻莫測而詭譎奇特的海象所影響，齊之威、宣，

必在此時，我國和東南方海外各國商業上的交通也有初步的發展。然而對這些遠國異人還多半是屬傳聞性質，又加以誇張想像想這種思想傳播到內地，滲入中土原有的神話中，因而起於楚人著的《山海經》裡就有一些記述古代中國四鄰海內海外奇奇怪怪的國家如不死國、丈夫國、女子國、大人國、羽民國等遠國異人的明顯紀錄。而這些遠國異人的國度神話只是神話傳說，決不是現實生活中所實有。」換言之，袁珂先生也注意到燕、齊、秦等海上方士對《山海經》海內外遠國異人傳說的建構影響，只是未能去論證《山海經·海經》所述的女兒國、君子國、大人國、丈夫國，是否由這些方士集體構撰的海外理想樂園與詭異奇俗國度？這批海上方士在特殊的濱海地理陶鑄，與融合儒、道、法、陰陽思想下，又為何要建構這樣在現實世界無法存在的烏托邦社會？有關這一系列的論題探討，透過王孝廉先生的拋磚引玉，與袁珂先生的抉發後，確實是極待接續以陳述釐清的論題。近人劉宗迪著《失落的天書：《山海經》與古代華夏世界觀》證明《海經》中之〈海外經〉、〈海內經〉與〈大荒經〉裡所描寫那些稀奇古怪、繆悠奇譎的山川、方國人物、珍禽異獸名物，是稷下學者在東夷文化、齊學術淵源下，根據上古曆法月令古圖捏造與想像的產物。（頁615～619。）而鞠德源《中國先民海外大探險之謎》強調《山海經》是自戰國秦漢時期以來，驅衍陰陽家徒屬之海上方士所完成的地理探查紀錄。他以現代科學宏觀與微觀的角度，從人文地理、自然地理、考古學、人類學、動物學、礦物學、文化、海洋、歷史、氣象等學科，檢驗與考查，比對與分析，實際探勘與民俗文物調查，而將《山海經》所述地理國度、海島州山逐一對位於現今朝鮮島國、日本國之中部、南部的山山水水。對於劉、鞠二書的研究方法與解讀結論，可能與中國文學研究學者大相逕庭，所下之結論也可能是各說各話。然而不容否認與懷疑的是：戰國時期以降之燕、齊、秦、漢海上方士不僅發動了那不死求僊的浪潮，並且創造建構了這些四海之外的絕域遠國異邦，與奇聞異俗殊類之人。

〔註127〕《春秋左傳正義》，頁861。
〔註128〕《山海經校注》，頁533；《中國神話傳說》，頁53～57。

燕之昭王在民間的幻想與傳言海島上有仙人，其皆快樂逍遙與長生不死，以及稷下學宮騶衍陰陽五行之海上方士煽揚與推波助瀾之下，因而有大遣方士入海求僊之舉。〔註129〕這股入海求僊的浪潮，不僅是騶衍之屬對於「大九洲」設想圖廓的驗證與踏查之行，同時在上古海洋神話的傳播聯結下，為那海上仙境神山的不死之藥、不死之國及沃民樂野，建構它們在世存在的可能性。以下我們即從「僊」的起源、長生毋死、海上求僊、海上仙境與異邦奇國的建構等發展歷程，以論燕齊海上方士是在這股仙話浪潮中，運作煽揚與穿針引線的構築推手。

　　前論春秋末（西元前522）齊景公已有「毋死樂何」的冀望想像，而到戰國後期，各國諸侯在方士的煽揚蠱惑下，尋藥以追求不死的熱情蔚為大觀。《韓非子・說林上》、〈外儲左上〉分別提到「有獻不死之藥于荆王者」〔註130〕、「客有教燕王為不死之道者」〔註131〕，這些獻不死藥、教帝王不死道之「客」、「者」，在相當程度上應是從齊國流散到各國的稷下方士、騶衍終始五德主運的說客。〔註132〕而燕、齊、秦、漢等海上方士受到諸侯帝王們的喜愛，紛紛

〔註129〕《史記會注考證》，頁501～502。

〔註130〕《韓非子集解・說林上第二十二》，頁286。

〔註131〕《韓非子集解・外儲說左上第三十二》，頁421。

〔註132〕《史記會注考證・田敬仲完世家》，頁737曰：「齊宣王喜文學游說之士，自如騶衍、淳于髡、田駢、接予、慎到、環淵之徒七十六人，皆賜列第為上大夫，不治而議論。是以齊稷下學士復盛，且數百千人。」司馬遷的這段記載，我們有理由相信當時稷下學宮的鼎盛與人才輩出。而齊王建不早與五國諸侯合從攻秦，以亡國於秦之際，亦必有大量的稷下學者方士，流散於天下諸國。另外《史記會注考證・燕召公世家》，頁584也記載：「燕昭王卑身厚幣，以招賢者……樂毅自魏往，騶衍自齊往，劇辛自趙往，士爭趨燕」、《史記會注考證・孟子荀卿列傳》，頁944～946記述：「王侯大人，初見其術（騶衍），懼然顧化，是以騶子重於齊。適梁惠王郊迎執賓主之禮。適趙，平原君側行襒席。如燕，昭王擁彗先驅，請列弟子之座而受業，築碣石宮，身親往師之。自騶衍與齊之稷下先生，如淳于髡、慎到、環淵、接子、田駢、騶奭之徒，各著書言治亂之事，以干世主，豈可勝道哉……慎到、田駢、接子、環淵皆學黃老道德之術，皆有所論。騶奭亦頗采騶衍之術以紀文……齊人頌曰：『談天衍、雕龍奭』」，都說明騶衍其術之恢宏，其徒屬之廣眾；並在燕昭王、趙招賢之際，亦帶領其徒屬歸於燕、趙之境。而《史記會注考證・秦始皇本紀》，頁116也提及鄒子之徒於秦滅六國後，流散到秦為博士要臣，其學主張並受始皇采用：「六王咸伏其辜，天下大定……其議帝號，丞相綰、御史大夫劫、廷尉斯等與博士議曰……朕為始皇帝，後世以計數，二世三世，傳之無窮。始皇推終始五德之傳。」（司馬貞《史記索隱》謂五行之德，始終相次也。《漢書・郊祀志》》曰：「齊人鄒子之徒，論著終始五德之

出遣海上尋僊求藥的歷史紀錄，《史記》之《封禪書》、《秦始皇本紀》、《淮南衡山列傳》、《漢孝武本紀》多所記載：

> 宋毋忌、正伯僑、充尚、羨門高，最後皆燕人，爲方僊道。騶衍以陰陽主運顯於諸侯，而燕、齊海上方士傳其術，怪迂阿諛苟合之徒自此興，不可勝數……始皇并天下，至海上，則方士言之，不可勝數。〔註133〕
>
> 齊人徐市言海中有三神山……入海求僊……使韓終、侯公、石生求仙人不死之藥。」〔註134〕
>
> 又使徐福入海求神異物。見海中大神……願請延年益壽藥……即從臣東南至蓬萊山，見芝城宮室闕。有使者，銅色而龍形，光上照天。〔註135〕
>
> 於是天子遣方士入海，求蓬萊安期生之屬……而海上燕、齊怪迂之士，更言神事……求神怪，采芝藥，以千數……考入海及方士求神者，莫驗，然益遣冀遇之。〔註136〕

司馬遷主要的論述視角，在以騶衍者流之燕、齊海上方士，群起煽惑諸侯帝王不死僊道，與大規模的入海求藥尋僊。當時不可勝數的海上方士入海之舉，一方面大肆推崇騶衍五德終始之論：「深觀陰陽消息，作怪迂之變，終始大聖之篇。以驗小物、推而大之，至于無垠。序今以上至黃帝、學者所共術，大竝世盛衰，至天地未生、窈冥不可考」；同時也廣閎大九州說裡「中國名曰赤縣神州，赤縣神州內自有九州。中國外，如赤縣神州者九，所謂九州。有裨海環之，如此者九。乃有大瀛海環其外，天地際焉」〔註137〕的海洋地理圖象，引動東南方海上大規模的交通檔影；並且將燕、齊濱海地區之海市蜃樓、仙境宮闕的傳說加以附會穿鑿，而開啓後世文人道士的仙境述景。一方面則是利用諸侯帝王渴望不死與求僊的熱情，並且假托與加工《山海經》等戰國典籍中，有關上古海洋神話世界中「名山大川通谷、禽獸水土所殖、物

運，始皇采用。」）
〔註133〕《史記會注考證・封禪書》，頁501～508。
〔註134〕《史記會注考證・秦始皇本紀》，頁122～125。
〔註135〕《史記會注考證・淮南衡山列傳》，頁1270。
〔註136〕《史記會注考證・孝武本紀》，頁212～221。
〔註137〕《史記會注考證・孟子荀卿列傳》，頁944。

類所珍，海外之人所不能睹」〔註138〕、「五方之山、八方之海，珍寶奇物異方之所生，水土草木禽獸昆蟲麟鳳之所止，禎祥之所隱，及四海之外、絕域之國，殊類之人」所傳述的長壽不死、禎祥變怪之神、倏欻冥昧出隱難常之精靈、遠國異人之謠俗，〔註139〕以使帝王世主深信不疑，莫不醉心於海上神僊宮闕、沃野樂園。

　　騶衍的大九州理論，表現出戰國時人對世界圖廓的概略設想，這樣的海洋地理思維也是秉承《山海經・海經》裡中國四面環海，與鄰近中國的海外遠國奇俗。〔註140〕尤其這些方國異人的遠古海洋神話，更透過不可勝數的燕、齊海上方士的入海探查神山，與交通海上洲島風土民情，將更多的異國異人傳奇、變幻無窮的海上仙境，透過其誇誕的想像，進而繪聲繪影、編織杜撰。對於這些來自燕、秦的海上方士、怪迂阿諛苟合之徒，集體對上古海洋神話加工加料的遠國異人異物，司馬遷也只能以「怪物」而「存而不論」：

> 太史公曰：「《禹本紀》言河出昆侖……其上有醴泉瑤池。今自張騫使大夏之後，窮河源，惡睹《本紀》所謂昆侖者乎」故言九州山川，《尚書》近之矣。至《禹本紀》、《山海經》所有怪物，余不敢言之矣。〔註141〕

《尚書・禹貢》所載四海山河、境域風俗、方國物產，與「通九山、九澤，決九河，定九州，各有職來貢，不失厥宜」，「東漸于海，西被于流沙，朔南暨聲教，訖于四海」的禹功，都具有其現實性的地源查考。然而司馬遷指謂《禹本紀》、〔註142〕《山海經》裡的八方珍寶奇物、四海絕國殊人為「怪物」，

〔註138〕《史記會注考證・孟子荀卿列傳》，頁944。
〔註139〕〔漢〕劉歆：〈上《山海經》表〉，載錄於《全漢文》，頁410～411。
〔註140〕《山海經校注》，頁538～539。
〔註141〕《史記會注考證・大宛列傳》，頁1315～1316。
〔註142〕《史記會注考證》言：「王念孫曰：『《論衡・談天篇》、《藝文類聚》、《太平御覽》、《文選注》、《楚辭補注》，竝引《史記》瑤池作華池。《山海經》郭璞《注》引《禹本紀》，亦作華池……王逸注《離騷》引《禹大傳》，豈即太史公所謂《禹本紀》者歟？……梁玉繩曰：『劉秀〈上《山海經》奏表〉、〈吳越春秋・無余外傳〉、《論衡・別通》、《路史・後記》，竝謂益作之（《山海經》）。《隋志》及《顏氏家訓》書證云：『禹、益所記』。酈道元《水經注・序》及《濁漳水注》竝云：『禹著』……宋尤袤以為恢誕不典，為先秦之書。朱子以緣解《楚辭・天問》而作。吾丘衍《閒居錄》謂凡政字皆避去，知秦時方士所著……』余因考郭璞《山海經注》亦引《禹大傳》。漢《藝文志》有《大禹三十七篇》，

原因就在於二書多有燕、齊海上方士放蕩迂闊、荒誕而不典的神怪傳說載述。
而關涉海外三十六國度的海洋神話傳說類別有：歸墟五神山、古帝苗裔、四
海海神、少昊大壑、禹治水遊九州萬國、黃帝封禪成僊、孔門師徒悠游仙島、
龍伯大人、不死國不死民、扶桑咸池、大蟹陵魚、鯤鵬巨魚與仙人行蹟等神
話。其中之歸墟五神山、龍伯大人、鯤鵬巨魚、不死國不死民、大小人國已
於上文論之，不再贅述。而遠古帝王苗裔、少昊大壑、禹治水遊九州萬國、
黃帝封禪成僊，皆爲黃帝神話之譜系，其述遠國異人怪物之滄溟神話故事又
爲相衍增飾。以下即就此「黃帝海洋神話譜系」論述之。〔註143〕

《列子‧湯問篇》引大禹，疑皆一書而異其篇目爾。（頁 1315～1316。）據
司馬遷此文曰：「《禹本紀》言河出昆侖，其上有醴泉瑤池……《禹本紀》、《山
海經》所有怪物，余不敢言之」，又據上述瀧氏考證歷代典籍引書名，則太史
公所指之《禹本紀》蓋爲傳述爲禹、益所作之《禹大傳》，且該書與《山海經》
皆是恢誕不典之先秦作品。尤其《山海經‧海經》中之遠國異人、駭俗方物，
極有可能是戰國至秦際，由燕、齊海上方士假托上古五帝，及民間流傳之神
話，加以想象夸飾，演繹推衍而成。

〔註143〕 上古海洋神話多以黃帝世系爲相衍增飾，其原因就如馬驌：《繹史‧卷五黃帝
紀》卷末論語：「世之言黃帝，多怪誕不經……秦、漢之際，方士者流，開始
託爲神仙之說，以蠱惑當世之人主，謂帝得秘文內訣，召致天神，徧歷名山，
訪真證道，長生度世，騎龍上升，舉一切怪迂之談，悉附會之黃帝。」（〔清〕
馬驌撰，王利器整理：《繹史》（北京：中華書局，2002.1 一版一刷），頁 70。）
近人神話學者王孝廉在其《中國神話世界下編‧王權交替與神話轉換》一文，
頁 305～321 指出：「把齊地（齊威王時起）神話中的黃帝學說理論化的是威
王時代的騶衍之終始五德說。騶衍以「先序今以上至黃帝」之十餘萬言的終
始大聖之篇，以從齊威王開始上溯至高祖黃帝，確立以土德爲始、以黃帝爲
先的新的王權政治紀元理論。也即是說齊威王的御用學者稷下方士們，把陳
姓田齊的一些『推而遠之，窈冥不可考原』的民族神話中的氏祖諸神，重新
加以整理組合排列，建立以齊威王爲主而遠溯到黃帝爲始祖的神聖王權系
譜……稷下學士們基於政治上的需要考量，而將遠古民族間的黃帝神話加以
巧妙利用，使之成爲現實上爲王權服務的新王權政治神話。」王孝廉的主張
以黃帝神話在齊地大肆傳布，基本上是以騶衍爲主的稷下方士們，基於政權
統治合法性、正統性的「政治服務」。齊威王時期，稷下學裡的海上方士所重
建以黃帝爲田齊高祖的神聖帝王譜系之後，影響所及《世本》、《竹書紀年》、
《山海經》、《史記》、《淮南子》、《龍魚河圖》等典籍，皆以黃帝爲首，並成
爲中華民族的共同祖先。本文以爲王孝廉先生的推論極爲正確，而有關以黃
帝爲系譜所衍生演繹的許多海洋神話傳說，基本上都是由齊地稷下之海上方
士所集體改編杜撰、編織加工與統合融入，其目的不外爲政治服務，而將上
古各異族神話中的神祇始祖改寫、淪匿、置換、納編於黃帝系譜之下屬或從
屬地位，所謂「推而遠之，窈冥不可考原」的各民族神話中的始祖諸神，都
可歸之建構於黃帝神話系列之中。其後方士道術流於各國，神仙方術蔓衍，

　　燕、齊海上方士建構了上古黃帝僊事奇蹟的神話，曾使樂於求僊而不疲
的漢武帝深信不疑。司馬遷《孝武本紀》、《曆書》分載：「天子既聞公孫卿及
方士之言，黃帝以上封禪，皆致怪物，與神通，欲仿黃帝以嘗接僊人蓬萊士、
高世，比惷於九皇」〔註144〕、「蓋聞昔者黃帝合而不死，名察度驗、定清濁、
起五部、建氣物分數。」〔註145〕而《封禪書》有關齊海上方士公孫卿裝神弄
鬼，僞托夸飾有龍髯迎黃帝上天成僊的載述，更使黃帝封禪成僊的神話更加
地飄忽與美幻：

> 「黃帝得寶鼎宛朐，問於鬼臾區。鬼臾區對曰：『黃帝得寶鼎神策，
> 是歲己酉朔旦冬至，得天之紀。終而復始二十推，三百八十年，黃
> 帝僊登于天。』」因嬖人奏之，上大說……黃帝百餘歲然後得與神通。
> 黃帝采首山銅，鑄鼎于荊山下。鼎成，有龍垂胡髯，下迎黃帝。黃
> 帝上騎，羣臣後宮乘上者，七十餘人。〔註146〕

黃帝騎龍升天成僊的神話，也「仙話化」爲舊傳劉向撰《列仙傳》裡的眾
僊人。〔註147〕從司馬遷引述齊方士公孫卿語「黃帝成僊與神會」、「龍垂髯
而騎上天」，可見在漢初，甚至或許是溯前到戰國後期，齊地濱海地區即已
流傳「黃帝成僊」、「合而不死」的神話傳說了。〔註148〕後來，再由這些騶

逮至漢代道教的興起，又將稷下方士學術加以推廣傳播，而產生許多譎怪多
變的仙、道海洋神話與傳說，至魏晉六朝而興發。

〔註144〕《史記會注考證·孝武本紀》，頁219。

〔註145〕《史記會注考證·曆書》，頁459。有關黃帝「合而不死」，歷代注解《史記》
的學者方家，也提出了他們的看法：裴駰《史記集解》曰：「應劭曰：『言黃
帝造曆得仙』」、孟康曰：「黃帝作曆，曆終復始，無窮已，故曰不死」、瓚曰：
「黃帝聖德，興虛合契，升龍登仙於天，故曰合而不死……方苞曰：「合而不
死即〈封禪書〉所云：『黃帝迎日推策，率二十歲復朔旦冬至，凡三百八十年，
而仙登於天，蓋方士誕語也。』」（《史記會注考證》，頁459～460。）

〔註146〕《史記會注考證》，頁512。

〔註147〕參見《列仙傳校箋·卷上》，頁9；《論衡·道虛篇》（《論衡集解》，頁145）；
《風俗通義·正失》（《風俗通義校注》，頁65。）

〔註148〕有關黃帝騎龍升天的神話傳說產生於漢武帝時期，而非更早，現代學者大都
均表贊同。而日本學者大淵忍爾論文中，以《莊子·大宗師》篇所云：「黃帝
得之，以登雲天；顓頊得之，以處玄宮」（《莊子集釋》，頁247。），錢穆先
生也認爲或許是後來人竄入的。（見《東漢生死觀》，頁45。）然而《韓非子·
十過篇》言：「昔者黃帝合鬼神於西泰山上，駕象車而六蛟龍，畢方並鎋，蚩
尤居前，風伯進掃，雨師灑道，虎狼在前，鬼神在後，騰蛇伏地，鳳凰覆上，
大合鬼神，作爲《清角》。」（《韓非子集解》，頁119～120。）韓非其說雖未
言及黃帝升天之事，然言黃帝，顯然已有神仙之力。

衍海上方士之徒附會改編，以其陰陽五德終始、曆象消息之傳於黃帝禹王、
〔註149〕顯於戰國諸侯、見用於秦皇、〔註150〕漢武；以怪迂阿諛、荒誕不

〔註149〕《史記·曆書》載：「黃帝考定星曆，建立五行，起消息，正閏餘……堯立羲、
和之官，明時正度，則陰陽調，風雨節，茂氣至，民無夭疫。年耆禪舜，申
戒文祖云：『天之曆數在爾躬。』舜亦以命禹……蓋三王之正，若循環，窮則
反本。天下有道而不失紀序……其後戰國竝爭，在於彊國禽敵，救急解紛而
已。是時獨有鄒衍，明於五德之傳，而散消息之分，以顯諸侯。而亦因秦滅
六國，兵戎極煩，又升至尊之日淺，未暇遑也，而亦頗推五勝……至孝文，
公孫臣以終始五德上書……至今上即位，招致方士唐都、分其天部，而巴落
下閎，運算轉曆，然後日辰之度與夏正同……蓋聞昔者黃帝合而不死，名察
度驗、定清濁、起五部，建氣物分數。」（《史記會注考證》，頁458～459。）
余英時《東漢生死觀》也說：「以發明黃帝及其隨從而升天的故事是方士轉變
神仙觀念以適應求仙者世間口味的第一步，同樣的主題其應用不再侷限於帝
王，而是擴展到貴族與平民。《淮南子》的作者淮南王劉安，熱衷於扶持方士
學者，在計畫煽動起兵反武帝失敗後被迫自殺，但在他死後卻是流傳劉安只
是升天爲僊而未眞死，比起黃帝騎龍升天的神話充滿更多世俗味道。因爲劉
安服了不死藥，不僅其全家，甚至是家中雞犬亦隨他升天。東漢學者應劭將
此故事解釋爲方士使用的權宜之計以掩蓋劉安的眞正死因。這很可能是事
實，從方士首先向武帝提出觀念原型這個事實來看，全家升天的傳言可能已
經由方士傳授給了劉安以誘使他求仙，這也是一個極有誘惑力的傳言並正中
其下懷。」（頁45～46）有關劉安升天的仙話傳說，司馬遷隻字未提，而對
這批騶衍陰陽方術之士、怪迂阿諛苟合之徒，《史記·淮南衡山列傳》卻有強
烈的責語：「淮南王賂遺郡國諸侯游士奇材，諸辯士爲方略者，妄作妖言諂諛
王。」（《史記會注考證》，頁1268～1269。）班固《漢書·淮南衡山濟北王
傳》在「淮南王安，欲以行陰德拊循百姓、流名譽。招致賓客方術之士數千
人……言神仙黃白之術……淮南王謀反，盡捕王賓客在國中者，所連引與王
謀反列侯、二千石、豪傑數千人，皆以罪輕重受誅」（《漢書》，頁2145～2152）
的撰述中，也隱約認爲劉安雖自刑殺，而劉安在世卻是汲汲營於招致方術之
士數千人，熱衷神仙黃白之術。尤其是《漢書·楚元王傳》云：「上復興神仙
方術之事，而淮南有枕中《鴻寶》、《苑秘書》，書言神仙、使鬼物，爲金之
術，及鄒衍《重道延命方》，世人莫見，而更生（劉向）父德，武帝時治淮南
獄，得其書，更生幼而讀誦，以爲奇，獻之，言黃金可成。上令典尚方鑄作
事，費甚多，方不驗，上乃下更生吏；吏彈更生鑄僞黃金，繫當死。更生兄
陽城侯安民上書贖更生罪，上亦奇其材，得踰冬減死論。」（《漢書》，頁1928
～1929。）劉向因漢宣帝循武帝故事，招選名儒俊材而爲宣帝左右。且漢宣
帝亦尚神僊方術之學，劉向因父劉德治淮南王安獄，而密得《鴻寶》、《苑秘
書》及鄒衍《重道延命方》，世人莫見之神僊煉金之書，而獻昭帝。可惜最後
黃金煉術不成而繫獄，幸賴兄陽城侯安民上書，並入國戶半而減死。班固的
書寫也直接透顯淮南王安熱衷於神僊方術鍊丹、煉金之潮流，以求不死長
生。而騶衍怪迂之變、重道延命方之學，亦是燕、、齊方術之徒驅動劉安求
僊不死術之據由。而王充之《論衡·道虛篇》（《論衡集解》，頁147）、應劭

典、僊山可至、僊藥不死的誇大情節，以迎合帝王諸侯王公的不死尋僊熱情。〔註 151〕自此，黃帝合而不死的神話，也逐漸穿上了仙衣，入于仙班。有關黃帝於海上蓬萊求僊的神話傳說，又見《黃帝岐伯經》：

> 岐伯乘絳雲之車，駕十二白鹿，遊於蓬萊之上。〔註 152〕

傳說岐伯是黃帝的醫臣〔註 153〕，其人乘絳雲之車，駕十二白鹿，遨遊於渤海中的蓬萊仙山上，大概是奉黃帝之命到那裏去求取仙藥。

四、滄海榮木與榑桑

　　燕、齊海上方術之士以東海大壑內外所建構的黃帝海洋神話，尚有東漢王充《論衡・訂鬼》，與梁劉昭《注補》《後漢書・禮儀志》引敘《山海經》（今本無）滄海中度朔山上的千里蟠木傳說：

> 《山海經》又曰：「滄海之中，有度朔之山，上有大桃木，其屈蟠三千里。其枝間東北曰鬼門，萬鬼所出入也。上有二神人：一曰神荼，一曰鬱壘，主閱領萬鬼。惡害之鬼，執以葦索，而以食虎。於是黃

《風俗通義・正失》（《風俗通義校注》，頁 115。）則對劉安舉家和雞犬升天之故事，載之甚詳。後世道教學之書如葛洪《神仙傳四》、《拾遺記》蕭綺錄曰：「《淮南子》云：『含電吐火之術，出於萬畢之家（苑秘書）』」，顯然已誇大淮南王安的仙事傳奇了。

〔註 150〕《史記・秦始皇本紀》載：「始皇推終始五德之傳，以爲周得火德，秦代周，德從所不勝，方今水德之始，改年始朝賀，皆自十月朔，衣服旄旌旗皆上黑。數以六爲紀……然後合五德之數。」（《史記會注考證》，頁 116～117。）這段引文説明騶衍之學施諸於朝廷政令，爲秦始皇所采用。而始皇個人的求僊活動中，這批騶衍方士、方術之徒，更是乘著政治上的受寵，數以千計的方士前撲後擁的來到咸陽城，宣稱服了黃金和珍珠煉成的仙藥，就能長生不死。桓寬《鹽鐵論・散不足第二十九篇》可以説明這樣的實景：「及秦始皇覽怪迂，信禨祥，使盧生求羨門高，徐市等入海求不死之藥。當此之時，燕、齊之士釋鋤耒，爭言神仙方士，於是趣咸陽者以千數，言仙人食金飲珠，然後壽與天地相保。於是數巡狩五嶽、濱海之館，以求神仙蓬萊之屬。」（《新譯鹽鐵論》，頁 278。）

〔註 151〕漢武帝的求僊歷程，《史記・封禪書》已大幅書寫。同時，也説明了當時燕、齊海上方士在政治上的影響效應。余英時《東漢生死觀》也認爲戰國晚期以降的騶衍燕、齊方士之徒，逐漸地以「成僊」、「不死僊境」迷惑於帝王，並熱衷於政治上的利益。同時，這些主運五德終始、深觀陰陽消息、而作怪迂之變、上至黃帝學者所共術的海上方士，也與漢初的黃老道學相互聯繫交融。

〔註 152〕《太平御覽・卷第八》，頁 169。

〔註 153〕《太平御覽・卷第七二一》，頁 3325 云：「岐伯，黃帝臣也。帝使岐伯嘗味草木，典主醫病，經方《本草》、《素問》之書咸出焉。」

帝乃作禮，以時驅之，立大桃人，門戶畫神荼鬱壘與虎，懸葦索以禦凶。有形，故執以食虎。」〔註154〕

《山海經》曰：「東海中有度朔山，上有大桃樹，蟠屈三千里，其卑枝門曰東北鬼門，萬鬼出入也。上有二神人：一曰神荼，一曰鬱壘，主閱領眾鬼之惡害人者，執以葦索，而用食虎。於是黃帝法而象之，驅除畢，因立桃梗於門戶上，畫鬱樓持葦索，以御凶鬼，畫虎於門，當食鬼也。」〔註155〕

而與王充同時代的應劭《風俗通》也引《黃帝書》所述神荼、鬱壘「懸葦索，以衛凶」的職責，只不過將二位神人改爲昆弟：

《黃帝書》曰：「上古之時，有荼與鬱壘昆弟二人，性能執鬼，度朔山上立桃樹下，簡閱百鬼。無道理，妄爲人禍害，荼與鬱壘縛以葦索，執以食虎。於是縣官常以臘除夕，飾桃人，垂葦茭，虎畫于門，皆追效於前事，冀以衛凶也。」〔註156〕

這些「東海千里蟠木黃帝作禮，立大桃人，門戶畫神荼鬱壘與虎，懸葦索以禦凶鬼」的神話，顯然是東漢晚期方士的增飾之筆。因爲在今本《山海經·大荒北經》則是沒有黃帝使二神人，執惡鬼以葦索食虎的情節：

大荒之中，有山名曰衡天。有先民之山，有槃木千里。〔註157〕

司馬遷《史記·五帝本紀》也說：

黃帝置左右大監，監于萬國。萬國和，而鬼神山川封禪，與爲多焉。獲寶鼎，迎日推策……黃帝二十五子，其得姓者十四人。黃帝居軒轅之丘……帝顓頊高陽，黃帝之孫……治氣以教化，絜誠以祭祀。北至于幽陵，南至于交阯，西至于流沙，東至于蟠木。〔註158〕

裴駰的《史記集解》則說：

《海外經》曰：「東海中有山焉，名曰度索。上有大桃樹，屈蟠三千里。東北有門，名曰鬼門，萬鬼所聚也。天帝使神人守之，一名神荼，一名鬱壘，主閱領萬鬼。若害人之鬼，以葦索縛之，射以桃弧，

〔註154〕《論衡集解·訂鬼篇》，頁452。
〔註155〕《後漢書·志第五》，頁3129。
〔註156〕《風俗通義校注·祀典》，頁367。
〔註157〕《山海經校注》，頁423。
〔註158〕《史記會注考證》，頁27。

投虎食也。」〔註159〕

東漢王充、南朝宋裴駰、梁劉昭均以據書《山海經》，談及黃帝在東海度朔山千里蟠木上，遣使神荼鬱壘二神御鬼門的神話。可見東漢後期，方士乃把黃帝「考定星歷，建立五行，起消息，正閏餘」及「置萬國。萬國和，而鬼神山川封禪，與爲多焉。獲寶鼎，迎日推策」的傳說，再增衍「黃帝使神荼鬱壘二神人於鬼門禦凶」的情節，織編了更多的荒誕不典來夸飾黃帝的神能。後來，方士道教好事之徒又將「扶桑（湯谷）咸池神話」，與「東海槃木千里，上有二神人戌鬼門」、「金雞日照而鳴」的神話聯結。我們先看《楚辭》、《山海經》、與《淮南子》裡，有關扶桑、榑木、日出于暘谷、浴于咸池的文辭：

> 飲余馬於咸池兮，總余轡乎扶桑。〔註160〕……出自湯谷，次于蒙汜。〔註161〕……朝濯髮於湯谷兮，夕晞余身兮九陽。〔註162〕

> 至于無皋之山，南望幼海，東望榑木〔註163〕……湯谷上有扶桑，十日所浴，在黑齒北。居水中，有大木，九日居下枝，一日居上枝〔註164〕……大荒之中，有山名曰孽搖頵羝，上有扶木，柱三百里，其葉如芥。有谷曰溫源谷。湯谷上有扶木，一日方至，一日方出，皆載于烏。〔註165〕

> 扶木在陽州，日之所曘……暘谷、榑桑在東方〔註166〕……日出暘谷，入于虞淵〔註167〕……日出于暘谷，浴于咸池，拂于扶桑，是謂晨明。登于扶桑，爰始將行，是謂朏明〔註168〕……東至日出之次，榑木之地、青丘樹木之野。〔註169〕

就《楚辭》、《山海經》、與《淮南子》三書及其《注》，與東漢許慎《說文》

〔註159〕《史記會注考證》，頁27。
〔註160〕《楚辭注八種》，頁16。
〔註161〕《楚辭注八種》，頁51～52。
〔註162〕《楚辭注八種》，頁99。
〔註163〕《山海經校注》，頁112。
〔註164〕《山海經校注》，頁260。
〔註165〕《山海經校注》，頁354。
〔註166〕《淮南子・地形訓》，頁105、116。
〔註167〕《淮南子・說林訓》，頁504。
〔註168〕《淮南子・天文訓》，頁83。
〔註169〕《淮南子・時則訓》，頁150。

所言：「日初出東方湯谷所登；榑桑，桑木，象形」〔註170〕以論，則榑木之地，即是扶桑，是東極海中，日之所出之暘谷、湯谷、咸池之處。南朝梁宗懍所撰《荊楚歲時記》，爲研究南北朝歲時風物與民俗之書。該書記曰：

> 《括地圖》曰：「桃都山有大桃樹，盤屈三千里，上有金雞，日照則鳴。下有二神，一名郁，一名壘，并執葦索，以伺不祥之鬼，得則殺之。」〔註171〕

《括地圖》是漢時所寫，以求仙爲主題，怪異傳聞的道教志怪小說。其與《神異經》、《洞冥記》、《十洲記》都是夸述遠國異民、奇川異木、建構仙鄉系統的道教志怪小說系譜。尤其方士道徒所構景的洞天福地、奇國異人、怪物，大抵皆以此爲藍本。《括地圖》「盤屈三千里，上有金雞，日照則鳴」的改寫，又與《神異經·東荒經》鬼府山（鬼門）升載海日、扶桑金雞鳴啼，與《海內十洲記》東海扶桑之樹二千圍，與《玄中記》桃都枝相去三千里、蓬萊扶桑之天雞，相互接筍貫串而爲「扶桑（海上日出）神話」譜系：

> 東荒有桑樹焉，高八十丈，敷張自輔，其葉長一丈……大荒之東極，至鬼府山、臂沃椒山。腳巨洋海中，升載海日。蓋扶桑山有玉雞，玉雞鳴則金雞鳴，金雞鳴則石雞鳴，石雞鳴則天下之雞皆鳴，潮水應之矣。〔註172〕

> 長洲一名青丘，地方各五千里，去岸十五萬里。上饒山川及多大樹，樹乃有二千圍者，故一名青丘……扶桑在東海之東岸，碧海之中，地方萬里。地多林木，葉皆扶桑，長者數千丈，大兩千餘圍。樹兩兩同根偶生，更相依倚，是以名爲扶桑。〔註173〕

> 東南有桃都山，上有大樹，名曰桃都，枝相去三千里。上有一天雞，日初出，光照此木，天雞鳴，群雞皆隨之鳴。下有二神，左名隆，右名窮，並執葦索，伺不祥之鬼，得而煞之。今人正朝作兩桃人立門旁，以雄雞毛置索中，蓋遺象也。〔註174〕

> 蓬萊之東，岱輿之山，上有扶桑之樹。樹高萬丈，樹巔常有天雞，

〔註170〕《山海經校注》，頁 260。
〔註171〕《漢魏六朝筆記小說大觀》，頁 1052。
〔註172〕《漢魏六朝筆記小說大觀》，頁 50。
〔註173〕《漢魏六朝筆記小說大觀》，頁 66～69。
〔註174〕《古小說鉤沉》，頁 236。

爲巢于上。每夜至子時，則天鷄鳴，而日中陽鳥應之；陽鳥鳴，則
天下之鷄皆鳴。〔註175〕

《史記・五帝本紀》言「帝顓頊治氣以教化，西至于流沙，東至于蟠木」；
《呂氏春秋・爲欲篇》與〈求人篇〉皆說：「西至三危（流沙），東至扶木」
〔註176〕、「禹東至榑木之地，日出九津青羌之野，攢樹之所扳天之山，鳥谷青
丘之鄉、黑齒之國」〔註177〕；《淮南子・時則篇》云：「東至日出之次，榑木
之地、青丘樹木之野」；《說文》以「日初東方所登榑桑」；清錢大昕也說：「蟠
木，扶木也」；日瀧川龜太郎《史記會注考證》以古音扶如逋聲，轉爲蟠（槃）
也。〔註178〕就以上古今學者、典籍的說法，那麼蟠木即是扶木、榑木，也就
是日出於東極海中扶桑、暘谷、咸池之處、青丘樹木之野。那裡有金鷄（天
鷄）日鳴，有屈蟠木三千里，同時也是百鬼所聚，並且有由黃帝派神荼、鬱壘
二神戌守鬼門，在其海上南方則有黑齒之國。另外《山海經・大荒南經》的
「日浴于甘淵」、〈大荒東經〉的東海外少昊之國，都關聯著「扶桑神話」：

> 東海之外，甘水之間，有羲和之國。有女子名曰羲和，方日浴于甘
> 淵。羲和者，帝俊之妻，生十日。〔註179〕

> 東海之外有大壑，少昊之國。少昊孺帝顓頊于此，棄其琴瑟。有甘
> 山者，甘水出焉，生甘淵。〔註180〕

「大壑」即是「歸墟」，是《詩含神霧》所說的「東注無底之谷」，也是《列
子・湯問篇》裡「八紘九野之水，天漢之流注之的無底之谷。」〔註181〕大壑
即是今日東海內中國與古琉球及日本以東之間的海溝，此段海域，因北赤道
洋流黑潮主幹流過，故又稱溟海、東溟。〔註182〕《山海經》提到的少昊孺帝

〔註175〕《古小説鈎沉》，頁 236。

〔註176〕《呂氏春秋・第十九卷》，頁 554。

〔註177〕《呂氏春秋・第二十二卷》，頁 648～649。

〔註178〕《史記會注考證》，頁 27。

〔註179〕《山海經校注》，頁 381。而有關「暘谷」，《史記・五帝本紀》亦云：「帝堯
　　　　分命羲、仲居郁夷，曰暘谷，敬道日出，便程東作。」裴駰的《集解》曰：「《尚
　　　　書》作嵎夷，孔安國曰：『東表之帝稱嵎夷，日出于暘谷，羲仲治東方之官。』」
　　　　張守節《正義》曰：「嵎夷之地，日所出處，名曰陽明之谷。」瀧川龜太郎《考
　　　　證》總括曰：「暘谷即湯谷，古書皆以湯谷爲日出之地。」（《史記會注考證》，
　　　　頁 29。）

〔註180〕《山海經校注》，頁 338。

〔註181〕《山海經校注》，頁 338。

〔註182〕《中國先民海外大探險之謎》，頁 58。而有關「少昊之國」的位址，鞠先生

顓頊，並在東海所建之鳥國，它又是何種神話的面貌呈現？與黃帝嗣裔之海洋神話譜系有何關聯？浴日于「甘淵」，又與日出于「暘谷」、「湯谷」上的「扶桑」之關係如何？首先，《山海經》中雖然沒有少昊的譜系，但卻有五處經文寫到少昊與其子嗣：「帝俊生季釐，故曰季釐之國。有緡淵。少昊生倍伐，倍伐降處緡淵」〔註183〕、「有人一目，當面中生，一曰是威姓，少昊之子，食黍」〔註184〕、「又西二百里，曰長留之山，其神白帝少昊居之。其獸皆文尾，其鳥皆文首，多文玉石。實惟員神磈氏之宮。是神也，主司反景……又西二百九十里，曰泑山，神蓐收居之……神紅光之所司」〔註185〕、「少皞生般，般是始為弓矢。」〔註186〕晉郭璞在「少昊之國」《注》云：「少昊金天氏，帝摯之號也。」而〈西次三經〉所說的「員神磈氏之宮」，則應是少昊的神職名，郝懿行《山海經箋疏》也說：「員神磈氏即是少昊。」〔註187〕而《山海經》中所提「一目國，威姓」、「倍伐降處緡淵」與「般」、「蓐收」〔註188〕，皆是少昊之子與後代嗣國。另外《路史・後紀七》中的「皋陶、伯

以為是瑪雅人在北美洲及中美洲所建之國。

〔註183〕《山海經校注・大荒南經》，頁371。袁珂於下註解：「帝俊生季釐」，則帝俊即為帝嚳，季釐即為季貍。其並據《初學記・卷九》引《帝王世紀》云：「帝嚳自言其名曰俊。」而《左傳・文公十八年》也載：「高辛氏有才子八人：伯奮、仲堪、叔獻、季仲、伯虎、仲熊、叔豹、季貍。」（《春秋左傳正義》，頁353。）若帝俊即帝嚳（高辛氏），而季釐則是季釐，亦可推少昊與帝嚳之有關世系。

〔註184〕《山海經校注・大荒北經》，頁435。

〔註185〕《山海經校注・西次三經》，頁51～56。

〔註186〕《山海經校注・海內經》，頁466。

〔註187〕《山海經校注・大荒東經》，頁338。

〔註188〕少昊與蓐收的關係，《楚辭・離騷》與〈遠遊〉分別說「詔西皇使涉予」、「鳳皇翼其承旂兮，遇蓐收乎西皇」，王逸的《章句》與宋洪興祖的《補注》曰：「西皇帝，少皞也……少皞以金德王，白精之君，故曰西皇，所居在西海之津」（《楚辭注八種》，頁26）、「西方庚辛，其帝少皞，其神蓐收。西皇即少昊也……西方神蓐收，金神也。《太公金匱》曰：『西海之神曰蓐收』……《左傳》云：『金正為蓐收。』」（《楚辭注八種》，頁100～101。）而《淮南子・時則訓》言：「西方之極……飲氣之民、不死之野，少皞、蓐收之所司者，萬三千里。」高誘《注》曰：「少皞，黃帝之子，青陽也。名摯，以金德王天下，號為金天氏，死為西方金德之帝也。蓐收，金天氏之裔子曰修禮，死為金神也。」（《淮南子》，頁151。）今本〈海外西經〉、〈西次三經〉分曰：「西方蓐收，左耳有蛇，乘兩龍」、「泑山，神蓐收居之，西望日之所入，神紅光之所司。」郭璞《注》曰：「金神也」，而郝懿行《箋疏》：「紅光蓋即蓐收也」，以此神為少皞之子。（《山海經校注》，頁227～228。）《國語・晉語二》

益」，《左傳・昭公元年》裡的「臺駘」〔註189〕、《史記・五帝本紀》內的「窮奇」〔註190〕，傳說都是少昊的子孫。〔註191〕而《山海經》裡也多次提到黃帝

云：「蓐收，天之刑神也」，韋昭《注》曰：「蓐收，西方白虎金正之官也。《傳》曰：『少皞氏有子該爲蓐收。』」（《國語》，頁136。）又《左傳・昭公二十九年》：「少皞氏有四叔，曰重，曰該，曰修，曰熙，實能金木及水。使重爲句芒，該爲蓐收，修及熙爲玄冥，世不失職，遂濟窮桑。」杜預《注》曰：「窮桑，少皞之號也……地在魯北。」孔穎達《疏》言：「少皞氏有四叔，四叔是少皞之子、孫非一時也，未知於少皞遠近也……少皞之四叔，未必不有在高辛世者也……《正義》曰：『賈逵云：處窮桑以登爲帝，故天下號之曰窮桑帝。言四叔子孫，世不失職……世以少皞之世，以鳥名官……少皞居窮桑，定公四年《傳》稱封伯禽于少昊之虛，故云窮桑地。』」（《春秋左傳正義》，頁925。）《呂氏春秋・卷七・孟秋紀》：「立秋，其日庚辛，其帝少皞，其神蓐收」，高誘《注》語：「少皞，帝嚳之子摯兄也，以金德王天下，爲西方金德之帝。蓐收，少皞氏裔子。曰該，死託祀爲金神。」（《呂氏春秋》，頁155。）《尚書大傳》也云：「西方之極，自流沙西至三危之野，帝少皞神蓐收司之。」（《山海經校注・海外西經》，頁228。）《國語》中的蓐收，是爲刑天戮罪之神，而在《楚辭・大招》：「魂乎無西，西方流沙，漭洋洋只；豕首縱目，被髮鬤只；長爪踞牙，俟笑狂只」，王逸《注》語：「此蓋蓐收神之狀也」，則蓐收則在古神話系統中又增衍其刑天獰猛之神。由上所述蓐收在神話史與歷史中的傳說，其或爲司日沒之神、或爲金神、或西海之神、或刑天獰猛之神；同時他的身分也可能是西皇金天氏少皞帝之子、叔父、後裔孫輩、佐臣等關係。

〔註189〕《左傳・昭公元年》載：「昔金天氏有裔子曰昧，爲玄冥師，生允格、臺駘……臺駘，汾神也。」杜預《注》云：「金天氏，帝少皞。」（《春秋左傳正義》，頁706。）

〔註190〕司馬遷寫《五帝本紀》人物，依序爲黃帝、顓頊高陽、帝嚳高辛、堯舜，而未見少昊氏。張守節《正義》也說：「太史公五帝說依《世本》、《大戴禮》。而孔安國〈尚書序〉、皇甫謐《帝王世紀》、孫氏注《世本》，並以伏羲、神農、黃帝爲三皇，少昊、顓頊、高辛、唐、虞爲五帝。」《史記會注考證》卻曰：「五帝之名見於《孔子家語》及《大戴禮》，其說有二。其一、孔子答季康子以伏羲配木、神農配火、黃帝配土、少昊配金、顓頊配水，取法于五行之帝，非五帝之定名。其一則孔子答宰予五帝德曰，五帝以太史公所述之五帝紀是也。厥後皇甫謐、蘇子由、鄭樵並祖孔安國所定之三皇五帝。」（《史記會注考證》，頁23。）〈五帝本紀〉所言：「少昊氏有不才子窮奇」，服虔曰：「少皞，金天氏帝號……窮奇，共工氏也。」（《史記會注考證》，頁35。）另外關於「窮奇」爲少皞之子，《左傳・昭公十八年》載：「少皞氏有不才子，毀信廢忠，崇飾惡言，靖譖庸回，服讒蒐慝，以誣盛德，天下之民謂之窮奇。」（《春秋左傳正義》，頁354。）就上所述，少昊氏如郭璞言：「金天氏，帝摯之號也。」至於少昊與蓐收的關係，《楚辭・離騷》與〈遠遊〉分別說「詔西皇使涉予」、「鳳皇翼其承旂兮，遇蓐收乎西皇」，王逸的《章句》與宋洪興祖的《補注》曰：「西皇帝，少皞也……少皞以金德王，白精之君，故曰西皇，

譜系：「黃帝妻嫘祖，生昌意，昌意生韓流，韓流取淖子曰阿女，生帝顓頊」
〔註192〕、「黃帝生禺虢，禺虢生禺京」〔註193〕、「黃帝生駱明，駱明生白馬，
白馬是為鯀」〔註194〕、「黃帝生苗龍，苗龍生融吾，融吾生弄明，弄明生白
犬，是為犬戎」〔註195〕，卻未提到少昊與黃帝關係。在我們探討有關少昊與
黃帝在海洋神話中的譜系，或是東海鳥國與扶桑神話的關聯性時，先釐清少
皞與顓頊之間的神話動態，將有助於我們搭建少昊與黃帝在整個海洋神話譜
系中的關係。

五、東海少昊鳥國

《山海經‧大荒東經》：「少昊孺帝顓頊于東海外大壑，少昊之國。少昊
孺帝顓頊于此，棄其琴瑟」，指出少皞（昊）孺養帝顓頊於東海大壑外之少昊
國，顯然在神話系統裡，少昊年長於顓頊，且有可能是其叔父。〔註196〕《國
語‧楚語下》與《鄭語》分別述說：

> 及少皞之衰也，九黎亂德，民神雜糅，不可方物。夫人作享，家為
> 巫史，无有要質……禍災荐臻，莫盡其氣。顓頊受之，乃命南正重
> 司天以屬神，命火正黎司地以屬民，使復舊常，无相侵瀆，是謂絕
> 地通天。〔註197〕

> 且重、黎之後也，夫黎為高辛氏火正，以淳耀敦大，天明地德，光

所居在西海之津」（《楚辭注八種》，頁 26）、「西方庚辛，其帝少皞，其神蓐
收。西皇即少昊也……西方神蓐收，金神也。《太公金匱》曰：『西海之神曰
蓐收』……《左傳》云：『金正為蓐收。』」（《楚辭注八種》，頁 100～101。）
《淮南子‧時則訓》：「西方之極……飲氣之民、不死之野，少皓、蓐收之所
司者，萬三千里。」高誘《注》曰：「少皓，黃帝之子，青陽也。名摯，以金
德王天下，號為金天氏，死為西方金德之帝也。蓐收，金天氏之裔子曰修禮，
死為金神也。」（《淮南子》，頁 151。）

〔註191〕《中國神話傳說》，頁 160～161。
〔註192〕《山海經校注‧海內經》，頁 442。
〔註193〕《山海經校注‧大荒東經》，頁 350。
〔註194〕《山海經校注‧海內經》，頁 465。
〔註195〕《山海經校注‧大荒北經》，頁 434。
〔註196〕袁珂引郝懿行《箋疏》：「少皞及顓頊之世父，顓頊是其猶子，世父就國，猶
子隨侍，眷彼幼童，娛以琴瑟，蒙養攸基，此事理之平，無足異者」，而以郝
說為是，雖從歷史觀點解釋，已近神話面貌。（《山海經校注‧大荒東經》，頁
339。）
〔註197〕《國語》，頁 262。

照四海。〔註198〕

「少皞之衰而顓頊受之」，韋昭《注》語：「少皞，黃帝之子金天氏，九黎，黎氏九人，蚩尤之徒也……少皞氏沒，顓頊氏作。受，承服也」〔註199〕、「黎，顓頊之後也。顓頊生老童，老童產重、黎及吳回，吳回產陸終。」〔註200〕韋昭之意，以少皞爲黃帝之子，推以少皞輩分高於顓頊，而重、黎皆爲顓頊之後裔。〔註201〕然郭璞說少昊金天氏，又爲帝摯之號。曹植《畫贊・少昊》與酈道元《水經注・卷三十六・若水》注語：

> 祖自軒轅，青陽之裔。金德承土，儀鳳帝世。官號鳥名，殊職別系。〔註202〕

> 黃帝長子昌意，德劣不足紹承大位，降居斯水，爲諸侯焉。娶蜀山氏女，生顓頊于若水之野，有聖德，二十登帝位，承少皞金官之政，以水德寶歷矣。〔註203〕

曹植以黃帝軒轅爲少昊之祖，酈道元以顓頊承少皞金官之政，則是以少皞爲帝摯，與郭璞看法一致。《史記・五帝本紀》云：「黃帝正妃生二子，其後皆有天下。其一曰玄囂，是爲青陽，降居江水，其二曰昌意，降居若水……玄囂之孫高辛立，是爲帝嚳高辛」，司馬貞《史記索隱》、裴駰《集解》與張守節《正義》述語：

> 玄囂，帝嚳之祖。皇甫謐云：「玄囂，青陽，即少昊也……玄囂、青陽二人皆黃帝子，竝列其名。」宋衷又云：「玄囂，青陽，是爲少昊，繼黃帝立者而史不敘。蓋少昊金德王，非五運之次，故敘五帝不數之也」……《集解》云：「張晏曰：『少昊以前天下之號，象其德；顓頊以來天下之號，因其名。顓頊與嚳皆以字爲號，上古質故也。』」

> 《正義》：「炎帝作耒耜，以利百姓，故號神農；黃帝制輿服宮室，故號軒轅氏。少昊象日月之始，能師太昊之道，此謂象其德。《帝王

〔註198〕《國語》，頁 240。

〔註199〕《國語》，頁 264。

〔註200〕《國語》，頁 243。

〔註201〕有關重、黎、吳回與顓頊之譜系，請參看袁珂《山海經校注》，頁 412 註（二）引書所述。

〔註202〕《全三國文》，頁 170。

〔註203〕〔北魏〕酈道元著，陳橋驛校證：《水經注校證》（北京：中華書局，2008.10 二刷），頁 824。

紀》云：「浩母無聞焉。」〔註204〕

晉、唐人注解，也以少昊爲金德王，象日月之德，師太皡（伏羲）之道，且非五運之次，故太史公敘五帝而不數之。高誘《注》《呂氏春秋》與《淮南子》分別說：

少皞，帝嚳之子摯，兄也，以金德王天下，爲西方金德之帝。〔註205〕

少皞，黃帝之子青陽，名摯，以金德王天下，號爲金天氏，死爲西方金德之帝。〔註206〕

東漢末王符《潛夫論・五德志第三十四》也說道：

大星如虹，下流華渚，女節夢接，生白帝摯青陽，世號少皞，代黃帝氏，都於曲阜，其德金行。〔註207〕

《左傳・昭公十七年》：「少皞氏，鳥名官」，杜預《注》、孔穎達《疏》分語：

少皞，金天氏，黃帝之子，己姓之祖也。

此《傳》言其以鳥名官，則是（少皞）爲帝明矣。故《世本》、《春秋緯》皆言青陽即是少皞，黃帝之子，代黃帝而有天下，號曰：『金天氏。』《晉語》稱青陽與黃帝同德，故爲姬姓。黃帝之子十四人，十二姓，其十二有姬，有己。青陽既爲姬姓，則己姓少皞，非青陽也。〔註208〕

有關少皞的世譜，歷來史籍紀錄頗多異說，然少皞爲西方金德之帝，號曰：「金天氏」，顯然是所有古典籍的共識。而高誘、王符、杜預又以少皞名摯、爲黃帝之子青陽，代黃帝氏，都於魯北曲阜；或以帝嚳之子，摯兄，爲西方金德白帝。《世本》或謂少昊爲黃帝之子，《路史》或謂是黃帝之孫；《繹史》亦引《帝王世紀》謂「顓頊生十年而佐少昊，二十年而登帝位。」〔註209〕而有關「帝摯」的記載，《史記・五帝本紀》：「帝嚳娶陳鋒氏女，生放勳；娶娵訾氏女，生摯。帝嚳崩，而摯代立。帝摯立不善，崩。而弟放勳立，是爲帝堯」〔註210〕，《索隱》、《正義》分說：

〔註204〕《史記會注考證》，頁27。
〔註205〕《呂氏春秋・孟秋紀第七》，頁155。
〔註206〕《淮南鴻烈解・時則訓》，頁151。
〔註207〕《潛夫論》，頁403。
〔註208〕《春秋左傳正義》，頁835～836。
〔註209〕《山海經・大荒東經》，頁339。
〔註210〕《史記會注考證》，頁28。亦見《大戴禮記解詁・卷七》頁9下《注》文：「《藝

衛宏曰：「摯立九年，而唐侯德盛，因禪位焉。」

摯於兄弟最長，得登帝位，封異母弟放勛爲唐侯。摯在位九年政微弱，而唐侯德盛，諸侯歸之。摯服其義，乃率群臣造唐而致禪。〔註211〕

顯然少昊在神話與史籍的載述中，身分資料頗多分歧，而且事遠義失，然而針對歷代文人及其典籍，在過濾與比對分析下，可以確定的是少暤與顓頊（高陽）、帝嚳（高辛）都是黃帝的後裔子孫，並且與中國上古黃帝神話的增衍演繹有關。尤其是《大荒東經》裡「東海大壑外」的「少昊統治王國」，就其是神話的國度，或是歷史化後的傳說位址，就有多處之說。其一、王子年所撰《拾遺記》載：

少昊以金德王。母曰皇娥，處璇宮而夜織，或乘桴木而晝游，經歷窮桑滄茫之浦。時有神童，容貌絕俗，稱爲白帝之子，即太白之精，降乎水際，與皇娥宴戲，奏嫂娟之樂，游漾忘歸。窮桑者，西海之濱，有孤桑之樹，直上千尋，葉紅椹紫，萬歲一實，食之後天而老。帝子與皇娥泛於海上，以桂枝爲表，結薰茅爲旌，刻玉爲鳩……撫銅峰紫瑟……及皇娥生少昊，號曰窮桑氏，亦曰桑丘氏。至六國時，桑丘子著陰陽書，即其餘裔也。少昊以主西方，一號金天氏，亦曰金窮氏。〔註212〕

王子年書多涉禎祥，又博采神仙故事；其書辭趣過誕，而且意旨迂闊，是典型方士道徒編言浮詭而援古珍怪的作品。此文以帝娥爲昊母〔註213〕、太白之子（太白之精）爲父，二人乘桴，游漾忘歸於西海窮桑之濱，而生少昊金德王，號曰窮桑氏，一號金天氏。王嘉建構的少昊王國，是在西海之濱、有孤桑樹直上千尋，而《西次三經》：「長留之山，其神白帝少昊居之，員神磈氏之宮」裡述說少昊所在的神職位址；《楚辭・離騷》、〈遠遊〉的「詔西皇使涉予」、「遇蓐收乎西皇」中的西方海津之極，應該都是少暤皇統治下的西海窮桑之國。另外〈海內經〉也說：「西海中，有鹽長之國。有人焉鳥首，名

文類聚》引《世本》。」
〔註211〕《史記會注考證》，頁28。
〔註212〕《漢魏六朝筆記小說大觀》，頁495～496。
〔註213〕《初學記・卷十》：「《河圖》曰：『帝摯少昊，母曰女節。見火星如虹，下流華渚，既而夢接意感，生白帝。』」（頁220。）

曰鳥氏，亦曰鳥民」〔註214〕，郭璞以爲「佛書中所載之鳥夷人」；而郝懿行則認爲「鳥夷者，應爲《史記‧夏本紀》、《漢書‧地理志》與《大戴禮‧五帝德》所云『東有鳥夷』之地；《秦本紀》云『大廢生子二人，一曰大廉，實鳥俗氏。』《史記索隱》云：『以仲衍鳥身人言，故爲鳥俗氏』，亦斯類也。」〔註215〕此鳥首人身、鳥身人言，而位於西海中的傳說，郭璞以爲是佛書中的鳥夷國，而司馬貞與郝懿行均以爲東有鳥夷之國，而秦有大廉鳥俗氏，都是鳥首人身或鳥身人言之類。這則西海中鳥夷國的寫景，雖然與東海大壑少昊鳥國，分別位於東、西海中，然而其「鳥國」的神話同質性，卻是饒富奇趣。《淮南子‧時則訓》則是指畫出西皇金帝與蓐收日入之神的統治疆域及施政格局：

> 西方之極，自昆侖絕流沙、沉羽，西至三危之國。石城金室、飲氣之民、不死之野，少皞、蓐收之所司者，萬二千里。其令曰：「審用法，誅必辜，備盜賊，禁姦邪，飭群牧，謹著聚，修城郭，補決竇，遏溝瀆，止流水，雜礦谷，守門閭，陳甲兵，選百官，誅不法。」〔註216〕

其二、《大荒東經》所說的少昊之國在「東海大壑外」，則應是《列子‧湯問》裡的「勃海之東幾億萬里的大壑」範圍內的海上島國。近人袁珂據引《左傳‧昭公十七年》郯子對魯昭公所說的少暤國政：

> 我高祖少暤摯之立也，鳳鳥適至，故紀於鳥，爲鳥師而鳥名。鳳鳥氏，歷正也，玄鳥氏司分者也，伯趙氏司至者也，青鳥氏司啓者也，丹鳥氏司閉者也。祝鳩氏司徒也，雎鳩氏司馬也，鳲鳩氏司空也，爽鳩氏司寇也，鶻鳩氏司事也。五鳩，鳩民者也。五雉爲五工正，利器用、正度量，夷民者也。〔註217〕

這種以鳥而名官之說，自是少昊在東海大壑外，統治所建鳥國的神話歷史化；而以鳥名官，則神話鳥國的諸官亦皆鳥，少昊也應該是神話中「利器用、正度量，夷民者也」的百鳥王摯。《左傳》以郯子述其高祖少暤摯立，而瑞鳥來至，以鳥紀事爲師，接下來又述：

> 自顓頊以來，不能紀遠方，乃紀于近。爲民師而命以民事，則不能

〔註214〕《山海經校注‧海內經》，頁448；《太平御覽‧卷七百九十七》，頁3669。
〔註215〕《山海經校注‧海內經》，頁449。
〔註216〕《淮南子》，頁151～152。
〔註217〕《春秋左傳正義》，頁836～837。

故也。仲尼聞之，見於郯子而學之。既而告人曰：「吾聞之：『天子
失官，學在四夷』，猶信。」

郯子為少暤之後，而所說少昊帝摯以鳥名官，更應是久遠荒湮之事。而自顓
頊以來，不能紀遠方而紀于近，顯然少昊曾統治的百鳥官國，已由神話的
圖構，而落實於史冊之中。孔子所說「天子失官，學在四夷，猶信」，當然是
對當時政局憂心，尤其是禮壞樂崩的春秋後期，而有「禮失求諸野」、「學在
四夷」的感慨。在向郯子問學的過程中，也極有可能聽聞郯子「鳥國師官」
的傳說。《大荒東經》說此鳥國位於東海大壑之外，而《左傳·定公四年》
則載：

衛侯使祝佗私於萇弘……子魚（祝佗）曰：「周公相王室，以尹天下，
分之土田……因商奄之民，命以伯禽而封于少暤之虛。

杜預的《注》、孔穎達《疏》語曰：

《注》：「伯禽，周公世子。」《正義》曰：「《詩》〈魯頌〉說：『封魯
以付伯禽。』」《注》：「少暤虛，曲阜也，在魯城內。」《正義》曰：
「少暤之虛在魯城內，則魯之所都正在少暤虛矣。」〔註218〕

《定公四年》所提到的「伯禽封於少暤之虛」，杜、孔二氏皆以為魯城曲阜；
而在《昭公二十九年》云：「少暤有四叔：曰重、曰該、曰脩、曰熙，實能金、
木及水。使重為句芒，該為蓐收，脩及熙為玄冥，世不失職，遂濟窮桑」，杜
預與孔穎達則說：

窮桑，少暤之號。四子能治其官，使不失職，濟成少暤之功，死皆
為民所祀。《正義》曰：「窮桑，少暤之號。《帝王世紀》亦然。賈逵
云：『處窮桑以登為帝，故天下號之曰窮桑』……窮桑闕言在魯北，
相傳云耳。」〔註219〕

另外王符《潛夫論·五德志第四十三》也云：

大星如虹，下流華渚，女節夢接，生白帝摯青陽，世號少暤，代黃
帝氏，都於曲阜……其立也，鳳鳥適至，故紀於鳥……始作書契，
百官以治。有才子四人，曰重、該、修、熙……恪恭厥業，世不失
職，遂濟窮桑。〔註220〕

〔註218〕《春秋左傳正義》，頁948。
〔註219〕《春秋左傳正義》，頁925。
〔註220〕《潛夫論》，頁403。

上述有關伯禽封於少皞之虛，《左傳》明載。至於其墟是否在魯城曲阜，賈逵以窮桑即是少皞之虛，位於魯北城曲阜；王符、杜預、孔穎達則是認爲少昊之虛爲魯城曲阜，窮桑是帝皞之號，爲少昊之虛，只是闕言相傳。於此，郯子的「昔高祖少皞，以鳥名官」的統治國度，遂有神話王國的「東海大壑之外」、「西海津極之地」、「日入所在的員神磈氏之宮」、「西海之濱窮桑千尋之地」，以及歷史上的魯國曲阜城北。而現代學者袁珂又以「甘淵」當即〈大荒南經〉羲和浴日之「甘淵」，其地乃湯谷扶桑也。〈海外東經〉所說：「湯谷上有扶桑，十日所浴」，即此，亦爲少昊鳥國建都之地；且又據引孫星衍《尸子輯本·卷上》：「少昊金天氏邑於窮桑，日五色，互照窮桑」，以證甘淵、扶桑、窮桑蓋同一地，同是少昊鳥國之處。

《左傳》與《楚辭》、《山海經》、《淮南子》多有神話、鬼怪之說。《左傳》言「伯禽封于少皞之虛」、「郯子自詡高祖少皞之後，耀言帝摯以鳥名官之政」，東漢、晉、唐學者士人又以「魯國曲阜城」注解爲「少昊鳥國」之所在。而《山海經》言少昊以鳥名官的國度在東海大壑之外，《楚辭》、《淮南子》亦言少昊爲五行西極海津之金帝，王子年以白帝之子與皇娥生少昊，在西海之濱、窮桑千尋之處稱號。顯然六朝之前的「少昊鳥國」傳說紛云，且已分化演繹爲神話國度與歷史都城二說。世遠而義失，曲阜古城爲少昊鳥國之墟，王符、杜預蓋據《詩經·魯頌》以推伯禽所封之地。而秦漢方士、與後世好事之道徒粉飾言夸的大壑海外、西海窮桑津極的鳥國傳奇，顯然已將遙遠的海上，作爲其建構黃帝海洋神話譜系的搖籃。

《國語·晉語》：「黃帝之子二十五人，唯青陽與夷鼓皆爲己姓……凡黃帝之子二十五宗，其得姓者十四人爲十二姓：姬、酉、祁、己、滕、箴、任、荀、僖、姞、儇、依是也。」〔註221〕而《山海經》、《呂氏春秋》、《淮南子》、《列子》好言迂誕恢詭，五行陰陽、終始造化之運，與發揚黃老太沖之幽隱。而燕、齊鄒衍陰陽之海上方士，和後世道教流屬又多建構黃帝、少昊、顓頊及後裔子孫之海上異國、遠方譎物之說。諸如《山海經》中之「軒轅之國，其不壽者八百歲」、「帝俊妻娥皇，生此三身之國」、「西北海外，名曰苗民。顓頊生驩頭，驩頭生苗民，苗民國釐姓，食黍」、「鯀妻士敬，士敬子曰炎融，炎融生驩頭，驩頭人面鳥喙，有翼，食海中魚」、「驩頭國，鳥喙，捕魚，或曰讙朱國（丹朱國）」、「西北海外有長脛（長股）之國；長股之國被

髮，一曰長腳」、「奇肱國一臂三目」、「有一臂民、有人焉三面，是顓頊之子，三面一臂，三面之人不死」、「叔歇國，顓頊之子，黍食」、「無腸國，是任姓，食魚」、「深目國、無腸國、聶耳之國，縣居海水中，及水出入奇物」（郭璞《注》：「《尸子曰：『四方之民，有貫匈者、深目者、長肱者，黃帝之德嘗致之。』」）、「有毛民之國，依姓，食黍，使四鳥。禹生均國，均國生役采，役采生脩鞈……是此毛民」、「有儋耳（離耳、聶耳）之國，任姓，禺虢子，食穀」、「有人一目，一曰威姓，少昊之子，食黍」、「鬼國，爲物人面而一目，人面蛇身」、「有人名曰犬戎。黃帝生苗龍，苗龍生融吾，融吾生弄明，弄明生白犬，是爲犬戎」、「有國名曰賴丘，有犬戎國，人面獸身」、「西北海外，有國曰中㛹之國，顓頊之子，食黍」、「有黑齒國，帝俊生黑齒，黍食，使四鳥」、「三苗國，一曰三毛國」（高誘注云：「三苗氏蓋謂帝鴻氏之裔子渾敦、少昊氏之裔子窮奇，縉雲氏之裔子饕餮三族之苗裔。」）、「有白民之國，帝俊生帝鴻，帝鴻生白民」、「有司幽之國。帝俊生晏龍，晏龍生司幽，食黍，使四鳥」；《淮南子》中之「海外三十六國」；《呂氏春秋》裡的「縛婁、陽禺、驩兜之國；須窺、饕餮、窮奇、叔逆、儋耳之居」、「黑齒、交阯、孫樸、續滿、羽人、裸民之國；三危、共肱、一臂、三面之鄉；犬戎、禺彊之所」；與《列子》裡「黃帝夢寢所遊之華胥國」、「禹之迷途入北海終北之國」；《神異經·西荒經》中之「西海外之鵠國」〔註222〕；《博物志·卷二·外國異俗》裡之「軒轅、白民、君子、三苗、驩兜、大人、結胸、羽民、穿胸、交阯、孟舒國」、「遠夷之民雕題、黑齒、儋耳、大足、歧首、子利、无啓、蒙雙、駁沐國」〔註223〕等等舉目可見，歷歷如繪，奇幻詭愕的海外國景。

　　在《淮南子》海外三十六國的書寫殊景中，其牽涉到黃帝、炎帝世譜的海洋神話，又有三苗民、驩頭民（驩兜）；《呂氏春秋》裡的驩兜之國、須窺、饕餮、窮奇、共肱、儋耳之居。」〔註224〕《山海經·海外南經》：「三苗國，在赤水東，其爲人相隨。一曰三毛國」，郭璞注曰：「昔堯以天下讓舜，三苗之君非之，帝殺之，有苗之民，叛入南海，爲三苗國。」《大荒北經》也說：

　　　　西北海外，黑水之北，有人有翼，名曰苗民。顓頊生驩頭，驩頭生

〔註222〕《漢魏六朝筆記小說大觀》，頁55。
〔註223〕《漢魏六朝筆記小說大觀》，頁190～192。
〔註224〕《呂氏春秋》，頁649。

苗民。〔註225〕

而《淮南子・脩務訓》則說：

> 堯立孝慈仁愛，西教沃民，東至黑齒，北撫幽都，南道交趾。放驩
> 兜於崇山，竄三苗於三危，流共工於幽州，殛鯀於羽山。〔註226〕

郭璞義指三苗之君（驩兜）為堯臣，因叛舜有罪，帝殺之，其子孫叛入南海，而為三苗國。但是《大荒北經》卻說驩頭（驩兜）為苗民之祖，三苗或稱苗民。《淮南子》又說堯流放驩兜於崇山，高誘注言：「三苗為渾敦、窮奇與饕餮三族，為苗民」，則苗民實為黃帝之後裔，並於南海建立三苗國。關於苗民的神話傳說，袁珂引述兩則：

> 一則以附同蚩尤以抗黃帝，故黃帝乃「遏絕苗民，使無世在下。」
> （《尚書・呂刑》）其二：一則以聯結丹朱以抗堯，故堯乃「與有苗
> 戰於丹水之浦（《漢學堂叢書輯・六韜》），使敗入南海為三苗國。」
> 〔註227〕

對於流放共工、驩兜，三苗與殛鯀之說，又見《孟子・萬章》：

> 舜流共工於幽州，放驩兜於崇山，殺三苗於三危，殛鯀於羽山，誅
> 四罪而天下咸服，誅不仁也。〔註228〕

《孟子》裡多效載堯、舜、禹三王盛世，而所述放逐誅殺的四罪正是：共工、驩兜、三苗與鯀。而上述四凶正是神話中同異民族間的征伐，勝者以支配政權的合理性而取得帝王譜系的文化支配權，以弔伐誅殺異族始祖神祇之「不仁」。《尚書・堯典》也說：「流共工于幽州，放驩兜于崇山，竄三苗於三危，殛鯀于羽山，四罪而天下臣服」〔註229〕、《左傳・文公十八年》亦載：

> 昔帝鴻氏有不才子，謂之渾敦……縉雲氏有不才子，天下之民以比
> 三凶，謂之饕餮。舜，臣堯，賓于四門，流四凶族：渾敦、窮奇、
> 檮杌、饕餮，投諸四裔。〔註230〕

可見「三苗」、「四凶」之亂，似乎是古代民族之間，爭鬥歷史的神話投射。

〔註225〕《山海經校注》，頁436。
〔註226〕《淮南子》，頁574。
〔註227〕《山海經校注》，頁193。
〔註228〕《孟子注疏》，頁163。
〔註229〕《尚書正義》，頁40。
〔註230〕《春秋左傳正義》，頁354～355。

而失敗的異族，也招致流放於四方海中遠處。《韓非子·外儲說右上》、《史記·五帝本紀》也將「四凶」、「三苗」的神話反映在古籍史書之上：

> 堯欲傳天下於舜，鯀諫曰：「不詳哉！孰有以天下而傳匹夫乎？」堯不聽，舉兵而誅鯀於羽山之郊。共工又諫曰：「孰有以天下而傳匹夫乎？」堯不聽，又舉兵誅共工於幽州之都。於是天下莫敢無傳天下於舜。〔註231〕

> 舜歸而言於帝，請流共工於幽陵，以變北狄。放驩兜於崇山，以變南蠻。遷三苗於三危，以變西戎。殛鯀於羽山，以變東夷。四罪而天下咸服……昔帝鴻氏有不才子，謂之渾沌；少皞氏有不才子，謂之窮奇；顓頊氏有不才子，謂之檮杌；縉雲氏有不才子，謂之饕餮，天下惡之，比之三凶。舜乃流四凶族，遷於四裔，以御螭魅。〔註232〕

堯、舜之誅殺與流放的四凶族，共工、驩兜、鯀、三苗，基本上反映了堯舜在王權交替過程中的異族反抗勢力遭到追殺與驅逐，被流放到邊裔王權不化的幽僻螭魅之地〔註233〕。《淮南子》與《呂氏春秋》所載三苗民、驩兜國、窮奇、饕餮等海外窮鄉遠裔異國，基本上已反映了上古黃帝神話中異民族彼此爭伐，以奪取統治權上的合法性，而流放海中荒陬極僻之地，似乎也是消滅政敵的合理性作爲。

　　以上所論之《淮南子》、《山海經》、《呂氏春秋》等小説典籍，書中多涉黃老道學與道教神仙色彩，在一定程度上亦集結了一批燕、齊、秦等戰國時期的海上方士與陰陽家者。這群海上陰陽方士不外夸談奇飾先秦初漢的瀛海神話傳説，驪衍裨海、瀛海環之的大九州説，並進而闡微黃老道學，展現了一個以「泰谷二皇，得道之柄，神於化游，以撫四方」、「舜、禹二帝撫綏四夷，四海賓服」的無爲盛世，並承遞了老子、莊子「因自然而推之，秉要趣而歸之」、「毋淫其性，毋遷其德，萬物恬漠以愉靜，而天下賓服」的太古社會與海內外之至德之世，與想像心嚮太古社會之海上烏托邦的政治理想國度。

　　另外，對於海上方國異人的遠古神話，更透過不可勝數之燕、齊海上方

〔註231〕《韓非子集解》，頁504。
〔註232〕《史記會注考證》，頁33～36。
〔註233〕《中國神話世界下編》，頁318～319。

士的入海探查神山，與交通海上洲島風土民情，而將更多的遠國荒陬異人傳奇、變幻無窮的海上仙境，透過其誇誕的想像，進而繪聲繪影、編織杜撰。其譎思的海外三十六國，更是踵續《山海經》海外島國殊族之奇風異俗，而成爲兩漢魏晉六朝小說踵繼的海外樂園、譎奇怪變的殊島邦國。尤其是方士們想像夸飾流傳於上古帝裔、先民聖王禎祥靈怪之海濱神話，透過這些海上方士放蕩迂闊、荒誕而不典的神怪傳說載述與相衍增飾了歸墟五神山、鯤鵬巨魚、古帝苗裔、黃帝封禪成僊、少昊東海大壑鳥國、滄海槃木與扶桑咸池等與黃帝譜系相關的海洋神話。

第三節　漢魏六朝小說中的蓬萊仙境

　　昆侖神山與蓬萊仙島東西兩大神話聖域的書寫，見諸於先秦兩漢的神話傳說與史冊典籍。《穆天子傳》言「天子升于昆侖之丘，以觀黃帝之宮，至于西王母之邦」；〔註234〕《山海經》亦言「昆侖之虛，帝之下都，以玉爲檻，百神所在，不死樹，不死之藥，萬物盡有」，〔註235〕二書構築了一個西方神山聖域的「不死」地景輿圖。而東方海上蓬萊仙境神話地景的書寫，則是濫觴於《楚辭》、《莊子》。《天問》、〔註236〕《逍遙遊》始予布景「東海大壑」，「尾閭百川之谷底」與「鼇戴山抃」、「寰海之藐姑射國神人居焉」等海上仙境的元素形塑，與理想國度的飄然遠引。踵至《山海經・海內北經》，則見「蓬萊山在海中」的植景地標。而至兩漢魏晉六朝，海上蓬萊仙境不斷的增衍與完善的構築。

　　渤海之外，神山仙島的傳說書寫，略可分爲幻想地理的彩繪，與現實地理的複現。兩漢以降，中國小說中有關蓬萊神話理想地景的書寫圖象，大抵以《史記》的載述爲構築的基調，魏晉之《山海經注》、《列子》、《海內十洲記》、《博物志》及《拾遺記》等仙道小說踵繼其後，增衍仙境的元素與神山色彩的加工，同時演繹與接續海外理想國度的奇談。隋、唐、宋、元之《大業拾遺記》、《玄怪錄》、《太平御覽》、《太平廣記》、《夷堅志》、《續夷堅記》及眾多的筆記叢語與傳奇、平話、戲劇的潤色和改編，「蓬萊三山」與「昆侖帝鄉」不僅齊名，並成爲中國小說中有關「仙境」的書寫典範。以下即就漢

〔註234〕《漢魏六朝筆記小說大觀》，頁 10～13。
〔註235〕《山海經校注》，頁 295、407。
〔註236〕《楚辭注八種》，頁 53、59。

魏六朝典籍、仙道小說版圖內有關蓬萊仙境的傳說演化歷程中，分別簡述海上三神山仙境的演變、方壺勝境與仙館神鄉的演化書寫，以及蓬萊仙境於帝王皇家園林之還原。

一、海市蜃樓的蓬萊仙境

　　蓬萊神境地景圖像的建造靈感，乃是方士憑藉燕、齊濱海沿岸的海市蜃樓的幻影，進而編造與催化那神仙顯世的玉殿金樓、仙閣凌空。再經由道教徒與歷代士人的潤筆文飾下，海市蜃樓的奇幻麗景，不僅是海上神山仙境的位址，更是紫闕貝閣、珠宮翠阜的仙人居所。而此蜃樓幻景在歷代文人的筆下，又呈現何種書寫上的衍化樣貌？

　　從方士與神仙傳說所構築了中國海上蓬萊仙島的美麗傳奇，《史記》對於海市蜃樓的存在成因，在《封禪書》之「入海求蓬萊者，言蓬萊不遠，而不能至者，殆不見其氣」〔註237〕、《秦始皇本紀》之「自威、宣、燕昭，使人入海求蓬萊三神山者，諸僊人及不死之藥皆在焉」〔註238〕、《孝武本紀》之「齊人徐市等上書，言海中有三神山，僊人居之」〔註239〕、《淮南衡山王列傳》之「又使徐福入海求神異物……臣見海中大神……從臣東南至蓬萊山，見芝成宮闕，有使者銅色而龍形，光上照天」〔註240〕等篇章中都已清楚載述。是以司馬遷筆下的蓬萊蜃景、海上三神山，繪製出了幾大視景。其一，勃海之外的浩渺煙波上座落蓬萊、方丈、瀛洲三大不死聖島。其二，神山之上有黃金銀蓋成的芝成宮闕，有使者銅色而龍形，華麗的光上照天。其三，僊人等通於蓬萊海中，並有不死之藥，奇獸異珍遍布島上的永生環境。其四、望之如雲，及到神山反居水下；臨之，風輒引去，終莫能至的海市蜃氣現象。其五，方士在秦漢仙道方術思想雜糅盛行的時代氛圍下，利用蜃氣海市的浮景幻闕，而想像奇闕怪迂、不死通僊的戲法。與《山海經》的「昆侖神山」相比，太史公的「海上蓬萊」在聖域元素的描述與視景更為引人入勝。《封禪書》的陳述，以遠望海上蜃氣，而為神山；神山不能至者，乃是由於未見蜃氣以生樓臺。在《史記‧天官書》與《漢書‧天文志》中，二書也以為海市蜃樓是由「蜃氣」生成，而這一看法也深遠地影響著後世。前文已論「蜃氣

〔註237〕《史記會注考證》，頁 511。
〔註238〕《史記會注考證》，頁 502。
〔註239〕《史記會注考證》，頁 121。
〔註240〕《史記會注考證》，頁 1270。

說」開啓的「望海上，蜃氣以現神山」的海市蜃樓與仙境傳奇，並成爲秦、漢陰陽方士和後世道徒尋找蓬萊神山僊境的窗口。然而司馬遷、班固「蜃氣象樓台」的說法，對於古代蓬萊仙山是源於海市蜃樓的幻影，不具有說服力，也因此難以戳破方士編造的仙山景象，而只能在海上仙境的「認知」上，建立一種大蛤吐氣、象爲樓臺的神話解釋。這種由光線折射作用形成的樓闕海象，不僅秦始皇爲其所惑，漢武帝更是信以爲眞，派出望雲的方士團隊來等候蜃氣的升起；同時也在蓬萊海邊大興土木，興建了一座蓬萊城來迎接海上仙人。

方士架構的神山宮闕，海上神仙顯世的金玉樓臺，顯然地在迷信濃厚的古代時期，成爲牢不可破的仙境圖象。郭景純《遊仙詩七首》所說的：「吞舟通海底，高浪駕蓬萊；神仙排雲出，但見金銀臺」〔註241〕，正是望之如雲，然而卻是終不得至的「蜃氣樓臺」、「仙閣凌空」。而劉義慶《幽明錄》的「海中有金臺，出水百丈，結構巧麗，窮盡神功，橫光岩渚，竦曜星漢。臺內有金几，雕文備置」〔註242〕，更將這座海上仙境形塑的美侖美煥而鬼斧神工。在郭璞《山海經注》與張華《博物志》也說：

> 蓬萊山在海中。《注》云：「上有仙人宮室，皆以金玉爲之，鳥獸盡白，望之如雲，在勃海中也。」〔註243〕

> 威宣、燕昭遣人乘舟入海，有蓬萊、方丈、瀛洲三神山，神人所集。欲采仙藥，蓋言先有至之者。其鳥獸皆白，金銀爲宮闕，悉在勃海中，去人不遠。〔註244〕

郭璞構述蓬萊三神山的地景，與張華的陳說都是本於《史記》、《漢書》的述景。而《列子》海上五仙島：岱輿、員嶠、方壺、瀛洲與蓬萊的「五山之根無所連著，常隨潮波上下往還，不得暫峙」的妙喻，也從飄蕩浮幻、隱約有無的海市奇影中，成功的獨領其仙境指述上的風騷，增添了蓬萊神話的瑰奇變幻。《列子・湯問篇》的海上神山，在一定的程度上吸納了「昆侖之虛」、「員邱山上」不老不死之物〔註245〕的聖域地景。同時，它也融合與繼承《史記》

〔註241〕《文選》，頁314。

〔註242〕《漢魏六朝筆記小說大觀》，頁692。

〔註243〕《山海經校注》，頁325。

〔註244〕《漢魏六朝筆記小說大觀》，頁187。

〔註245〕《山海經校注》，頁196～197云：「不死民在其東」，《注》曰：「有員邱山，上有不死樹，食之乃壽；亦有赤泉，飲之不老。」《大荒南經》亦云：「有不

海上神山的仙境寫景，並增衍加添一些蓬萊蜃景的神話元素。《史記》所言：「望之如雲，及到神山反居水下；臨之，風輒引去」的海市蜃氣現象，《列子》則以「五山之根無所箸，常隨潮波上下往還，不得暫峙」的陳述，來構築蓬萊神山浮動晃蕩的飄流地貌。其二，「岱輿」及「員嶠」仙聖所居二島流於北極，沉于大海，肇因於龍伯之國大人釣巨鼇，而使負戴二島之功破壞的解說，乃是《列子》演繹與潤色了《楚辭》〔註246〕及《莊子》〔註247〕及《淮南子》〔註248〕、《山海經》〔註249〕等有關「巨鼇負山」中的主題神話。〔註250〕

死之國，阿姓，甘木是食。」（頁 370。）有關「員邱山不死樹」，張華《博物志·物產》云：「員丘山上有不死樹，食之乃壽；有赤泉，飲之不老。」（《漢魏六朝筆記小説大觀》，頁 189。）《淮南子·地形訓》云：「昆侖虛以下增城九重……珠樹、玉樹、不死樹在其西。」（《淮南子》，頁 103～104。）

〔註246〕《楚辭注八種》頁 59 云：「鼇戴山抃，何以安之」。《章句》：「鼇，大龜也，擊手曰『抃』。《列仙傳》曰：『有巨靈之鼇，背負蓬萊之山而抃舞，戲滄海之中，獨何以安之乎？』」

〔註247〕《莊子集釋》頁 563 云：「天下之水，莫大於海……尾閭洩之，不知何時已而不虛」；《莊子集釋》頁 439 云：「諄芒將東之大壑，適遇苑風於東海之濱。」

〔註248〕《淮南子》，頁 168：「女媧煉五色石以補蒼天斷鼇足以立四極」。

〔註249〕《山海經校注》，頁 338：「東海之外大壑，少昊之國……」。有關「大壑」、「尾閭」、「歸虛」等名詞的締造，進入魏晉六朝又有「沃焦」等義的名詞產生。題爲郭璞所著的《玄中記》載：「天下之強者，東海之沃焦焉，水灌之而不已。惡嶕，山名，在東海南方三萬里。海水灌之即消，即沃椒也。」（《玄中記》，頁 388。）又見題東方朔著，張華注《神異經》，收入在《漢魏六朝筆記小説大觀》，頁 50 云：「東海之外荒海中，有山焦，炎而峙，高深莫測。蓋稟至陽之爲質也。海中激浪投其上，歘然而盡，若熱鼎授其酒汁……大荒之東極，至鬼府山，臂沃椒山，腳巨洋海中，升載海日……潮水應之矣。」都是容納百川歸之，水潦塵埃歸焉的神話空間意象。另外唐成玄英與近人郭慶藩有關沃椒（燋）名詞的疏解與引文，在《莊子集釋·秋水篇》中，有成玄英的《疏》：「尾閭者，泄海水之所也，在碧海之東，其處有石，闊四萬里，厚四萬里，居百川之下尾而爲閭族，故曰：『尾閭』。海水沃著即焦，亦名沃焦也。《山海經》云：『羿射九日，落爲沃焦。』此語迂誕，今不詳載。春雨少而秋雨多，堯遭水而湯遭旱。故海之爲物也，萬川歸之而不盈，沃焦瀉之而不虛……論其大，遠過江河之流，優劣懸殊，豈可語其量數也」（頁 565。）慶藩案：「《文選》嵇叔夜《養生論注》引司馬云：『尾閭，水之從海外出者也，一名沃焦，在東大海之中。尾者，在百川之下，故稱尾。閭者，聚也，水聚族之處，故稱閭也。在扶桑之東，有一石，方圓四萬里，厚四萬里，海水注者無不燋盡，故曰『沃燋』。』」（頁 566。）這種百川東流入海而匯聚的空間容量，或是「若熱鼎授其酒汁」的容器空間，都是道家海洋「容納」哲學系統的基調，與海洋創世的宇宙思維的進一步發揮。同時，這種海洋空間意象的思維，也爲蓬萊神話中的東方海域，逐漸的增大與豐富海上仙境樂園的空

其三，書寫了三神山的距離與面積，以及將島上神仙萬屬日夕飛相往來的神力，聯結融合於《莊子》「乘雲氣、御飛龍」的神人能力，與《山海經》中「不死民」、「羽民國」之不死觀念。〔註251〕

間向度。

〔註250〕將「大壑」、「歸虛」、「巨鼇」與「龍伯大人」有關蓬萊三神山神話的肇始，並與《列子・湯問》中之「巨鼇負山」做成有系統的闡釋與聯結。高莉芬《蓬萊神話——神山、海洋與洲島的神聖敘事》，頁81、92云：「在《列子・湯問》蓬萊神話的敘事中，『巨鼇負山』亦是奉『帝』之命，爲海神禹疆之使者而背負……與女媧、共工神話中部分神話情節母題相同，實含先民神聖的宇宙思維。」、「蓬萊三神山空間之所以被賦予神聖的能量，成爲長生不死的仙境象徵……與潛水取土造地的神話、靈龜負地神話有密不可分關係，而此三神話又與「海洋」／「遠水」／「創世」／「聖土（山）」等原始神話思維有關。也就是《山海經・海內北經》中「海中蓬萊」文本，與《山海經・海內經》鯀禹治水布土，取土造地神話，及《楚辭・天問》靈鼇負地神話、《列子・湯問》巨鼇負山文本皆蘊含海洋創世紀神話的部分因子，觸及宇宙本源的象徵講述。有關《列子湯問篇》所述「龍伯大人釣鼇灼骨」中之龍伯大人，高《文》以引《山海經》中之〈大荒東經〉、〈海外東經〉、〈大荒北經〉、〈海外北經〉所述「大人之國」而做「巨人」之義詮釋，並以龍伯大人釣鼇所爲，以致二島沉海，害得群僊散居，天帝盛怒，海上頓成失樂園。然〈海內北經〉：「蓬萊山在海中。大人之市在海中」，明楊慎與清郝懿行等對「大人之市」咸釋爲登州海市蜃樓之幻象，其云：「今登洲海中州島上，春夏之交，恆見城郭市塵，人物往來，有飛仙遨遊，俄頃變幻，土人謂之海市。疑即此。」（《山海經校注》，頁 325。）對於勃海外「海市蜃樓」的幻景，《史記・天官書》與《漢書・天文志》都有提及，因爲這種自然的海象蜃景與蓬萊三神山的神話生成有關。

〔註251〕有關飛僊悠然漫遊與羽人、羽民、不死之民的相關載述，最早可溯及《莊子・逍遙遊》：「乘雲氣，御飛龍，而遊乎四海之外」。（《莊子集釋》，頁28。）而《楚辭・遠遊》：「從王喬而娛戲，順凱風以從遊」、「仍羽人與丹丘兮」王逸《楚辭章句》：「山海經言有羽民之國，不死之民。」及洪興祖《楚辭補注》：「羽人飛仙也。」（《楚辭注八種》，頁98～99。）及《山海經・海外南經》：「羽民國在其東南……有神人二八……不死民在其東」，郭璞《注》：「畫似仙人。」袁珂以爲：「羽民即仙人」（《山海經校注》，頁187。）在以上的述文，我們略可推知先秦兩漢與魏晉之初，方仙道已將羽人聯結到神人、仙人，並賦予悠然漫遊的飛行能力。同時，這也代表了方士仙道者所鼓吹海島上的仙人，應是傳統的羽人觀及不死道的現世反映。王充的說法，更可替我們找到羽化登仙，臂翻腹羽的成仙論證。在《論衡・無形篇》云：「圖仙人之形，體生毛，臂變爲翼，行於雲則年增矣，千歲不死……毛羽之民不言不死，不死之民，不言毛羽，毛羽未可以效不死。仙人之有翼，安足以驗長壽乎！」此文下有劉逯盼之集解語：「飛天之說，其來甚舊。今傳漢世石刻，若武梁祠畫象、大將軍竇武墓門畫象，皆刻羽翼仙人，遊戲雲中。又仲長統《昌言》云：『得道者生六翮於臂，長生羽於腹，飛無階之蒼天，度無窮之世俗。』魏文

　　爾後的《海內十洲記》、《拾遺記》等無數的文本，更是加油添醋的廣造蓬萊蜃景的虛幻，形繪它的華美神奇，締造它在仙境國度上的不朽方位。接續「海上三神山與五島」的聖域圖像，《海內十洲記》，更以「奇幻」的「十洲五島」的地景來擴大「蓬萊仙境」的造象版圖，與不死仙境：

> 祖洲近在東海之中……上有不死之草，服之令人長生……瀛洲在東
> 海……上生神芝仙草，出泉如酒，飲之，令人長生。洲上多仙家……
> 玄洲在北海之中……宮室各異，饒金芝玉草，乃三天君下治之處……
> 炎洲在南海中……以石上菖蒲塞其鼻，即死。取其腦與菊花服之，
> 盡十斤，得壽五百年。長洲在南海……有仙草靈藥，甘液玉英，有
> 紫府宮，天真仙女游于此地。元洲在北海中，上有五芝玄澗，澗水
> 如蜜漿，飲之長生。服此五芝，亦得長生不死。流州在西海中……
> 亦饒仙家。生洲在東海，接蓬萊十七萬里，上有仙家數萬……地无
> 寒暑，安養萬物……鳳麟洲在西海中央，有山川池澤及神藥百種……
> 聚窟洲在西海中，上多真仙靈宮，宮第比門，不可勝數。〔註252〕

魏晉六朝時人對於海外仙島、奇聞異國的傳述，已充滿道教氛圍。好言「神仙長生」、「仙家宮闕無數」的海島仙域樂園的想像，大量地繪入當時代的小說文本中。

　　陳述十洲四海之外的不死天地，可說是海上蓬萊仙境的複製圖景。而「五島」的構型，更是道教教義飛仙升天的神聖母圖：

> 方丈洲在東海中心，神仙不欲升天者，皆往來此洲，受太玄生籙，
> 仙家數十萬……扶桑在東海東岸，仙人食其椹而一體皆作金光色，
> 飛翔玄空……蓬萊山，周回五千里。外別有圓海繞山，圓海水正

帝《樂府折楊柳行》云：『上有兩仙童……身體生羽翼，輕舉乘浮雲。倏忽行
萬里，流覽觀四海。』（沈約《宋書·樂志》引），則飛天之說仍盛行於東漢，
直至唐宋，敦煌石室壁畫，恆見飛天矣。」（《論衡集解》，頁 32～33。）羽
化登仙的話題甚而由魏晉遊仙思想的興盛，持續地在六朝得到進一步的神奇
演化。王嘉《拾遺記·卷一·顓頊》：「溟海之北，有勃鞮之國。人皆衣羽毛，
无翼而飛，日中无影，壽千歲。食以黑河水藻，飲以陰山桂脂。憑風而翔，
乘波而至……其人依風泛黑河以旋其國也。」（《漢魏六朝筆記小說大觀》，頁
496～497。）及《拾遺記·卷二·周》：「昭王坐祇明之室，晝寐夢白雲蓊蔚
而起，有人衣服并皆毛羽，因名『羽人』。王夢中與語，問以上仙之術。羽人……
乃出方寸綠囊，中有續脈名丸，補血精散……王請此藥以涂足，則飛天地萬
里之外，如遊咫尺之內。」

〔註252〕《海內十洲記》，頁 66～68。

　　黑，謂之：『冥海』。无風而洪波百丈，不可得往來。上有九老丈

　　人，九天眞王宮，蓋太上眞人所居，唯飛仙有能到其處耳。昆侖在

　　西海……有墉城、金台、玉樓、朱霞九光……臣朔昔曾聞之于得道

　　者，說此十洲大丘靈阜，皆是眞仙墺墟，神官所治。其北海外又有

　　鐘山，上有金臺玉闕。〔註253〕

這十洲大丘靈阜，果是眞仙墺墟，神官所治，唯有飛仙才能到達其處。題爲
東方朔所撰的《海內十洲記》，已將蓬萊島上仙聖的神力與宮闕規模，納編在
昆侖神山機制下的君臣政體，張大了整個道教的編制體系。同時我們也可掌
握「蓬萊蜃境」在此時代已從「地景」的圖像，逐漸的張大「島上仙聖」飛
天玄空、變化無常的神聖力量，並接合於窮髮之北有冥海，鯤鵬之絕雲氣，
負青天的稟受自然妙氣，託風以清虛，順物以資待的神境。

　　前秦王嘉所撰的《拾遺記》，在「蓬萊仙境」的構築更顯奇特性。他並沒
有踵承《列子‧湯問》中「員嶠」、「岱輿」二山，因龍伯之國大人的釣鼇灼
骨，因而流于北極，沉于大海的「巨鼇負山」神話情節，而以還原二山爲海
中地景仙島，並之以瑰麗譎幻的七山蜃景：

　　蓬萊山高二萬里，有細石如金玉，仙者服之。東有郁夷國，時有金

　　霧。諸仙說此上常浮轉低昂，有如山上架樓，室常向明以開戶牖，

　　及霧滅歇。有大螺名裸步，明王出世則浮于海際，仙者來觀而戲

　　焉……方丈山，地方千里，玉瑤爲林……膏色紫光，著地凝堅，可

　　爲寶器。燕昭王二年，海人乘霞舟，以獻昭王，王坐通雲之台，以

　　龍膏爲燈，光耀百里，與西王母常游居此台。常有眾鸞鳳鼓舞，如

　　琴瑟和鳴，神光照耀，如日月之出……瀛洲有魚長千丈，遠望水間

　　有五色雲，如慶雲之麗。上如華蓋，群仙以避風雨。有金巒之觀，

　　飾以眾環，直上乾雲。有鳥如鳳，鳴翔而吐珠累斛。仙人以其珠飾

　　仙裳，輕而耀於日月也……員嶠山，多大鵲，銜不周之粟，粒粒如

　　玉，食之歷月不饑……南有移池國，人長三尺，壽萬歲。北有浣腸

　　之國，甜水繞之。國人行水上，逍遙於絕岳之嶺，拾塵吐霧，以算

　　歷劫之數……岱輿山有員淵千里，常沸騰，孟冬有黃煙從地出，起

　　數丈，煙色萬變。平沙千里，色如金。和之以泥，涂仙宮，則晃昱

　　明燦。北有玉梁千丈，食者千歲不飢。遙香草甘香，久食延齡萬歲，

〔註253〕《漢魏六朝筆記小說大觀》，頁 69～71。

仙人常采食之……昆吾山多赤金，地中多丹……。」〔註254〕

王嘉書寫的「蓬萊」等七山仙境，已是燦然明備。所有聖域組成的元素，不僅怪麗殊形，更是投射出魏晉六朝道教遊仙的集體想像圖象。這些求道訪仙的文士教徒，不僅完備了「不死之道」的求藥煉丹之法，同時也造就了集體社群對於「神山仙島」蜃景的極致渴慕與心靈上的造圖。而那東方雲海上的重樓翠阜、蜃樓珠宮，彷彿成爲眞仙所居，神官所治的聖域。人們已被理想的海上仙境、眾仙宮殿所迷惑與催眠，而鮮少有人懷疑它是否是眞實的存在。「海市蜃樓」之說也逐漸的被籠罩與淹沒於神話仙境的傳說世界裡。相對於先秦漢魏六朝方士道徒對這座海上蓬萊仙境的傳說構景，在唐宋以後的文人筆下，它又是如何的演變書寫呢？本文在此也做一個比較淺疏的探究。

在晉伏琛的《三齊略記》與唐李肇的《唐國史補》裡，對於海上方士虛幻的仙境顯世，依然持守著《史記》與《漢書》海上蜃氣結樓臺的講法：

> 海上蜃氣，時結樓台，名海市。海上居人，時見飛樓如締構之狀甚
> 壯麗者；太原以北，晨行則煙靄之中，睹城闕狀如女墻雉堞者，皆
> 《天官書》所説氣也。〔註255〕

蜃氣化樓台玉閣的說法，一直籠罩著六朝至唐代。日僧空海，在唐時頗有聲響，當他回國時，唐代詩人紛紛贈詩。徐凝贈詩云：「絕國將無外，扶桑更有東；來朝逢聖日，歸去及秋風。夜泛潮迴際，晨征蒼莽中；鯨波騰水府，蜃氣壯仙宮。天眷何期遠，王文久已同。相望杳不見，離恨托飛鴻。」〔註256〕文人對於蜃氣吐現海市仙宮的幻景認知，依然停留在古老的神話圖象中。

唐末李玫的《纂異記‧蔣琛》更是幻設作意，盛述「蛟蜃噓氣爲樓臺」之說：

> 琛于安流中，纜舟以伺焉。未頃，有龜鼉魚鱉，不可勝計，靡波爲
> 城，過浪爲地，異怪千餘，皆人質蟲首……續有蛟蜃數十，東西馳
> 來，乃噓氣爲樓臺，爲瓊宮珠殿，爲歌筵舞席。其尊罍器皿，玩用

〔註254〕《漢魏六朝筆記小説大觀》，頁558～563。

〔註255〕上海古籍出版社編：《唐五代筆記小説大觀》（上海：上海古籍出版社，2003年），頁199。

〔註256〕上海古籍出版社：《全唐詩‧第七函‧第十冊》（上海：上海古籍出版社，1986.10），頁1198。

之物，皆非人世所有。〔註257〕

李玫詭幻動人的珠宮貝闕，蜃氣樓台，雖然誕謾，卻是匯聚了更多的萬斛珠璣的蜃樓傳奇。而與李玫同是晚唐文人的皇甫枚，在其《山水小牘‧卷下‧崆峒山神仙靈蹟》文中，對於海市（山市）的描述，亦多仙靈誕怪之見：

> 汝州臨汝縣十八里，廣成坡之西垠，以山曰崆峒，即黃帝訪道之
> 地，廣成子所隱……耆老云：「若九春三秋，天景清麗，必有素霧自
> 山岊起。須臾，粉堞青甍，彌亘數里，樓殿輨轄，花木煥爛。數息
> 中，霧勢漫散，不復見矣。庸輩不知神仙窟宅，謂廣成化城，乃里
> 談也。」〔註258〕

皇甫枚引用汝州地方耆老的看法，認為「九春三秋，天景清麗，必有素霧自山岊起。須臾，粉堞青甍，彌亘數里，樓殿輨轄，花木煥爛。數息中，霧勢漫散，不復見矣」的「山市」景象，應是當地為神仙窟宅所生的蜃氣仙境。

宋末文人林景熙對於海市蜃樓的描寫，相當的生動與逼真，言談間的海上山峰的湧起與片刻間的一片城廓臺榭，讓我們猶如置身於戰國方士布景的海上仙境，飄蕩在古老的凌空仙閣中。〈蜃說〉一文曰：

> 嘗讀漢《天文志》，載「海旁蜃氣象樓臺」，初未之信。庚寅季春，
> 一日飲午于海濱聚遠樓。家僮走報怪事，曰：「海中忽湧數山，皆昔
> 未嘗有；父老觀，以為甚異。」予駭而出，第見滄冥浩渺中，蠡如
> 奇峰，聯如疊巘，列如岫岫，隱見不常。移時，城郭、臺榭，驟變
> 歘起，如眾大之區，數十萬家，魚鱗相比。中有浮圖、老子之宮，
> 三門嵯峨，鐘鼓樓翼其左右；簷牙歷歷，極公輸巧不能過。又移時，
> 或立如人，或散如獸，或列若旌旗之飾，甕盎之器，詭異萬千。日
> 近晡，冉冉漫滅。〔註259〕

林景熙對於「蜃氣樓臺」的古老傳言，與歷代文人一樣，都是耳聞而未曾目睹。直到親臨海市現場，遠望滄冥浩渺的大海中有父老未嘗所見的神山疊峰，與驟變忽起的城郭臺榭、金闕玉樓；道教徒所謂的：「真仙墺墟，神官所治」的仙域珠宮。這種千載難逢而又詭異萬千的海上奇觀，不僅為蓬萊神話披上了一層更為神密的面紗，同時更使詩人相信海市所孕育出的蓬萊神仙

〔註257〕《唐五代筆記小說大觀》，頁506。
〔註258〕《唐五代筆記小說大觀》，頁1186。
〔註259〕王水照選注：《宋代散文選注》（上海：上海古籍出版社，2010.7 一刷），頁
195～196。

顯世。

　　同是宋末文人的周密，在其筆記小說《癸辛雜識・續集卷上》也提到：

　　　　楊大芳嘗爲明州高亭鹽場，場在海中，或天時晴霽，時見如匹練橫
　　　　天，其色淡白，則晴雨中分，土人名之曰「短蓬」，亦蜃氣之類也。
　　　　〔註260〕

周密對於蜃氣在自然現象上的理解，也只能述說：「或天時晴霽，時見如匹練
橫天，其色淡白，則晴雨中分」，增添海市蜃樓的神秘性。

　　元朝馬端臨的《文獻通考・卷二九七》也記載：「唐大歷末深州束鹿縣中
有水影長七八尺，遙望見人馬往來如在水中，及至前則不見。」〔註261〕顯然
這也是海天茫茫，車馬人影的海市幻象。

　　蜃氣樓臺的海市（山市）特殊景緻，造就了歷代文人的書寫風潮，對於
大自然賜與的美景，以其巧摹形構的文筆，圖繪了樓閣村廬、萬家相比、老
子浮圖之宮、市廛橫空、諸山交峙等等幻景。在他們的吟詠謳歌下，海上三
神山的仙闕霞殿，已成爲蜃樓景象的不朽原型。我們可以感受蜃氣樓臺的美
麗神話如何召喚歷代文人的心靈，進而前仆後繼的爲這「空中樓閣」來行文
誇飾與塑景。

　　當然，神仙宮闕顯世的說法也開始鬆動。自宋代起，有一批學者開始著
手來拆解這座古老的蜃氣樓台。而海上三山霧鎖煙迷，仙閣凌空流金溢彩的
傳說神殿也逐漸地被質疑了。沈括（1031～1095）《夢溪筆談》這樣寫道：

　　　　登洲海中時有雲氣。如宮室、台觀、城堞、人物、車馬、冠蓋，歷
　　　　歷可見，謂之「海市」。或曰「蛟蜃之氣所爲」，疑不然也。歐陽文
　　　　忠曾出使河朔，過高唐縣，驛舍中夜有鬼神自空中過，車馬人畜之
　　　　聲一一可辨，其說甚詳，此不具紀。問本處父老，云：『二十年前嘗
　　　　晝過縣，亦歷歷見人物。』土人亦謂之「海市」，與登州所見大略相
　　　　類也。」〔註262〕

登州海市即是蓬萊蜃樓，沈括對「蛟蜃之氣所爲」的懷疑，似乎已點破了古
老方士構築海上仙島的不朽傳奇，嘗試努力去尋求科學性的解釋。尤其歐陽

〔註260〕上海古籍出版社編：《宋元筆記小說大觀》（上海：上海古籍出版社，2007.3
　　　　一版），頁5785。
〔註261〕〔元〕馬端臨：《文獻通考・卷二九七》（台北：新興書局，1963.10新一版），
　　　　頁2349。
〔註262〕〔宋〕沈括著：《夢溪筆談》（重慶：重慶出版社，2007.9），頁294。

修繪聲繪影的載述高唐館舍的空中幻景,更讓沈括意識到空中樓閣也只是傳說中的「海市蜃樓」與「鏡花水月」?接下來的蘇軾,更從文人的觀點,企圖去質疑蓬萊仙境的虛幻之象。蘇軾的《海市并序》:

> 予聞登州海市舊矣。父老云:「嘗出於春夏,今歲晚不復見矣。」予到官五日而去,以不見爲恨,禱於海神廣德王之廟,明日見焉,乃作此詩:「東方雲海空復空,群仙出沒空明中,搖盪浮世生萬象,豈有貝闕藏珠宮?重樓翠阜出霜曉,異事驚倒百歲翁。人間所得容力取,世外無物誰爲雄。率然有請不我拒,信我人厄非天窮。潮陽太守南遷歸,喜見石廪堆祝融。自言正直動山鬼,豈知造物哀龍鐘。伸眉一笑豈易得,神之報汝亦已豐。斜陽萬里孤鳥沒,但見碧海磨青銅。新詩綺語亦安用,相與變滅隨東風。」〔註263〕

海市的靈奇,對於文人總是充滿百聞不如一見的期待。東坡對於登州海市早已心儀慕名,在偶然的機緣禱于海神,而能目睹蜃樓的奇幻。明明知道貝闕珠宮的存在僅是幻影,搖盪浮世的東海群仙更是神工。在霜曉中親眼所見重樓翠阜的仙境後,也不禁贊歎自然界的神奇,同時也告訴自己群仙出沒的空明視景,終究只是隨著東風驟逝下的幻象。東坡打破了長久以來文人對於東海三神山存在的迷思,否定了傳統蚌貝吐氣現珠宮的「蜃氣論」傳言。沈括與蘇軾對於蓬萊仙境的存在與否,當然了然於胸;對蜃氣吐樓的誇誕神話,也親眼目睹而疑其不然。只是他們都無法提出更具說服力的科學解釋,而讓時代的民智大開。但是秦皇與漢武所惑的海市幻景,卻是開啓國帝王文士高蹈遠引的求仙熱潮與心繫所居的桃花樂園。「蓬萊之海市,又安知非上古之樓臺城郭」的眞情呼喚,更牽引著幾千年來中國方士虛構與捕風捉影的空中樓閣的神祕地景,並在世世代代文人筆下的書寫與傳承!

蓬萊神話地景圖像的建造靈感,乃是方士憑藉燕、齊濱海沿岸的海市蜃樓的幻影,進而編造與催化那神仙顯世的玉殿金樓、仙閣凌空。再經由道教徒與歷代文士的潤筆崇飾下,海市蜃樓的奇幻麗景,不僅是海上神山仙境的位址,更是紫闕貝閣、珠宮翠阜的仙人居所。而兩漢魏晉六朝以後,海上重樓翠阜與珠宮貝闕的蓬萊仙境,則又是不斷的增衍其飄邈的凌空仙閣,與完美的神山疊峰之構述。

方士架構的神山宮闕,海上神仙顯世的金玉樓臺,顯然地在迷信濃厚的

〔註263〕《蘇東坡全集》,頁179。

古代，成爲牢不可破的仙境圖象。同時也造就了集體社群對於「神山仙島」蜃景的極致渴慕與心靈造圖。而那東方雲海上的重樓翠阜、蜃樓珠宮，已成爲眞仙所居，神官所治的聖域；這「蜃氣」之說也逐漸的被籠罩與淹沒於神話仙境的談說世界中，成爲先民「海中蜃氣成城垣」、「神仙窟宅」、「海天茫茫、水雲晃漾之中」的幻景奇象、蜃樓仙境的傳說演遞。

二、帝王園林的蓬萊仙境

誠然蓬萊仙島引生帝王不死訪僊的浪潮，然而最後的「終莫能至」、「終無有驗，秦皇武帝二世主亦不甘心。」〔註264〕在蓬萊神山終不可得的失望下，方士公孫卿與公玉帶建言，於宮中興建蜚廉、桂觀等樓臺迎仙、候仙。並且大肆擴建甘泉宮的通天臺及延壽館，與建築建章宮。海上蓬萊三神山的不死仙境，依然可以在現實世界的皇室宮苑中還原成一磚一瓦。瀧川龜太郎引南朝宋裴駰的《史記集解》與唐張守節的《史記正義》所論《史記‧秦始皇本紀》「蘭池」條云：

> 《集解》：「《地理志》渭城縣有蘭池宮。」《正義》：「《括地志云：『藍
> 池陂即古之蘭池，在咸陽縣界。』《秦紀》云：『始皇都長安，引渭
> 水爲池，築爲蓬瀛，刻石爲鯨，長二百丈。逢盜之處也』」。〔註265〕

太史公這段「始皇與武士四人夜出逢盜於蘭池」的記聞是在徐市上書蓬萊、方丈、瀛洲海上三神山後，而於始皇「使燕人盧生求羨門、高誓」古仙人之前。我們似乎可以臆測，始皇在世時，接連派遣到蓬萊三神山尋僊求不死之藥的方士群：徐福、盧生、韓終、侯公、石生等「終不得藥」的情況下，將此「不可得」的企求，透過方士的建言，以還原構築於現實世界所居住的宮闕內。漢武帝也是如此：

> 方士多言古帝王有都甘泉者……於是作建安宮，前殿度高未央……
> 其北治大池漸臺，高二十餘丈。名曰：「泰液」。池中有蓬萊、方丈、
> 瀛洲壺梁，象海中神山龜魚之屬……明年，東巡海上，考神僊之屬，
> 未有驗者。〔註266〕

〔註264〕《史記會注考證》，頁125云：「徐市等費以巨萬計，終不得藥。」而《孝武本紀》亦云：「東至海上，考入海及方士求神者，莫驗……而方士之候祠神人，入海求蓬萊，終無有驗。」（《史記會注考證》，頁222～224。）

〔註265〕《史記會注考證》，頁122。

〔註266〕《史記會注考證》，頁222～223。

「僊人好樓居，候神人於通天臺」、「五城十二樓以候神人」〔註267〕的進言，
乃是方士公孫卿迎合武帝延壽，與求僊渴慕下的一連串裝神弄鬼的把戲。與
始皇方士相比，武帝時的少君、寬舒、少翁、神君、欒大、公孫卿等燕齊方
士社群，他們所構築的「追僊」空間，則將蓬萊地景的活動舞臺，由海上的
大規模探訪覓尋，而逐漸的回歸於皇家宮廷的築池、構樓與架臺。由於幻想
地景的終不可得，因而造景於現實世界上的皇家宮殿，候仙、迎仙於建章宮
中的一池三山。《漢書》之《郊祀志》與《楊雄列傳》也分別載述：

> 於是作建章宮，度爲千門萬户……漸臺高二十餘丈，名曰泰液，池
> 中有蓬萊、方丈、瀛洲、壺梁，象海中神山龜魚之屬。〔註268〕

> 武帝廣開上林……穿昆明池象滇河，營建章、鳳闕、神明、漸臺、
> 泰液象海水萬流方丈、瀛洲、蓬萊。游觀侈靡，窮妙極麗。〔註269〕

海中神山龜魚之屬的仙鄉勝境，復製移植於人間帝王的苑林臺樹內，不僅成
爲後世帝王馳騁追仙不老的心靈祭地，而游觀侈靡，窮妙極麗的神話場景，
不斷的在俗世的人間中得到美化與書寫，成爲在有限時空中的存在投影。而
俗世人間的求神僊、登蓬萊的企羨，更是透過郊祀天地的歌詠儀式中，與僊
交通；在祥銳神聖的求告氣氛裡以期升登蓬萊、遊仙長生：

> 象載瑜，白集西。食甘露，飲榮泉……神所見，施祉福。登蓬萊，
> 結無極。〔註270〕

秦皇、漢武慕求仙境而不可得下，轉而將心靈的仙地構築仿擬於其皇苑宮廷
內，竟也成爲魏晉六朝皇室與士大夫爭相追仿與效響。同時這種仙境地景的
回歸及複製造象的建築美學，更成爲東方世界裡有關園林造景藝術的圭臬，
和閒居隱逸的精神審美勝地。

我們先從帝王皇室的追仿來看，他們如何將希冀不死的神山海島，投映
在有限的現實時空，以體現對蓬萊仙境的追求。《三國志·魏書·明帝紀》
云：

> 是時，大治洛陽宮，起昭陽、太極殿，築總章觀……裴松之《注》
> 云：「通引穀水至九龍殿前，爲玉井綺欄；蟾蜍含受，神龍吐出。歲

〔註267〕《史記會注考證》，頁221。
〔註268〕《漢書》，頁1245。
〔註269〕《漢書》，頁3541。
〔註270〕逯欽立輯校：《先秦漢魏晉南北朝詩》（北京：中華書局，2008.11 重印），頁
154。

首建巨獸，魚龍曼延，弄馬倒騎，備如漢西京之制。」〔註271〕

漢建章宮的仙境造景，在班固與張平子的《兩都賦·西都賦》及《西京賦》有極其備緻的描寫：

> 排飛闥而上出，若遊日於天表；似無衣而洋洋，前唐中而後太液。覽滄海之湯湯，揚波濤於碣石，激神岳之嶈嶈，濫瀛洲與方壺，蓬萊起乎中央。〔註272〕

> 珍臺蹇產以極壯，墱道邐倚以正東。似閬風之遏坂，橫西洫而絕金墉；城尉不弛柝而內外潛通，前開唐中彌望廣潒，顧臨太液滄池渰沉。漸臺立於中央，赫旳旳以引敞。清淵洋洋，神山峨峨；列瀛洲與方丈，夾蓬萊而駢羅，上林岑以壘嶷，下嶄巖以嵒嵓，起洪濤而揚波。〔註273〕

太液池的三山造景，如同蓬萊三島的地理置入，渺滄海而揚波濤，清淵洋洋而神山峨峨。如果再以《西京雜記》裡的「太液池」周邊造景的搭配，我們可以想像漢代宮廷皇家人間仙境的造景，是如何的備制而游侈了。

> 太液池邊皆是彫胡、紫籜、綠節之類。其間鳧雛、雁子，布滿充積，又多紫龜、綠鱉。池邊多平沙，沙上鵜鶘、鷗鶬、鵁鶄、鴻鵁、鶆輒成群。〔註274〕

魏明帝大興起殿築觀，備如西京之制、極境游侈的優容規模，足堪比美漢武的掘地為海、一池三山。酈道元《水經注·卷十六·穀水》形容明帝建造的蓬萊仙景，在人境中有如神居：

> 穀水又東，枝分南入華林園，歷疏圃南……又逕瑤華宮南，歷景陽山北。山有都亭，堂上結方湖，湖中起御座石也。御座前建蓬萊山，曲池接筵，飛沼拂席，南面射侯，夾席武峙。背山堂上，則石路崎嶇，巖障峻險，雲臺風觀，纓鑾帶阜，遊觀者升降阿閣，出入虹陛，望之狀鳧沒鸞舉矣……寔為神居矣。〔註275〕

也由此可知，海上仙境如何在人間帝王的皇家中，追仿構建地如此華麗遊侈與仙上諸景的備制。而北魏洛陽城建春門內御道的華林園，高祖所名「蒼龍

〔註271〕《三國志》，頁105。
〔註272〕《文選》，頁27。
〔註273〕《文選》，頁42。
〔註274〕《漢魏六朝筆記小說大觀》，頁80。
〔註275〕《水經注校證》，頁394。

海」的建築特色，更是飛閣相通而凌山跨谷，飄飄然而仙閣凌空，展現一種
逍遙自在的人間仙境的塑造：

> 華林園中有大海，即魏天淵池。池中猶有文帝九華臺。高祖於臺上
> 造清涼殿，世宗在海內作蓬萊山。安上有僊人館，臺上有釣臺殿……
> 凡此諸海，西通穀水……濯波浮浪，如似自然。〔註276〕

帝王的蓬萊仙境也時常置入在其歌詠的現實山水中，以比擬生色，匹美溢情。
後梁宣帝〈遊七山寺賦〉的七山勝境，就將其比麗蓬萊，同妍聖跡：

> 山多寶玩，地出瓊珍。金玉生其陽，琰石出其陰，神篔巖巖而獨立，
> 仙的皎皎而孤臨……眇然兮无際，邈爾兮无邊，實天下之名川。至
> 若蓬萊游于聖蹟，巫岫表于神仙……曾何比麗，詎此同妍。〔註277〕

蓬萊仙境不僅成為魏晉帝王複現在皇家建築中，也將其仙境圖象比麗於現實
山水裡。這種仙境地景的回歸及複製造象的建築美學，更成為東方世界裡有
關園林造景藝術的圭臬，和閒居隱逸的精神審美勝地。

三、壺天世界的蓬萊仙境

　　《史記》所言：「望之如雲，及到神山反居水下；臨之，風輒引去」的海
市蜃氣現象，《列子》則以「五山之根無所箸，常隨潮波上下往還，不得暫峙」
的陳述，來構築蓬萊神山浮動晃蕩的飄流地貌。而「岱輿」及「員嶠」仙聖
所居二島流於北極，沉于大海，肇因於龍伯之國大人釣巨鼇，而使負戴二島
之功破壞的解說，乃是《列子》演繹與潤色了《楚辭》改造與熔鑄了「方丈」
神山的造景，而以「方壺」的地貌呈現。這種「壺中天地勝景」的形貌，也
傳遞出魏晉特異的審美造形。前文所言《列子》勾勒的「終北國」、「華胥氏
國」及「列姑射山」，〔註278〕與《莊子・逍遙遊》的「窮髮之北冥海鯤鵬」、「藐
姑射山神人」、「乘天地之正，御六氣之辯的神人、真人、聖人」，同屬道家極

〔註276〕〔北魏〕楊衒之撰，楊勇校箋：《洛陽伽藍記》（北京：中華書局，2006.2 重
　　　　印），頁 63。
〔註277〕《全梁文》，頁 758。
〔註278〕兩漢魏晉文士與神仙方術道家者，對於「姑射國」的海國地理題材，當然也
　　　　觀察到《山海經・海內北經》的地理位置的陳述，並加以推演它在「神仙」
　　　　境地的屬性。《山海經校注》，頁 321～322 云：「列姑射在海河洲中，射姑國
　　　　在海中，屬列姑射，西南，山環之。郭璞《注》云：「山名，山有神人，河洲
　　　　在海中，河水所經者。莊子所謂『藐姑射之山』也。」《列子》所述「姑射國」
　　　　不僅融攝了《山海經》與《莊子》中的寓含，更是完整的一個海外仙道樂園
　　　　的「道家」理想世界。

力架設的海上理想樂園。至於「方壺」、「壺領山」與「歸墟」的神域造象，
更是踵續先秦「東海大壑」、「尾閭」等海川匯聚不溢容量的仙聖海中空間，
而在魏晉之際形塑爲另一個「壺中勝地」的仙境符碼。在此時期，道教方術
者同時嘗試將「壺」中世界作爲其神仙思想的理想場域，並賦以「壺」深邃
無涯、混然爲一，無法表相窮盡之義。〔註279〕《後漢書・方術列傳・費長房》
記載：

> 費長房者，曾爲市掾。市中有老翁賣藥，懸一壺於肆頭，及市罷，
> 輒跳入壺中，市人莫之見。唯長房於樓上睹之，異焉……長房旦日
> 復詣翁，翁乃與俱入壺中，唯見玉堂華麗，旨酒甘肴盈衍其中，共
> 飲畢而出……翁曰：『我神仙之人，以過見責』……器如一升，而二
> 人飲之終日不盡。〔註280〕

范曄所云：「壺中天地，玉堂華麗」的構景，已成爲當時方術界造象神仙境界
的另一空間向度。而晉葛洪的「壺公傳奇」，更令我們確信海外三山神島的仙
境造象已從遙遠的海外「方壺島」，轉換而爲「酒壺」中「樓觀五色、重門閣
道」的仙鄉勝境：

> 壺公者……常懸一空壺於坐上，日入之後，公輒轉足，跳入壺中。
> 人莫知所在，唯長房於樓上見之，知其非常人也……公語長房曰：「卿
> 見我跳入壺中時，傾便隨我跳，自當得入。長房承公言，爲試展
> 足，不覺以入。既入，不復見壺，但見樓觀五色、重門閣道……語
> 長房曰：：『我仙人也，忝天曹職所統，供事不勤，以此見謫，暫還
> 人間。』」〔註281〕

方壺世界的空間轉變，已說明魏晉時人神仙思想的高漲。這種虛擬空間的轉
化，使得非帝王的凡夫俗子都能親求芳澤仙境，而壺中天地更投影出世外桃

〔註279〕《莊子・應帝王》篇中藉神巫季咸相壺子的一段，以表達「壺子」（成玄英《疏》
曰：『壺子，鄭之得道者，號『壺子』，名林，列子之師）成爲「至人」的四
種樣態，同時呈顯壺子（成《疏》云：『壺丘』）爲道家理想人格的極致。成
玄英《疏》云此四種樣態爲四門意義：「妙本虛凝，寂而不動」、「垂跡應感，
動而不寂」、「本跡相即，動寂一時」、「本跡兩忘，動寂雙遣」（《莊子集釋》，
頁297～306。）。我們可知「壺子」的「四門示相」，最終以「即寂即照」、「即
照即寂」的大自在表現，使得深受列子仰慕心醉的季咸，落荒而逃。同樣的
陳述亦見《列子・黃帝篇》。
〔註280〕《後漢書・方術列傳下》，頁2743。
〔註281〕《神仙傳》，頁305～306。

源的生命圖景。而六朝十六國前秦王嘉所撰的《拾遺記》，對於「蓬萊仙境」
的構築除了更顯奇特性外，其寫丹丘之國而以三山仙境為三壺世界：

> 有丹丘之國，獻瑪瑙甕，以盛甘露。當黃帝時，瑪瑙甕至，堯時猶
> 存。甘露在其中，盈而不竭，謂之寶露，以班賜群臣……至東方
> 朔識之，作《寶甕銘》曰：「寶玉生於露壇，祥風起於月館，望三壺
> 如盈尺，視八鴻如縈帶。」三壺，則海中三山也。一曰方壺，則方
> 丈也；二曰蓬壺，則蓬萊也；三曰瀛壺，則瀛洲也，形如壺器。
> 此三山上廣、中狹、下方，皆如工制，猶華山之似削成。八鴻者，
> 八方之名；鴻，大也。登月館以望四海三山，皆如聚米縈帶者矣。
> 〔註282〕

王嘉書寫的丹丘之國乃是增衍《楚辭》「仍羽人於丹丘兮，留不死之舊鄉」的
不死仙境，而引起我們注意的是王嘉的三神山以「壺」為形的書寫，不僅承
繼《列子》「方壺」的概念，與魏晉之際的「酒壺勝境」，同時它也具體的反
映魏晉六朝時期，「壺」已是道教神仙思想的另一個「聖域仙蹤」的存在空間。
換言之，蓬萊仙境──海上神山──不死聖域的空間造象工程的演化，由先
秦大壑、尾閭的百川歸聚、生而不息的量體，至兩漢的海島神山的聖像與宮
廷園闕、樓臺亭閣的仙境複品，進而進入到魏晉六朝融攝的蓬壺世界，它們
具體的展現神山仙境實虛無常的位置場域，既是通往快樂逍遙神仙世界的密
道幽徑，也是邁向理想心靈國度的一扇任意門〔註283〕。而「蓬萊」、「蓬壺」、
與「壺天勝境」的仙境造象聯結，從此也做為隋唐以迄宋元仙境聖域的書寫
符碼，投射了先人對於「蓬萊仙島」的永恆印記。

　　而有關昆侖神山、海上三壺與壺中天地的仙鄉樂園的空間轉換，在魏晉
六朝時，開闢出更多比擬西方神山與東方海上仙島虛幻渺茫的理想聖域。大
量幻化而成的「開明朗然、不異人間，丹樓瓊宇、神仙洞窟」的理想世界，
躍然於時人的小說文本中。不管是方士干求於帝王階級以封禪求仙，希冀個

〔註282〕《拾遺記》，頁497～498。
〔註283〕有關蓬萊仙境與魏晉六朝的三壺神山及壺中天地的造象思維演變，高莉芬從
　　　　宇宙論的神話敘事思維與象徵意涵闡述聯結，其《文》歸結曰：「蓬萊三山與
　　　　三壺所圖繪出的仙境樂園，是現實生命的『理想』空間存在，也是『此界』
　　　　與『他界』的中介空間……天圓地方的壺象宇宙圖式，成為中國理想景觀的
　　　　原型。而『壺』象的閉合式天體循環宇宙觀更是文人在人間安頓生命的理想
　　　　棲居。」(《蓬萊神話──神山、海洋與洲島的神聖敘事》，頁125～164。)

人永生之東方海上變幻莫測的仙山島嶼，或是西方昆崙神山，群巫所從上下的天柱、百藥所在的聖域，或是南方海外軒轅、君子的自由理想國度，這些先秦時期由文人方士所構述的理想天國與長生不死、眾神靈藥所在的仙鄉，隨著漢末道教的成立，魏晉六朝的政經動盪的背景下，促使文人道徒藉著宗教信仰、仙境傳說的心境想像，進而在許多魏晉以後的筆記小說中，書寫了更多有關漁樵獵人、隱遯養志文士進入那飄渺隱微的仙境樂園的傳說故事。也因此仙境神鄉、樂土美地不再只是東方的歸墟、西方的昆崙，更可以是人間裡的深山幽壑、洞天福地、壺天世界。〔註284〕

　　魯迅《中國小說史略》談及魏晉六朝的鬼神志怪小說，特別說明：「秦漢神仙之說盛行，漢末又大暢巫風，鬼道益熾；此時小乘佛教亦入中土，幽明鬼神，稱道靈異，所以多言志怪人間異事。」〔註285〕又說：「魏晉以來，漸譯釋典，天竺故事亦流傳世間，文人喜其穎異，於有意無意中用之，遂蛻化為國有。」〔註286〕自東漢佛教漸漸東傳，海上神山的仙異傳奇與釋教中的神靈怪談逐漸地交會匯通，而成為文人書寫幽明靈異、鬼神志怪的材料題庫與創作淵源。前文所述《列子》勾勒的「終北國」、「華胥氏國」及「列姑射山」〔註287〕，與《莊子‧逍遙遊》的「窮髮之北冥海鯤鵬」、「藐姑射山神人」、「乘天地之正，御六氣之辯的神人、真人、聖人」，同屬道家極力架設的海上理想樂園。而費長房入壺中「玉堂華麗，旨酒甘肴盈衍」的「方丈」之室，葛洪〈壺公〉跳壺傳奇裡的「樓觀五色、重門閣道」的壺中勝境，也都在傳達魏晉六朝文人對於通達蓬壺仙境與桃源世界的另一道神秘窗口。而一般文人雅士的私人庭苑，也爭相追仿這不死仙境的人間駐留，提供心靈的棲居。鮑照

〔註284〕有關道教成立以後，魏晉六朝的仙鄉傳說故事的特點與類型，現代學者小川環樹、王孝廉、李豐楙多有詳瞻精闢的論述，詳見：《中國古典小說論集》（台北：幼獅出版社，1975年），頁88～91；《中國神話世界》，頁103；李豐楙：〈六朝仙境傳說與道教之關係〉，頁173～184。

〔註285〕《中國小說史略》，頁80。

〔註286〕《中國小說史略》，頁87。

〔註287〕兩漢魏晉文士與神仙方術道家者，對於「姑射國」的海國地理題材，當然也觀察到《山海經‧海內北經》的地理位置的陳述，並加以推演它在「神仙」境地的屬性。《山海經校注》，頁321《經》云：「列姑射在海河洲中，射姑國在海中，屬列姑射，西南，山環之。」郭璞《注》云：「山名，山有神人，河洲在海中，河水所經者。莊子所謂『藐姑射之山』也。」（頁322）《列子》所述「姑射國」不僅融攝了《山海經》與《莊子》中的寓含，更是完整的一個海外仙道樂園的「道家」理想世界。

的「繡薨結飛霞，璇題納明月。築山擬蓬壺，穿池類溟渤」〔註288〕，與孔奐的「京洛信名都，佳麗擬蓬壺」〔註289〕，更是一種蓬壺勝地的心靈企求；而庾信〈小園賦〉裡不死仙境的一壺地景更陳述著：

> 若夫一枝之上，巢父得安巢之所；一壺之中，壺公有容身之地……
>
> 聊以擬伏臘，聊以避風霜。雖復晏嬰近市，不求朝夕之利。〔註290〕

小園中的壺天勝地，亦可遠引仙島神山的地景，進而成為閒居隱逸的審美棲所。文人構築的壺天仙境與小園美地，都是瓊樓流金、凌空仙境的眺望窗口，更是精神不朽、安身立命的聯繫紐帶。至於沈休文《文選·遊沈道士館一首》：「銳意三山上，託慕九宵中」〔註291〕的企慕登霞、阮嗣宗《詠懷詩十七首》：「徘徊蓬池上，還顧望大梁」〔註292〕的延年心懷，蓬壺島與昆侖山的仙境神鄉，已成為時代文人神往心羨的標竿。曹操的「至崑崙，食甘英，飲醴泉」〔註293〕、「駕六龍乘風而行，東到蓬萊山，上至天之門，來賜神之藥……遨遊八極，乃到昆侖之山西王母側，神仙金止玉亭，共飲食到黃昏」〔註294〕的神聖登旅，或是曹植的「遠之蓬萊山，彷彿見眾仙」〔註295〕升天登仙的浪漫神遊，以及鮑照〈舞鶴賦〉「散幽經以驗物，傳胎化之仙禽；指蓬壺而翻翰，望昆而揚音」〔註296〕振玉羽而臨霞蓬壺的遨遊，都使蓬萊仙境成為心靈疏通與神往的窗口。而郭璞〈遊仙詩〉也云：「京華游俠窟，山林隱遯棲。朱門何足榮？未若託蓬萊」〔註297〕的朝聖仙島，庾闡〈遊仙詩·其四〉的「三山羅如粟，具壑不容刀；輕舉觀滄海，眇邈去瀛洲，玉泉出靈鼂，瓊草被神丘」〔註298〕的追求仙鄉，都是如實地反映魏晉六朝文人雅士的仙境投影與游仙思潮，而蓬萊與昆侖更成為現世生命的越界之旅與精神的棲所。

〔註288〕〔宋〕郭茂倩編：《樂府詩集》（北京：中華書局，2009.11 重印），頁 894。
〔註289〕《先秦漢魏晉南北朝詩》，頁 2536。
〔註290〕《全三國文》，頁 184～185。
〔註291〕《文選》，頁 327。
〔註292〕《文選》，頁 332。
〔註293〕《先秦漢魏晉南北朝詩》，頁 348。
〔註294〕《先秦漢魏晉南北朝詩》，頁 345～346。
〔註295〕《先秦漢魏晉南北朝詩》，頁 433。
〔註296〕《全三國文》，頁 456。
〔註297〕《先秦漢魏晉南北朝詩》，頁 865。
〔註298〕《先秦漢魏晉南北朝詩》，頁 875。

　　有關自東漢佛教漸漸東傳，海上神山的仙異傳奇與釋教中的神靈怪談逐漸地交會匯通，而成為文人書寫幽明靈異、鬼神志怪的材料題庫與創作淵源。當時期在佛道二教相互雜融，而使「蓬萊仙話」的蹤跡出現在僧傳、志怪小說中。梁慧皎的《高僧傳‧卷十‧晉上虞龍山史宗》記載：

> 史宗者，不知何許人。常著麻衣，或重之為納，故世稱麻衣道士……
> 栖憩無定所，或隱或現……後宗憩上虞龍山大寺。善談《莊》、《老》，
> 究明《論》、《孝》而韜光隱跡，世莫知之……後同止沙門夜聞宗共
> 語者，頗說蓬萊上事，曉便不知宗所之……或云有商人航海，於孤
> 洲上見一沙門，求寄書於史宗。置書於船中，同侶欲看書，書著船
> 不脫。及至白土埭，書飛起就宗，宗接而將去。〔註299〕

史宗不但隱居於佛寺中，而且熟捻佛道典籍思想。而《傳》中載述史宗頗說「蓬萊上事」，且諸人於海島上預見的縹緲神仙居然是沙門形象，更可見當時佛道二家融合匯通，並成為僧傳小說書寫幽明靈異、鬼神志怪之資材。而《拾遺記》作者王嘉本是一位道士，又善於與佛門中人釋道安往來。《晉書‧王嘉傳》云：

> 姚萇之入長安，禮嘉如符堅故事，逼以自隨，每事諮之。萇既與符
> 登相持，問嘉曰：「吾得殺符登定天下否？」嘉曰：「略得之」萇怒，
> 遂斬之。先此，釋道安謂嘉曰：「世故方殷，，可以行矣。」嘉答曰：
> 「卿其先行，吾負債未果去。」俄而道安亡，至世而嘉戮死，所謂
> 「負債」者也……嘉之死日，人有隴上見之。〔註300〕

在這段史實記載下，王嘉不但能預知生死，其生死觀也出現佛教的因果報應之說。在《拾遺記‧卷四》記載：「沐胥之國來朝，即申毒國之一名。有道術人名尸羅，年百三十歲，荷錫持瓶，善術惑之術。於其指端出浮屠十層，高三尺，及諸天神仙，巧麗特絕。」〔註301〕可見，佛道二教之勝境融合會通，已滲入當時期之志怪及僧傳小說中，且張揚幽明靈異、鬼神志怪。

　　另外，吳時康僧會譯的《舊雜譬喻經‧梵志吐壺》所敘及的「吐壺傳奇」是否與文人園林建築的求仙美感有聯繫？而且與費長房跳入壺公勝地的「跳壺仙談」有關呢？以當時儒學的衰微，而道、釋融攝格義的時代學術課

〔註299〕《高僧傳‧卷十》，頁650。
〔註300〕《晉書‧卷九十五》，頁2496～2497。
〔註301〕《漢魏六朝筆記小說大觀》，頁518。

題來看，這種壺中天地、別有洞天的神仙場景，在一定的程度上，幾乎成爲文人求仙美感的創作與吸納的泉源。《梵志吐壺》的壺中是一個不斷幻化的神術世界：

> 太子上樹，忽見梵志獨行來，入水池浴。出，飯食，作術，吐出一壺，壺中有女人，與於屏處作家室，梵志遂得臥。女人則復作術，吐出一壺，壺中有年少男子，復與共臥。已，使吞壺。須臾，梵志起，復內婦著壺中，吞之已，作杖而去〔註302〕。

釋教此經典中的壺中世界是一個世間「男女情欲」的縮影，是一個美色食皆空的情境表達。它與壺公中的「重樓閣道」的仙境縮影，同樣有著人間欲望藏在心裡，而從口中吞吐的想像投射。而梁時吳均（469～520）夙有詩名，文以小品、書札見長，清拔而有古氣，而其小說亦卓然可觀。其撰《續齊諧記》中的〈陽羨書生〉之記，則是由「壺中天地」轉換爲「籠中」或是「奩中」世界，而顯爲奇詭。這種神幻的空間轉換，可以看出魏晉六朝文人在「蓬壺」觀念的幻境原型下，逐漸吸取佛、道兩教虛無、空幻的思想核心，與靈台方寸、方壺天地的勝境內涵：〔註303〕

> 陽羨許彥，于綏安山行，遇一書生，年十七八，臥路側，云腳痛，求寄鵝籠中。彥以爲戲言，書生便入籠；籠亦不更廣，書生亦不更小。彥前行息樹下，書生乃出籠，謂彥曰：「欲爲君薄設。」乃口中吐出一銅奩子，奩子中具諸肴饌，珍羞方丈。其器皿皆銅物，氣味香旨，世所罕見。酒數行，又于口中吐一女子，年可十五六，衣服綺麗，容貌殊絕，共坐宴……此女子又于口中吐出一男……男子又于口中吐出一婦人……稍後書生起，遂吞其女子，諸器皿悉內入口中。留大銅盤，可二尺廣，與彥別。〔註304〕

籠中世界的靈異怪誕之說，可以說是「蓬壺天地」、「方丈之室」、「小園庭林」的另一幻象縮影。唐釋道世《法苑珠林・卷六十一》引晉人荀氏所撰《靈鬼

〔註302〕 〔吳〕康僧會譯：《舊雜譬喻經》，《大正藏・本源部下》，第四冊，206 卷，頁 514 上。

〔註303〕 《唐五代筆記小説大觀・酉陽雜俎續集》，頁 744 云：「釋氏《譬喻經》云：『昔梵志作術，吐出一壺，中有女與屏處作家室。梵志少息，女復作術，吐出一壺，中有男子，復與共臥。梵志覺，次第互吞之，拄杖而去。余以爲吳均嘗覽此事，訝其說，以爲至怪也。』」段成式以爲道、釋神仙幻術的「吐壺傳奇」，已在六朝時期就已融合采說了。

〔註304〕 《漢魏六朝筆記小説大觀・續齊諧記》，頁 1006。

志》，所說外國道人的「籠中」、「澤壺」的傳奇，更可說是魏晉六朝神構「吐壺世界」的系列奇作：

> 《靈鬼志》云：「太元十二年，道人外國來，能吞刀、吐火、吐珠玉金銀……行見一人擔擔，上有小籠子，可受升餘。語擔人云：『吾寄君擔。』見許，入籠子中，籠不更大，其亦不更小。行數里，擔人呼共食，不出，止住籠中。出飲食器物，羅列餚饌，豐腆亦辦。語擔人，我欲與婦共食。即復口出一女子，衣裳容貌甚美……婦人語擔人：『我有外夫』，婦便口中出一年少夫共食……道人起，即以婦入口中，次及食器物。擔人至國中，有一大富資財巨萬而性悋。道人語擔人：『吾為君破奴悋。』至其家，有好馬，明日見馬在五斗甕中，終不可破取……主人狼狽作之。其父母老，在堂上忽不見，開妝器，忽見父母在澤壺中。」〔註305〕

蓬壺的海上仙境，在魏晉六朝文人的奇異書寫下，不僅有「一壺天地」的奇妙勝境，由「跳壺」而「吐壺」神幻靈怪的情節，更在隋唐宋元的文本中持續的演化增色。〔註306〕同時，方壺三山的仙島奇譚，更由海上的地景回歸于陸上的洞、穴、平原、廣衢與深山，體現魏晉六朝文士對昆侖與蓬萊仙境的追求迷思。晉葛洪《抱朴子・論仙》篇中引《仙經》所講的「上士舉形昇虛的天仙」、「中士遊於名山的地仙」及「下士先死後蛻的尸解仙」等三種成仙類型，〔註307〕以及《金丹篇》所講的「可精思合作仙藥」的地點有「上生芝草，有正神與地仙之人的高山」、「海中大島嶼」及「並在會稽的江東名山」〔註308〕等合藥地點來看葛洪對「仙境」的思考邏輯，則那遙不可及，終不可到的蓬萊海上三神山，已經成為心靈精神的企慕之地，而現實名山大澤中的福山洞地、廣衢平原，井、穴、都是蹈引東西方神山仙境的另處陸上遊仙窟樂園。

　　《搜神後記》，十卷，舊題陶潛（365～427）所撰。該書是為續干寶《搜

〔註305〕《法苑珠林校注》，頁 1821～1823。

〔註306〕有關佛教經典故事中的「梵志吐壺」，或是道教神仙方術的「壺中世界」，跳壺與吐壺故事的文本探求與淵源及其流變的考述，請參看張靜二：〈「壺中人」故事的演化從幻術說起〉，載於丁敏等著：《佛教與文學》（台北：法鼓文化，1998.12），頁 359。

〔註307〕《抱朴子》，頁 45。

〔註308〕《抱朴子》，頁 119～120。

神記》而作，侈談神仙與靈異變化之事。書中所開闢的仙館桃源、洞穴平衢的樂土理想世界，正是魏晉時人在海路茫茫、高山飄邈的蓬萊、昆侖仙島神境召喚下，以一步之遠的尋幽探秘，所複現的人間仙境：

> 嵩高山北有大穴……晉初，嘗有一人誤墜穴中，同輩冀其儻不死，投食於穴中。墜者得之，爲尋穴而行。計可十餘日，忽然見明。又有草屋，中有二人對坐圍棋。局下有一杯白飲，墜者告以飢渴，飲之，氣力十倍……棋者曰：「從此西行，有天井，其中多蛟龍。但投身入井，自當出。若餓，取井中物食。」墜者如言，半年許，乃出蜀中。歸洛下，問張華。華曰：「此仙館大夫，所飲者玉漿也，所食者龍穴石髓也。」〔註309〕

另外，《搜神後記》亦架設了一處隱沒於山巔溪流中的美麗桃花源境。〔註310〕與世隔絕的桃花源境，正是魏晉文人避政禍、求仙蹤與隱逸塵囂的理想世界投影。「不知有漢、無論魏晉」的不知歲月更年，人事流變，與「黃髮垂髫，并怡然自得」的柔心弱骨、仙家壽延，這是道家世界的理想極境，也是意想幻射的人間仙境。而〈穴中人世〉的開明朗然與不異世間的「穴中勝境」，不就是另一個人間桃源：

> 長沙醴陵縣有小水，有二人乘船取樵，見岸下土穴中水逐流出，深山中有人跡異之。一人便以笠自障，入穴。穴才容人，行數十步，便開明朗然，不異世間。〔註311〕

魯迅說：「晉以後人之造僞書，於註記殊方異物者每云張華，亦如言仙人神境者之好稱東方朔。華既通圖緯，又多覽方技書，能識災祥異物，故有博物洽聞之稱。」〔註312〕《搜神後記》所建造的「仙館玉漿」、「桃花源」的人間仙境，已形成當時文人構建「人間仙鄉」的基調，也是繼西方昆侖神山，與東方海上蓬壺、方壺一系列「壺中天地」等典型神鄉仙域的轉換。而「石囷中」的仙方靈藥，也成爲魏晉時人陳述洞穴仙境的另一場景：

> 南陽劉驎之，好遊山水，嘗采藥至衡山，深入忘返。見有一澗水，水南有二石囷，一閉一開。水深廣，不得渡。欲還，失道，遇伐弓人，問徑，僅得還家。或說囷中皆仙方靈藥及諸雜物。驎之欲更尋

〔註309〕《漢魏六朝筆記小說大觀》，頁443。
〔註310〕《漢魏六朝筆記小說大觀》，頁443～444。
〔註311〕《漢魏六朝筆記小說大觀》，頁444。
〔註312〕《中國小說史略》，頁81。

索，不復知處矣。〔註313〕

另外，宋樂史的《太平寰宇記·盧州》引晉時干寶《搜神記》的〈焦湖廟巫〉，由壺中天地再縮小爲枕中世界，其意想幻設的仙境，更爲詭怪靈異：

> 焦湖廟有一柏枕，或名玉枕，有小坼。時單父縣人楊林爲賈客，至廟祈求。廟巫謂曰：「君欲好婚否？」林曰：「幸甚。」巫即遣林近枕邊，因入坼中，遂見朱門瓊室，有趙太尉在其中，即嫁女與林，生六子，皆爲祕書郎。歷數十年，並無思鄉之志。忽如夢覺，猶在枕傍，林愴然久之。〔註314〕

枕坼中的仙境傳記，投射出干寶性好陰陽術數，闡發神道不誣，特寫靈異人物與神仙五行變化的思維；同時，這種枕坼入夢的「枕中記」談，也演述了人生如黃梁一夢的愴然感懷。干寶營造的枕中仙境，如實地從魏晉文士一連串合藥，訪蓬仙，遊蓬壺，入壺中的仙境寫本中獲得靈感，並且成爲唐、明傳奇與戲劇書寫仙境的摹本。

而劉敬叔《異苑·武溪石穴》的「穴中天地」，也以豁然開朗，桑果蔚然，行人翱翔爲仙境：

> 元嘉初，武溪蠻人射鹿，逐入石穴，才容人，蠻人入穴，見其旁有梯，因上梯，豁然開朗，桑果蔚然，行人翱翔，亦不以怪。此蠻于路斫樹爲記，其後茫然，无復仿彿。〔註315〕

劉敬叔穴中世界的仙幻造景，與武陵桃源的平疇朗然，同爲人間不再復尋、莫知所終的仙境方位。同時，在他穴中仙境的造景中，已吸納了先秦兩漢以來的「羽人飛天」的幻設，與仙家翱翔天際的神遊意想。劉義慶《幽明錄》對於「洞穴仙境」的形塑與增衍，更爲生動傳奇：

> 漢時，洛下有一洞穴，其深不測……此人顚墜恍惚，良久乃蘇。周皇覓路，仍得一穴，行數十里穴寬，亦有微明，遂得寬平廣遠之地。覺所踐如塵，而聞糠米香，啖之，芬芳過於充飢。所歷幽遠，里數難詳，□就明廣。食所齎盡，便入一都。郭郭修整，宮館壯麗，台榭房宇，悉以金魄爲飾，雖无日月，而明逾三光。人皆長三丈，被羽衣，奏奇樂，非世間所聞……便告哀求，長人語令前去，凡過者

〔註313〕《漢魏六朝筆記小説大觀》，頁 444。
〔註314〕〔宋〕樂史撰，王文楚等點校：《太平寰宇記》（北京：中華書局，2007.11），頁 2493。
〔註315〕《漢魏六朝筆記小説大觀》，頁 600。

九處……中庭一柏樹，近百圍，下有一羊，令跪捋羊鬚。初得一珠，
長人取之，次捋取而啖，即得療飢……隨穴而行，得出交郡。往返
六、七年間即歸洛。問張華，以所得二物視之。華云：「如塵者是黃
河下龍涎，泥是昆山下泥。九處地，仙名九館大夫。羊為癡龍，其
初一珠，食之與天地等壽，次者延年。」〔註316〕

漢時太山黃原，平旦開門，忽有一青犬在門外伏守……原紲犬，隨
鄰里獵，日垂夕，見一鹿，便放犬，犬行甚遠，原絕力逐終不及。
行數里，至一穴，入百餘步，忽有平衢，槐柳列植，行牆回匝。原
隨犬入門，列房櫳戶可有數十間，皆女子，姿容妍媚，衣裳鮮麗……
稱太真夫人。內有南向堂，堂前有池，池中有台，台四角有徑尺穴，
穴中有光映帷席。妙音容色婉妙，侍婢亦美。妙音道：「人神異道，
本非久勢」……四婢送出門，半日至家。情念恍惚，每至其期，常
見空中有軒車彷彿若飛。〔註317〕

稱道靈異而張皇鬼神的布景，與人神異道而幽明殊途的劇情，全都建基於洞
穴仙境之上。劉義慶與陶潛所書寫的「宮館壯麗，臺榭樓宇，悉以金飾」、「仙
館龍髓」，或是「穴中平衢明廣、光映帷席之姿容妍媚衣裳鮮麗的太真夫人」
與「九處仙館而食珠與天齊壽」的仙鄉傳奇，說明了魏晉時人在陸上建構的
凌空仙閣，與神仙顯世的人間勝境。

海上三神山上的瓊漿玉液與丹樓瓊宇的仙闕珠宮，也在魏晉六朝的小
說文本裡，被複現於現實世界的名山大澤中。王嘉《拾遺記・卷十》的〈洞
庭山〉既不見於《列子》海上五仙島，也不存在於葛洪《抱朴子・內篇》
金丹合藥的中國名山海島，然而卻融攝了海上蓬萊與神山昆侖的地景而呈
現：

洞庭山浮于水上，其下有金堂數百間，玉女居之，四時聞金石絲竹
之聲，徹於山頂。山又有靈洞，入中常如有燭于前。中有異香芬馥，
泉石明朗。采藥石之人入中，行數十里，迥然天清霞耀，花芳柳暗，
丹樓瓊宇，宮觀異常。見眾女，霓裳冰顏，豔質與世人殊別。飲以
瓊漿玉液，延入璇室，奏以蕭管絲桐……達舊鄉已見邑里人戶，各
非故鄉鄰，唯尋得九代孫。來邀問之邑里人戶，云：「遠祖入洞庭山

〔註316〕《漢魏六朝筆記小說大觀》，頁702。
〔註317〕《漢魏六朝筆記小說大觀》，頁699。

采藥不還，今經三百年也。〔註318〕

王嘉的洞庭仙山，已是天上數日而人間數世；人間與仙境的時空差界，令人興起「滄桑幾度」的慨嘆。這種時間似乎靜止的山中勝境，與武陵桃源的「不知有漢、無論魏晉」同屬時人的「避世」意想。劉義慶《幽明錄》裡的天台山，更是葛洪神仙齊聚的中國名山與遊仙窟，它同樣以天上數月而人間數百年的時空差界，構築它「遠俗避世」的仙境傳奇，與「親舊零落，邑屋改異，无復相識」的物換星移、面目全非而變遷無常的慨歎：

> 漢明帝永平五年，剡縣劉晨、阮肇共入天台山取谷皮，迷不得返……遙望山上一桃樹，啖數枚子實，而飢止體充……共沒水，逆流二三里，得度山出一大溪，溪邊有二女子，姿質絕妙……因邀還家。其家筒瓦屋，南壁及東壁下各有一大床，皆施絳羅帳，帳角懸鈴，金銀交錯……酒酣交樂，令人忘憂……遂停半年，然求歸甚苦……女子共送劉、阮，指示迷路。既出，親舊零落，邑屋改異，无復相識。
> 問訊得七世孫，傳聞上世入山，迷不得歸。〔註319〕

「傳聞上世入山，迷不得歸」，與秦皇、漢武之訪海島僊人、採不死之藥同樣陳述著入仙境而迷蹤，與終不可得的人世憾恨。此境只有天上有，人間尋來到白頭。入山半年而歸來，已是七世。這樣的世外仙境，僅管它只是「一步之遙」，不論是洞、穴、山、溪，或是原、衢、園、囷等幻設的神仙地境，都是魏晉六朝文人幻設與意想的樂土窗口。它們從「昆侖」、「蓬萊」、「方壺」、「一壺天地」的仙境譜系下增衍滋長，衍繹爲一種與仙島神山地景迥然不同範圍的「方壺勝境」、「穴中桃源」、「仙館洞穴」的理想天地，並且大量地滲入積澱于魏晉六朝的文學與志怪小說中。

有關魏晉南北朝帝王與文人對於蓬萊仙島的體現，或於皇家宮苑築山建島、疊山理水，以企慕構建俗世人間的仙山瓊閣；或於方丈之室與一壺天地的小園谷林，轉思不死仙境、移天縮地的隱逸審美，或於心靈神遊，以追慕仙蹤聖域。然而人境不必外求於神山仙島，皇苑小園亦足以抒發慕僊隱逸的神遊情懷。「蓬萊三山」的神話工程造景，在兩漢魏晉六朝不僅開闢出「海上仙境」的永恆代碼，甚至還原於帝王皇家園林的人間構築，體現對蓬萊仙境的永恆追求；同時它也衍繹爲一種與仙島地景迥然不同範圍的「方壺勝境」、

〔註318〕《漢魏六朝筆記小說大觀》，頁 563～564。
〔註319〕《漢魏六朝筆記小說大觀》，頁 697～698。

「世外桃源」、「仙館洞穴」的理想天地，進而成爲唐宋以迄明清小說文本中，奉爲圭臬的海上仙境與世外樂園的書寫譜系。

四、蓬萊仙系的方士傳說

先秦漢初濫觴發端的「蓬萊仙島」，在魏晉六朝而發枝散葉，一路孕育出中國小說文本上的海上仙島模本。這個蓬萊仙島的工程造境，由導源而構築、成型則有三層論述向度。其一，海上神仙與方士的群像營造故事，與仙道思想的傳播演化。其二，齊、燕特殊的濱海地貌，而引發海市蜃樓的幻影，進而爲方士道徒所利用與構築，傳述了海上蓬萊仙島的聖域地景。其三，海上仙境樂園型態性質的深化與神化，進而是現實地理空間的尋求還原與聖域轉變，及幻滅心靈的棲所重塑與複現。換言之，方士道徒洞悉了帝王對「不死長生」的希冀慕求，編造了一幕幕的「不死之道」，引生了「海上仙島」的造景，並在文人術士與道教徒的重重演繹增衍，加上燕、齊濱海幻景蜃樓的生成，以助長「海上仙島」的奇幻求索，進而盛求這股「海上仙島」的書寫圖象，並成爲唐宋元小說文本中的不輟符碼。

蓬萊仙境構築的內在要素在於「不死之道」的求索，而方士與神仙思想則是「不死之道」的主要推手。在燕、齊方士的神仙幻想與帝王不死之冀的企求結合下，架設出了蓬萊三島的仙境雛型。據聞一多的考證，六國、秦時傳播神仙說，及主持海上求仙運動的方士：韓爲侯生，趙有安期生，魏是石生，燕含宋毋忌、正伯僑、羨門高、元谷、聚穀、盧生六人，而齊有徐市、韓終二人。〔註320〕以下我們則進入《史記》的視景來觀察這些方士與海上三

〔註320〕《神話與詩》，頁 139。聞一多認爲：「神仙并不特別好海……他們後來與海發生關係，還是爲了那海上三山……總之，神仙思想是從西方來的。齊地的不死思想并沒有直接產生神仙思想。因此，海與神仙并無因果關係，三山與神仙只是偶然的結合而已。」換言之，聞一多認爲海上三神山的蓬萊仙境的產生，並非燕齊濱海之海市蜃景引起，也非方士思想的主導。中國不死的神仙思想產生於西方昆侖山，東方海上蓬萊仙境的誕生，只是與燕齊海國的偶然結合。又言：「六朝秦時傳播神仙學說，與主持求仙運動的方士：韓、趙、魏各一人，燕六人、齊二人。」聞一多在此文註十三旁徵博引、引經據典，洋洋灑灑以千字考證方士國別與姓名。（頁 149～152）而余英時《東漢生死觀》，頁 30～36 亦云：「求仙的起源，現代學者有兩派看法：一爲純屬本土的產物，二爲外來的觀念影響下而產生……戰國末期出現的新的不朽就是要做爲神仙離開此世，而非作爲人永存於世……先秦時期各國諸侯尋求不死之藥以延年益壽蔚爲風氣……西元前 219 年，秦統一天下後兩年，燕齊濱海地區

神山仙境的發展動態：

> 齊人徐市等上書，言海中有三神山……於是遣徐市發童男女數千
> 人，入海求僊人……使燕人盧生求羨門、高誓……使韓終、侯公、
> 石生求仙人不死……燕人盧生，使入海還，以鬼神事，因奏錄圖書
> 曰：「亡秦者胡也」……侯生與盧生相與謀曰：「始皇……貪於權勢
> 至如此，未可爲求仙藥，於是乃亡去」……方士徐市等入海求神
> 藥，數歲不得，費多，恐譴。乃詐曰：「蓬萊藥可得，然常爲大鮫
> 魚所苦，故不得至。願請善射與俱，見則以連弩射之。」始皇夢以
> 海神戰，如人狀，問占夢博士……有此惡神，當除去，而善神可
> 致。〔註321〕

> 始皇東遊海上，行禮祠名山大川及八神，求僊人羨門之屬……自齊
> 威、宣之時，騶子之徒，論著終始五德之運……而宋毋忌、正伯僑、
> 充尚、羨門高、最後皆燕人，爲方僊道。〔註322〕

先秦方士與仙人的群像在海上三神山的傳布動態上，當以對齊人徐市（福）
的書寫活動最爲後世津津樂道。「始皇夢以海神戰」與「率童男女三千入海求
藥」都成爲後世小說文本的載體。羨門、高誓、韓眾（終）的仙系形成，應
與其本身都是燕、齊方士，而且精通黃老哲學，在漢武帝時期被燕、齊方士
集體打造而成蓬萊系統的「僊人」〔註323〕。桓寬《鹽鐵論》與谷永所寫，應

的方士聚集秦宮廷，爲皇帝到海上求『不死藥』……我們顯然必須從渴望傳
統的世間長壽或不死的角度去理解秦始皇的求仙……皇帝求仙熱情得升溫促
進了仙作爲一種信仰與一種觀念的普及與轉化，到了漢武帝，這種信仰迅速
的發展……燕、齊方士爭先恐後的放言自己擁有不死秘方，能與仙交通。」
聞、余二氏的看法，基本上都肯定「不死之道（藥）」的求索，是爲「海上三
神山」誕生的起源，而燕、齊方士扮演的蠱惑與催化角色也不無影響。

〔註321〕《史記會注考證·秦始皇本紀》，頁121～127。

〔註322〕《史記會注考證·封禪書》，頁501～502。

〔註323〕《楚辭注八種·遠遊》，頁97云：「羨往世之登仙，羨韓眾之得一。」而〔宋〕
洪興祖《楚辭補注》云：「《列仙傳》齊人韓終，爲王採藥，王不肯服，終自
服之，遂得仙也。」而宋玉《文選·高唐賦》，頁272云：「有方之士羨門高
谿。」李善《注》云：「《史記》曰：『秦始皇使燕人盧生求羨門、高誓。』谿
疑是誓字。」另外《漢書·郊祀志》與《史記·封禪書》皆曰：「始皇東遊海
上，求僊人羨門之屬……宋毋忌、正伯橋、元尚、羨門高、最後皆燕人。爲
方僊道，形解銷化，依於鬼神之事。騶衍以陰陽主運顯於諸侯，而燕、齊海
上之方士，傳其術不能通。則怪迂阿諛苟合之徒自此興，不可勝數。」（《漢
書·郊祀志》，頁1202～1203。）怪迂阿諛苟合之徒的方士齊聚宮闈，托言

該更可以了解當時方士如何衍繹一套騶子陰陽方術之學，與「造僊」的運動，並且繪聲繪影地煽動始皇的求僊歷程。

> 及秦始皇覽怪迂，信機祥，使盧生求羨門高，徐市等入海求不死之藥。當此之時，燕、齊之士釋鋤耒，爭言神仙方士，於是趣咸陽者以千數，言仙人食金飲珠，然後壽與天地相保。於是數巡狩五嶽、濱海之館，以求神仙蓬萊之屬。〔註324〕

> 秦始皇初並天下，甘心於神仙之道，遣徐福、韓終之屬，多童男童女入海求神采藥，因逃不還，天下怨恨。〔註325〕

《始皇本紀》所載徐福入海求神采藥及連弩射之蛟魚，與「秦皇夢與海神戰」的情節，在《淮南衡山王列傳》融合而爲完整的劇本：

> 使徐福入海求神異物……秦皇帝大説，遣振男女三千人，資之五穀種種百工而行。徐福得平原廣澤，止王不來。〔註326〕

從徐福入海求仙，到達「平原廣澤」，與止王不來，完整的傳述徐福的行蹤。問題是：率童男女與百穀百工的龐然船隊入海采藥求仙，固然令後世傳誦不已，然而徐福因畏罪潛逃的登陸地點是否就是蓬萊三神山？無疑地更給後世文本留下仙境想像的無限空間，與地理還原的書寫假設。首先，我們先從官方的史書記載來搜尋，然後再從類書、行記及小說文本來解讀。班固的《漢書・伍被傳》云：「使徐福入海求仙藥，多齎珍寶，童男女三千人，五種百工而行。徐福得平原大澤，止王不來。於是百姓悲痛愁思，欲爲亂者十室而六」〔註327〕，這種說法則踵繼司馬遷。范曄的《後漢書・東夷傳・倭》是官方言論的首先發難者，它試圖來解開徐福求仙之旅的地點謎團：

> 會稽海外有東鯷人，分爲二十餘國，又有夷洲及澶洲。傳言秦始皇遣方士徐福，將童男女數千人入海，爲蓬萊神仙不得。徐福畏誅不敢還，遂止此洲，世世相承，有數萬家。人民時至會稽市。會稽東

　　不死藥與蓬萊仙，以言誘帝王。韓終、羨門、高誓，甚至是後來的安期生，
　　都是漢時燕、齊方士假託其同流，而集體打造出來的「蓬萊仙系」。

〔註324〕《鹽鐵論》，頁278。

〔註325〕《漢書》，頁1260。

〔註326〕見《史記會注考證・淮南衡山列傳》，頁1270。本段文述亦見《漢書・蒯伍江息夫傳・伍被》：「……徐福得平原廣澤，止王不來。於是百姓悲痛愁思，欲爲亂者十室而六。」（《漢書》，頁2171。）

〔註327〕《漢書・卷四十五》，頁2171。

治縣人有入海行遭風，流移至澶洲者。〔註328〕

范曄指出徐福求仙船隊所謂「平原廣澤，止王不來」的落腳地爲澶洲，洲島
上數萬人家，而且交通絕遠，不可往來。《三國志・吳書・吳主傳》也將徐福
訪仙不返的最後落腳處，定位在亶洲：

> 遣將軍衛溫、諸葛直將甲士萬人浮海求夷洲及亶洲。亶洲在海中，
> 長老傳言秦始皇帝遣方士徐福將童男童女數千人入海，求蓬萊神仙
> 及仙藥，止此洲不還。〔註329〕

徐福入海求仙的最後所終，在《北史・列傳・倭》〔註330〕的官書記載上更以
「又東至秦王國，其人同於華夏，以爲夷洲，疑不能明也」，彷彿是「一衣帶
水」的游移方位。徐福率童男女數千於海上求仙求藥的僞辭奇舉，卻成爲後
世追蹤探迷的腳本。我們可以說方士創構的蓬萊仙境，竟奇妙的演變成海上
島嶼地圖的迷離溯求，〔註331〕留給後世更多的解迷話題。《舊唐書》的《本紀
太宗》、《本紀宣宗》、《列傳第一百二十一・裴潾》均載秦皇漢武時徐福、少

〔註328〕 《後漢書》，頁2822有（唐）李賢注引（東吳）沈瑩《臨海水土志》曰：「夷
　　　　洲在臨海東南，去郡（案：會稽）二千里，土地无霜雪，草木不死，四面是
　　　　山谿，人皆髡髮穿耳，女人不穿耳。土地饒沃，既生五穀，又多魚肉。此夷
　　　　舅姑子婦，臥息共一大床，略不相避。地有銅鐵，唯用鹿格爲矛……取生魚
　　　　肉，以鹽鹵之，歷月餘日仍啖食，以爲上肴也。」

〔註329〕 《三國志・吳書》，頁1136。

〔註330〕 《北史・倭傳》有一段（唐）李延壽對「夷洲」不敢斷明的陳述：「明年（大
　　　　業四年），上遣文林郎裴世清使倭國，度百濟，行至竹島，南望耽羅國，經都
　　　　斯麻國，迥在大海中。又東至一支國，又至竹斯國。又東至秦王國，其人同
　　　　於華夏，以爲夷洲，疑不能明也。又經十餘國，達於海岸。」可見李延壽對
　　　　於陳壽的《三國志・吳書》所云：「得夷洲數千人」的載述，採取半信半疑的
　　　　態度。換言之，徐福海上東渡求藥確有其事，至於尋仙船隊最後登陸的洲島，
　　　　也只能在勃海以東的東海海域上的島嶼中，難以眞正考證出司馬遷所留下的
　　　　「平原廣澤、止王不來」，一個迷離的海上方位。

〔註331〕 《中國先民海外大探險之謎》，頁58言：「中國先民以方士爲先驅，至遠在秦
　　　　始皇或漢武帝時代就已經對東海及太平洋作了全面的探察，并各有具體命
　　　　名……有蓬萊（泛指日本，具體則指紀伊半島）、方丈（一般認爲指朝鮮半島
　　　　以南中之耽島，今名濟州島。筆者認爲是指日本『四國』地方）、瀛洲（即古
　　　　流求，今衝繩本島）三神山。」鞠德源提出的一套科學解釋，最終在於論證
　　　　燕、齊、秦、漢海上方士探險隊到東海海域內周邊洲島海山的地理大探察。
　　　　他以《説文》、《山海經》、《博物志》、《海內十洲記》、《拾遺記》等書，輔以
　　　　現今地理學上的經緯度、海洋學之洋流、黑潮變化之科學理論，從而建構起
　　　　方士的海上探險，並且大膽預設先民探險足跡已到達太平洋彼岸的國家與島
　　　　嶼。

翁、欒大等方士求仙不死的效應，如何在這些帝王重新燃起：

> 上謂侍臣曰：「神仙事本虛妄，秦始皇非分愛好，遂為方士所詐，遣
> 童男女數千人隨徐福入海求仙藥，方士避秦苛虐，因留不歸。始皇
> 猶海側踟躕以待之……漢武帝為求仙，乃將女嫁道術人……神仙不
> 煩妄求。」尚書左僕射、宋國公蕭瑀坐事免。〔註332〕

> 朕以萬機事繁，躬親庶務，訪聞羅浮山處士軒轅集，善能攝生，延
> 年益壽，乃遣使迎之……每觀前史，見秦皇、漢武為方士所惑……
> 雖少翁、欒大復生，不能相惑。如聞軒轅生高士，欲與之一言矣。
>
> 〔註333〕

> 憲宗季年銳於服餌，詔天下搜訪奇士，流聞於外。灞上疏諫曰：「……
> 秦、漢之君皆信方士，如盧生、徐福、欒大，其後皆姦偽事發，其
> 藥竟無所成……」疏奏忤旨，貶為江陵令。〔註334〕

唐朝帝王雖深信徐福海上求藥為方士之惑，然而攝生益壽、飛鍊為神的冀
求，卻始終是至死不悔。徐福最後畏罪逃禍，到達的「廣澤平原，止王不來」
的恍惚不明的歷史方位，成為李世民「避秦苛虐，因留不歸」的救贖難題。
〔註335〕五代宋朝以後的官書幾乎不再談論徐福的歷史蹤影，轉而在私人類書
及小說中漫衍迷離的求仙情節。

司馬遷所說秦始皇求仙夢與海神戰，及徐福偽奏獻與海神童男童女三千
東渡的敘述，在魏晉六朝的筆記小說繼續其神話般的演述。《海內十洲記》
云：

> 祖洲近在東海之中，上有不死之草，人已死三日者，以草覆之，皆
> 當時活也，服之令人長生。昔秦始皇大苑中，多枉死者橫道，有鳥
> 如鳧狀，銜此草覆死人面，當時起坐而自活也。有司聞奏……始皇
> 於是慨然言曰：「可采得否？乃使使者徐福發童男童女五百人，率攝

〔註332〕《舊唐書》，頁33。
〔註333〕《舊唐書》，頁640。
〔註334〕《舊唐書》，頁4446～4448。
〔註335〕《史記會注考證‧秦始皇本紀》，頁121云：「遣徐市發童男女數千人入海求
　　　　僊人。」（唐）張守節《史記正義》云：「《括地志》云：『亶洲在東海中，秦
　　　　始皇使徐福將童男女入海求仙人正在此洲，共數萬家。至今洲上人有至會稽
　　　　市易者。』吳人外國圖云：『亶洲去琅邪萬里。』」唐代文士注解《史記》有
　　　　關徐福最終尋藥的地點，依然以《三國志》的論點為主。

樓船等入海尋祖洲，遂不反。福，道士也。」〔註336〕

魏晉道教徒之好事者，將徐福海外求仙采藥的地點，轉變成是東海之中的祖洲。採得不死之藥卻不是給始皇服食，而是爲了醫治秦宮大苑的橫道枉死者。徐福這次肩負的使命，顯然是始皇宮苑園的疾病難題，在鬼谷先生的指示下派任徐福出海。三千童男女的龐大船隊，也縮編爲五百人，唯一沒有更動的結局是：「遂不反」。至於始皇與海神的關係演述，南朝殷芸（471～529）在其含括志怪、清言與軼事的創作品《小說》中，有兩段「海神鞭石而血流；帝神相會而橋崩」的神幻且恢諧詭怪的劇情：

> 始皇作石橋，欲過海觀日出處。時有神人能驅石下海，石去不速，神人則鞭之，皆流血，至今悉赤。陽城十一山石盡起東傾，如相隨狀，至今猶爾。

> 秦皇于海中作石橋，或云：非人功所建，海神爲之豎柱。始皇感其惠，乃通敬于神，求與相見。神云：「我形醜，約莫圖我形，當與帝會。」始皇乃從石橋入海三十里，與神人相見。左右巧者潛以腳畫神形。神怒。〔註337〕

始皇東巡求仙和遇海神的故事演化，說明了六朝對於海神神人形貌的不可現世，與性格上的喜怒愛憎。它符合《史記》夢與海神戰的「惡神」情節、並將「秦王之禮薄」的性情以「左右巧者潛以腳畫神形」的失信，以彰顯始皇的巧詐苛虐。殷芸經營的這段帝神交通，也反映出六朝「志怪齊諧」的小說基調。宋李昉《太平廣記・卷四・神仙徐福》集述串聯了南朝梁殷芸與五代蜀國道士杜光庭《仙傳拾遺・卷三・徐福》的徐福軼事。杜光庭荒誕不經的杜撰模式，將徐福生命不死的時空跨界到唐朝的玄宗時期：

> 又唐開元中，有士人患半身枯黑，御醫張尚容等不能知。其人聚族言曰：「形體如是，寧可久耶？」聞大海中有神僊，正當求僊方，可愈此疾。宗族留之不可，因與侍者齎糧至登洲大海側，遇空舟，乃實所攜，掛帆隨風，可行十餘日，近一孤島，島上有數百人，岸側有婦人洗藥，因問彼皆何者？婦人指云：「中心坐，鬚鬢白者，徐君也。」又問徐君是誰？婦人云：「君知秦始皇時徐福耶？」曰：「知之。」曰：「此則是也。」士人登岸致謁，具語始末，求其醫理。徐

〔註336〕《漢魏六朝筆記小說大觀》，頁 64～65。
〔註337〕《漢魏六朝筆記小說大觀》，頁 1016。

君曰：「汝之疾，遇我即生。」初以羹飯哺之……士人連啖之，連數甌物，至飽而竭，盛酒飲之至醉。翌日，以黑藥數丸與食。食訖，痢黑之數斗，其疾乃愈。士人求往奉事，徐君云：「爾有祿位，未宜即留，當以東風相送，毋愁歸路遠也。」復與黃藥一袋，云：「此藥善治一切病，還遇疾者，可以刀圭飲之。」士人還，數日至登洲，以藥奏聞，時玄宗令有疾者服之，皆愈。〔註338〕

《太平廣記》將徐福去祖洲采藥草不返，後不知所之的不明蹤影，以其後來得道升仙爲結局，這是遵循道教徒冊封仙籍，納入編制體系的一貫書寫手法。蜀杜光庭《仙傳拾遺》杜撰徐福醫病給藥的方式，也都是仙道方士者提煉丹丸、可治百病的書寫圖象。小說中將徐福由方士到神仙進而長壽不死、不知所終的戲言，不僅成爲後世文學中的飄然遠影，更與官書、類書試圖還原追尋平原廣澤，止王不來的去處，形成極其有趣的「荒島仙蹤」的各自表述。

五代後周僧人義楚所著的《義楚六帖》，明言與中國一衣帶水的倭國日本，是徐福尋找海上三神山的落腳終點。《太平御覽·卷七八二》則又將倭國移置於其屬海域上的紵嶼島國：

《外國記》曰::「周詳泛海，落紵嶼，上多紵，有三千餘家。云是徐福僮男之後，風俗似吳人。」〔註339〕

《太平御覽》指述徐福僮男們落戶於紵嶼島，有三千餘家，風俗近似吳人。晉葛洪《抱朴子內篇·金丹》與《神仙傳》則有對紵（芋）嶼島的地理方位有兩段仙話的描述：

海中大島嶼亦可合藥。若會稽之東翁洲、亶洲、紵嶼，及徐州之莘莒洲、泰光洲、鬱洲，皆其次也。

陳長者，在芋嶼山六百年。每四時設祭，亦不飲食，人有病者，與祭水飲之，皆愈也。紵嶼山上，累世相承事之……紵嶼在東海中，吳中周詳者，誤到其上，留三年乃得還，具說之如此：「紵嶼其山，地方圓千里。上有千餘家，有五穀成熟。莫知其年紀，風俗與吳同。」〔註340〕

〔註338〕《太平廣記·卷第四》，頁26～27。
〔註339〕《太平御覽》，頁3597。
〔註340〕《神仙傳》，頁194～195。

葛洪的亶洲、紵嶼都在會稽的東方海域上,是吳人周詳口述的誤入桃花源,亦是道教徒作金液神丹合藥的海島佳處。雖然葛洪的仙境色彩濃厚,與范曄及陳壽在推測的立足點上不同,然而直指會稽東海域上的華風之地亶洲及其附島紵嶼,卻都是不謀而合的方位定論。南宋李石(?~1181)取張華《博物志》仿而撰《續博物志》典故筆記,其書《卷九》記述:「蓬萊山,使高麗者望之甚遠,前後下峭拔可愛,其島屬昌國縣,其上平廣,可種蒔,島人云:『蓬萊三仙山』,越弱水三萬里。」〔註341〕李石載記「蓬萊三仙山屬昌國縣島」、「地平,可種蒔」的說法,應該也是指述蓬萊三仙島在東海海域上的「平原廣澤,止王不來」的華人文化活動區域帶上。

　　唐宋以後的徐福蹤影,又回到義楚所述那一衣帶水的日本倭國。宋歐陽永叔的《日本刀歌》云:「傳聞其國居大島,土壤沃饒風俗好,其先徐福詐秦民,采藥淹留並童老。百工五種與之居,至今器玩皆精巧。徐服行時書未焚,逸書百篇今尚存」〔註342〕,可見歐陽脩對徐福到達日本,做了完全肯定的描述。隋、唐、宋的史書與類書中的徐福蹤影,在追隨《史記》圖繪的徐福入海尋島求仙的傳奇後,大抵都以東海海域上的亶洲、夷洲之「秦王國」為迷團的答案。〔註343〕它與小說中對於「蓬萊仙境」的美麗傳說,其實都匯聚了先民對於「海外樂園」的集體想像。在這波尋仙的歷史浪潮裡,那理想的世

〔註341〕上海師範大學古籍整理研究所編:《全宋筆記》(鄭州:大象出版社,2008.9),頁211。

〔註342〕《日知錄集釋》,頁123~124。

〔註343〕關於徐福東渡的最後地點的討論,史學界從徐福為何選擇入海求仙的管道來考索最後的落腳之處有日本、韓國、美洲等處。其中更令我們驚奇者是臺灣者彭雙松與香港學者衛挺生均從徐福即是日本神武天皇與徐福建國日本的主張角度。而其他學者也由求仙藥說、尋根說(找尋秦皇的嬴氏祖先)、逃禍說、宣揚國威說,甚至是移民說等各種角度,引經據典、旁涉外籍與費盡心思地勾勒海上三神山的實際方位。近代學者方家做出徐福東渡地點的考察俯拾皆是,而且成果令人感佩。可參考李岩:〈三神山及徐福東渡傳說新探〉,《中央民族大學學報·哲社版》,第27卷第3期,2000年,頁77~84;周永河:〈徐福:事實與傳說的歷史〉,《青島海洋大學學報·社科版》,第4期,2002年,頁85~86;康群:〈仙·方士·三神仙〉,《河北社會科學論壇》,第1期,1995年,頁36~37。專書有鞠德源:《中國先民海外大探險之謎》、朱亞非:《徐福志》(青島:中國海洋大學出版社,2007年)、張良群主編:《中外徐福研究》(北京:中國科學技術大學出版社,2007年)、彭安玉等主編:《中國地理大發現》(台北:究竟出版社,2004年)等書。而本文對於蓬萊仙境的現實還原,著重在於它與蓬萊仙境所構築的海外烏托邦世界的文學成分書寫。

界永遠不會被現實的方位所取代，而世世代代的承遞這不朽、不死的仙境傳奇。李白《古風‧其三》與白居易《海漫漫》可以說是對始皇迷信方士，受惑於徐福海上神幻三島追尋的歷史總結：

> 尚採不死藥，茫然使心哀。連弩射海魚，長鯨正崔嵬，額鼻像五岳，揚波噴魚雷。鬐鬣蔽青天，何由睹蓬萊。徐市載秦女，樓船幾時回〔註344〕？

> 海漫漫，海漫漫……人傳中有三神山。山上多生不死藥，服之羽化爲天仙。秦皇漢武信此語，方士年年采藥去。蓬萊今古但聞名，烟水茫茫無覓處……眼穿不見蓬萊島。不見蓬萊不敢歸，童男髫女舟中老。徐福文成多誑誕，上元太一虛祈禱。

對於史書與類書中有關徐福到海上三神山採藥尋儒的地點考述，或是小說中徐福與方士飄然遠引的仙影傳奇幻怪，始終都是中國小說史上書寫的最佳題材話本。這股「海上蓬萊仙境」的傳說遞嬗，至始都是籠罩上一層輕柔而又神秘的面紗。

另外，秦皇時期的方士韓終，在史籍與仙傳小說傳奇裡更有其神秘的樣貌傳述。王嘉的《拾遺記‧卷五‧前漢上》裡的韓終丹法，與「東海神使」的韓稚，無非都在渲染仙道，人仙合體，荒誕而夸言的道教丹法，與海外奇幻的仙境寫景：

> 子嬰寢于望夷之宮，夜夢有人身長十丈，鬢鬢絕青，納玉舄而乘丹車，駕朱馬而至宮門……子嬰翌日乃起，則疑趙高，囚高于咸陽獄，懸于井中，七日不死；更以鑊煮湯，七日不沸，乃戮之。嬰問獄吏曰：「高其神乎？」吏曰：「初囚高之時，見高懷有一青丸，大如雀卵。時方士說云：『趙高先世受韓終丹法，冬月坐于堅冰，夏日臥于爐上，不覺寒熱。』」及高死，子嬰棄高尸于九達之路，泣送者千家。〔註345〕

> 孝惠帝二年，時有道士，姓韓名稚，則韓終之胤也。越海而來，云是「東海神使」，聞聖德洽乎區寧，故悅服而來廷。時有東極，出扶桑之外，有泥離之國來朝。其人長四尺，兩角如茧，牙出于唇，自

〔註344〕《李白集校注》，頁97。
〔註345〕《漢魏六朝筆記小說大觀》，頁521。

乳以來，有靈毛自蔽，居于深穴，其壽不可測也。帝云：「方士韓稚
解絕國人言，令問人壽幾何？經見幾代之事？」答曰：「五運相承，
迭生迭死，如飛塵細雨，存歿不可論算。」……帝曰：「悠哉杳昧，
非通神答禮者，難可語乎！斯遠矣。」稚于斯而退，莫知其所之。
帝使諸方士立仙壇于長安城北，名曰：「禱韓館。」〔註346〕

有關海外仙山異國與方士的網絡，在此提到韓終之胤，而有關韓終與其後成
爲道家仙人的書寫載體，最早見於《楚辭・天問》：

聞赤松之清塵兮，願承風乎遺則。貴眞人之休德兮，美往世之登
仙，與化去而不見兮，名聲著而日延。奇傳說之託辰星兮，羨韓眾
之得一。

王逸《注》語：「喻古先聖獲道純也。眾一作終。」〔註347〕在《楚辭・七諫・
自悲》則說：

見韓眾而宿之兮，問天道之所在。

王逸的詮解是：「韓眾，仙人也。天道，長生之道也。」那麼韓眾（終）在王
逸的解說範疇裡應是得純道的方士，其後得長生之道的仙人。宋洪興祖《補
注》也引：「《列仙傳》：『齊人韓終爲王採藥，王不肯服，終自服之，遂得仙
也』」，則方士韓終，爲秦王到海上仙山采藥，後自服以成仙。韓終爲方士的
身分，始皇命以海外采不死之藥，載之於《史記・秦始皇本紀》與《漢書・
郊祀志》：

使燕人盧生求羨門高誓……因使韓終、侯公、石生求仙人不死之藥，
始皇巡北邊，從上郡入。燕人盧生，使入海還，以鬼神事，因奏錄
圖書曰：「亡秦者胡也。」〔註348〕

秦始皇初并天下，甘心于神僊之道，遣徐福、韓終之屬多齎童男童
女入海求神采藥，因逃不還，天下怨恨。〔註349〕

《後漢書・張衡列傳》亦云：

咨妬嫮之難並兮，想依韓以流亡，恐漸冉而無成兮，留則蔽而不章。

顏師古《注》語：「韓謂齊仙人韓終也。爲王採藥，王不肯服，終自服之，遂

〔註346〕《漢魏六朝筆記小說大觀》，頁524。
〔註347〕《楚辭注八種》，頁97。
〔註348〕《史記會注考證》，頁122。
〔註349〕《漢書・卷二十五》，頁1260。

得仙也。流亡，謂流遁亡去也。」范曄也是引述齊方士韓終奉始皇命，入海求仙以采不死之藥。後還，恐秦帝責罪，而流遁亡去，終得道成仙。與韓終同爲入海求仙的盧生（敖），也是選擇「亡去」：

> 盧生相與謀曰：「始皇爲人剛戾自用……貪於權勢至如此，未可爲求仙藥，於是乃亡去……始皇聞亡，乃大怒曰：「吾前收天下書……悉召文學方士甚衆，方士欲練以求奇藥，今聞韓衆去不報……盧生等吾尊賜甚厚，今乃誹謗我。」〔註350〕

始皇的大怒，顯示當時如盧生、韓終、侯公、石生等方士入海採藥不還，而中途亡去不告。逮至西漢武帝以後，韓終、盧敖等燕、齊海上方士才流傳爲得道仙人。《淮南子·道應訓》云：

> 盧敖游乎北海，經乎太陰，入乎玄闕，至於蒙穀之上，見一士焉，深目而玄鬢……軒軒然方迎風而舞。盧敖與之語曰：「唯敖爲背群離黨，窮觀於六合之外，周行四極，唯北陰之未窺，子殆可與敖爲友乎？」士笑曰：「嘻！子中州之民，寧肯遠而至此……若我南游忽岡良之野，北息乎沉墨之鄉，西窮窅冥之黨，東關鴻濛之光，此其下無地而上無天，其外猶有汰沃之汜……」若士舉臂而竦身，遂入雲中。〔註351〕

高誘《注》語：「盧敖，燕人。秦始皇乃以爲博士，使求神仙，亡而不返也。」盧敖與韓終均爲秦皇方士，《淮南子》言敖已羽化漫游北海蒙穀天際，韓終亦有可能在漢武時期已升格爲仙人，並爲王逸、張衡所引述注解。班彪《覽海賦》也說：

> 松、喬坐于東序，王母處于西箱。命韓衆與岐伯，講神篇而校靈章。
>
> 願結旅而自托，因離世而高遊。〔註352〕

班彪把赤松子、王子喬與韓終、岐伯並列爲仙人，可見當時韓終爲仙已傳誦多時。逮至魏晉，詩文小說則大量的歌詠蓬萊仙山采藥，凌太虛的仙人韓衆（終）與王子喬。曹植〈仙人篇〉的「韓終與王喬，要我于天衢。萬里不足步，輕舉凌太虛」〔註353〕、陸機〈前緩聲歌〉的「遊仙聚靈族，高會層城阿。

〔註350〕 《史記會注考證》，頁125。
〔註351〕 《淮南子·道應訓》，頁355～356。而葛洪則以盧敖所遇士人爲古之神仙若士，詳見《神仙傳》，頁6～7。
〔註352〕 《全後漢文·卷二十三》，頁228。
〔註353〕 《先秦漢魏晉南北朝詩》，頁434。

長風萬里舉，慶雲鬱嵯峨。宓妃興洛浦，王韓起太華」〔註354〕、吳均的〈采藥大布山詩〉：「韓眾及王子，何世無仙才。安期儻欲顧，相見在蓬萊」〔註355〕、劉孝勝〈升天行〉：「欲訪青雲侶，正遇丹丘人。少翁俱仕漢，韓終苦入秦。汾陰觀化鼎，瀛洲宴羽人」〔註356〕及王褒〈和從弟祐山家詩兩首·其一〉：「仙童時可遇，羽客屢相逢。若值韓眾藥，當御長房龍。」〔註357〕而《抱朴子》也有一段有關仙人八公中之韓終服藥作丹以成仙的傳奇：

> 昔仙人八公各服一物，以得陸仙各數百年，乃合神丹金液而昇太清耳。韓終服菖蒲十三年，身生毛，日視書萬言皆誦之，冬袒不寒。
> 〔註358〕

在郭憲以寫長生得道，洞達幽冥之境的《漢武帝別國洞冥記》，其卷中亦有韓終「爲仙餌李」的說法：

> 琳國去長安九千里，生玉葉李，色如碧玉，數十年一熟，味酸。昔韓終常餌此李，因名「韓終李。」〔註359〕

而王嘉《拾遺記》也提到「韓終采藥，群仙餌棗」的傳說：

> 閬河之北，有紫桂成林，其實如棗，群仙餌焉。韓終采藥四言詩曰：
> 「閬河之桂，實大如棗。得而食之，後天而老。」〔註360〕

上文言韓終修仙丹法，終爲蓬萊仙人。《魏書·釋老志》更直接點名韓終爲當世的得道仙者：

> 牧土（老君之玄孫，漢武之世得道）之來，赤松、王喬之倫，及韓終、張安世、劉根、張陵，近世仙者，並爲翼從。牧土命謙之爲子，與群仙結爲徒友。〔註361〕

我們再看漢武帝時期有關海上三神山的方士神仙群像的書寫：

> 是時李少君亦以祠竈穀道、卻老方見上……曰海上蓬萊僊者可見，見之以封禪則不死，黃帝是也。嘗遊海上，見安期生，食臣棗，大

〔註354〕《先秦漢魏晉南北朝詩》，頁664。

〔註355〕《先秦漢魏晉南北朝詩》，頁1739。

〔註356〕《先秦漢魏晉南北朝詩》，頁2063。

〔註357〕《先秦漢魏晉南北朝詩》，頁2338。

〔註358〕《抱朴子》，頁292。同樣以食菖蒲根而不老不飢，傳世見之而三百餘年者，有商丘子胥。詳見《列仙傳》。（《列仙傳校箋》，頁140。）

〔註359〕《漢魏六朝筆記小說大觀》，頁128。

〔註360〕《漢魏六朝筆記小說大觀》，頁497。

〔註361〕《魏書·卷一百一十四》，頁3052。

> 如瓜。安期生僲者,通蓬萊中……使黃錘、史寬舒求蓬萊安期生……
> 少翁以方術蓋夜致王夫人及竈鬼之貌……樂大多方略,言往來海
> 中,見安期生、羡門之屬,不死之藥可得,僲人可致……公孫卿言
> 黃帝僲登於天,申公齊人,與安期生通,受黃帝言……龍垂胡髯,
> 下迎黃帝。黃帝上騎,群臣後宮從上者七十餘人……見神人東萊山,
> 僲人可見,僲人好樓居〔註362〕。

武帝時期,方士道徒裝神弄鬼的奇技煽動力更勝於秦皇,甚至到東漢谷永也
有一段對漢武方士努力求仙圖象的載述:

> 漢興,新垣平,齊人少翁、公孫卿、樂大等,皆以仙人、黃治、祭
> 祠、事鬼物,入海求仙采藥貴幸,賞賜累千金。大尤尊盛,至妻公
> 主,爵位重余,震動海內。元鼎、元封之際,燕、齊之間,方士瞋
> 目扼,言有神仙祭祀致福之術者以萬數。〔註363〕

其中以方士李少君的「安期生食棗如瓜」、少翁的「致王夫人及竈鬼之貌」與
公孫卿的「黃帝升仙乘龍」的神怪故事流傳較廣。然而在魏晉以迄唐宋,與
「蓬萊仙系」相關涉的小說文本中,則以李少翁、安期生〔註364〕與黃帝的神
僲傳奇最受青睞與矚目,而安期生之成為蓬萊仙島的指標性僲人,正如謝靈

〔註362〕 《史記會注考證》,頁507～512。

〔註363〕 《漢書》,頁1260。

〔註364〕 聞一多:《神仙考》,以安期生為先秦六國時之趙國方士。在《史記》的《樂
毅列傳》、《田列傳》則說「河上丈人教安期生,安期生教毛翕公,毛翕公教
樂瑕公,樂瑕公教樂臣公,樂臣公教蓋公,蓋公教於齊高密膠西,為曹相國
師。(《史記會注考證》,頁989。)、「蒯通善為長短說,論戰國之權變……
通善齊人安期生。安期生常干項羽,項羽不能用其筴。已而項羽欲封此兩
人,終不肯受,亡去。」(《史記會注考證》,頁1083。)據錢穆:《先秦諸子
繫年》(台北:東大圖書公司,1990年),頁225～226,「安期生與樂巨公同
時,何渠為蓋公四傳之師哉?……而武帝想望以為海上真僲,欲圖一面而不
可得矣。當時言黃老者,固引神僲同流,故曰:『安期生師河上丈人……』」。
《太平御覽‧逸民十》云:「河上公也謂之丈人,隱德無言。安丘先生等從之
修其黃老業。」(頁2450。) 又云:「《道學傳》云:『樂鉅公宋人,獨好黃老
恬靜,不慕榮貴,號曰安丘丈人。』」則安丘即是安期生。余英時:《東漢生
死觀》亦說:「西元前二三世紀出名的安期生,最初以黃老道的早期領袖之
一而聞名。在漢武帝時期被齊地方士打扮成『仙』。他自己就是齊地的方
士,同時精於黃老哲學。武帝宮廷中的齊地方士對黃帝由傳說的聖王轉變為
仙也負有責任。(頁44。) 可見漢武時期,齊地方士的宮廷勢力如日中天,
稍後的公孫卿將「黃帝」收編在其「仙系之列」,並具此煽惑漢武帝,就不足
為奇了。

運所言：「想像崑山姿，緬邈區中緣；始信安期術，得盡養生年」〔註365〕，更加傳述了千歲翁爲蓬萊神山上，駐顏有術而長生不死的神話。劉向《列仙傳》的「蓬萊仙系」不僅將安期生寫爲「千歲翁」的完美形象，並且複製《史記‧封禪書》中黃帝「鑄寶鼎乘龍升天」的情節，同時加入了「服閭」和「負局先生」。

> 仙書曰：「黃帝採首山之銅，鑄鼎於荊山之下，鼎成，有龍垂胡髯下迎帝，乃升天……安期先生者，賣藥於東海邊，時人皆言千歲翁。秦始。亡翁遊，請見，與語三日三夜，賜金璧度數十萬，皆置去。留書曰：「後數年，求我於蓬萊山。」始皇遣使者徐市、盧生等數百人入海，未至蓬萊山，輒逢風波而還……服閭者，不知何所人，往來海邊諸祠中。有三仙人於祠中博，賭瓜。顧閭，令擔黃白瓜數十頭，教令瞑目。及覺，乃在方丈山，在蓬萊山南。後取方丈山上珍寶珠玉賣之，久久。一旦，貌更老，人問之，言坐取廟中物云。後數年，貌更壯好，鬢髮如往日時矣……負局先生者，語似燕、代閒人。長負磨鏡。局徇吳市中，得無有疾苦者，出紫藥丸與之，得者莫不愈。後止吳山絕崖頭，懸藥下與人，曰：「各還蓬萊山，爲汝曹下神水。」崖頭有水，服之多愈疾。〔註366〕

《史記》裡的李少君杜撰黃帝在蓬萊見到神仙，並且舉行封禪而獲長生；公孫卿更進一步的完善黃帝及其妻妾一道攀龍背而登仙升天的情節。《列仙傳》除了將黃帝成仙的傳說納入其仙系外，也將這種世間帝王的生活移植到另一個人間慾望不會熄滅的理想世界上。因此，這種極有誘惑力的傳聞，也使得淮南王劉安遵循黃帝成仙的模式，並且增衍了舉家及其雞犬飛升上天的故事：

> 漢淮南王劉安，言神仙黃白之事……俗傳安之臨仙去，餘藥器在庭中，雞犬舐之，皆得飛升。〔註367〕

> 淮南王學道，是以道術之士並會淮南。奇方異術，莫不爭出。王遂得道。舉家升天，蓄產皆仙。犬吠於天上，雞鳴於雲中。〔註368〕

〔註365〕《文選‧第二十六卷》，頁387。
〔註366〕《列仙傳校箋》，頁70～150。
〔註367〕《列仙傳校箋》，頁168。
〔註368〕《論衡集解》，頁147。同於王充的觀點，葛洪更詳盡劉安舉家爲三百多人同

安期生仙棗如瓜的傳奇，其「千歲翁」的美名，葛洪《抱朴子‧對俗》對此
有記述：

> 昔安期先生、陰長生皆服金液半劑，其止世間或近千年，然後去耳
> 〔註369〕。

其書〈極言篇〉也說：

> 安期先生，賣藥於海邊，瑯琊人傳世見之，計已千年。始皇請與語
> 三日三夜，其言高，其旨遠，博而有證。始皇賜之金璧……安期以
> 赤玉舄一量為報。留書曰：復數千載，求我於蓬萊山。如此見始皇
> 時已千歲，非為死也。〔註370〕

聞一多〈神仙考〉論述安期生即為樂巨公（安丘丈人），傳黃老學於蓋公，與
蒯通、項羽、曹參時期相近，並為戰國末期趙國之方士。又言：「樂巨公以善
修黃老之言，顯聞于齊，稱賢師，蓋沒後而名益彰。故至孝武時，東齊方士
李少君、欒大、公孫卿等，皆傳安期生為僊人。」〔註371〕顯然自燕、齊一帶
崛起的海上方士多言神仙方術，安期生與羨門（高）之屬也都隨著求僊的時
代氛圍而位列於仙門中人。又《列仙傳》裡的安期先生語秦皇三日三夜：

> 安期先生者，瑯邪阜鄉人也。賣藥於東海邊，時人皆言千歲翁。秦
> 始皇東遊，請見，與語三日三夜，賜金璧度數十萬。出於阜鄉亭，
> 皆置去。語書以赤玉舄一量為報。曰：「後數年，求我於蓬萊山。」
> 始皇即遣使者徐市、盧生等數百人入。〔註372〕

由於道教張皇神仙家言，加上燕、齊海上方士的推波助瀾，漢末魏晉六朝的
志怪小說，大旨不離乎神仙道術、鬼神靈異。至於安期生與始皇語三日三夜
的仙方夜談，王嘉《拾遺記》將它擴編改寫為子嬰夢靈的異談：

> 子嬰寢於望夷之宮，夜夢有人身長十丈，須鬢絕青，納玉舄而乘丹
> 車，駕朱馬而至宮門。子嬰與言，謂曰：「余是天使也，從沙丘

時升天。《神仙傳‧淮南王》：「八公乃取鼎煮藥，使王服之，骨肉近三百餘人，
同日升天；雞犬舐藥器者，亦同飛去……」（頁171。）除了舉家及畜產升天
外，余英時更論證了兩漢時期求仙升天的世俗化，任職於漢中郡的小吏唐公
房，連其屋宅亦移到天上，符合當時儒家說教下的家庭紐帶日益的緊密。（《東
漢生死觀》，頁47。）

〔註369〕《抱朴子》，頁78。
〔註370〕《抱朴子》，頁328。
〔註371〕《神話與詩》，頁149～150。
〔註372〕《列仙傳校箋》，頁70。

來。天下將亂，當有同姓名欲相誅暴。」子嬰疑趙高，囚高于咸陽
獄，懸于井中，七日不死；更以鑊湯煮，七日不沸，乃戮之。時方
士說云：「趙高先世受韓終丹法，冬月坐於堅冰，夏日臥于爐上，不
覺寒熱。」及高死，或見一青雀從高尸中出，直入云。九轉之驗，
信于是乎。子嬰所夢，即始皇之靈；所著玉舄，則安期先生所遺
也。〔註373〕

方士的奇術丹法，靈怪莫測，然而卻是嬴秦宮廷的浮誣夢魘。王嘉所言：「秦
政自以為功高三皇，世逾五帝，然取惑徐市，而身殞沙丘」，更是說明了始皇
追僊夢以難成的歷程。而安期生海上蓬萊島上的大棗，在《神異經》、《漢武
故事》裡成為方書的療病仙果：

北方荒中有棗林，其高五十丈，敷張枝條數里餘，疾風不能僵，雷
電不能摧。其子長六七寸，圍過其長。赤松子云：「北方大棗味有殊，
既可益氣又安軀。」〔註374〕

李少君言冥海之棗大如瓜，種山之李大如瓶也。〔註375〕

而《史記‧樂毅列傳》說安期生受業於河上丈人，《漢書‧蒯伍江息夫傳》說
與蒯通善，並嘗干項羽。〔註376〕因此在皇甫謐的《高士傳》中，則將上述的
關係聯結起來：

安期生，受學河上丈人。志向不仕，時人謂之千歲公。及秦敗，安
期生與其友蒯通交往，項羽欲封之，卒之不受。

葛洪又將《史記》的李少君海上見安期生的情節，接續為師事安期生，並且
陳述二人成仙的歷程：

李少君，齊國臨淄人。入泰山採藥，道未成，而疾困於山林中。遇
安期先生經過，少君叩頭求乞活。安期愍其至心，以神樓散一七與
服之，即起。少君求隨安期奉給，奴役使任，師事之。安期將少君，
東至赤城，南至羅浮，周流五嶽。一日語之：「我被玄洲召，今當相
捨，復六百年，當迎汝於此。」授神丹爐火飛雪之刀。有乘龍虎導
引數百人迎安期，安期乘羽車而升天……冥海之棗大如瓜，少君食

〔註373〕《漢魏六朝筆記小説大觀》，頁521。
〔註374〕《漢魏六朝筆記小説大觀》，頁56。
〔註375〕《漢魏六朝筆記小説大觀》，頁168。
〔註376〕《漢書》，頁2167。

之。逮先師安期先生授臣口訣，是以保黃物之可成也。於是武帝引

見，帝自謂：「必能使我度世者。」〔註377〕

蓬萊仙籍的羅列，除了黃帝、服閭、負局、李少君、安期生外，葛洪還增補
了看見東海三爲桑田的麻姑：

麻姑自説：「接待以來，已見東海三爲桑田。向到蓬萊，水又淺於往

昔會時略半也，豈將復還爲陵陸乎？」〔註378〕

麻姑見證的東海三爲桑田，巧妙的成爲後世以「滄海桑田、物換星移」爲時
空的流逝，與人事現實流變的滄桑之慨〔註379〕。而李少君亦以似幻似眞的招
魂求仙姿態，進入唐代傳奇的寫本中。陳鴻《長恨歌傳》揭露當時方士求索
楊貴妃芳魂僞以李少君（少翁）仙術，以解玄宗思妃之苦：

適有道士至蜀來，知上心念楊妃，自言有李少君之術。玄宗大喜，

命致其神。方士乃竭其術以索之……東極天海，跨蓬壺，見最高仙

山。上多樓闕，西廂下有洞户。東嚮而闔其門，署曰：「玉妃太眞

院。」〔註380〕

小說將玄宗與楊妃天長地久至死不渝的淒美愛情，透過海上仙境的不死還
魂，使得他們的戀情在蓬壺樓闕的理想世界裡昇華爲世世的不朽。唐朝李白
的慕仙安期更傳述著：「我昔東海上，勞山餐紫霞。親見安期公，食棗大如瓜」
〔註381〕，而蘇軾的〈安期生〉則是一位嘗干項羽，終不能用，而飄然遠引海
上蓬萊，並流傳著食棗如瓜的傳奇：

安期本榮士，平日交蒯通。嘗干重瞳子，不見隆準公……茂陵秋風

客，望祖猶蟻蠡。海上如瓜棗，可聞不可逢。〔註382〕

〔註377〕 《神仙傳》，頁174～176。

〔註378〕 《神仙傳》，頁78。

〔註379〕 王慶雲：〈長生之夢：古人筆下與傳說中的「蓬萊」母題〉，載《民俗研究》，
2001.4，頁107，有關麻姑三見東海爲桑田的傳說，進入了詩人們對人世無常
的吟詠唱歎。其引述：「李世民〈春日望海〉：『洪濤經變野，翠島屢成桑』、
王績的〈過漢故城〉：『井田惟有草，海水變爲桑』、盧照鄰的〈長安古意〉：『節
物風光不相待，桑田碧海須臾改』、李賀的〈啁少年〉：『少年安得長少年，海
波尚變爲桑田』、白居易的《讀史五首·其三》：『深谷變爲岸，桑田成海水』
及鮑溶的《懷仙二首》：『青鳥更不來，麻姑斷書信；乃知東海水，清淺誰能
回』。」

〔註380〕 《太平廣記·卷四百八十六》，頁3999。

〔註381〕 《李白集校注》，頁843。

〔註382〕 《蘇東坡全集》，頁487。

我們可以說，千歲翁安期生食棗如瓜，麻姑三見東海變為桑田，黃帝攀龍背以升天與及李少君（少翁）的求仙招魂，都已成為兩漢以迄唐、宋文人詩歌與小說文本中的海外奇談。而安期生、服閭與負局等海上仙人的蓬萊傳奇，可以說是燕、齊海濱地區方士們對於海市蜃樓現象產生神仙思想的形象化反映，並且傳遞出道教以蓬萊等三神山為其宗教的宣揚道場，更是海外飄緲逍遙的人間仙境。

小　結

　　對於《老子》、《莊子》、《列子》與魏晉六朝道教經典的海洋書寫觀，它們展現出幾個面向：其一、對於海洋廣大浩瀚、包容接納的人生智慧，建構了一連串「歸墟」、「尾閭」、「大壑」、「沃焦」等東方海域的納水空間之神話解釋體系；同時在「大壑」的神話創構下，還演述了「鼇負五山」、「龍伯大人」等海洋神話，與東方海域上的「蓬萊仙島」、「理想樂園」。其二、建構了一個「不知其大」的鯤鵬神話與獨與天地精神相往來，而不敖倪於萬物；不食五穀而吸風飲露，乘雲氣，御飛龍；大澤焚而不能熱，河漢冱而不能寒，疾雷破山風振海而不能驚，乘雲氣，騎日月，以遊乎四海之外的神人樂園；與寰海之外，無異山林，和光同塵，在染不染，冰雪取其潔淨，淖約譬以柔和，處子不為物傷，姑射語其絕遠」的海外神境。其三、海洋成為道家筆下深弘溟渺、蒼莽窈冥、大而無邊的自然「道場」；大海能納百川，同時它也是淵澄深大，是萬物皆往資焉而不匱的道教聖境。其四、蓬萊五島的奇幻海上仙境，除了成為了後世仙系海洋小說的濫觴外，其海上理想國度的想像與寄寓，充分展現道家的詭譎、齊諧與志怪的神話化。其五、想像以北海帝與南海帝的儵、忽；北海神若與河伯等海洋神靈的人格化演變動態。其六：開鑿了以埳井之鼁與東海之鱉為題的「東海大樂」人生哲理世界。

　　而《淮南子》、《山海經》、《呂氏春秋》等典籍的涉海故事，與道家、道教小說，皆多涉黃老道學和道教神仙色彩，在一定程度上集結了一批燕、齊、秦等戰國時期的海上方士與陰陽學家。這群海上陰陽方士不外夸談奇飾先秦初漢的瀛海神話傳說，驪衍裨海、瀛海環之的大九州說，並進而闡微黃老道學，展現了一個太古社會之海上烏托邦的政治理想國度。另外，對於海上方國異人的遠古神話，更透過不可勝數之燕、齊海上方士的入海探查神山，與

交通海上洲島風土民情，而將更多的遠國荒陬異人傳奇、變幻無窮的海上仙境，透過其誇誕的想像，進而繪聲繪影、編織杜撰。其譎思的海外三十六國，更是踵續《山海經》海外島國殊族之奇風異俗，而成為兩漢魏晉六朝小說踵繼的海外樂園、譎奇怪變的殊島邦國。透過這些海上方士放蕩迂闊、荒誕而不典的神怪傳說載述與相衍增飾了歸墟五神山、吞舟的鯤鯨巨魚，以及黃帝封禪成僊、少昊東海大壑鳥國、滄海槃木與扶桑咸池等與黃帝譜系相關的海洋神話。

　　至於方士與神仙傳說所構築了中國海上蓬萊仙島的美麗傳奇：蓬萊三神山、海上五仙島、十洲五島及七山蜃景，造就了集體社群對於「神山仙島」蜃景的極致渴慕與心靈上的造圖。「蓬萊三山」的神話工程造景，在兩漢魏晉六朝不僅開闢出「海上仙境」的永恆代碼，甚至還原於帝王皇家園林的人間構築，體現對蓬萊仙境的永恆追求；同時它也衍繹為一種與仙島地景迥然不同範圍的「方壺勝境」、「世外桃源」、「仙館洞穴」的理想天地。而談及蓬萊仙系的神仙，諸如千歲翁安期生海上食棗如瓜，徐福率領童男女東渡神山以求不死之藥，韓終採藥而以修仙丹法為蓬萊仙人的傳述，更是在道教小說的書寫譜系中源遠流長。